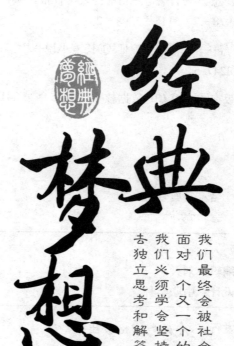

经典梦想

我们最终会被社会这所大学录取
面对一个又一个的人生课题
我们必须学会坚持自己的梦想
去独立思考和解答……

Jingdian Mengxiang

安　言◎著

人民日报出版社

图书在版编目（CIP）数据

经典梦想／安言著．—北京：人民日报出版社，2015.10

ISBN 978－7－5115－3398－2

Ⅰ.①经… Ⅱ.①安… Ⅲ.①长篇小说—中国—当代

Ⅳ.①I247.5

中国版本图书馆 CIP 数据核字（2015）第 241301 号

书　　名：经典梦想

著　　者：安　言

出 版 人：董　伟

责任编辑：刘天一

封面设计：中联学林

出版发行：人民日报出版社

社　　址：北京金台西路 2 号

邮政编码：100733

发行热线：（010）65369527　65369846　65369509　65369510

邮购热线：（010）65369530　65363527

编辑热线：（010）65369844

网　　址：www. peopledailypress. com

经　　销：新华书店

印　　刷：北京天正元印务有限公司

开　　本：710mm×1000mm　1/16

字　　数：305 千字

印　　张：17.5

印　　次：2016 年 1 月第 1 版　　2016 年 1 月第 1 次印刷

书　　号：ISBN 978－7－5115－3398－2

定　　价：43.00 元

题 记

亲爱的，做个好梦！

你总是喜欢这么祝福亲人和朋友。

我们为什么都喜欢这么祝福人？因为我们自己都有梦，有各式各样的梦，有美好的梦想。人类梦的内容与清醒时意识中保留的印象有关；梦想往往又是理想的表露，一个经典的梦想，常常是我们毕生追求的理想境界。

读书考大学，曾经是一个高中生的经典梦想。

昨天，你是一个高中生，想得太天真，满以为考取一所名牌大学就有了未来，就有了一切，就是你人生理想的实现！所以，当你高考意外落榜时，你才会过于执着，觉得这大学梦一破，你就没有了未来，没有了一切，再也无法实现你那伟大的人生理想！

今天，你走上社会，才逐渐明白，一个学位，无论它多高，在我们的人生简历中只不过一行字而已。你高中毕业后，如果进入大学学习了，相对于漫漫人生路来说，也只是有了一个初始的里程碑；而不管进入不进入传道授业的大学，我们最终都将会被社会这所大学录取，那一个又一个的人生课题会接踵而来，逼你去独立思考与解答。

总之，不管你进不进入大学，社会这所大学都会来考你，而且会不断地给你出难题。所以，在任何地方任何时候，我们上哪样的大学都不重要，重要的是面对社会这所人生大学，面对不断发展前进的时代，你如何坚持自己的梦想，去思考和解答那些接踵而来的人生课题。

有梦想，你就必须有改变。为了梦想，我们必须根据时势的变化而变化，不断地改变和提高自己。如果你的才智还撑不起你的抱负和雄心，你就应该静下心来学习；如果你的能力还驾驭不了你的环境和目标，你就应该沉下心来历练。人生，就该不懈地努力学习与历练，不断地改变自己。机会，永远会留给找准方向与目标，不断努力改变自己的你！

　　什么是梦想？梦想就是通过坚持不懈的努力改变和提高自己，永不满足于取得的成就，享受努力追梦的人生过程和这个过程带来的一点一滴的惊喜。

安言

2015 年 5 月 18 日

1

明天暑假就结束，今天还接到学校一封信，这完全出乎郑晚子意料。凭他这年龄、经历与经验，无论如何也想不到，明天由于这封信，他的人生轨迹将会发生极大的转折，发生一种与他的人生理想天悬地隔的改变。

郑晚子是龙印港百里挑一的好孩子，他从小就树立了上大学的人生理想，一直是同时入学的细二小他们的偶像。细二小连小学也没读完就回家种田了，郑晚子读完小学读初中，读完初中再读高中，从龙印港一路读到县城最高学府——范堤县中学，眼看下面就是读大学，在细二小眼里，这个从小没娘的晚子简直不可想象，简直就是一个神，他简直羡煞了！

可郑晚子毕竟才18岁，只是一个刚刚念完高二的青涩学生。在范堤县中学，他虽然是一个高才生，但他仅仅只是学习成绩好，在社会经验方面远不如同班同学王珩那么老道。王珩初中毕业后做过两年代课教师后才上高中，有一定的社会阅历和经验，对时势的变迁比较敏感。郑晚子没有这样的社会阅历和经验，加之从小又失去母爱，少了母亲的教化指点，脑子里想法很单纯，容易把社会的复杂性简单化，容易把时势的曲折性直线化。

此时的郑晚子，对于今天县中来的这封信，对于他的人生轨迹将会发生的转折浑然不知，没有任何预感。

这当儿，也就是他听到陆大炮"大炮"似的一声喊的这当儿，是中小学校暑假快要结束的8月30日这个闷热的傍晚。

暑假放了两个月，从7月初开始到8月31日，也就是明天，暑假将要结束。这就是说，郑晚子读完高二课程放了假，离开范堤县中学回到堤东龙印港老家劳动，已经有将近两个月了。这当儿，按照队长陆大炮的指派和照顾，他正在龙印港一块集体大田里上工，与友全嫂子、兰英等一帮女社员一起，热气烘烘地拔棉花草。

龙印港的孩子放了暑寒假，不能去什么大城市开阔眼界，不能去什么名山大川名胜古迹旅游，那些统统是富裕事，梦幻中的天方夜谭。他们放了假从学校回到家，没得第二个选择，只有干农活。力气不够时，在家里自留地里干，力气够了就到集体大田里上工，帮家里挣工分。除了暑寒假，春秋两季农忙时，学校还专门放忙假，让他们回家来干农活。大多数孩子念不了几年书，就辍学回家一生一世干农活。郑晚子的发小细二小，小学还没有念完，妈妈被雷劈死，老子陆大炮就叫他回来上工挣工分。细二小爱做活计，晴天一身汗，雨天一身泥，甭管活计再苦再累，三考六练不买账，顺便还健壮了身体，磨砺了意志，愉悦了身心。

郑晚子也爱做活计。他从小就会做，挑猪草，他手脚比别人快，半天下来，篮子里的猪草比细二小挑得还多。放牛，他会找草又嫩又多的放牛场放，让他的牛比细二小的牛吃得饱。老牛在津津有味地吃草，他便躺在牛垫子上看《三国》《水浒》小人书，尽情享受这无忧无虑悠闲自在的休假时光。晚霞布上了半个天，又渐渐褪成了一抹彩色的地平线，他快快活活地哼着小调，骑上吃得肚大腰圆的老牛慢慢地踱回家。

他喜欢看牛，还喜欢听龙哥小驾牛的耕田号子。龙哥小的耕田号子赛如胡松华的赞歌，常常划破龙印港的夜空与星辰，有时，龙哥小的耕田号子与旺爹的踏车号子、二叔的打场号子、陆大炮的挑担号子、龙印港的各种号子混合在一起，赛如一个交响乐队开进了龙印港，他就站在屋外痴醉，忘了回家。

他现在念高中二年级。再有一年就要上大学，上了大学，就是公家的人，毕业后将由公家统一分配，不知会分配到哪儿，但肯定不会回龙印港，今后回家帮父亲挣工分的机会将愈来愈少。所以今年的整个暑假，他就像被卖在集体大田里，争分夺秒一天不间断地干农活。

天气奇热，大地，赛如天然的大蒸笼。正在锄草的郑晚子赛如蒸笼里的落汤鸡，热得喘不过气来，恨不得跳出蒸笼外，跳进田头的小河，去水里凉快凉快。就在这当儿，就在他热得喘不过气来的这当儿，他看见炮队长双手合如一个喇叭，站在老远的田岸上，在大声地呼唤他，晚子——晚子——

炮队长紫铜色的红脸，挂满黄豆大的汗珠。炮队长说你老头子喊你回去，家里收到一封什么信，学校寄给你的。

他十分意外，从高一读到高二，整整两年中，学校从来没有给他家里来过什么信，今天这封信，可是开天辟地第一回！

鸿雁传书，拨动了心弦。一封信，像一根纽带，系上他的思绪，和阔别了近两个月的范堤县中学倏然紧紧地联系起来，他不由得一阵兴奋，连声谢了炮队长，急急回家看信去。

信，信，信，他满头满脑子都是信。

书信啊书信，你这个使者，将会带来学校的什么好消息？

田头突然刮来一阵凉风，他陡感惬意无比。他索性解开褂子纽扣，敞开胸怀，脱下脚上的草鞋，穿过棉花地里一片绿浪滚滚的海洋，奔上龙印港笔直的中心大道，往自家的丁头府茅屋，大步流星地走去。

风势越来越大，乌云被狂风赶着，从天边翻卷而来，太阳没了，淹没在一阵阵翻滚的云堆中，天色大变，一片天昏地暗。

风，是雨的先锋。眼看一场雷阵雨将到，来势非常凶猛，他估计自己不能抢在落雨之前赶到家，而是要被淋在半路上。他非常着急，老头子在家里不晓得有多担心呢。

他心急如火，拼命狂奔起来。

一场暴风雨就要来了。江北平原夏秋季的傍晚，一阵闷热热得空气纹丝不动，紧接着就会是一阵狂风暴雨。郑云礼焦虑不安地站在郑家丁头府明间中央，郑家这一幢丁头府茅屋，单单地坐落在龙印港西南角的河边上，门前是环绕龙印港四周的弯弯龙印河，屋后是笔直冲天的三棵刺槐树。他站在明间中央，一会儿抬头朝门外望天，一会儿低头向桌上看信，脸色一会儿黄一会儿白。

他十分后悔，不该这个时候趁炮队长带信叫小伙回来。范中的这封信，公社邮递员刚刚才送来，让小伙迟一点儿回家看又碍什么事？他怕小伙淋在半路上，淋坏身子怎么好！

庄户人家重男轻女爱儿子，他的爱子之心特重。庄户人家结婚早，生娃也早，龙印港许多人家不到二十岁就养了小伙，早养儿子早得力。他为事（堤东方言，结婚的意思）早，但养得晚，三十岁才得子，所以对晚子特别惯，晚来得子的庄户人，爱子之心哪个不重？

更何况，当初生晚子，还有一段小插曲。

他为事之后，妻子春女一直怀不上，她就去请教旺奶奶。

旺奶奶神祕地说，春女啊，我教你个办法。说着，侧过头，嘴对着春女的耳朵，轻言轻语地说了几句，捣了一个鬼。

春女听了旺奶奶的话，来到龙印港邻村一个养了小伙的人家，趁人家不注意时，拿走了人家一只木椀子。椀子，即碗子，是舀水的用具，木质，形如古代的大碗，上面有个手抓的把柄，在堤东方言中，"椀子"与"晚子"同音。因此，旺奶奶说，偷人家"椀子"，自己就可以"晚来得子"。果然，偷了椀子后第二年，春女就生下个大胖小子。所以，他就给儿子取名叫晚子。

可惜，春女29岁就得病去世。晚子那时才6岁，就变成一个没娘儿。春女过世后，他更是加倍地惯这没娘的晚子。

郑晚子从小学读到高中，都是他又当爹又当妈一手带大，一天天惯起来的。庄户人家活计重日子苦，火气大是正常，动不动就打骂孩子将火气发在孩子身上也正常，但他却从不打骂郑晚子，他这样惯小伙，在龙印港是独一无二。

轰，轰，轰轰，一阵闷雷滚在狂风中，由远而近，好像从水中滚过来。紧接着，一道电闪从天而降，犹如一柄霜剑，将天幕撕成两半。陡然间，千百条巨蟒闪天际，万钧的雷霆压顶来，他老眼喷花，魂飞魄散。滴，答，滴滴，答答，滴滴答答，酒盅大的雨点打下来，愈来愈密集地打在门前谷场上的灰尘里，溅开满场满场的水晶花。

轰，哗——，轰，哗哗——，狂雷巨闪，加剧在天地间滚动碾压搏击，击穿狂风，击穿天幕，击穿地盖，他吓破心胆！

乡间的电击雷劈，不只虚张声势吓人，还真的会劈死人。那年夏季，龙印港生产队中心大道上，就劈死了一个人。那个人，不是别人，就是细二小的妈妈陆大炮的婆娘。

他担心极了。晚子啊晚子，你千万要躲一下雨。即使不躲雨，冒雨家来，也别往那块走！那块地方高，周围又没有座房子，没有棵大树，很容易遭到雷劈，危险啊！也怪自己，没有提醒一声晚子。好像说过这件事啊，是跟他说过还是没有说过呢？

门内，郑云礼仰望苍天，心事重重，不住地自责祷告。

门外，老天爷雷鸣电闪，狂风暴雨，一个劲儿地施发天威。

他捧着圣旨般的那封信，紧闭双眼，不敢再朝外望。天哪！刚刚还是好好的一片艳阳天，眨眼之间，怎么就变成风雨雷电的世界！他心惊胆战！

天有风云雷电，人生畏惧惊恐，常易惶惶不安！天，人，二者之间是否存在灵感？

天有不测风云，人有旦夕祸福。凭生平的祸福经历，风云见识，他似乎有一种预感，这封信来得不是时候，风雨雷电恰恰就在这个时候来，必定不是一个什么好兆头，难道自己就是这坏命？

想想自己这一生，一心与人为善，百般修行接德，却因土地改革前做错一桩事，终未逃脱命运的捉弄。

土地改革前，孙家遭了火灾，旺爹被大火烧死，儿子永贵还小，旺奶奶找到他，要把田托给他。旺奶奶说，一来差钱用，二来也没人种，你云礼我相信，我只有找你了！郑云礼家里虽然也差钱，穷，却一口应承下来，四处借粮买下孙家的田。土地改革后，旺奶奶家被划为贫农，郑云礼家被划成富农，郑云礼后来变为历次运动的对象。

郑云礼在龙印港有人缘，左右邻居，但凡家中有大事小情，他都主动去帮忙照应。谁家如若发生什么口角冲突，他都主动去进行调解，大家也都认为他主持公道，调解得合情合理。这一来，龙印港的老百姓都护着他，在历次运动中，他没有受到什么太大的冲击，但他识时务知趣，整天低眉顺眼点头哈腰。

他自己没出息，就把希望寄托在小伙郑晚子身上，希望小伙将来读书有出息。小伙也很争气，从小读书就很灵光。龙印港里许多拿宝子（堤东方言小孩的意思），与小伙一起读书的，如细二小等，一个个都先后辍学不读，回家种田。只有小伙一直没有离过校门读到现在，在县城的最高学府读高中，念大学很有希望。

但他的心一直悬着，他总是担心，家庭出身会给小伙带来什么不好的影响。有时甚至有一种预感，由于家庭出身不好，也许，小伙不知什么时候，就会遭遇到什么不测。

前思后想了一会儿，他不由得心惊肉跳，自言自语道，今天学校来了这么一封信，又是刮风，又是下雨，又是响雷，又是打闪，会不会就是一个什么不好的兆头呢？

怪不得，这几天眼皮老跳啊！

郑云礼双手捧着信，站在明间当中发呆。

郑晚子淋得落汤鸡似的，忽然从门外冲了进来。他人还没进门，声音先进了屋，老头子，着急慌忙喊我回来做什么？可是学校来了信？

郑云礼叫声"哎呀"，赶紧把信放到桌上，是的，小伙，你怎么不躲躲雨，你怎么淋得落汤鸡似的？喊你回来，是因为你学校来了信。郑云礼说着，就回身取来柴帐壁上挂的干手巾，递给郑晚子揩擦。

老头子，信在哪里呢？让我看看。

小伙，别忙。

郑云礼说着，回身从房间里找出一身干衣裳，让郑晚子把湿衣裳换下。他一边忙，一边说，别忙，别忙，小伙，先揩揩，先把湿衣裳换下来，再看信，信就放在桌上呢。

郑晚子三下两下揩好头发，揩了脸，着急慌忙脱下湿衣裳，换上干衣裳，迫不及待就去桌上抓起信来看。

这信封，是酱黄色糙纸做的。右上角贴了一张4分的蓝色邮票，左上角的收信人地址写着"堤东人民公社堤东生产大队第一生产队（龙印港）"，中间的收信人姓名写的是"郑云礼转郑晚子收"，右下角的寄信人地址、姓名，分两行写，上一行是"范堤城学府西路1号"，下一行是"范堤县中学"。

郑晚子小心翼翼地拆开信封，从当中抽出信纸，一看，原来是一个铅字打印的通知。

关于举办暑期学习班的通知

郑晚子同学：

经研究决定，兹定于8月31日举办高二年级学生暑期学习班，请准时返校参加。

返校时须携带暑假后一学期——高三上学期的学习用品和生活用品，以及一个月的粮食和生活费等。

以上通知，希即遵照执行。

范堤县中学团委会
8月22日

郑晚子看完通知，两颊上浮起红云，自言自语道，我还以为是什么事儿呢，原来是办学习班啊，哎呀，8月31日返校，不就是明天吗？好在今天接到了信，要不然，明天还赶不上呢！

他思潮起伏，开始憧憬明天的学习班。

这个傻小子，打小是一路坦途，心里充满阳光般的憧憬。

2

天麻亮，一家人在路上。

笔直宽阔的黄土大道上，郑云礼两手紧握车把，推着一辆旧式的小独轮木车，嘎吱嘎吱地向前走。独轮车两边的车架上能载货载人，载重量可达一两百公斤，又因为只有一个车轮着地，能通过狭窄的羊肠小道，所以流行于堤东乡村。

他黄巴巴的脸上满是青胡碴，粗粗的颈项上晾一条白毛巾，灰色粗布褂敞开，裤脚卷到了小腿，脚穿一双新草鞋，一副堤东农村汉子的典型打扮。

这个闷葫芦的堤东农村汉子，把小独轮木车暗地里推得有滋有味，独木轮在有节奏的转动中，碾压摩擦着黄泥路面，发出"嘎吱嘎吱"好听的响声。

独轮车两边车架上，各坐着一个人，一边是他刚满5岁的小伙小晚子，另一边一个是他的女将——小晚子的母亲——26岁的春女。女将，在堤东方言中，是妻子的意思，丈夫，则相应地叫作男将。

小晚子在车上东张西望。黄土大道两边的庄稼地里，满眼绿波荡漾的棉花，放眼望去，就像一望无际的绿色海洋。绿海深处，散散落落的农家丁头府草屋，就像一座座黝黑黝黑的丘陵，又像停泊在绿海上的大大小小的军舰，让他心头充满了神秘感，很想去探个究竟。

不一会儿，东方天边的地平线上，泛起了一片五颜六色的云，像系上了一条长长的彩带，好看极了。

江北平原夏季天亮早，霞光艳，五彩的朝霞，灿烂的自然美，让不安宁的小晚子充满了对美好生活的向往和对美好未来的幻想。

小晚子歪着头，看着笑得花一样的春女的脸，一只小手拧着白布褂的衣角，放到嘴里咬着，问，妈，街上有麻团卖吗？

春女钮上蓝花褂最上面被绷开的一个扣子，说，小伙，乖，有，街上有麻团卖啊。

突然，一只狗在远处"汪"地叫了一声。

接着，哪家的雄鸡也跟着叫了起来。

小晚子凝神倾听，不再问妈妈问题。

远处，又一只雄鸡叫起来，接着，一群雄鸡叫起来。

那只狗，则"汪汪汪"更加叫得起劲。

一只狗，一群鸡，一呼一应的合唱划破了清晨的寂静，唤醒了沉睡的江北平原堤东乡村，生物的晨曲，焕发了大地的生机。

小晚子听得头皮发麻，眼眶里溢满泪水，浑身起了鸡皮疙瘩。他总是这么易感，这么容易被打动。别说一只狗，一群鸡，哪怕是天上飘走的一小片云，地上爬来的一只小虫子，他都能为它动情，或是流泪神伤，或是欢笑雀跃。

鸡与狗的合唱停了，小独轮木车继续独唱。独轮车继续有节奏地转动摩擦，唱出嘎吱嘎吱的好听的歌声。

小晚子听见独轮车唱出那么好听的小曲，惬意极了，如痴如醉。不一会儿，就睡着了，进入甜蜜蜜的梦乡。

不知什么时候醒的，小晚子揉揉双眼，又问花一样美的母亲，妈，什么时候到街上外婆家啊？

春女说，小伙，乖，马上就到。

郑云礼小心停下车，右手抓起手巾的一头，擦擦额头上的汗，跟着说，小伙，马上就到，马上就到。

乘坐小独轮木车上街，是小晚子记忆最深最动人的一幕。

这个夏季的早晨，是他最后一次乘坐小独轮木车上街，后来就再也没有坐过。小晚子记得很清楚，印象深极了。

后来，春女怀孕了，怀上小晚子的妹子，不能坐车了，不能再带他上街上外婆家去了。

再后来，春女坐月子，要在家照看小晚子的妹子，又不能再带他上街上外婆家去了。

再再后来，小晚子的妹子长大了，能跑了，春女又要带着小晚子的妹子上街上外婆家去了。他闹着要去，春女就哄他买麻团，然后真的从街上买上许多许多好吃的麻团带回来，让他很开心。

吃着麻团长大了的小晚子很乖，妈，街上这麻团真好吃，下次再买。

春女连忙连连点头说，好的，小伙，乖，下次再买，买。

妈妈的娘家——小晚子的外婆家，住在范堤城的北郊。小晚子不知为什么，每次妈妈回娘家总是只带小妹子去，而把他寄在邻居旺奶奶家。

从此，上街，成为小晚子的一个梦，一个美丽的梦。

从此，小晚子每次生病做梦，都梦见花一样的妈妈从窗口递麻团给他。那麻团又香又甜又黏，是妈妈从范堤城街上买回来的。

那时，春女只有28岁，正当如花似玉的青春年华，小晚子只有6岁，正是需要母爱呵护的幼童。然而，花一样的妈妈却抛下他，到天堂去了。

记得是夏天的一个清晨，小晚子还在铺上做着吃麻团的梦，突然被父亲郑云礼从梦中叫醒。

6岁的小晚子下床后，懵头懵脑地跪到了地上，跪在妈妈和妹妹的身旁。妈妈和妹妹为什么睡在地上？小晚子很奇怪，他不懂得自己将要失去妈妈和妹妹，不懂得失去妈妈自己会从一个宝变成一根草，会是多么可怜。

正当如花似玉年龄的春女妈妈，却瘦得不成人形，奄奄一息地躺在地铺上。小晚子看见妈妈两片嘴唇在动，却听不见她在说什么，只看见妈妈的双眼对他露出痴痴的希望的目光。

妈妈没了后，小晚子一睡着就梦到妈妈。白天，小晚子与细二小一起捏泥巴、捉毛毛虫、推铁环、打铜板、打玻璃球、打香烟壳、踢毽子、跳格子，玩累了，晚上回来一上铺就做梦。在那些奇奇怪怪的梦中，小晚子不断梦见妈妈，不断梦见妈妈的双眼，梦见那痴痴的希望的目光，不断地梦见吃麻团，梦见坐着独轮车上大街，梦见那神往的大街。

梦里的大街——范堤城，是一个仙台琼阁一样的地方，是妈妈的家乡。

那街景，奇妙无穷，变幻莫测，有时像孙悟空大闹的天宫，有时像缥缈奇幻的海市蜃楼，令小晚子日夜思念，无限神往。

有梦想，才有信念，才有希望，才有雨露的滋润，才有前进的力量。雨露滋润禾苗壮，小晚子从小怀揣着梦想，积极向上，苗壮成长。

春女走后第二年秋季，郑云礼送小晚子去念书。念的是私塾，教私塾的先生腰驼了，大家便叫他"弯腰子"先生。

"弯腰子"先生很严厉，动不动就拿戒尺打学生的手。小晚子因为晃桥，也被打过一次。

私塾在龙印港河东，小晚子每天上学都要过一座小桥。小桥是木桥，由三块木板搭成，每块板约有1尺阔，1丈长，2寸厚，人走到上面桥板就打晃，胆小的同学腿直活（堤东方言，颤抖的意思）。唯独小晚子胆大不怕，他每次都抢先跑上桥，有意站着晃，让别人吓得不敢过。别人向"弯腰子"打小报告，小晚子就被"弯腰子"打了戒尺，手肿得红馒头似的。

小晚子胆大、调皮、聪明，就是学习不上心，成绩马马虎虎只及格。他上到三年级，由私塾转到堤东公社中心小学去读书。堤东中心小学是所新学校，不同于旧私塾，转学考试时，监考数学的是一个穿西装留短发的女老师，他十分崇拜，下定决心要跟着西装短发女老师上新学，不想再回私塾见那长袍马褂的弯腰先生。小晚子陡来精神，超常发挥，数学竟考了个满分。他的成绩从此飞跃，芝麻开花节节高。他长大后回忆这一次飞跃，曾揣测这恐怕就是所谓的"破蒙"。破蒙，就是撬动了智门，一个人，如果破了蒙，学习就会畅通无阻，如果一直不破蒙，学习就困难重重。那么，细二小小时候学习成绩不好，是不是因为当时没有破蒙而不是不聪明呢？

新学校的西装短发女老师，是大街上派来的。小晚子之所以被撬动智门破了蒙，究竟是因为向往梦里的那个大街，所以就崇拜街上派来的女老师，还是因为崇拜街上派来的女老师，所以就向往梦里的那个仙台琼阁一样的大街呢？

小晚子所向往的梦里那个仙台琼阁一样的大街，是范堤城，就是江北省盐州地区范堤县的县城。

范堤城有着小晚子所不了解的奇特来历和美丽故事。

远古时期的范堤城以东，是一片汪洋大海。一千年前，北宋范仲淹修筑的捍海堰，就在这紧靠范城的东岗沙堤上——范堤人习惯称范堤县城为范城。范仲淹当时在范城任盐官，离任后升迁至宋代宰相，后人念其仁德政绩，就称这捍海堰为范公堤。范堤县，范堤城，也都由此而得名。

范堤城里的七里长街，青砖小瓦，麻石深巷，飞檐翘角，雕梁画栋，无不烙上范堤文明的印记。城西那座矗立千年的唐塔，是唐代大将尉迟恭所建。唐宋元明清，古镇熙来攘往十分繁荣，贯穿淮南各大盐场运盐的串场河环流城侧，承载生命符号的发绣首创城中，有关董永七仙女美丽传说的遗址遍布城乡。

小晚子的外婆家，就住在范堤城大街的北郊，算是大街的一个城角落。

范堤人说，七世修了个城里人，三世修了个城角落。城里人是修得来的，城角落也是修得来的。小晚子的外婆自己修了个城角落，却听信了媒婆的花言巧语，说男方郑云礼家怎么怎么好，结果就把女儿从城角落嫁出来，嫁到堤东龙印港，嫁给一个乡下人。

龙印港，官名堤东生产大队第一生产队，属范堤县堤东人民公社，四面有一条环形的小河，叫龙印河。

郑云礼的家在龙印港西南角，紧靠龙印河边，是单单的一幢丁头府（苏北沿海农村的一种住宅）。

龙印港的上百户庄户人家，不像别的村庄那样集中居住在一起，而是散散落落地住在龙印河边上，由三个一群一个小墩子，五个一堆一个小墩子，一个个的小墩子连起来，围成了一个环形的人家圈子。在这个环形人家圈子中，每个小墩子的几家都是一个姓，三个一群，就是一姓弟兄三个住在一起，五个一堆，就是弟兄五个或同姓本家五个住在一起。每个小墩子都以姓氏命名，比如何家墩子、陆家墩子、周家墩子、鲍家墩子、姜家墩子、孙家墩子等。

小晚子的父亲郑云礼是独子，所以，他家是单单的一户。

从郑云礼的家向东，那个三四户人家的小墩子叫孙家墩子。孙家墩子慈眉善目的旺奶奶跟孙三小住在一起，但不在一屋，而是一个人单独住在孙三小家丁头府前面接的一间小破屋里。旺奶奶整天整天地在小破屋里打草鞋，小晚子常常去她的小破屋里玩，帮助她接草接绳子。旺奶奶最惯小晚子，常常给他一块锡纸包的小糖吃。

孙家墩子再向东是陆家墩子，小晚子最要好的发小细二小——陆永德就住在陆家墩子。小晚子经常去他家玩，几个小孩子一起，先用铜板打钱堆，或者踢毽子，或者跳绳子，然后再一起去田头河边挑猪草。

细二小是小晚子的跟屁虫，两人一放假就形影不离，一起挑猪草、打钱堆、踢毽子、跳绳子。细二小身轻如燕，爬树爬墙不费吹灰之力，龙印港哪家娶新娘子，他是第一个爬到新娘窗户口捅破红纸拿红蛋的那个。

从小晚子家向西，过了龙印河，河西就是堤东公社小集镇，龙印港的人称那里是小街，相对应的，称范堤县城为大街，或是街。"上街"是专指上范堤县城的大街。

上街，是件了不得的事情。龙印港许多人活了一辈子，也没上过街，不知范堤县城的大街长什么样子。只听人说，大街上到处是青砖高瓦房，有乡下没有的麻团、脆饼、京江脐，有布店、茶庄、陆陈行，有剧场、影院、体育场，还有人民医院、高级中学。

小晚子心目中的上街，不是进城去逛逛，不是上街买买乡下所没有的东西，也不是办办非要上街去办不可的事情，都不是。他心目中的上街，不是这样偶尔上一两趟街，而是立志通过自己的努力，创造条件和机会跳出农门，将农村户口改为城镇户口，把家搬进街上去，成为一个街上人。

如果上了街，再得到一份体面的工作，能成为一个"公家人"（堤东方言，国家干部的意思），那么，就更加好了。要想做到这一步，唯一的出路就是读书考大学。十年寒窗苦，一心跳农门，成为小晚子从小追求寻觅的梦。他把这个梦藏在心中，不跟别人说，连他老头子都不说。

初秋的傍晚，一场爽爽的秋雨后，小晚子自个儿站在自家丁头府屋后，朝远处观望。

雨后，一切如洗。彩绸似的落霞，与归林的鸟儿，漫天飞舞，夕阳映红了天，映红了地，映红了炊烟袅袅的龙印港村庄。

村里村外，牛欢羊咩。下地的男人，一天活儿干下来，瞧见日头没多高，便铆足了后劲，号歌一浪一浪地起。放学的孩子，走在乡间小路上，远远地看到妈倚在家门口，手里捧着黄爽爽的麦面饼，便小鸟般地一路一路飞回家来。在家的女人，一家的换洗衣服洗好晒干了，收好，折好，放在澡桶边，带着阳光留下的清香。门口晒谷的大场扫好了，夜饭桌子搬出来。门板除下搁到场当中，一家人夜饭碗一丢，就能躺上去，挨排排的，摇扇子，聊天。

女人们忙个不停。屋里屋外。锅上锅下。媳妇额头上挂满珍珠，灶火映红了青春。奶奶眉眼间堆满笑意，一边在里间拾掇，一边欣赏媳妇在口间操作的节奏。炒一钵蚕豆，开水煮到皮开花，拌几个薄刀拍碎的蒜瓣子。切一盘烧瓜，片片薄得透明如玉，滴两滴小作坊新榨的芝麻油。煮一锅新玉米糁子粥，厚墩墩的，盛进斗大的头盆里，端到门口去吹。炕一锅带黄巴子的麦面饼，等人回来齐了铲上来，趁热咬。

掌家的女人们有板有眼，一一完成傍晚的杰作，港里一派浓浓的农家气氛。秸秆，在锅膛里噼啪炸响。炊烟，从烟囱里升起来，飘起来，舞起来。炊烟飞龙走凤，袅袅绕绕，潇潇洒洒，过树顶，越河面，飘天际，入落霞，仙姿曼妙，缥缥缈缈，越发浓了这酽酽的雨后乡村气息。

小晚子若有所失，人家的妈妈在忙，自己的妈妈已不在人世，这美好的一切，似乎都在眼前，又似乎非常遥远，似乎有，又似乎没有。小晚子头皮发麻，浑身起了鸡皮疙瘩，眼角溢满了泪水。

妈妈离世后，小晚子更加容易动感情。他常常就是这么一个人，站在一个没人的地方，一站就是好久，痴痴地观望、流泪、发呆。哪怕是看到天边飘来了一朵云，哪怕是看到树上飞走了一只鸟，哪怕是看到地上一头牛、一只猫、一条狗，哪怕是听到生产队场头棚大喇叭里传出来的一首歌，任何一件大小事物，都能让他动情。

傍晚这会儿，小晚子背着父亲郑云礼，自个儿站在自家屋后，已经站了好久，一直在痴痴地观望、流泪、发呆。不一会儿，他竟双脚离地，双臂平展，飞向大街，恍入梦境。

突然，一阵歌声打断了小晚子的梦幻，歌声来自生产队的打谷场，他的视线便立即移至打谷场。

偌大的打谷场变了样子，一座座小丘似的粮堆草垛被移到了一边，中央腾出了一片广场。有人在广场上忙碌不停，竖起了几人高的两支竹竿，拉起了几床被单大的一方银幕，装上了会唱会喊的高音喇叭，高音喇叭里传出一个女歌手悠扬动听的歌声：

千山那个万水呀连着天安门

毛主席是咱社里人

……

一切的改变，都告诉小晚子，晚间将有一场馋人的露天电影啦。

小晚子一兴奋，立即笑起来，奔起来，叫起来，看电影了，看电影了！

乡村的少年眼尖、耳尖、喉咙尖。立时，细二小、冬宝、银根、存喜、龙印港的孩子们很快都从四面八方奔过来，叫起来，看电影了，看电影了！

一方正反两面都能看的露天银幕，是乡村少年快乐的精神家园。那一方又一方的露天银幕，在单一的乡村文化生活里溅起多彩的浪花，少年时代的小晚子，从中初识了这个世界的伟大与神奇，获得了文化的滋养。

小晚子渐渐长大了，变成了少年郑晚子。

少年时代的郑晚子，看过很多经典的影片，多数都是在露天广场看的。这些经典影片中的许多主人公，都给郑晚子留下了深深的印象。至今印象犹深的，是枪林弹雨的战斗影片中的董存瑞、黄继光、邱少云等勇敢机智的英雄人物，他们一个个都成为他崇拜的英雄偶像。于是，勇敢机智的品质融入他的血液中，铸成他成长的重要基因，也促成他对电影加倍的迷恋。那个时候，公社放映队在各个大队轮流放电影，他晚上时常四处追着看。走十几里地也不怕远。

郑晚子这么奔东跑西，赶场子追着去看电影，他父亲郑云礼从不阻拦。郑云礼对待他，比龙印港哪家的家长对待孩子都宽松。正由于家庭环境很宽松，他的成长就没遮没挡，比其他孩子都出尖。细二小他们小学没毕业就辍学回家种田，而郑晚子小学毕业了上初中，初中毕业了上高中，直至进到范堤县最高学府。

这个时候，郑晚子不仅继续看露天电影，而且还能在范堤城里的电影院看到效果更好的影院电影。郑晚子对根据同名小说改编的电影钟爱有加，林道静等一批新的青春偶像，矗立在没有硝烟的另一个战场，矗立在他奋发图强的壮志雄心中，激励他用涉世未深的画笔，不知天高地厚地去涂抹人生的美好蓝图。

这个时候，郑晚子满脑子都是理想，前途，奋斗，报效国家！

刚进入一个全新的环境，郑晚子的新鲜感兴奋劲儿还没有过去，就参加了范中组织的高一新生摸底考试。

这次摸底考试的数学试题很活，有不少郑晚子在堤东初中见都没见过，难住了他这个一贯考高分满分的尖子生，让他懂得了什么叫天外有天，什么是最高学府。

范中考大学的升学率高达90%，每一届都有人考上清华、北大，郑晚子上一届一个堤东同乡就考上了清华大学。这次摸底考试试题的深度和难度，让他暗地里捏了一把大汗。

不理想的成绩，第一次出现在郑晚子名下，他很难受。范中高一的新生，个个都很厉害，他们都是从范中初中部和全县各所初中考进来的尖子生。这次摸底考试，大家都考得很好，甚至还有两个满分，一个是从范中初中部考上来的城里学生沈荣锦，另一个是从堤西初中考上来的农村学生王珩。沈荣锦不谈，就谈王珩，同样是从农村初中上来的尖子生，人家考满分，自己才及格，他输了，第一次尝到输的滋味。

这个中等个子的王珩，真是郑晚子的对头星，郑晚子进范中第一天，就在教室走廊上与他撞了个满怀，这次摸底考试又输给了他，而且输得这么惨，郑晚子耿耿于怀。

郑晚子天生不服输。不到半学期，他就适应了范中的新教法、活思路，一跃成了范中的尖子生，高一下学期便被同学们推选为学习班委。读到高二时，各门功课成绩优秀均衡，比学生会主席沈荣锦略胜一筹，与班长王珩不相上下。

郑晚子与王珩，两个各有千秋。王珩思维缜密，数学特别好，好到考试常得满分。郑晚子思维敏捷，作文特别好，好到常将作文贴在校园作文专栏里，让王珩羡慕不已。两同学，相互羡慕，相互学习，你追我赶，携手并进。

总之，沈荣锦、王珩等一干同学个了得，郑晚子的高中时期多彩多姿，青春岁月有滋有味。

范中的老师，更是个个了得。他们个个都是同学们崇拜的偶像。让郑晚子印象最深的是那个一头棕色卷发的语文老师牛正华。牛老师批改作文特别认真，不仅体现在字迹工整一笔不苟，更重要的是通篇精批细改，胜似农夫精耕细作，从头至尾改红了一片，并且将总批与眉批相互套搭，有机分工，拨动学生的心弦。郑晚子每次看过后，一篇作文的优缺点便都了然于心，像禾苗饱吸了雨露，滋润极了，自然而然地在写作上得到提高。牛老师勾画出来的一条条红色的波浪线，说也奇怪，这些句子，自己写作时并没有太在意，但经牛老师一批改，再用这红色的波浪线一一勾出来，就让他在意了。这时候，他深深感觉到受到了老师的宠爱，就如小时候受到了母亲的宠爱一样，感到那些画红波线的句子忒美，美得让自己心里都像醉了一样，自信极了！

郑晚子雄心勃勃，与同班同学王珩、沈荣锦几个一道，在范中读完高一再读高二，一路成绩拔尖，表现优秀。他自信前途宽广，正在一步步走向心中的理想之路，即读名牌大学——当工程师、科学家或文学家，实现从一个龙印港农村孩子到一个专家学者的华丽转身。总之，用细二小的话来说，就是"脱下草鞋穿上皮鞋"。

自信，是主观上的意识，是人在生活中的意志和精神支柱。然而，生活是一位既循循善诱又铁面无情的导师。她将会以事实一一告诉郑晚子，摆在他面前的道路，并不完全是由他自己决定的，客观环境的变化，不会以他的主观意志为转移。

这一切，郑晚子无法预测。他毫无意识，整天乐呵呵的，不知道什么叫忧什么叫愁。

中学时代的郑晚子，更准确地说，是接到范中那封信之前的郑晚子，一股脑儿的全是自信、乐观，自感前景一片光明。

3

应当说，郑晚子 8 月 30 日在老家龙印港接到的范中这封信，是他的命运发生改变的一个转折点。

晚上，暴风雨已经停息，龙印港里静悄悄。郑晚子高高兴兴，在大木澡桶里洗了澡，不忙上铺睡觉，又拿起信来反复地细看。信的内容很简单，就是通知他提前一天返校，参加学校的一个学习班。

看着看着，郑晚子心里忽然产生了一个疑问，还有一天暑假就结束，范中为什么还要专门发一封信来，通知学生提前返校，办一个什么暑期学习班？

在没有电话、电脑的年代，书信是人与人之间交流联系的重要渠道。范中寄来的这封信，给郑晚子带来了学校的气息，然而，信的内容却十分简单，简单到让人有些摸不着头脑——办学习班，什么学习班？这究竟是什么意思，信中为什么没有说明？

一时，郑晚子弄不明白，又不好问老头子，心里留下一个大大的问号。

然而，郑晚子属于乐天派，凡事都是朝好处想。他想，学习班肯定不是什么坏事，等待他的也许是一个什么好消息呢。他心里便又充满着期待，止不住地兴奋与喜悦起来。

凌晨三更天光景，借着星光，郑晚子挑着一副小担，从龙印港西南角的丁头府大门里匆匆走出，走进 8 月 31 日凌晨茫茫的夜色中。

郑云礼紧紧跟出大门，左叮咛右嘱咐。

郑晚子频频点头，挥手告别，转身离去。

直待上了大路，郑晚子才放开脚步，疾速前进。

一支三尺长的树棒，权当是挑小担的扁担。树棒扁担的一头，系着一只白布袋，另一头挂着一个青布包。

这头的白布袋中，装了20多斤玉米糁子，准备带到学校食堂去换饭票，这是他一个月的伙食。他每个月的伙食，除了饭票，另外还有5块钱菜票，但这5块钱，不是家里给的，而是学校里发的助学金。他家里没钱给他，所以他平常不用钱，连三分钱一个的烧饼都舍不得上街买一个。

那头的青布包里，装着书本、焦屑、咸菜瓶等。

青布包里的焦屑，是父亲郑云礼连夜用小麦面炒出来的，准备带到学校去，由他下了晚自修充饥。到时，下了晚自修，用预先准备好的开水泡成焦屑糊，再放少许糖精，就是喷喷香的夜宵。每次下了晚自修，一个同学用洋瓷钵泡焦屑，其他同学闻到香味，就都过来了。大家各自拿一把铅瓢子，围过来抢着吃，嘴里连说"好吃好吃"，手里铅瓢如射箭，一洋瓷缸焦屑立即见底。有一次，有一个同学从家里带了一小袋子咸胡萝卜干来，一个晚上就被同宿舍的同学吃得精光。大家都是长头（堤东方言，茁壮成长的意思）拿宝子，肚子饿了，什么都好吃，生铁也吃得下去。

青布包里的书本中，有他惦记的两本字帖，一本是颜真卿的《多宝塔》，另一本是柳公权的《玄秘塔》。他爱字，对字近乎痴迷，见到好字就欢喜，尤其爱看范堤城里的店铺招牌字。范堤城里的书法名家，偶有落墨于店铺招牌上，颜筋柳骨相媲美，各有千秋。在这些招牌字前，他常常看得发呆，傻傻地一站许久。人家这些字怎么这样好看呢？我也能写到这么好吗？终于有一天，他省下伙食钱，走进新华书店，去买了这两本字帖，自己练起来。每天临摹刻把钟，暑假大伏天，也一天不间断在家练，天天如此。他对这两本字帖，情有独钟。

让他惦记的，还有那本磨破书面子的小说——《青春之歌》，上学期老班长王珩借给他的，他看了还要看，一个暑假，反复看了好几遍。

一般的小说书，他只看一遍，有的地方拿眼睛一扫就过去，有时一本20万字的小说，两个晚上就能看完。然而，《青春之歌》不同，上面描写了林道静等青年投身革命洪流的激情岁月，讴歌了中国青年的爱国激情，令他无限羡慕和神往，他看了还想再看。这么多年，他一直在努力奋斗创造进大学深造的机会，希望自己将来也能在革命大道上阔步前进，唱响林道静那样的爱国主义青春之歌，为振兴中华做出卓越的贡献。想到这本磨破书面子的《青春之歌》，郑晚子不由得又是一阵心跳。人的心跳，不是无缘无故的，有时为爱情而心跳，有时为理想而心跳，有时为危机而心跳，有时为成功而心跳，那么，此时此刻，他是为什么而心跳呢？他是为理想而心跳，还是为成功而心跳，或是二者兼有？

感情敏感的郑晚子，独行在凌晨时分的乡村夜色中，感觉十分奇妙，仿佛独自游走于一个悄无声息的世界，正奔向洪流滚滚的激情岁月，又仿佛一只小船漂泊在没有边际的近海上，正驶向波涛汹涌的远方。地面上的四周一片黝黑，远远近近散散落落的村落，如同大大小小的航船，顶着朗朗的星空，漂泊在缥缈的大海里，他的小船就穿行在其中。沿路的一些生产队公共食堂里面，亮起几盏早炊的灯火，闪闪烁烁，星星点点，就仿佛海上航船的灯光。

一缕夜风拂过，一阵凉意袭来。经过昨天傍晚的一阵暴风雨，热浪消去，气候变得凉爽，也毕竟是初秋。

天空与大地，都如洗过一般干净，乡村的空气十分清新，满天的星星疏疏朗朗，让人心旷神怡，连心肺都像被洗过一样。

看看满天的朗星，郑晚子忽然间生出一种奇妙的联想。记得父亲说过，人死了，就会变成天上的星星。那么，那颗最亮最亮的星，是不是过世的母亲？是不是她在天上看着自己走路，看着自己有没有好的前途呢？

天渐渐地亮了，东方逐渐发白。

不一会儿，天边的地平线上，泛起了一片五颜六色的云，像系上了一条长长的彩带，好看极了。

郑晚子一走神，不由得又想起小时候，一大早跟着母亲上街去看外婆，坐在父亲的独轮小木车上听车轮嘎吱嘎吱歌唱的情景。

……

沿途东张西望，左思右想，3个多小时很快就过去了，早上七点左右，郑晚子赶到了范城。

他走得筋疲力尽，浑身被汗水湿透。远路没轻担，小担虽没有多重，但路一远，就沉甸甸地咬他的肩头，疼得吃不消。他怕迟到，一路上又不敢停下来休息，只能不断地换肩，因而待赶到范城时，肩头疼得不能碰，腿跑得几乎要瘫。

初秋的范城醒得早。七里长街车水马龙，两侧的商铺门檐上悬挂着形态各异的鸟笼，店门都已大开，货品琳琅，人声鼎沸，热气氤氲，一派欣欣向荣的气象。卖麻团米饼的、卖冰糖葫芦的、卖豆腐百页的小贩的吆喝声，还有声调各异的鸟叫声，此起彼伏。脚踏车、三轮车、板车、肩挑手提的行路人，摩肩接踵。这座黄海之滨的千年古镇，在他幼时的心目中十分神秘，如今却不再陌生，在范城读高中的这两年，他熟悉了这个江北小城，对她产生了亲近感。他悠然自得，浸在人声车声鸟声里，走在古色古香古镇中，俨然像个小主人似的。走过熟悉的麻石板街，走过熟悉的陆家滩头，他从大会堂拐弯向北，到了向阳桥再拐弯向西，沿着绿茵茵的城河北岸走了几步，就进了高高大大的范堤县中学南大门。

坐落在城河北岸的这所范中，已有40年建校历史。高中部共三个年级，每个年级两个班，编号为高一甲，高一乙，高二甲，高二乙，高三甲，高三乙。郑晚子他们在高二甲班。

范中是范堤县最高学府，范堤县人才培育的摇篮，所以也是范堤人心目中的圣地。如同范中每一位学子一样，郑晚子自幼就向往这块圣地，现在如愿以偿考进来就更加喜欢，他喜欢校园中心大道的宽敞平坦，喜欢中心大道旁梧桐树姿态的端庄自然，喜欢掩映在绿树丛中高高的大红成才楼，喜欢一排排大教室的宽大走廊与青砖小瓦，范中的一砖一瓦他都喜欢，哪怕眼前掉到地上的那几片落叶，小小的，黄黄的，他都喜欢。

他喜欢这里的一切，仿佛处处都是醉人的美酒佳酿，进了范中，他就醉！一丝惆怅入朦胧，万缕情愫醉心穹，郑晚子又醉了。

醉了一阵，郑晚子不敢再滞留，赶紧快走几步，把从家里带来的东西送进了宿舍，然后赶紧来到教室。

教室里座无虚席，同学们都来了，来得都比自己早。郑晚子赶紧坐到位子上，同桌的王珩低声告诉他，除了他们俩，全班45个同学中其他43个，都是前一天就到了学校。

他们为什么来得这么早呢？莫不是自己看错信来得晚了？郑晚子不放心，又把书包打开，拿出学校的那封信来再看。

昨天傍晚，那个雷电交加的傍晚，在堤东老家龙印港，郑晚子冒着雷雨赶回家，从父亲郑云礼手中接过这封信，他反复把信看了好几遍，信的内容简单而明确，通知他提前返校，参加学校举办的一个学习班。

学习班是他头一回听说的一个新词儿，这学习班有什么特定的含义，他哪里懂得！

当时，郑晚子的思想，就都集中到揣摩学习班这个新词儿上了，对返校日期，他望过一遍就过去了，并没有太在意。

现在，郑晚子坐在座位上，又拿出信来，把返校日期反复看了好几遍，看了又看，没错，31号，今天不就是31号，日期没有看错呀！

什么意思呢？郑晚子问王珩，心里生出一个大大的问号。

什么意思？王珩反问，谁知道！反正大家都先到一天了，除掉你和我。

同学们，静一静，静一静。班主任武一凡在讲话，同学们，我们高二甲班这次暑期学习班的主要任务，是进行一次学生干部民主选举，今天的选举，我们采用无记名投票。

哦，学习班的主要任务是进行学生干部选举。郑晚子心里的问号变成了一个冒号。

教室里乱了一阵，安静下来，开始进行选举。

选举的一应程序一点儿不乱，十分规范。

选举结束，武一凡指着黑板，按得票数由高到低，宣读了选出的7名学生干部名单。同学们发现，新选出来的7个人，全部都是原来的班级干部。其中，老班长王珩得票数最高，学习班委郑晚子排名第二。

看到这么个结果，同学们脸上都现出满意的表情。但郑晚子察觉班主任武一凡一直皱着眉头，他似乎不太满意。

班主任武一凡为什么不满意呢？郑晚子心里又多了个问号。

有人从教室门口走过，好像是学校团委书记杨泽湖。杨泽湖原来是范堤师范的团委书记，两年前范堤中等师范学校停办，师范的教师分流，他被分流到了范堤县中学。杨书记英俊潇洒，一到范中，就成为范中学生心目中的偶像，郑晚子崇拜极了。

班主任武一凡立即走出教室去见那人。同学们都怀着对杨书记的崇拜心理，伸头朝窗口看，却看不见那人的脸。只见武一凡正在窗外走廊上，向那人说着什么，那人指指手，武一凡摇摇头，那人又坚定地指指手，武一凡便勉强地点点头。

等那人走了后，武一凡回到教室里，叫郑晚子和王珩离开教室，到外面走廊上去。理由很简单，你俩家庭出身不好，属于“可以教育好的子女”，你俩必须回避选举。武一凡说，同学们，学校领导指示，根据相关情况和要求，我们高二甲班刚才的选举无效，必须实行二次选举。

郑晚子一听，生出了好多疑问。往年选举学生干部，都是9月1日开学后，为什么今年提前到开学前 8 月底，还专门为此举办了一个学习班？这是一。往常的选举都是一次性，今天为什么还要搞二次选举？这是二。还有三，往常都说出身不好没关系，只要表现好，就一视同仁，今天为什么不一视同仁，要他俩回避？还有就是，学校通知他和王珩比别人晚一天来，这又是为什么，是不是因为他俩出身不好，就通知他俩晚来，以便于提前做其他同学的工作？那么，现在又要搞二次选举，是不是因为工作没有做到家还要再做？

王珩已经离开了教室，走到了外面的走廊里。郑晚子赶紧跟上去，在走廊上向王珩叙说心中的疑问，王珩神情凝重地看看他，却不回答他的问话。

他俩从教室窗口朝里看，只见班主任武一凡的表情很严肃，声音低沉地对同学们讲着话，至于讲了些什么，他俩没有听清楚。

不一会儿，班主任武一凡让他俩进了教室。

班主任武一凡宣布了二次选举的结果，强调高二甲班进行二次选举，是根据学校领导指示进行的，并取得了预期的效果和成功。

这个"成功"的结果，就是郑晚子与王珩双双落选。

看到这个结果，同学们议论纷纷，交头接耳，叽叽喳喳，教室里先是乱哄哄的一片，继而死一般的沉寂。

郑晚子和王珩一声不响，呆呆地坐在中排的各自座位上。

王珩满面抑郁。

郑晚子红苹果似的两颊突然煞白，两眼慌乱不安。二次选举的这个结果，让他陡然明白，范中这次暑期举办学生学习班，就是为了撤销他俩的学生干部职务。学校通知班上其他的同学比他俩早到一天，就是为了背着他俩提前做好撤销他俩学生干部职务的宣传工作。进行二次选举，就是为了再次做同学们的思想工作，撤他俩的职。

但他不明白，撤销他俩学生干部职务的目的是什么？

他更不会明白，他俩这次的落选将意味着什么，将会对他俩能否上大学，以至他俩的一生，会产生什么样的影响。

沈荣锦在后排的座位上深深地吸了一口气，对同桌的刘勇强说，这个学习班总算结了束，明天就是 9 月 1 日——秋季开学的第一天，就可以开学上课了。刘勇强点点头，说学校瞎搞，不知搞什么名堂。沈荣锦说，嗯，别瞎说。

教室门口有人走过，好像又是学校团委书记杨泽湖。

见那人来了，班主任武一凡立即走出教室去。那人被武一凡的后背挡着，同学们看不见他的脸。两人在走廊上说了些什么，那人便点点头，走了。

教室里又是一阵骚动，继而仍然是死一般的沉寂。

班主任武一凡宣布上午选举结束，下午全校集中听形势报告。

等所有同学都离开了教室，郑晚子才从座位上站起身，走到教室的一个窗台前，从窗台上拿起自己吃饭的洋瓷钵，呆呆地走出来。

他魂不守舍地从二楼上下来，一个踉跄冲下去竟无法控制，他意识到自己将会撞到南墙上，吓得大脑里一片空白。他果然无法控制住，一头撞到了南墙上。他彻底吓坏了，以为头撞破了，大脑撞坏了。但他摸摸头，并没有血，又摇摇头，脑子也没被撞坏，还好。

幸好，没有人看见，郑晚子不希望被人看见。他赶紧起身，捡起被摔掉一块瓷的洋瓷钵，昏头涨脑地走向饭堂。

走读生们回了城里的家，寄宿生们都涌进了睡象似的大草饭堂，正在吃午饭。郑晚子胡乱扒了几口饭，吃了几筷子黄芽菜，一点儿也没有胃口。

吃过午饭，同学们三三两两地从大草饭堂里涌出来，形成一条缓缓移动的长长的人流。郑晚子夹在人流当中，王珩赶上几步走到他身边，邀请他去小花园走走。

王珩比郑晚子长两岁，来自堤西老镇，初中毕业后因出身不好，未考取高中，做了两年代课老师，之后才考上高中，属于全班唯一有社会阅历的学生。据沈荣锦说，王珩初中毕业那年没考上高中，是由于家里有海外关系，受了影响。得知中考落榜消息的那一晚，王珩晕头转向地走到堤西桥边，差点掉下河去，被姐姐从后面拦腰一把抱住。王珩从小父母双亡，由姐姐王琳一手带大。姐姐说，我的好兄弟，你做什么呆事？我的好兄弟，你是我的天，没了你，我怎么活！

王珩的这些故事，都是沈荣锦说给郑晚子听的，沈荣锦是学生会主席，了解的事多，郑晚子不知道的许多事，他好像都知道。

王珩不但学习成绩好，还写得一笔好字，拉得一手好二胡，看问题又比班上哪个同学都深透，很为大家所敬重，大家不喊他的姓名，都叫他老班长。

正因为王珩在初中毕业时受过落榜的挫折，不像郑晚子一直顺风顺水，因此比郑晚子成熟和敏感。

小花园位于成才楼前面，是高中部学生常去的地方，老班长王珩领前走进小花园。他愁容满面，神色忧郁，长长地叹了一口气说，郑晚子，我们估计上不了大学了。

紧跟其后的郑晚子一脸狐疑，以为耳朵听错了话，问，老班长，为什么？

还叫什么老班长？改选了，该改口了！王珩一脸苦笑，人家大学里录取考生时，就是看档案。档案里写着你出身不好，还写着你在高二被撤销学生干部，也就等于是说你表现不好。出身又不好表现又不好的，不属于"可以教育好的子女"，因此，哪个大学会录取你呢？

郑晚子一听，倏然知道了这次干部被撤的后果及其严重性，顿感头皮发麻，恍如五雷轰顶，轰飞了天灵盖。一向阳光的一张方脸，破天荒地漫上满天阴云。他说，老班长，那高二乙班为什么没有办学习班搞干部选举呢？

郑晚子，你怎么还不改口，还叫老班长？思想落后于形势！

老班长，我叫习惯了，难改口，习惯成自然。老班长，我问你，高二乙班为什么没有办学习班搞干部选举呢？

人家班上没有我俩这情况，要办什么学习班搞什么干部选举呢，岂不是把饭叫饥多此一举？

晚饭过后，范中东北角的高二甲班男生宿舍里响起了琴声。

拉二胡的是老班长王珩，他坐在自己睡的双层床下床床头，神色忧郁地拉着那把墨黑的琴。

夜静了，悠扬婉转的琴声回荡在宿舍里，飘出了窗外，飘进了校园，飘出围墙外……曲子是《二泉映月》，同学们都听得出了神，郑晚子心中却有些异样，听出别样的幽怨滋味，仿佛倾听谁在失意的诉说。

路灯从宿舍的窗外照进来，灯光朦朦胧胧的，映着男生们一张张熟睡的脸庞，琴声停了，灯熄了，大家都进入了梦乡。一个同学，在梦中笑出声来。另一个同学，嘴里不知咕哝些什么。还有两个，鼻子里已发出鼾声，一大一小，一唱一和，都朝郑晚子脑袋里钻，让他无法进得梦乡去。

双层床很窄，仅有二尺来宽，不大能翻身。郑晚子睡在上一层，更得小心，只能在被窝里轻轻地动动身子。被窝很薄，棉花胎不过五斤多重，席子下面铺垫的稻草也只有四五斤，冬天冷的时候必须紧绷被头，缩成一团才行。眼下是秋季，盖这么小的被子正好。郑晚子甚至还嫌热，因为心里难受，一难受就觉得燥热。

郑晚子在床上翻来覆去，百感交集的滚滚思潮让他无法平静。

他痛恨自己的出身。老头子土地改革前借粮买田，土改时被划为富农，让他背上了一个出身不好的包袱。

他相信自己的表现。范中一直强调重在政治表现。一个人的出身无法选择，但政治表现可以选择。所以，自己一直都很乐观，以为出身不好也会有前途，只要自己好好表现就行。他的表现一直很好。他在堤东初中就入了团。到了范中读高中的时候，自己还在班上先后介绍发展了刘勇强、曹松德、成林、武平德4名共青团员，他的雷锋式事迹也多次受到学校的表彰。今天第一次选举时，自己得票数名列第二，就足以说明同学们对自己各方面表现的认可。

然而，今天的二次选举，又令他疑窦丛生。学校领导为什么无视他的良好表现，搞二次选举，采取这种非常的做法，把自己的学生干部职务拿下来？

这种非常做法的背后，究竟有什么样的背景？

如果真如老班长所说，因此就上不了大学，那岂不是前功尽弃，十几年的汗水付诸东流？好端端的青春，好端端的前程，就这么半途而废断送了吗？

郑晚子昏昏沉沉地躺在床上，像躺在风浪中一艘小船上颠簸动荡。小船向彼岸驶去，彼岸中模模糊糊晃动着一座仙台琼阁，那仙台琼阁，是他心仪的那所大学……

骤然，一个巨浪猛扑过来，小船颠翻，郑晚子的身子弹起，一百八十度一滚而下，掉进了无底深渊。他赶紧抓住一把稻草，大声呼救。不料，一只巨型怪兽又迎面扑过来，伸出毛茸茸的魔掌，扼住他的喉咙，令他呼吸困难，欲呼，呼不出，想喊，喊不响……

听到郑晚子的叫声与响动，男生宿舍的同学们纷纷从熟睡中惊醒。

老班长王珩睁眼一看，郑晚子的床空着，人没了，只剩下那床被子，掀起了一个角。老班长王珩赶紧坐起身，朝地上一看，便看到了离奇的一幕，郑晚子从床上掉下来，坐在地上，手里紧紧地抓着一把乱绒绒的稻草！

老班长王珩随即喊上几个同学，下了床，大家七手八脚，把摔得晕头转向的郑晚子从地上拉起身，扶上床，折腾了半宿。

4

早读时间，沈荣锦没有进教室，而是躲在成才楼前的小花园里读俄语。他是学生会主席，昨天校团委会书记杨泽湖约他今天早晨有事，他马上要离开教室去他那儿，所以就躲在这个小花园里读一会儿，这样来去方便，省得上下楼。

今天是 9 月 1 日，秋季开学的第一天。

昨天是 8 月 31 日，暑期的最后一天，沈荣锦他们还是高二的学生。从今天开始，他们就进入高三年级了。

昨天与今天，一日之隔，就是两个不一样的学习阶段。高三的学习气氛，比高二更加剑拔弩张。

范堤人家的孩子，无论是街上的，还是乡下的，都十分重视高考，重视上大学。尤其是有志向有出息的孩子，都把上大学当作人生目标，看成是天字第一号的出路。因此，大家在高中阶段的学习都很自觉很紧张，高三这一年更自觉更紧张。

作为范堤县的最高学府，范中的学习风气尤为浓厚。每年新招的高中生，全县平均 1 万个人中不足 1 个，一个公社平均只有 3 个。因此，范堤县中的高中生质量极高，高考升学率年年都在 80% 以上，高的年份还能达到 90%。有的年份，除了家庭困难辍学、本人生病休学、入伍当兵离校、随父母转学外地等几种例外情况，几乎个个都能考取大学。但大家还是很担心，不是担心考得上考不上，而是担心能不能考上名牌大学、重点大学，或者自己欢喜的大学。于是，愈是成绩好的愈用功，愈是进入高三愈用功。可每天晚上下了晚自修，学校却统一熄灯要求学生按时就寝，不允许任何学生挑灯夜读，这一来从早读到晚自修，学生们更加分秒必争，紧张拼搏。

这个小花园，说是范中成才楼前的一景，其实并没有各式各样的花，而是很简单，几棵高过成才楼的水杉树和树下一片一片修剪整齐的冬青。但沈荣锦喜欢这儿的简单，喜欢这冬青的深绿与厚道，喜欢这杉树的笔挺与崇高。

沈荣锦今天来得特别早。因小花园里没有旁人，他一个人更加放得开，读得声情并茂，十分投入。

不一会儿，杨泽湖来了。

杨书记，您找我，有什么指示？

杨泽湖扬起两道剑眉，轻轻地摇了摇手，不是什么指示，是有个任务交给你，一个非常重要的任务。

沈荣锦问，杨书记，什么重要的任务？

杨泽湖一脸的严肃，沈荣锦，你是范中学生会主席，你代表组织，找一下王珩和郑晚子，做一下他们的工作。这个任务，很重要，明白吗？

您说的是干部选举的事吧？沈荣锦立马也一脸的严肃，杨书记，我想，确实是要做一下工作，王珩和郑晚子他俩表现都这么好，成绩都这么优秀，无缘无故的，干部说撤就被撤了，我也估计他俩会想不通。我也正在想，是不是要找一下他俩呢。

杨泽湖完全站在组织的高度，说话语重心长，沈荣锦，你是学生会主席，你要站得高，望得远。你要说服他们，一定要小局服从大局，个人服从组织。这次干部选举，是组织上对他俩的一种考验，他们要经得起考验，将来才有出息，才能成长为有用的四化人才。还有，沈荣锦，你别提我，你就代表学生会吧。

沈荣锦点点头，显出一副心领神会的姿态。

杨泽湖又嘱托了几句，便匆匆离去。沈荣锦也赶紧离开小花园，去了成才楼教室，把王珩叫了出来。

成才楼，是范堤县中学的高中部教学楼。范堤县中学的其他教室都是平房，只有高中部的成才楼这一幢，是个三层的小楼房。沈荣锦他们高三便在三楼。

范堤县中学每年都有近百名学生从成才楼里走出去，走进全国各大学，走向各种社会主义建设岗位，成为各类有用人才。成才楼，也因此而得名，并闻名全县，受到社会各界的抬爱。

沈荣锦、王珩二人从成才楼三楼上下来，走进楼前的小花园里面。

没等沈荣锦开口，王珩抢先说话。

王珩说，沈荣锦，我没问题，我想得通。

沈荣锦说，王珩，你知道我要讲什么？

王珩说，沈荣锦，我知道你要讲什么。你要讲二次选举，讲我干部被撤，讲小局服从大局、个人服从组织，你是怕我想不通。其实，我非常想得通。这种情况，两年前，我初中毕业时就遇到过一次，当时就因海外关系没考取高中，后来做了两年代课老师，才又考的高中。所以，现在又遇到类似情况，我想得通。我看，郑晚子思想上疙瘩不小，昨晚一夜都没睡好，你要找他好好地谈谈，做做工作。他年龄小，又没有经历过，想不通也难免。

接着，王珩就一五一十，把昨晚郑晚子做噩梦从双层床上掉下来的情况细说了一遍。沈荣锦听完点点头，王珩，你就是太聪明。

沈荣锦又离开小花园，上了成才楼三楼，从书声琅琅的高三甲班教室里把郑晚子叫了出来。

两人走进成才楼门前的小花园，沈荣锦就问郑晚子，听说你昨晚睡觉掉到了地上，究竟是怎么回事？

郑晚子昨晚睡觉掉到地上时，沈荣锦并没有在场，是刚刚听王珩说的。郑晚子并不知道王珩刚刚告诉他，所以感到奇怪，沈荣锦不是农村来的寄宿生，而是城里的走读生，他的家住在范城玉带巷，他昨晚住在家里，不在宿舍，怎么知道我摔到地上的？

沈荣锦又做出决定说，这样，早读快结束了，马上要上第一节课，这刻儿没时间细说。这样，我们放在下午两节课后课外活动时间，再到校外去散散步交交心。你外婆家不是住在北郊嘛，正好去看看她老人家，我知道，你母亲不在了，她老人家挺惦记你的。

外婆不在家，郑晚子说。

郑晚子经常在礼拜天去看外婆，沈荣锦也陪郑晚子去过。每次一见他俩去，外婆就高兴得不得了，又是煎蛋，又是摊饼。他俩走的时候，外婆经常是泪水涟涟地站在门口，目送着两人的背影，一直到看不见为止。

沈荣锦惦记着自己的外婆，话不多，很温情很贴心，沈荣锦的真情关怀，使郑晚子眼眶发热，溢出泪水。文质彬彬的沈荣锦，身着白衬衫毛蓝裤，脸上白里透红，浓眉大眼间，满是兄长式的温和与善良。郑晚子用手擦擦眼边的泪水，感激地说，外婆不在家，去上海了，娘舅在上海，接外婆去养老，安享晚年。娘舅早就要接她去，可外婆一直不肯走，不肯离老家，一直拖到今年上半年才走的。

那也没关系，下午两节课后，反正是活动时间，我们一起出去散散步，交交心。沈荣锦说。

下午两节课后，沈荣锦接到通知去开团委会。他既是学生会主席，又兼团委会副书记，是团委书记杨泽湖的得力助手。这次团委会的议题，是加强对高中学生"一颗红心，两种准备"的就业思想宣传教育。按照杨泽湖在会议上的部署，学生会承担三项任务，一是与盐州的尤永耕联系，尤在高中毕业后放弃上大学，主动扎根农村干革命，是广大知识青年"广阔天地，大有作为"的光辉榜样，学生会负责请尤来做报告。二是组织宣传造势，包括拟定宣传提纲、标语、倡议书，组织出专栏、黑板报等。三是组织学习讨论，疏导思想，落实行动。整个九月，沈荣锦忙得脚不点地，把找郑晚子的事暂放一旁，一直拖到十月初一个傍晚，他才找到一个空闲付诸实施。

十月小阳春，江北平原十月的天气很好，一直到傍晚，阳光仍然很好，且又与夏季不同，没有那种炙热，而是暖暖地晒得人很舒服。沈荣锦二人享受着落日余晖，出了范中南大门，转弯向东，再转弯向北，沿着大马路一边的树荫，缓缓地向北郊走去。

一个多月来，郑晚子因干部无故被撤，心境一直很失落，此刻与沈荣锦一起散步谈心，稍稍有点缓解。谈着谈着，他的心境竟然大释，一时复又回到原先那个自信阳光的状态。

秋风舞落叶，夕阳照人行。

高天任鸿鹄，青春伴心飞。

两个范中的高才生海侃神聊，畅谈青春、理想、前途，万千思绪如坠云端，一时离开了脚下那人间实地。

沈荣锦详细介绍了自己的童年，并说自己童年有个梦想，但又不知道这个梦想具体是什么。他家是开理发店的，他从小就喜欢在大镜子前面照镜子，沈剃头匠理发店的这面大镜子却布满大大小小的锈斑，让他照不清楚自己的这个梦想到底是什么。没有客人来店里理发时，沈剃头匠就温和地看着在大镜子前面照镜子的他笑，来了客人沈剃头匠就温和地吩咐他，沈三小，去，拿二分钱，去王二爹茶水炉打水去。

弟兄五个，沈荣锦排行老三，沈剃头匠最喜欢他，叫他沈三小。

有一次，沈荣锦拎起两把红色篾壳子茶瓶，去理发店斜对面巷子里打水，心里还想着那个未来的梦，走到王二爹茶水炉前，脚下青石板一滑，两把红篾壳子茶瓶一齐掉在石板上，"呼""呼"两声，瓶胆摔得粉碎，剩下两个空的红篾壳子在青石板上蹦跳。他吓死了，不敢回店，怕挨打。沈剃头匠找到了他，却没有打他，只问他，又痴了吧？

痴了！沈荣锦如实回答。

沈荣锦详细介绍了自己的童年后，又询问郑晚子的童年生活。郑晚子习以为常的乡村田园生活，如挑猪草、看牛等，使沈荣锦兴味盎然。

两人谈完童年，又谈少年；谈完少年，又谈当下。

当下这两年，两人一起参加合唱团，一起挖护校河，一起开展学雷锋活动，有共同的丰富多彩的高中生活经历。在这些丰富多彩的生活经历中，发生了许多有趣的故事，留下了许多精彩的回忆。

范中有一个像模像样的合唱团，合唱团由一位毕业于上海音乐学院的音乐老师负责组织与排练。她是一位有着高雅气质的女教师，是范中百人合唱团人人仰慕的偶像。沈荣锦和郑晚子都是百人合唱团的成员，他们每周两次在范中大草饭堂里跟着她排练，逢到什么节日还跟着她去县人民大会堂演出，度过了无数欢乐时光。合唱团成为他俩的乐土。

在合唱团里，沈荣锦与一个女生好上了。她很出众，大眼睛，高鼻梁，长辫子，像个能说会道大胆泼辣的俄罗斯女孩，在范中读初三，当学生会文体部长。他与她暗中交好，但不敢公开，中学生不允许谈恋爱，他怕犯错误。可是，合唱团里几乎人人都发现了他俩谈恋爱，只有郑晚子没发现。每次他与她在睡象似的大草饭堂一角谈话，郑晚子都以为他们在谈工作呢。

沈荣锦与郑晚子一起回忆了合唱团里的许多趣闻轶事，唯独没有谈这个。

记得挖护校河的誓师动员大会，是在范中大草饭堂里召开的。那次在会上，杨泽湖代表教师、沈荣锦代表学生分别作了气壮山河的表态发言，"师生并肩齐奋战，敢教日月换新天"，会议现场的气氛热烈得像炸开了锅。沈荣锦便问郑晚子，你可记得当时没有泥筐我们就用手搬泥块，大家唱着歌肩并肩手接手，从河底将泥块一块块传到河岸上，通过我们的自力更生艰苦奋斗，如期挖成了护校河，取得了一场改造大自然斗争的胜利？

记得！郑晚子说。

开展学雷锋活动的誓师动员大会，也是在范中大草饭堂里召开的。动员大会开过后，范中的好人好事层出不穷，蔚然成风，整个活动开展得如火如荼。沈荣锦又问郑晚子，你可记得当时我们都是学雷锋活动的积极分子，都是经得起考验的骨干标兵？

记得！郑晚子说。

话题转到这一次学生干部选举上，沈荣锦说，郑晚子，当不当干部，都是一个样。能上能下，这也是一次严峻的考验。今天我来找你，也是杨书记的意思，杨书记希望你能经受住这次考验。

杨泽湖倒是关照不要提他，沈荣锦当时也答应的。可是，等见到郑晚子时，沈荣锦又觉得，不提杨书记就不能说明学校领导关心，工作力度就不够。沈荣锦告诉郑晚子，杨书记要求，在这种考验面前，你要从大局着想，个人利益一定要服从大局利益。一个中学生，只有能上能下，不计较个人得失，经得起各种考验，将来才能成为建设四化的有用人才。

你讲的这些大道理，我都懂。郑晚子说。

是的，沈荣锦讲的这些大道理，充满了时代气息，体现了利益取向的时代价值观，都是杨泽湖经常大会小会宣讲，郑晚子打心眼里信服的道理。此刻，杨泽湖虽然不在场，但他的两道剑眉却恍如在郑晚子眼前，郑晚子坚定地表态，自己一定会经得起这种考验，决不辜负杨书记的希望！

话是这么说，其实很勉强，这次学习班委被无故撤销，给郑晚子带来的伤害毕竟太大了。但是，他必须无怨无悔地接受这一现实，因为这是对他的考验，任何时候，他都是经得起考验的，是好样儿的！

沈荣锦对他的思想启发中饱含着关怀，这种兄弟般的关怀像缕缕阳光，暖暖地射进他自幼失去母爱的心扉。郑晚子打心眼里喜欢沈荣锦，感谢沈荣锦对他的真情关怀。这缕缕阳光，那么暖暖地永远驻在他心底，若干年以后，他心里都是那么暖暖的，这也使他之后愈来愈喜欢这位老同学，并愈来愈热爱母校范中。

范中给了他终身受用的知识与力量，她是培育他成长的摇篮。

得益于沈荣锦等同学的劝解帮助，郑晚子调节好情绪，变压力为动力，全力以赴投入了高三阶段的紧张学习。

有一天，郑晚子突然想起来问王珩，沈荣锦找过你吗？

找过啊，找过你吗？

找过。喂，这道题你怎么做的？

5

高三这一年过得很快，转眼就是高考。

填报高考志愿，是安排在高考之前，同学们都有些紧张。

大家不要紧张。班主任武一凡说。

武一凡对填报高考志愿认真进行了指导，并再三关照，关键是要填得科学，你将来究竟是录取在哪所大学，不但取决于你的高考成绩，同时也得看你的志愿填得是不是科学。大家手中这份报考高校的志愿表，分第一志愿、第二志愿、第三志愿三档，其中第一志愿最为重要。高校是根据报考该校的考生志愿，特别是第一志愿的填报情况，结合本校的招生条件，按照分配给省里的招生指标数的 1.2 倍，确定其在本省招录的考生入围名单，入围名单中的最后一名的分数，就定为投档的最低分数线。最低分数线确定后，高校再结合考生高考成绩、政审、体检等条件，按考生志愿填报顺序，依次进行录取。同学们，大家填志愿时，要好好掌握这些情况，靠船下篙，选择志愿。

大家选志愿，选得都很认真，成绩好的沈荣锦、刘勇强等都选填了名校，只有王珩没填名校。王珩虽然成绩也很好，但他对自己没信心，认定被撤了班长就没有大学要，别说名牌大学，就是一般大学，也不会要自己，所以就没填名校。

在武一凡的指导下，郑晚子以自己为例，设想了一下，具体该怎么填报操作才科学。郑晚子觉得自己高三这一年的学习状态不是太好，估计高考总分不会太高，就选了一所一般的大学，作为第一志愿。

看过郑晚子送上来的高考志愿表，武一凡非常满意，并且赞扬了郑晚子，你这就对了，你和王珩一样，你们都很清醒，填得很科学。

志愿填好后，马上就是高考，同学们更加紧张。

每年学生高考，都是七月7、8、9这三天，正是一年中最热的大伏心。盛夏酷暑中的高考，既是莘莘学子十二年寒窗的总检阅，也是进大学继续深造或学业中止的分水岭。面对这一张试卷定终身、万人争挤独木桥的高考，谁敢怠慢？学习成绩愈好，愈是期望通过高考来改变命运；而期望值愈高，则心理负担愈大，愈是怕过不好高考这座独木桥。

心理负担过大，往往就会影响到考生在考场上的发挥。而考生在考场上的临场发挥，直接关系着高考成绩，高考的成功与否，不但要看考生平时的学习基础好不好，也要看他们的临场发挥好不好。所以，考前动员时，班主任武一凡对高三甲班同学再三强调，同学们，你们不要紧张，不要有心理负担，你们要放松，临到高考，你拼命复习已起不了多大作用，重要的是心理要放松。这刻儿，你的学习成绩已经定了秤，你是几斤几两，就几斤几两，不会再变。但是，如果你拼命复习过度紧张而不放松，就可能临场发挥不好，你就会掉分，你就会比发挥得好的人吃亏。反过来，人家发挥不好，你发挥好，你就沾光，你就成功。因此，考前需要的是放松，大家要放松，千万不要紧张。特别是王珩、郑晚子，你们心理上不要有什么负担，千万不能影响到在考场上的发挥。

然而这高考，究竟是要决定你命运的，高三甲班45个同学以至范中高三90个参考学生，有谁能不高度紧张而安之若素？

所以，尽管武一凡反复交代，一些同学考试时还是由于过度紧张而出现了怯场，最典型的要算女生武小娟，考一场哭一场。

武小娟是班主任武一凡的女儿，班主任那么满口大道理善于做人的思想工作，他自己的女儿怎么会不听他教导呢？郑晚子想不明白，觉得奇怪。

首场考语文，重头戏是作文。作文命题是《谈革命与学习》《给某国人民的一封信》，两选一，有点难度，难住了不少考生。

然而，作文是郑晚子的拿手好戏，难不倒他。平时，郑晚子就最喜欢写作文，恨不得一周写两次作文，可老师偏偏两周才布置写一次作文。

郑晚子的作文写得那么好，常常有示范作文上学校专栏，每次都用崭新的作文格子纸重新誊写好，贴在范中成才楼下中心大道左侧的"作文园地"里。那几页崭新的作文格子纸，是语文老师牛正华发下来的活页，他每次在上面誊写老师指定的示范作文，都很认真，字写得清秀灵动，一笔不苟，卷面十分整洁。牛正华在他交上来的作文上再重新用红笔批改，包括眉批总批，并在那些优美语句下一一如前地画上惹人注目的红色波浪线。笑点很低的他，每次得此等荣耀，都笑得脸上像开了花，心脏像小兔子似的在怀里直跳，可在同学们面前，他却又装作没事人似的。

郑晚子常常找时间，自个儿站在成才楼下"作文园地"前，一站半天，偷偷地看自己的那些作文，自我欣赏，自我陶醉，沉浸在被赞美的愉悦中。

被赞美，激发了热情和兴趣，郑晚子由此享受到写作的乐趣，写作的爱好便长进他骨子里。所以，在首场语文考试中，当他打开卷子的时候，便迫不及待地先看高考作文题，见到《谈革命与学习》《给某国人民的一封信》这两个题，便生出莫名的冲动，随即开始选题。

《谈革命与学习》这个题，牛老师考前猜题就押上了，再写没意思。那就选《给某国人民的一封信》这个题吧，牛老师考前猜题没押上，可以尽情地现场发挥。题目一选定，内容就如泉涌。为了给思维留个空间，郑晚子又回过头来先做语文知识题，做好知识题后再写作文。这样，写作文时便无后顾之忧，下笔更流畅。

……亲爱的某国人民，中某领土唇齿相依，两国人民亲如兄弟，谁敢侵略你们，我们不答应，坚决不答应！我们坐在静静的课堂上，眼里看到的是，你们那里弥漫的硝烟，耳里听到的是，你们那里炸弹的轰鸣，我们时刻准备着，丢下书和笔，拿起刀和枪，与你们并肩作战，打击侵略者，赶走狗豺狼……

激情的临场发挥，忘情地抒发感怀，郑晚子心里的紧张感顿时一扫而光，笔下别提有多自信顺畅了。

高考的考场高度严肃。1个考场只有20多个考生，监考老师却安排了2个，1男1女。考生1人1桌，保持相互之间的距离，保证独立答题。监考老师都是生面孔，考生上厕所都必须由监考老师护送，男生由男老师护送，女生由女老师护送。考场外用白石灰粉画了禁区，写上"考场重地严禁入内"字样。考场内鸦雀无声，针掉地上都听得见，考生置身于其中，不由得就要怯场！

真是奇怪了，高考的考场如此严肃，郑晚子却不怯场。考场愈是高度严肃，愈是不会发生作弊行为，愈是能考出真成绩，他愈是打心眼儿里高兴和欢迎，反而愈是发挥得好！一篇称心如意的作文，在规定时间内顺利完成，他为高考语文卷画上了一个完美的句号。

首战告捷，郑晚子信心倍增。

接下来，郑晚子积极迎战第二场数学考试，并且又顺利闯过了难关。

这一场数学考试，是整个高考难度最大的一关。面对那份清清爽爽的高考数学卷，他一道一道做下去，从头做到尾，全部拿下。最后第 8 题是附加题，虽然有很大的难度，以至于难倒了王珩、沈荣锦，但没有难倒他。只是预先估计不足，他将答案写满试题下面预留的空白后，又在旁边挂了一个角。

一天考下来，考生们个个都如绷在弦上待发的箭似的紧张。晚上就寝前的几分钟，泡一瓷钵焦屑，边吃边听一段王珩的二胡独奏，放松一会儿，是高三甲班宿舍里男生们的一乐。这是他们的独特享受，别的班宿舍里没有。

高三甲班宿舍里的男生们聚在宿舍中间那张双层床周围，王珩坐在双层床下床边上边调琴边说，郑晚子，我真羡慕你，你的状态真好，你说你连附加题都轻易拿下，还在旁边挂了一个角，而我一进考场头就晕，拿起数学试卷一片云，这次总共八道题，我恐怕没做到五道，发挥极不正常，考得太差劲儿了。

不过，王珩似乎并不太在乎自己考得差。他把二胡调得低低的，拉了一段《二泉映月》，给刚刚从考场下来回到宿舍的男生们听。

郑晚子自己泡好了一瓷钵焦屑，又给王珩泡好一瓷钵，问，王珩，你今天可放点糖精？放还是不放？

王珩摇摇头，继续拉。

男生们听着听着，一个个开始打哈欠，起身回到各自的床上。

悠扬悦耳的琴声，略带一丝丝忧伤的、甜蜜的、苦涩的、希望的、焦虑的、各式各样的情绪，伴大家进入梦乡。

第二天的外语考试，相比较轻松些。班上平时考俄语，几乎个个都考九十几分，没有一个不及格的。大家都说外语好学，不像数学那么拐弯抹角难理解，你只要肯下功夫肯死记硬背就行。

当然，外语也不是全靠死记硬背，政治题可能更需要死记硬背，尤其是时事政治。不过，郑晚子学政治，都是在理解的基础上记忆，特别是辩证唯物主义哲学常识。所以，考政治，考到理论题，他很沾光。

最后一天考理化史地，报理科的考理化，报文科的考史地。在高三甲班，郑晚子、王珩、沈荣锦、刘勇强等大部分同学填报的都是理科，考的是物理和化学。

郑晚子属于不死用功的学生，他爱好打乒乓球、打篮球，爱好唱歌，还是范中学生合唱团成员。他按时作息，从不早起晚睡，该学习就学习，该运动就运动，该休息就休息，成绩名列前茅，这次高考，各门考得也比较满意。所以，高考之后，他有点抱怨。晓得自己高考能发挥得这么好，考前就不该听从武一凡为保险起见的建议，第一志愿放弃了清华北大，而填报了一般大学。上清华北大，一直是他梦寐以求的理想，放弃了错过了就无可挽回，十分可惜，他心有不甘。

王珩也属于不死用功的学生，他爱好二胡，但不怎么运动。在班上，他的成绩名列前茅，比郑晚子还好。但这次高考，据他自己说，门门考得都不好，他很不满意。他对郑晚子说，我考得太差了，什么大学都上不到。你考得好，你肯定有大学上。

你不是说，因为干部被撤，什么大学都上不到吗？郑晚子说。

王珩听后，不置可否，只是苦笑了一下。

这个夜晚，高度紧张的高考突然结束了，时时期盼时时等待的高考就这么突然结束了，一切来得这么慢，一切又来得这么快。

这个夜晚，一点就要爆炸的空气，突然归于平静，朝夕相处情深意笃的同学突然要就此分手，想到从此便告别母校，大家将天各一方，个个心中都是莫名的失落。

这是一个不眠之夜。同学们三个一堆，五个一群，谈天说地，畅想未来，动情抒怀，依依不舍。

郑晚子与王珩、沈荣锦三个一起，谈得热火朝天。郑晚子此时的感觉，就是两个字，突然。高考突然结束，同学突然分手，他心里突然不是个滋味！他难舍同窗，难舍恩师，想到明天就分别，满眼的泪花，沈荣锦，你说三年这多快，转眼就过去，聚在一起三年不介意，突然明天就要散了，我心里真不是个滋味！太突然了！

沈荣锦笑笑说，人生有聚必有散，旧的散了，新的还可以再聚。小学毕业散过一次，初中又聚了，初中毕业散过一次，高中又聚了，现在高中毕业又得散了，大学还可以再聚。

面对沈荣锦这种大哥式的劝慰，郑晚子的心里更添了几分依恋和不舍，人生固然是有聚必有散，但总该免不了聚喜散忧啊！

王珩与郑晚子约定，暑假王珩到郑晚子那儿参加劳动，农村是广阔天地，二人相约一起去战天斗地！

咦，这主意不错。沈荣锦附和说，王珩，你真行！到时，我也去，我们三人一起去战天斗地！

王珩不以为然，你去什么去，你上你的大学去吧。

沈荣锦又笑笑，你们不也上大学吗，这与暑假到郑晚子那儿参加劳动有什么冲突呢？

王珩神色有些黯然，我这次在考场上的发挥非常不好，我考得太差，什么大学都上不到。

郑晚子没有说话。他暗自思忖，幸好，自己在考场上的发挥非常不错，高考还是成功的，高考不就是考一个临场发挥嘛！

这么一想，郑晚子的心情就晴朗起来。

临场发挥这么好，上大学应该不成问题吧？上不了一个名牌大学，总能上个一般的大学吧！总不至于如王珩所说，就因为干部被撤，什么大学都上不到，高考成绩再好也等于白搭吧？

6

7月10日，参加完高考的第二天，郑晚子打起背包，依依不舍地离开了生活了三年的范中，回到老家堤东龙印港务农。

一回到家，郑晚子二话不说，立即脱下上学穿的一身青年学生装，换上假期回家干农活专门穿的那身旧衣裳，下集体大田干农活，帮父亲郑云礼挣工分。12 年前，为了理想，他就像一只勇敢的雄鹰，从老家龙印港起飞，并一路振翅高飞，一直飞到了那个举国瞩目的高考考场。12 年后，为了生存，他又像一个一鼓作气的勇士，从那个高考的考场上下来，回到老家龙印港，投入农业生产的战场。

一股暖风拍面而来，是老家龙印港的亲人对郑晚子的火一样的热情，花一样的笑颜。

小伙回来了，郑云礼欢喜在心里，笑容在脸间，黄巴巴的脸上开了花。

书公子回来了，旺奶奶、友全嫂子欢喜在心里，笑容在脸间，皱巴巴的脸上开了花。

伙伴回来了，细二小欢喜在心里，笑容在脸间，红彤彤的脸上开了花。

无论父亲郑云礼，无论邻居旺奶奶、友全嫂子，也无论发小细二小，大家都以为郑晚子这次回来还是短暂地待上一两个月，或者只是十天八天，与以往每次放假回来没什么两样。大家都欢喜郑晚子，都希望他在家多待些日子，见面都是笑，谁都不知道他心中装着那么大的心事。

龙印港的这个夏天，又是个干旱炎热的夏天。连续40多天不下雨，太阳像火炉，大地像蒸笼，人人都热得要命。在老家龙印港亲人的热情包围中，郑晚子一边冒着酷暑干农活，一边等待着高考的结果。天气奇高不下的温度，无情地起劲地炙烤着他那等待高考成绩的耐心与信心。

这真是五味杂陈的等待！这种等待，既充满了期盼，充满了希望与甜蜜，更充满了煎熬。

等待，郑晚子并不陌生，可以说，从小到大，他就是在等待中长大的。他的心底里，不知有过多少次等待。等待雨停之后出太阳，等待母亲从街上买麻团回来，等待过年吃肉穿新衣裳，等待老师批好试卷后报分数，等待作文贴到"作文园地"里……有梦想，就有等待，有多少次梦想，就有多少次等待。一次又一次的梦想与等待，像蜂蜜似的一次又一次滋润着郑晚子的心田，带来了一次又一次的希望与甜蜜，这希望与甜蜜，帮助他战胜了生活中的若干不堪与困苦，留下他对龙印港许多美好的回忆与梦想。

往年放假回来，龙哥小的耕田号子、兰英哼的民歌，他会听得如痴如醉。永贵讲的笑话、小龙做的鬼脸子，他见到就开心，想到就发笑。龙印港的乡亲们各有各的格式，个个栩栩如生，他见到谁都格外亲。

可这个夏天，他发现，得黄病的龙哥小的大肚子肿得像个快生宝宝的大月份孕妇，兰英一次因为记工员少记了几分工分一气喝下给农作物治虫的半瓶药水，永贵一天晌午挑粪时头一晕倒在火炉似的太阳下，小龙这几天家里缺粮动不动就躺在床上，这些乡亲们不断出状况，让等待着高考消息的他，心里更是翻江倒海，不是个滋味。

他反复回想这次高考，总觉得自己发挥得不错。每场考后，他与王珩、沈荣锦他们对答案，发现自己的错题都很少，这几个成绩冒尖的好同学都非常羡慕他。所以，他是乐观的，这次考上一个好大学，应该没有什么问题。

他想，现在的问题，只不过是录取通知书早到迟到的问题，只不过是录取在哪所高校的问题。

在这个夏天，郑晚子总是这样在家里忐忑不安地等待着高校的录取通知书。一会儿是抱怨志愿填差了，一会儿又怕高考落榜，抱怨与心悬，几种情绪，在他心里鸟儿似的颉颃。

一般高考评分在七月底结束，大学新生录取工作从八月初开始，依次按重点高校、一般高校、专科学校一一进行录取，并发放通知书，至八月底结束。各类高校都在九月初开学。高校的录取通知书，不寄到考生所在的高中母校，而是寄到考生的家庭所在地。考生不需要到高中母校去打听，只需要在自己的家中耐心等待。整个八月份，是高考学生在家耐心等待的一个月，既是忐忑不安的一个月，又是充满了希望与兴奋的一个月。

从八月初，到八月底，整个的八月，郑晚子就是这么度过的。每天从早到晚，他都眼巴巴地在家里等待着录取通知书。细二小来找他玩，他要么找借口推辞，要么就敷敷衍衍心不在焉。细二小不高兴了，晚子，你这是什么情况？你变了。郑晚子笑笑，也不辩解，不说他是一门心思要等待录取通知书。

他常常会神经过敏，把一个穿旧绿军装的骑车人当作是送信的邮递员，禁不住激动得心跳突然加快。有时，在集体大田棉花地里拔草，听到炮队长的喊声，他也会激动心跳，问，队长，喊我的吗？是不是我家来了信，是不是老头子叫我回家去看信？

对待信，郑晚子的情感是很复杂的。去年暑假的那封信，他认为是个不祥之兆，就是那封信通知他去学校参加了一个学习班，才使他后来被撤销了学习班委职务，他对那封信恨死了。而眼下等待的这封信，则是个福音，这封信将带来一所大学的入学通知书，将会帮助他实现自己一直追求的大学梦，他是多么的热爱、欢迎和期待！

可是，这封信却迟迟不到，一直等到八月中旬，郑晚子非常着急，整天在家里一言不发，像热锅上的蚂蚁，团团转。细二小也不来找他玩了，细二小生了气。

父亲郑云礼看出了眉目，却什么也不说，只在心里暗暗为小伙着急。

老头子其实也是干着急，小伙的心事具体他并不知道。小伙回来这么长时间，什么也没跟他说过。什么干部职务被撤，什么班主任要求填报高考志愿要靠船下篙，什么高考时临场发挥好，什么高考录取通知书该发了，小伙从来也不曾说过。老头子也不问，只是看到小伙着急跟着着急。

晚上，父亲郑云礼端来一盆热水，叫儿子郑晚子洗脚。郑晚子连连摇手，老头子，我来，我来，反了，反了。

以往，都是他给老头子端洗脚水。今天反了，老头子主动给他端洗脚水，郑晚子心里虽然明白老头子是安慰他，但还是过意不去，赶紧把洗脚盆接过来，说，老头子，要不，还是你先洗吧。

沈荣锦突然来了，他是在自己拿到了大学录取通知书之后，八月下旬来的。他被首都的一所名牌大学录取，很理想。他来的时候，王珩已经在龙印港郑晚子家里，比他早来十来天。

王珩家住在堤西镇，户口是城镇定量。他在范中毕业后，回了堤西镇，一时感觉在镇上无事可干，想起高考后与郑晚子的约定，便与姐姐王琳说了一声，打起背包来到堤东农村郑晚子家，两人一起下地干农活，用他的话说，就是立志"战天斗地闹革命""在努力改造客观世界的同时，改造自己的主观世界"。

沈荣锦一来，郑家更加热闹，郑家的丁头府茅屋中，三个老同学围坐在那张旧饭桌旁，畅谈理想，畅谈同一个战壕里同吃同住同劳动，战天斗地闹革命。

郑晚子把沈荣锦手里的大学录取通知书拿过来，反复看了又看，揶揄说，沈荣锦，你现在跟我们不一样，你是大学生，我们是农民，我们原来是在一个战壕里，现在不在一个战壕里了。

看着郑晚子这种少见的揶揄神情，沈荣锦显得特别大度，郑晚子，谁说不一样，有什么不一样？当农民一样光荣，一样能为革命做贡献。再说，你们还不一定能当得成农民。大学录取通知书要到八月底才发完，还有些日子呢。你们的通知书说不定人家大学里已经填好，正准备往外寄发，说不定已经在路上，说不定明天就到了。恐怕，到时你们想当个光荣的农民，还当不成呢。

一直没有说话的王珩，不紧不慢地开了口，人家是来安慰我们呢。

王珩这话不是没道理。王珩与郑晚子两个家庭出身不好，一年前读高二时又被撤销了学生干部职务，今年高考落榜，早在王珩的预料之内。而沈荣锦则完全不同，他根红苗正，成绩优秀，大学通知书已然拿在手中，而且是名牌大学。沈荣锦这次来龙印港安慰他们，也是在情理之中。

然而，郑晚子单纯幼稚，像一杯没有杂质的白开水。他虽然被撤了学生干部职务，但仍然心存侥幸，对上大学还是充满希望，嘴上说"我们是农民"，其实还没死心，还在等着大学的录取通知书。

王珩与郑晚子的不同心思，沈荣锦能猜到多半。他是什么人，他是学生会主席，他多神，多聪明！他便很快转移话题，闲话少叙，言归正传，先一起战天斗地干革命，干！

没有经历过战天斗地干革命的人，你决不会知道，战天斗地的豪言壮语，对这烈火青春活力四射的三颗心，具有多么巨大的鼓动力！沈荣锦不愧是学生领袖，一句话点燃一片激情，三个老同学异口同声地说道，战天斗地干革命，干！

从那天开始，沈荣锦，加上先来的王珩，再加上郑晚子，三个老同学一起，在龙印港同吃同住同劳动，战天斗地干革命，努力改造两个世界。

同是战天斗地，三个老同学却有着截然不同的三种心态。

沈荣锦怀揣着名牌大学的录取通知书，是带着安慰两个老同学的优越心理来龙印港参加劳动的。他那满腔的豪情壮志，像正在上涨的黄海潮水。

王珩对上大学不抱任何希望，除了对沈荣锦美好前程的无比羡慕，心里空落落的。他那眉宇间尽是丝丝缕缕的抑郁，如同飘动的阴云。

郑晚子天性乐观，两个老同学来了，他很快乐。与两个老同学同吃同住同劳动，没事就一起聊天，天南海北，古今中外，逮住什么聊什么。两个老同学的到来，让他心里像注满了蜜，度过了一段难忘的美好时光。

他们的思想藏在自己的大脑里，别人看不见，摸不着，谁也不知道他们各人的内心世界。人们看到的只是三个老同学，三个高中毕业生，三个知识青年，齐刷刷地站在集体大田里，一个个青春焕发，难分轩轾，他们成了龙印港里引众乡亲注目的一道新风景。

乡亲们很喜欢他们，还经常帮助他们，炮队长安排农活，处处都照顾着他们。头脑灵活的沈荣锦，主动与炮队长套近乎，谢谢炮队长。炮队长越发高兴。

他们三个都是范堤县中学的学生干部，沈荣锦是学生会主席，王珩是班长，郑晚子是学习班委，炮队长都摸得清清楚楚，对他们是恭敬有加。虽然王珩、郑晚子的职务在高二时已经被撤销，但沈荣锦依然告诉炮队长他们二人当干部，他们也就顺水推舟装马虎，现在是不是干部已经无所谓。但炮队长是一个典型的敬官唯上的堤东农民大哥，对他们是加倍恭维，沈荣锦、王珩、郑晚子几个，个个都喜欢这位率性的农民大哥，以及他那同样率性的农民儿子细二小。

　　三个高中毕业生，同进同出，亮头亮眼，引来邻居们不少羡慕的目光。旺奶奶、友全嫂子没事就过来转转，连饭碗都端到郑晚子家里来吃。友全嫂子指着他们说，你看，到底是街上的拿宝子，知书达礼，细皮嫩肉的，个个好看，个个出趟。

　　友全嫂子说得一点儿不假，街上来了这几个帅小伙子，知书达礼，细皮嫩肉，人见人爱。这几天，龙印港的社员们十分活跃。小伙子们挑担的号子格外响，走起路来十分笔挺。姑娘们把箱底的花褂子翻出来上工穿，她们尽赶人前抢风头，喉咙高、笑声响，干活更起劲。大爷大妈们指着他们的背影加赞，一斩齐的几个拿宝子，多出趟的小伙！

　　这两个街上的拿宝子，都是自家小伙的同学，都是冲自己家来的，父亲郑云礼引以为豪。他兴高采烈，主动让出自己的铺，给王珩和沈荣锦睡，自己去和小伙郑晚子同铺。他翻箱倒柜，找出久已不用的一些旧农具，与不曾用过的几件新农具，大锹、铲锹、钩刀、镰刀、粪桶、泥筐等，由王珩和沈荣锦他们两个用。儿子郑晚子一件一件点了一下，发现还不够齐全，老头子，恐怕还不够吧。郑云礼不以为然，朝郑晚子斜了一眼，不够？不够不会问人家借！

　　有一些农活，王珩和沈荣锦不懂怎么做，劳动中不断出洋相闹笑话。王珩第一次给棉花打公枝，错将母枝当作公枝剪掉了。沈荣锦挑了两天粪担子，到了第三天就吃不消，肩头磨肿磨红了，扁担却不能搁，他双手抱住个扁担不放松……郑云礼主动当老师教他们帮他们，这几天精神头儿十足，没有一点儿平时那种病病快快的样子。有一次，瞅准郑晚子在旁边时，老头子还拿王珩和沈荣锦他们开了个玩笑，嗨，你俩别把小麦当韭菜啊！儿子郑晚子便纠正父亲郑云礼，老头子，这天哪儿有小麦？

　　父亲郑云礼这是在显摆。每天屁颠屁颠的，跟在三个年轻人后面显摆的还有一个人，那就是炮队长的小伙细二小。细二小这几天多牛！郑晚子是他细二小的好朋友，王珩和沈荣锦又是郑晚子的好朋友，王珩和沈荣锦不也就是他细二小的好朋友？

　　郑晚子的发小细二小，紫红脸，慈眉眼，长得活像炮队长。自打郑晚子从范中高中毕业回到龙印港，细二小就喜不自禁，陡涨精神，恨不得整天与郑晚子形影不离。可郑晚子却整天心不在焉，他把心思放在等待高考发榜上，对细二小爱搭不理，气得细二小后来也不搭理郑晚子。待郑晚子的好同学王珩、沈荣锦一个接一个来到，细二小又来了精神，鞍前马后，忙得不可开交。

他主动给他们带路下地，充当向导，教他们挖田施肥，充当指导，陪他们谈心聊天，充当听众，现在，他俨然就是他们当中的一分子。

有一次上工挑粪，郑晚子在田里停下粪担，让友全嫂子舀，细二小跟后也到了，准备靠近他停下粪担。郑晚子问细二小，你整天和我们在一起，上工下工都一起，全没时间在家做，你女将存娣可会有意见？

细二小嘴里连说没意见，双手抱住个扁担不放松。

舀粪的友全嫂子指着细二小说，晚子，你看，你看，活像个真的，细二小个拿宝子，学得多像！郑晚子便问，像什么？友全嫂子指着细二小说，他双手抱住个扁担不放松，可像前面街上那两个拿宝子挑担的样子？喏，在前面呢！

沿着友全嫂子手指的方向，郑晚子看到了双手抱住扁担不放松的王珩、沈荣锦来了，笑说，细二小，个拿宝子，学得真像！

三个老同学"三同"了几天时间，王珩接到了姐姐王琳的一封来信，姐姐王琳要他赶紧回堤西镇，说是婆奶奶病了。王珩随即收拾东西回家。父母过世，婆奶奶是他们姐弟二人的唯一依靠，听说婆奶奶病了，王珩急得不行。

沈荣锦也陪王珩一起，打起背包走了。沈荣锦两个，一一谢过郑云礼、郑晚子、炮队长、细二小、友全嫂子等，然后离开了龙印港。两个走时和来时一样，白衬衫，毛蓝裤，肩上的背包打得像解放军，各人一条被子，一双解放鞋，一个军用水壶，走得雄赳赳，气昂昂。他俩沿路跟人打招呼，熟悉的、不太熟悉的，只要是熟脸儿，都打招呼，引来一路羡慕的目光。

郑晚子送他俩走，沿路陪他俩跟乡亲们打招呼，一直送到龙印港中心大路口才停下，然后目送着他俩，直至他俩的身影消失在远方的田野上。

不知过了多久，郑晚子仍然独个儿站立在路旁，眼中含着泪花儿，心中一阵阵发麻，不知所措。

这会儿，他突然有了一种失恋般的感觉。

老同学之间的情感，不亚于恋人。他虽然没谈过恋爱，但是，两个老同学一走，他就像丢了魂，失了恋。接下来的日子，他只能靠拼命地干农活来打发时间，烦躁不安地等待着高考录取的消息。

7

两个高中的老同学走了，郑晚子本当继续与发小细二小形影不离，可他却又有意地与细二小疏远起来。他不想让细二小晓得他的焦虑与心思，宁愿形单影只，独自品尝等待的滋味。

高校的录取通知书一直不到，他愈等心中愈慌，但他不想让第二个人了解他这心事，包括父亲郑云礼，包括发小细二小。

发小细二小，不愧是乖巧懂事的发小，虽然一肚子的问号，却什么也不问，什么也不说，只是远远地陪着他，只要你没事，我就放心，你一旦有事，我就不请自到，反正这辈子，你别想把我甩掉！

一直等到九月初，都没有接到高校的录取通知书，郑晚子终于彻底失望，高考落榜已确定无疑，上大学的希望像肥皂泡一般破灭。

他终于不得不相信王珩的预见性，去年暑假他俩干部被撤，王珩就预计今年高考他俩会落榜。果不其然，被王珩言中！

高考的落榜，对一直做着大学梦的年方20的郑晚子，等于是打了一闷棍，打得他头昏脑涨，鼻青脸肿，受了大伤。

他从小学到初中再到高中，书念了12年，加在一起4000多天，虽不像古代读书人朝齑暮盐那么清苦，但也始终劬劳并无一日怠慢，还不就是希望最终能鸾飞戾天，考上一个大学？谁料如今什么大学都没有考上！他如同从云端坠落平地，陡生粉身碎骨痛心疾首之感！

从小时候到现在，这么12年，在龙印港庄户人心目中，郑晚子是踌躇满志念学堂，念书念得出了名，成为细二小们羡慕的榜样，父亲郑云礼都以他为骄傲。如今大学没考上，回来还不照样是种田？12年的书不都等于是白念？还有什么值得骄傲让人羡慕的？细二小他们一定会发笑，他岂能不痛心疾首？

这次高考落榜，不是我郑晚子不努力，而是努力了没得用。我郑晚子哪方面比沈荣锦他们差？无论是政治思想表现，无论是学习成绩，无论是德智体，哪方面比沈荣锦他们差？说什么机会总是垂青于那些有准备的人，我郑晚子认真准备了这么多年，机会怎么就没有垂青我呢？

他愈想愈沤臭，愈想愈来气，气得躲在家里不出门，气得不想吃饭不要睡觉不愿意见人。父亲郑云礼劝他吃饭，好说歹说，他却一言不发。父亲郑云礼意识到儿子郑晚子是因为没接到大学录取通知书而气恨，但是他无能为力，只能眼巴巴地看着儿子生闷气。

桌上的一碗薄粥，门外的几滴细雨，什么物景都能让郑晚子伤心。他开始质疑自己，是不是做错了什么，过去的一切好像都做错了，日思夜想，他找不到答案，思想混乱到极点。

今年的秋雨多，在这个淫雨霏霏的秋季里，20岁的郑晚子常常一袭黑衣，站在丁头府前湿漉漉的小场上。他一站半天，看雨打庄稼，听风声雨声。他，听出满怀惆怅，听出满腔疼痛，因为那是千万根鞭子抽打在他心上发出的声响。

高考落榜，日后路在何方？

又是一个秋天的傍晚，刚刚下过一场爽爽的秋雨，龙印港的天空突然出现了一片如梦似幻的五彩霞光。

郑晚子照例一袭黑衣，独自一人站在自家丁头府屋后，朝远处观望。

雨后的龙印港，一切如洗。彩绸似的落霞中，一缕缕的炊烟，与归林的鸟儿一起，漫天飞舞，落霞映红了天，映红了地，映红了炊烟袅袅的房屋和村庄。

村里村外，牛欢羊咩。

下地的男人，铆足了劲，干活的号歌一浪一浪地起。放学的孩子，沿着乡间的小路，小鸟般地飞家来。在家的女人，已经扫好了门口的打谷场，搬出了夜饭桌子，把门板除下来搁到场当中，等着一家人回来吃夜饭，吃完夜饭躺到门板上，摇扇子，聊天。

炊烟，从各家的烟囱里升起来，飘起来，舞起来。炊烟飞龙走凤，袅袅绕绕，潇潇洒洒，过树顶，越河面，飘天际，入落霞，仙姿曼妙，缥缥缈缈，浓了这酽酽的雨后乡村气息。

落霞，炊烟，雨后美不胜收的乡村美景，滋养着龙印港人忠厚良善的天性，他们身处其中而未觉察是享受，历来就如此，这都是常事。郑晚子虽然感觉享受，现在却也不能尽情地消用，只因为他高考落榜，心情失落，眼前这美好的一切，似乎都变得非常遥远，似有似无。他头皮发麻，浑身起了鸡皮疙瘩，眼角溢满了伤感的泪水。

这个落霞满天的傍晚，郑晚子举首站在丁头府屋后，又在痴痴地久久地观望、流泪、发呆。他一走神，不由得恍若又进入他那个梦境，那个在他眼前左一趟右一趟重复出现过的梦境。在那个梦境中，他双脚离地，双臂平展，飘然飞向远方……忽然，又一个筋斗从空中掉下来，落到地上……

郑晚子高考落榜了！

消息不胫而走，不知是谁先透露的，一石激起千层浪，龙印港内沸沸扬扬，议论纷纷。

了解情况主动关心的，不了解情况急于打探的，众乡亲一见面都在谈这件事，众乡亲都来劝慰郑晚子。

晚霞满天时，龙印港东北角的陆家墩子热闹起来了。

坐落在墩子中间的那座五架梁两间丁头府是细二小家。他家屋后一条亮带子，是水边长满绿浮莲的龙印河。门前鸡飞狗跳，羊咩猪叫，比唱戏还热闹。

妻子陈存娣嘴里哼着小调，手里提着竹篮，一阵风似的飞回家来。

一不小心，陈存娣脚下一滑，摔了个仰面朝天。

她低头一看，原来是脚下绊到了一根羊绳。绳子牵动了小白羊，小白羊吓得咩咩咩地乱叫乱蹦。小白羊咩咩咩地蹦到了草堆边，正在草堆边搂草啄食的一只鸡吓得飞起，飞上了草堆顶。

她就地一滚，爬起来就走。才走了两步，却见草堆顶上那只鸡又朝她头顶上飞了过来。

哎呀！她吓得尖叫一声，头一低，腰一闪，飞快奔回丁头府屋中。

畜生！她大骂。

她一边骂一边忙起来，家前屋后，闪动她忙碌的身影。

丈夫细二小挑着粪桶，回到丁头府门前。

家中一片安静，细二小便去丁头府屋后送粪桶。他在屋后收拾好粪桶，又回到丁头府门前，听到妻子陈存娣在屋里哼着小调，便高声叫道，存娣啊，猪食可成把啊？

屋里陈存娣应声叫道，猪食把了，鸡也喂了，块块都弄好了，你才家来，你一天到晚光死在外面，我忙好了，你家来吃现成的。

妻子的责怪里显逞能，这是龙印港的女将有用的标志。傍晚一下工，家前屋后一团糟，鸡飞狗跳羊咩猪叫，没用的女将挨不下这种阵仗。如河北的那个兰英，那天一时想不开竟喝了农药。可存娣不买账，她是骂得凶忙得凶。吃晚饭的时候，夫妻俩坐在口间的小桌上，呼呼地喝着玉米糁粥。存娣捧着粥，边喝边说，细二小，你就吃现成的，家里什么都不帮着做！你从早到晚在队上忙，天天回家都这么晚！你看，又是猪子，又是羊子，又是鸡子，又是兔子，把我忙煞了。人家河北的兰英那么能干，都喝了农药，吃不消啊！

细二小开玩笑说，嫁鸡随鸡，嫁狗随狗，哪叫你嫁给我的呢？都怪你家老头子陈木匠。

陈存娣的老头子陈木匠，几年前从官南大队来龙印港旺奶奶家做木工活计，暗中与旺奶奶好上，旺爹早已过世，儿子永贵也就睁只眼闭只眼。与旺奶奶好了几年，两人不知何故又分了手，陈木匠自己回了官南大队，却把二女儿存娣嫁入了龙印港，做了细二小的女将。

陈木匠的大儿子竭力阻挠妹子这门亲，大吼大叫，说存娣嫁给细二小这个穷光蛋，是陈家最倒霉的晦气事！陈存娣气得跳进门前的河，以生死表明决心，坚决要嫁给忠厚善良的细二小。所以，陈存娣进了龙印港陆家的门，就狠苦修仙，立志要振兴陆家，天大的困难都咬紧牙关挺过去！

陈存娣嗔骂道，老头子陈木匠真是瞎了八百只眼，合适了你这个狗东西！细二小，跟着你一年忙到头，真的吃不消！像晚子家才好呢，什么羊子、兔子，一样都不养，多好多清爽啊！

这倒也是的。细二小说，存娣，听说晚子没考上大学，在家里生闷气，又不想吃饭，又不要睡觉，又不愿意见人，气得不行。

存娣捧着粥碗，呼呼地喝了两口，又夹了一筷子咸菜，细二小，不假，我下午上工，也是听见这么说，晚子家东家的邻居小龙说的。

也不怪他气。细二小说，我与晚子小学同学，我哪百年就不念书，结婚倒结了年把。他念了这么多年，最后也还是回来种田，跟我一样种田，这不是白念？竹篮打水一场空！我们龙印港这落地（堤东方言，地方的意思），有史以来，至今没有一个大学生，满以为郑晚子能上大学的，哪晓得他这么倒霉！存娣啊，我打算多晚（堤东方言，什么时间的意思）去劝劝他。

存娣说，多晚？吃过晚饭就去。细二小，别再穷祷告了，赶紧吃了去吧。

吃过晚饭，陈存娣收拾碗筷，细二小出门去郑晚子家。

细二小走到郑晚子家门口，旺奶奶和友全嫂子正好从门里走出来。

旺奶奶说，细二小，晚儿头想不开，你来得正好，你俩交好，你劝劝他。他老头子云礼也不在家，这老头子，不晓得又跑到哪儿去了。

郑云礼晚饭后是出门找人去了。

儿子郑晚子高考落榜，父亲郑云礼早有预感。先是他去灶头洗早饭碗，一只兰花碗突然掉在泥地上，摔成两半，送了个小语。接着他在外面走夜路，一不小心又摔了一跤，眉头磕在砖头角落上，眉毛倒掉一撮，标标准准的

"倒霉"。可见，儿子郑晚子高考落榜，一定是运气不好。坐在家里干着急没用，不如出去找找人，看是不是还有什么出路，有个出路，儿子的心情自然而然就会好起来。所以，郑云礼这几天晚饭后经常出门，到处找人。

细二小走进门，郑晚子一人在家。

两人在小桌两边坐下，闲扯起来。

细二小问晚子，你怎么叫个晚子？

恐怕是我妈妈养（堤东方言，生养的意思）我养得晚吧。

晚子，听说你妈妈怀你之前，偷了人家一个椀子，就怀了你，所以叫椀子。

恐怕是的，旺奶奶跟我说过，但我妈妈在世没跟我说过，老头子也没跟我说过。

肯定是的，龙印港里个个都这么说。

细二小，那你又为什么叫细二小呢？

我是家里的老二，我妈妈养我时，我一落地就是个小个桩，细筋细骨，细胳膊细腿，老头子就说，养了个细二小。

怪不到你哥哥叫个老樊，生得粗而大。不过，你现在也很壮实啊，怎么还叫个细二小呢？

叫惯了，就一直这么叫了，管他呢！细二小说，其实，别人怎么叫都不重要，关键是你自家心里怎么想。所以人的想法很重要，你心里想风啊雨的就风啊雨的，你心里想大红太阳就大红太阳，管别人怎么想呢？

绕啊绕的绕到了人的想法，也就是心态问题，郑晚子终于明白了细二小的来意，他瞪大了眼睛，细二小，不简单哪，士别三日，当刮目相看呀！

细二小谦虚道，这都是我老头子教我的，从小教我的。

郑晚子就细二小的话进一步进行发挥，细二小，你这意思是，境由心造，你心里鸟语花香外面就鸟语花香，你心里凄风苦雨外面就凄风苦雨，我心鸟语花香，何必凄风苦雨！是吗？

对！就是这意思！到底是文人，说得更上圆！细二小紫红脸上泛光，慈眉眼里露笑，诚恳地说，所以，考不上大学，你不用气，一点儿都不用气。我没上大学，不也照过？我看，我还过得蛮好的。我今年才20岁，倒结了婚，成了家，过得蛮好的。龙印港这百十户庄户人家，祖祖辈辈，一个都没上大学，不都是靠劳动吃饭，不都过得蛮好的？关键是他们想法简单，安逸，知足。

郑晚子摇摇头，兄弟，你是你，我是我。你细二小只念了六年小学，我是你的拍双，我念了十二年，一直念到高中，喝了一肚子墨水，最后还不是白念，和你一样，回家种田？

细二小也摇头，晚子，不一样，当然不一样，我满肚子草，你一肚子墨水，你有文化，有福相，将来后路肯定比我好。

你别说好话，细二小。郑晚子说，细二小，我很冤屈，你可晓得？我考不上大学，不是因为我考得不好，成绩达不到，而是因为有其他原因。细二小，你可晓得，这与一封信有关，一封信。

不知这是一封什么信，又不知这封信和高考究竟有什么关系，细二小听得云里雾里，莫名其妙。

郑晚子起身进了房间，取出一个黄帆布书包，解开帆布带子，从书包的夹层袋子里拿出一封信，从房间出来，递给了细二小。

细二小接过来一看，果然是一封信，便从信封到信纸，从头至尾，细细地看了一遍。

这封信，就是那年 8 月 30 日那一个风雨天，郑晚子收到的范堤县中学的那封信，被他当宝贝似的收在家里的那封信。

细二小看完信，还是不明白这里面的头绪，信上不是通知你参加一个学习班吗，这与你考大学有什么关系？

郑晚子说，对，细二小，就是去年的这封信，通知我到学校参加个什么倒头（堤东方言，坏事情的意思）学习班，当时，就是在这个学习班上，我被撤掉了学生干部职务，乃至今年高考落榜，考不上大学。连锁反应，倒霉透顶。

郑晚子说的这个意思，细二小还是似懂非懂，但他支持郑晚子的态度异常坚定，便发狠说，这封信该死，这封信该死，让我替你把它拿撕掉，烧掉。

郑晚子明明晓得细二小是口头上发发狠，却生怕细二小真的撕掉烧掉这封信，哎哎，别别，这封信是我的宝贝，不能撕，不能烧。说着，就一把抓过信，真的当宝贝似的收起来，放进了书包。

咦，晚子，不是明年还能考吗？

明年？还考什么考？

咦，晚子，不是往届生也能考吗？

我这情况，今年考不上，还能指望明年？

细二小托着下巴，沉思一会儿，从小桌旁边站了起来，决定再劝一劝郑晚子，到什么山砍什么柴，千万不能迁。他婉转地对郑晚子说，这条路走不通，还有旁的路，哪条路不能走？条条大道通北京，世上的路多着呢！

这话纯粹是安慰，但郑晚子心里还是领细二小的这份情。他故意没好气地说，旁的还有什的路？干农活呗！

干农活就干农活呗！有什么不好？龙印港这百十户庄户人家，祖祖辈辈，一个都没上大学，不都是靠劳动吃饭，不都过得蛮好的？细二小说，想通了，该吃就吃，该睡就睡，快点弄点吃吧。

郑晚子说，行行行，吃吃吃，你放心，走吧，兄弟。

送走了细二小，郑晚子长长地叹了一口气，复又躺到铺上生气。

细二小前脚刚走，后脚郑云礼就从外头回来。他在锅堂里烧几个把子（堤东方言，草把的意思），把锅里粥热了一下，盛上浅浅一蓝花碗，端到郑晚子铺边说，小伙，人是铁，饭是钢，大学不上日子照过，人饿伤了不划算。要不，先洗个脚，烫下子再吃吧。

8

高考落榜后，有一段时间，郑晚子老关在家里不出门。他心情很苦闷，思前想后，百味杂陈，后来才渐渐缓过神来，出去上工干农活。

他在范中念高中这几年，学校里一直大张旗鼓地开展"一颗红心，两种准备"的思想政治教育，宣传农村是一个广阔天地，在那里可以大有作为，鼓励学生向盐州尤永耕学习，毕业后走与工农相结合的道路。一直做着大学梦的他，曾一时心潮澎湃，立志回乡战天斗地闹革命。后来进入紧张的迎考阶段，他又一心复习迎考，仍然专注于心底的那个大学梦。如今高考落榜，大学梦破灭，他不由又想起范中那时的宣传教育。那宣传，那教育，似醍醐灌顶，启开他心扉，指点他明路，学习尤永耕，战天斗地闹革命。

他还想到了雷锋。雷锋同志那么年轻，但他全心全意为人民服务，没有一点儿私心杂念，树立的高度，许多人一辈子都难以达到，拿自己与人家进行对照，更加愧疚。尤永耕、高加林、雷锋，都是好榜样，他想到这一个个好榜样，愧汗淋淋，自己一门心思只想上大学，上不了大学就闹情绪，这不是私心杂念是什么？他必须积极投入劳动锻炼，在广阔天地中狠斗私心杂念，彻底改造自己的主观世界。

郑晚子又开始上工干农活，可干活的状态跟以往不太一样。以往放假回来，都是干些锄草、拾棉花等轻巧活，现在挖田、挑粪、挑河泥，什么重活脏活他都抢着干，要不是细二小拦着，他还要上河工挑河，与大男将们一起干最重的农村大活计。

这次是到最远的河西食品去挑粪，来去四里路，很远。挑粪是重活，尤其是挑远路粪，远路没轻担，重担加倍重。

堤东人民公社食品站，龙印港的人叫它食品站，或食品。食品在堤东小街上，堤东小街在龙印港河西。食品负责收购全公社的生猪，每天收购几十头乃至上百头，这些生猪产生大量的粪便，猪粪是庄稼的上好肥料，食品所在地堤东大队各个生产队都抢着去买。食品没办法，只好让各个队错开时间轮流来挑。每回轮到龙印港生产队，炮队长都带头去挑，并关照大家，发劲挑，这粪好，不容易买到，不容易啊！

上午上工时，炮队长不让郑晚子上河西食品挑粪。

上回沈荣锦、王珩来时，我们不就挑过吗？郑晚子辩驳。

炮队长一脸的不屑，说出一大通道理，上次是上次，上次是在龙印港家里挑，屁股一抬就到了田里，这次是到河西食品，路程有好几倍呢。

这粪为什么不直接挑到田里浇，而倒进队里的大茅缸？郑晚子换了一个话题，问炮队长。

直接倒进大茅缸快啊！炮队长耐心解释，这大茅缸就是特地箍的，为挑食品的粪特地箍的，生粪沤在里面沤几天，沤熟了，更加肥。

生产队的这个大茅缸大得很，估计能盛几百担粪。这个大茅缸，箍在龙印港西头集体条田的中央，离河西堤东小街较近。炮队长一解释，郑晚子明白了，这个大茅缸之所以箍在离河西堤东小街较近的地方，就是为了挑河西食品的粪，少走一些路程。

上工的旗子插起来了，二十几个大男将都齐了，从河西食品到大茅缸边的大路上热闹起来。大男将们自动结合，分成了两组，一组上河西食品那头，一组在大茅缸这头，两头相互打串担。不用说，郑晚子与细二小自然是一组。

打串担，即上一个人从食品把粪担挑过来，挑到半路上，换给下一个人挑，下一个人再挑完余下的一半路，倒进大茅缸。下一个人把粪倒进大茅缸后，再挑着空粪桶回头，挑到半路上，与上一个人换满粪担子。如此两两对脚班，循环不息。龙印港的人叫它为打串担。

二十几个大男将威武通天，在去河西食品的大路上来来去去，川流不息地打串担。挑粪是按担数计工分，但各家的粪桶有大有小，为做到粪量一致，队里预先已统一称过重并用红漆在粪桶上做了记号。为了多计担数多得工分，二十几个大男将抢时间争速度，你追我赶，好不热闹，好不壮观！

嗨唷嗨，嗨唷嗨，嗨唷嗨，嗨唷嗨，一阵阵高亢的号子声此起彼落……

嗨唷嗨，嗨唷嗨，细二小起劲地打着号子，挑着满满的一担粪，夹在壮观的人流中从食品的方向过来。

郑晚子从大茅缸的方向过来，把空粪担放在路旁，转头从细二小肩上接过满满的粪担，也起劲地打起号子，嗨唷嗨，嗨唷嗨……

忽然，"哗啦"一声响，郑晚子粪担前面一头的粪桶漏起粪来，前面一头随即向上翘起来。他一吓，赶紧双手抱住前面一头翘起来的扁担使劲往下压，压了几秒钟却终于把持不住，前面一头翘上天，后头的粪桶便"呼"的一下掉下地，粪便摔得稀里哗啦，溅满他一脸一身。

郑晚子大叫一声，细二小，不好！

细二小闻声，立即把空粪担放在路旁，空身人转头跑过来，帮助郑晚子卸下前头翘着无法落地的那只粪桶。

咦，刚才还好好的，这刻儿怎么就漏了？细二小问。

哪晓得？我也不明白！郑晚子气急败坏，细二小，你挑时就好好的，我挑时就漏起来，这粪桶也欺人，欺我这没脚力的人！

炮队长正好挑着粪担过来。他放下粪担，过来关照郑晚子，明天你就不要再来挑粪，你还是去锄草。

郑晚子知道，炮队长这是照顾他。在农活安排上，炮队长一直照顾他，县里搞小型水利，从各公社抽调青壮劳动力上河工，龙印港抽了10多个，炮队长没抽他。小型水利多苦啊，虽不像大型水利那样，天寒地冻四九心，去开新河挖新沟，捞淤围垦，一干就是四五十天，但也是二百斤的重担，每天十几个小时的苦干，十多天连轴转。这种苦活炮队长没要他去干，这粪，不能再不挑啊，他郑晚子撑也得撑下去！

谢谢炮队长，明天我还来！郑晚子说。

做不动，照样撑，这是郑晚子的倔强个性。

父亲郑云礼了解儿子郑晚子的这种倔强个性，但没有办法改变他，只能把儿子当个宝贝似的惯着，嘘寒问暖，端茶待汤，处处照顾他。

庄户人的父爱，是无声的。父亲郑云礼一声不吭，以无微不至的父爱，轻轻抚摸儿子那颗受伤的心，却把自己的伤痛埋在心底。他整天像个没事人似的，在家里摸东摸西，平静得像门前的河水。

这一切，都被在郑家进进出出的发小细二小看在眼里，他是一个心细如发丝的男子汉。细二小结婚后，与父亲陆大炮分了家，住在父亲的隔壁。吃早饭的时候，细二小把粥碗端到陆大炮屋里，关照陆大炮，老头子，你要照顾点晚子，不能再安排他干重活。

晓得呀，可是，我要照顾他干轻活，他不听，怎么办？陆大炮说。

东家的邻居旺奶奶，没事就拉着友全嫂子过来看看郑晚子，她那皱巴巴的脸上全是怜惜晚辈的意思。旺奶奶上嘴边咬住下嘴边劝郑晚子，晚儿头，你别呆做，你别做伤了啊。

友全嫂子一旁帮腔，晚儿头，悠着点儿，不能硬撑。

庄户人的心，都是肉做的。尤其是东家的邻居旺奶奶，婆婆妈妈的，心更软，她们就是见不得少年人（堤东方言，年轻人的意思）挨熬受伤，她们都舍不得念书回来的郑晚子，怕他这么硬撑会撑出什么毛病来。

邻居们这么主动关心，出乎郑晚子的意料，他连声说，谢谢，没事。并再三解释，做活计就得有个做相，我这不是硬撑，是磨炼，是坚持。

友全嫂子定定地望着郑晚子，好像不认识他似的。旋即眼睛又朝旺奶奶瞟过来，晚儿头还不是硬撑？呆子都看得出来，他是在硬撑，你看他脸发白，腰发环，这样子撑下去，非撑出毛病不可！

婆婆妈妈的心软眼更尖，她们看得准。郑晚子这几个月确实撑得苦，累得慌。从小到大都是在上学，很少干重农活，没有怎么造炼过，虽不说"肩不能担担，手不能提篮"，但到底肩脚嫩耐力差，要想重活照干不输与细二小他们，只能靠硬撑。大学又考不上，再不硬撑干农活，其他，还有更好的办法吗！

考不上大学，对郑晚子的打击确实很大，非同一般！一个大学梦，做了十几年，眼看就要实现时却突然破灭，他能不心痛不气恨吗？拼命硬撑干农活，也是他心痛气恨的另一种表现！

冬天的时候，郑晚子仍然硬撑着专挑重活计做。这几天，他是与大男将们一起在龙印河挑河泥。炮队长几次问他，可挑得动，挑不动就去放河泥。他连说挑得动，挑得动。

寒冬腊月，不干活的人身上棉衣都裹得结实实的，但干活的人不觉得天冷。郑晚子敞开棉袄，拼命三郎似的，站在龙印河的河帮上挖河泥。

脚下这条形状如龙爪的龙印河，能灌，能排，能肥田，是滋润龙印港水土的一条神奇的母亲河。传说有一年，龙印港一带闹旱灾，接连 40 天滴雨不下，禾苗枯萎，田地龟裂，地里一道道的裂缝都有小孩嘴那么大，乡亲们天天跪在烈日下求雨。带头跪着的年过八旬的郑老爹，是明代洪武赶散时从苏州阊门迁来的一位族长，也是郑云礼的祖先。郑老爹鹤发童颜，仙风道骨，口中念念有词，向上天祷告，如果龙印港的人过去做过什么坏事，天老爷的惩罚和教训，我们一定会永世记取，如果天老爷大慈大悲，给龙印港人一条活路，我们一定会惩恶扬善，并保证世世代代忠厚良善！

众乡亲齐刷刷地跪着，一遍遍地跟着他祷告上苍……

诚心感动了上苍。猛然间，天色大变，乌云翻滚，狂风大作，电闪雷鸣，一条乌龙从天而降，落入龙印港，喷出瓢泼大雨！不一会儿，乌龙又抽身回天，雨过天晴。众人惊奇地发现，乌龙在地上留下了一道深深的龙爪印。

龙印河，龙印港，由此而得名，沿用至今。

但郑晚子认为，龙印河、龙印港的真正来历，都应该与港有关。他发现，堤东人民公社有不少地名，都带一个"港"字，比如，燕港、王港、瀼港、后港、三汊港、陈家港等，这些名字后面带"港"字的地方，地势都较低，要不就是天然的沟河。这些低洼的地方和沟河，都应该是在范堤沿海滩涂生成的过程中形成的，因为低洼，祖先们就叫它们"港"，传说中龙印港的神奇故事，不过是乡亲们的良好愿望与寄托。

郑晚子曾经问过父亲郑云礼，郑姓子孙后来迁居何处？如今龙印港里怎么只剩下他们一个郑家？父亲郑云礼摇头，龙印河的真正来历到底是什么，这个我也不知道。

但是，对龙印河的神奇来历和故事，龙印港的人都笃信不疑，且无人不知无人不晓。所以今年冬天抽水挖泥前，炮队长还专门找有见识的老农进行了商量。

几个有见识的老农奉旨洗手烧香，查了皇历，并下跪两个时辰，叩拜龙印河神灵，求得允许。这一幕迷信镜头，郑晚子亲眼看见，老农们对神灵虔诚到近乎愚昧，他啼笑皆非。

这次挖河泥，挖的是龙印河东段。东段有两年没挖过河泥，河底以至靠近河底的河帮上，都积了厚厚的一层，发出浓烈的泥河味。这些河泥，都是田里的肥土带着肥气跟随雨水流到河里的，在水底下沤了两年，肥得很，冬季做腊肥最好。

冬季四九心，在一年四季中最冷，有广为流传的一首"九九"歌为证，

"头九二九不伸手，三九四九冰上走，五九到六九，河边见杨柳，七九河冻开，八九燕子来，九九加一九，耕牛遍地走"。一到冬季，龙印港的男人们去上工挑河泥，女人们不上工就三五成群聚在门前屋檐下晒太阳，一边做女工活一边唱"九九"歌，旺奶奶一边打毛窝一边唱，友全嫂子一边打毛线一边唱，陈存娣一帮年轻妇女一边钉鞋底一边唱，天气愈冷唱得愈起劲。

今年天气反常，老天爷不规矩，头九冒冷，冷到摄氏零下8度，而"冰上走"的四九心，气温反而在零上。

天暖人舒展，郑晚子干得分外来劲。岂料，他用铁锹铲起一块河泥，忽觉手中沉重，心里一热，张开嘴巴，竟吐出一团鲜红鲜红的唾沫，唾沫落到前面的河水里，散开了一圈鲜红的血花。

唾沫星里竟带着鲜血！郑晚子懵了，傻了，是牙出血，还是胃出血呢？他摸摸牙齿，没有血，那肯定是胃出血了。

郑晚子心下害怕，又不敢声张，他不想让河帮上一起挖河泥的男社员们看见，便赶紧抓起手中铲河泥的铁锹，拼命地搅动河水。好在河水非常浅，一搅就浑，谁也没有在意到他在搅什么，大家都还以为他在洗锹呢。他一边搅一边朝岸上看，故意转移别人的视线。

龙印河岸上，一面面红红绿绿的彩旗迎风招展，猎猎作响。

嗨唷嗨，嗨唷嗨，嗨唷嗨，嗨唷嗨……

河岸上下彩旗间，号子声此起彼落。

细二小他们打着响亮的号子，轻轻松松地挑着百十来斤的河泥担子，从河帮挑上来，送到附近岸上的一片麦田里，然后将一担担的河泥间隔着倒在一行行的麦垄之间。等这些河泥块风干了，妇女们就会来放河泥，用锹将河泥块一块块地切碎散开，铺在小麦上保护小麦过冬。

细二小他们个个精气神十足，这些龙印港小伙子真行，挑个泥担如挑灯笼似的，健步如飞。

郑晚子自感不如，既羡慕又难过。他从小就逞强好胜，并总以学习成绩优秀为自己自豪的资本。现在才发现，光学习成绩优秀有什么用？也就是比细二小他们多读了几年破书，但最后并没能考上大学，仍然是回到龙印港，和细二小他们一起种田干农活。那么，上学又没有考上大学，干活又不如细二小他们能干，岂不是窝囊？还有什么资本可以自豪的？

嗨唷嗨，嗨唷嗨，嗨唷嗨，嗨唷嗨，号子声此起彼落，响彻了河边田间，细二小他们敞开襟怀，愈干愈来劲……

细二小他们愈来劲，郑晚子心里愈难过。干农活，自己确实不是细二小他们的对手。人家是愈干愈来劲，自己却愈干愈来病，不是腰疼，就是腿疼，不是脚疼，就是肩疼，最近胃又疼，今天竟吐了血，这不都是自己肩脚嫩体力差的表现？他不得不自认是"夏侯惇"！大学又没上成，做活计又做不过人家，岂不是"下后蹲（夏侯惇）"！

他这心里还能好过吗？心里越难过，胃越感觉痛。但他装作没事人似的，继续坚持铲，把河泥一锹一锹地铲到泥筐里。到了换响的时候，别人换他挖，他换别人挑。这中间，他背着别人又吐了几口唾沫，吐到了水中，他发现血色已经变淡，估摸也没有什么大碍，便继续装作没事人似的忍着胃痛，挑着满满的泥筐，慢慢踱踱地从河帮攀上河岸，挑到附近的麦地里，把河泥倒下来。

他这么装作没事人似的，不仅是怕别人发现他吐了血，更重要的是怕别人因此来关心他，尤其是怕发小细二小问长问短。

但细二小他们并没有发现，他们的心思都在挑河泥上。挑河泥是按方土多少计工分，方土多少是按挖河泥的面积大小与挑河泥的路程远近计算，这个工分账算起来很麻烦，他们不去算只管干。

反正由炮队长说了算，他们相信他，相信他算得很细作。这龙印河的河泥，炮队长确实算得细作得不能再细作，因为他对龙印河太了解感情太深了。

郑晚子挑着百十来斤的泥担，夹在细二小他们中间，在龙印河的河帮上下来回行走。

河帮因气温回升化了冻，地面打滑，坡度虽不大，攀走时却非常困难。上坡时挑着重担还勉强凑合，下坡时是轻担，反而更得小心。

愈小心，愈是有事。突然，郑晚子脚下一滑，竟无法控制住，双脚一直滑到河底水里。

河底的烂泥有一尺多厚，郑晚子双脚都陷入了烂泥，齐到了裤腿。好在水浅，还没有湿到全身。刚刚才吐了血，此刻又掉下河，倒霉的事一桩接着一桩，郑晚子哭笑不得。

跟在后面的细二小吓得惊叫，不好！

细二小迅捷丢下泥担，双手来拉郑晚子，把他拉出了烂泥潭。冬宝、银根、存喜，七八个男社员，也一个个撂下铁锹与泥担，上前来拉的拉拖的拖，并纷纷关心询问，伤着了没有？

细二小开玩笑说，晚子，可是为了打坝，你先测量水深啊？

郑晚子瞪他一眼，佯怒道，去你的，我这儿倒没得日子过了，你还有心思开玩笑！

晚子，过几天确实要在河上打坝，并在两座坝之间用抽水机将水抽清，让河底见天。我家老头儿说，河底的河泥最肥，河帮上的河泥铲掉后，接下去就挖河底的泥。

我晓得，那是二期工程，十天以后的事。你细二小此刻故意拿打坝说事，开玩笑，是怕我郑晚子难堪，哄我开心。我郑晚子晓得你细二小的好意，谢谢你的好意，谢谢，行了吧？

郑晚子干脆脱掉鞋袜，赤着脚，卷起裤腿干。细二小怎么劝他回家去换干衣裳，他也不听。他暗自思忖，你细二小是同情我，我才不要你同情呢。

夕阳如虹，彩旗飘扬，人来人往，龙印河边一片繁忙。微风中飘来一阵豪迈激越的歌声，郑晚子不由心旌荡漾。

歌声是从高音喇叭里传来的，那高音喇叭装在龙印港生产队场头棚前的水泥杆上，水泥杆顶飘扬着一面鲜艳的红旗。

我们走在大路上

意气风发斗志昂扬

毛主席领导革命队伍

披荆斩棘奔向前方

向前进！向前进！

革命气势不可阻挡

向前进！向前进！

朝着胜利的方向

……

歌声一阵阵飘过来，借着晴好无风的天气，在如虹的夕阳中飘过来，飘来一种斗志昂扬阔步前进的气势。歌名叫作《我们走在大路上》，正好对郑晚子今天的心情，他本来不顺心，现在听到这歌声，使他振奋起精神来。

有人跟着高音喇叭唱起来，有冬宝、银根、存喜，还有细二小，当然也有郑晚子，都是龙印港里的少年人。

五星红旗迎风飘扬

劳动人民奋发图强

勤恳建设锦绣河山

誓把祖国变成天堂

向前进！向前进！

革命气势不可阻挡

向前进！向前进！

朝着胜利的方向

……

热爱生命便热爱音乐，只要听到心中喜爱的歌，龙印港里的少年人就这么兴奋。郑晚子更是这样。去年，职务被撤的那个夜晚，老班长《二泉映月》的琴声曾令他神伤，此刻的歌声，则让他斗志昂扬。歌声的激荡，音乐的魅力，唤起他蓬勃的生机，充满战天斗地的豪情壮志。

直到傍晚放工，郑晚子心中都充满这种豪迈的感觉，下午因吐血和掉下河所发生的那些不快，如同天边飘走的云彩，完全没了踪影。

9

傍晚的龙印港，五彩霞光漫天飞。生产队场头棚前的红旗，已在歌声中悄然从水泥杆顶降下来。

不知是谁先喊了一声，放工了！

紧接着，众人齐声喊了起来，放工了！放工了！

高音喇叭里的歌声更加昂扬，众人在歌声中如离弦的箭似的四散回家。

郑晚子赶紧收拾收拾，与细二小一起回家。走了一段，他与细二小分路。分路后，他看到前面路上有一个陌生老头儿。

那老头儿一身黑衫，由一个小男孩儿搀着，从对面远处走过来，好像是一个在乡间串村走户的算命瞎子。小男孩一边走，一边敲锣，领着瞎子朝郑晚子家的方向走过来。那个小铜锣只有碗口那么大，声音很好听。

搀瞎子的小男孩大约十来岁，应该是上学念书的年龄，却被瞎子荒废了学业，郑晚子为这孩子可惜，心里暗暗骂道，这算命瞎子，害人不浅。

郑晚子从小不喜欢算命瞎子，不相信瞎子那一套，他不相信命运是由什么生辰八字来注定。他与王珩、沈荣锦他们在高中阶段学习了辩证唯物主义常识，都百分之百笃信唯物辩证法，更不相信瞎子算命那一套。

他要教训一下这个算命的瞎子。他决定先向瞎子谎报一些假情况，如假生辰八字、称自己已结婚生了儿子等，让瞎子据此瞎算瞎说一通。然后他再说出实情，用事实当场戳穿这瞎子的鬼把戏，再用一些唯物的科学道理，好生教育瞎子一番。他上一次遇到一个瞎子，就是这样教训的。正想着，一转眼，那瞎子和小男孩儿一拐弯，突然不见了。

恐怕就是到自己家去了，他赶紧追上去。

那算命的瞎子跑得好快，郑晚子一直追到家，始终没有追得上。

他追得上气不接下气，站在郑家丁头府门口场上喘气。

一堆出水鲜的胡萝卜堆在门口场上。绿莹莹的樱子，透明的萝卜头，是父亲郑云礼刚从自留地里挖出来的。

郑晚子拿两眼一扫，立马撂下干活的泥担，再撂下脏兮兮的鞋袜，旋即从胡萝卜堆里挑起了一根大的，放在衣角上擦拭几下，送进嘴里就咬就嚼，嚼得脆嘣嘣地响。

龙印港的大人小孩，都喜欢这么生吃胡萝卜。这种自留地里长的胡萝卜，没有打过农药，没有施过化肥，绿色环保，新鲜极了，不光能充饥当饱，而且十分好吃，赛如出水鲜的水果，哪个不喜欢！

听到门口有响动，父亲郑云礼在屋里喊道，晚子，放工回来了？家里来人了，赶快就家来。

瞎子果真来了。郑晚子站在萝卜堆一旁没有动身，他想再挑一根胡萝卜吃，便问，哎，老头儿，可是瞎子到了？

拿宝子，别瞎说，是大队常支书来了。

常支书是大队党支部书记，是堤东大队最大的大官，无事他不会登门。常支书登门，非同小可。郑晚子心中一慌，嘴里"噢"了一声，立即扔下手里胡萝卜，光着双脚，转身拔腿，飞跑进屋。

郑晚子家的丁头府正屋，是五架梁两间，后面是里间，也叫房间，搁两张小床，分别由他老头儿与他睡觉。正屋的前面是口间，堤东人也叫明间。明间的东边半个，支了一口灶，灶是砖砌的灶身，石灰抹的灶面，此时尚未生火，还是冷锅冰灶。明间当中的一张木饭桌，摆在灶角边，桌子是用自家长的刺槐树打的。木桌旁边放着两张大凳，也是刺槐树打的。一张大凳上坐着手拿火柴弯腰哈背的父亲郑云礼，他面朝北，背对着从外面进屋的儿子郑晚子。

弯腰哈背的父亲郑云礼，显得很矮小，儿子郑晚子一阵心疼。在他的心目中，父亲的形象一直很高大，可此刻，他突然发现，世界上最疼他的一个人老了，人老了，就像一块老了的橡皮擦，愈擦愈小。

父亲郑云礼对面另一张大凳上，支书常存宝挺腰直背地朝南坐着，身边的木桌上放着一包纸烟，勇士牌的，这种勇士牌纸烟，一角四分钱一包，很贵，父亲一般舍不得抽。常存宝嘴里叼着一支纸烟，喷出一圈一圈的烟雾，烟雾弥漫开来，屋子里弥散着呛人的烟火味。

常存宝正和郑云礼说话，云礼，今天，我是不请自来，不速之客呵。

哪里哪里，支书光临寒舍，蓬荜生辉。

两个都是庄户人，书没读多少，讲话却文诌诌的，使劲儿地附会风雅。郑晚子听不入耳，觉得别扭，不小心一走神，进屋时身子撞着门框，发出"嘭"的一声响，差点儿摔个跟头。

郑晚子跌跌撞撞进了屋，轻声喊了一声常支书好。然后，便把湿裤脚向下拉拉，遮盖住光脚，好好地待在一边，听常存宝和郑云礼说话。

常存宝故意摆出一种架势，一种大人谈心不让小孩子插嘴的架势。那架势，好像无视郑晚子的存在，却又希望郑晚子对大人的谈心很过神。

郑晚子也故意摆出一种架势，一种大人谈心小孩子不插嘴的懂事的架势。他情愿自己在常支书眼里，好像空气一样不存在，乐得一旁自在。他拿眼一瞄，看到大门后面有一双毛窝，就赶紧悄悄地把自家的光脚套了进去，又乖巧地站立一旁，听他们大人说话。

常存宝带来一个好消息。按照范堤县统一部署，为了大力推进农村教育改革，加速培养大批农业生产实用型人才，堤东人民公社正在大力兴办农中，但遇到一个困难，就是缺少教师。一般情况下，学校教师都是上面分配下来的师范院校毕业生，可目下的教师连公办学校都不够分，农中哪里分得到？常存宝说，县教育局向各公社打招呼，各公社新办的农中，县里没有教师分配，各公社只能在回乡的历届高中生和下放知识青年中挑选。因此，公社上专门开了会，要求各大队积极向上推荐合适人选。

常存宝把这些情况介绍完，掐灭手中的烟头，丢到了地上。郑云礼又及时递上一支勇士烟，并擦着了火柴点好了烟，而他自家却没点纸烟。常存宝一口一口地深深地吸起来，嘴里不断地吐出长长的烟圈。

郑云礼左手拿起桌上的铜烟锅，右手从一个皱巴巴的灰纸包里捏出一些旱烟，装上，点着，也陪着常存宝，咂巴咂巴地抽将起来，吐出长长的烟圈。

两圈烟雾吐出、会合，并成了一团烟雾。烟雾在不太明亮的屋子里盘旋弥漫开来，屋子里的烟味愈来愈浓烈，愈来愈呛人。

郑晚子极为难受，但得忍。忍了一会儿，忍不住，他便轻轻地咳了一声。

他弄不明白，常支书为什么抽得这么香，这呛人的勇士烟，究竟有什么好抽的？老头儿自己为什么舍不得抽这一角四分钱一包的勇士烟，而要抽那种低劣的旱烟，而且也抽得那么香？

停了一会儿，常存宝又开口讲话，对毕恭毕敬伸手递烟点火的郑云礼说，郑晚子这孩子，这么君子，没有上大学，真是可惜了，就是因为出身。

常存宝说到"出身"，便不再往下说，停下来抽了几口烟。因为他突然意识到，"出身"这话戳到了郑云礼的心病，他不想让他难堪。他觉得郑云礼虽然是个富农成分，但人不坏，一直遵纪守法，积极改造。他对郑云礼一直比较庇护。大队长和辅导员背后都嘀咕，但他装聋作哑。龙印港生产队长陆大炮领会支部书记常存宝的意图，对郑云礼也很照顾。

常存宝连续抽了几口烟，又说，云礼，这次公社上要各大队推荐农中教师，我立刻就想到你儿子郑晚子。这次是个好机会，上好的机会，千载难逢，我岂会放过！既然堤东公社农中要人，公社上又要各大队推荐，郑晚子又正好高中毕业，我何不抓住这个机会？不然，我还当什么支书，不是白当！晚子这拿宝子君子，品行又好，文化又好，劳动表现又好，我就推荐上去了。

"君子"是常存宝对郑晚子最高的褒奖，除去"君子"，常存宝觉得找不到更好的词。

郑云礼十分领常存宝这份情，连声说，难为，难为！郑云礼的那种样子，恭敬到了极点，只恨不能磕头作揖了。"难为"即"谢谢"的意思，"谢谢"是官话，"难为"是堤东方言。

被常存宝一口一个"君子"夸着的郑晚子，也在一旁不住地点头。连连地说，难为，难为，谢谢，谢谢！

不用难为，不用难为。常存宝哈哈一阵朗笑，露出一脸的正义感和成就感，目光在郑晚子眼前一闪，亮极了。郑晚子生平从来没见过，谁的眼睛有这么亮，有这么炯炯有神！

生怕郑晚子不愿意似的，常存宝又力劝郑晚子说，郑晚子，多好的机会，你就去吧。

郑晚子一阵惊喜，连连点头说，谢谢，谢谢！

他太惊喜了，从小立志知识报国的他，自打高考落榜，回到龙印港老家，就一心一意种田，而没有其他什么想法，仿佛已经失去了知识报国的希望。想不到，现在突然峰回路转，常存宝带来当农中老师这个好消息，一个没想到的好前途突然摆到自己的面前，事先没有任何的思想准备，真的是喜出望外。原以为上了十二年学，学了满肚子文化，没有什么用，想不到还是派上了用场！可谁知，他却言不由衷不着边际地冒出了一句，支书，我还想参加高考呢。

高考还早呢，明年夏天才考呢，到时还不晓得怎么说，先弄个教师当当，不丑啊！常存宝说。

常存宝说得斩钉截铁，不容分辩，说明他很大度，没有计较郑晚子的不着边际的回答。常存宝更不会明白，郑晚子这一句不着边际的回答，实际上也反映出当老师本不是他的理想。

当年范堤县中学有一些同学很崇拜老师，很多好老师都是他们心目中的偶像。可是，这些同学崇拜归崇拜，却并不真正了解教师职业，不愿意当老师。开班会写作文谈理想，大家都心高气盛，说自己将来要当个什么家，很少会有人说，自己将来的理想是做老师。郑晚子就是这类心高气盛的学业尖子，一心以为自己将来肯定是个什么家，从来没想到今天会当个中学的老师，而且是不太被人瞧得起的农中老师！所以刚才他才言不由衷不着边际地冒出了那一句。

可支书常存宝说得对啊，眼下的自己，一个堤东农村的回乡知识青年，除了做农活其他别无选择，能有这么一个机会当老师，的确是不丑，而且简直就是天上掉下个馅饼，还有什么比这更好的选择吗？辩证唯物主义哲学告诉他，当客观条件不允许你实现某一个人生目标时，你的主观认识应随着客观条件的变化而变化，切不可刻舟求剑，死死地抱住那个固定的目标不放，而必须到什么山砍什么柴，这才是上策。

不丑，不丑！郑晚子连声说。

想不到小伙工作落了港（堤东方言，解决落实的意思），找到了当老师这么个好交易（堤东方言，工作的意思），做梦也想不到的好交易。父亲郑云礼一兴奋，都有点乱了，不晓得说什么才好，翻来覆去地对儿子郑晚子说，还不快难为常支书！还不快难为常支书！

郑晚子连连地点头，虽然已谢过不止一次，仍然左一遍右一遍地对常存宝说谢谢，谢谢您，谢谢您帮忙。

郑晚子主动给常存宝递上一支勇士烟，续上火，常支书啊，你可晓得，其实我不是考不上大学，而是因为去年在范中被撤销学生干部职务，人家大学就误认为我表现不好，没有录取我。你可晓得，为了撤销我的职务，当时范中还办了一个学习班。你看，学校通知我上学习班的那封信，我还收着呢。

说着，郑晚子转身就要去取那封信。

什么学习班，什么发通知的信，支书常存宝并不晓得，他也不用晓得。支书常存宝只晓得郑晚子考不上大学，肯定是由于家庭成分不好。他说，不用，不用，这些情况我都晓得，都晓得。

支书常存宝起身要走，被郑云礼拦下，常支书，吃过夜饭再走，顺便饭。常存宝复又坐下，云礼，那你有什的就吃什的，别烦神。

郑云礼起身走向家什柜。家什柜是郑晚子家的重要家什，摆在明间正中，靠近里间的房门。郑云礼从家什柜里取出一瓶范堤大曲，那是他预备过年喝的。郑云礼同时端出半碟熟花生米，放到木桌上，那是中午郑晚子的姑父来，吃剩下的。郑云礼再从一个瓦罐里拿出一些晒干的干百页丝，放到一只水碗里泡，并吩咐郑晚子去门前自留地里，挖些大蒜来烫。

支书常存宝一边抽烟，一边与郑云礼扯家常。身为堤东大队的支书，常存宝是一个很讲实际很有担当的干部，做事没有太多的框框条条。他推荐郑晚子，完全是站在公事角度。郑云礼待人宽厚，做事忠实，虽然也是个富农，但并不像旁的富农那么刻薄，没有恶名声。郑云礼的儿子郑晚子品行端正，有知识，有文化，虽然家庭出身不好，但本人有德有才，不洋腔洋调，是堤东大队唯一的优秀高中毕业生，全大队找不到第二个这样的君子。所以，他就毫不迟疑地推荐了郑晚子。不用郑云礼请客送礼，常存宝昨天主动推荐，今天主动报喜，充满了成就感，他为尽了责而自满，觉得自己真正是老百姓的当家人。

常存宝的秉公办事，郑云礼心知肚明，对他非常敬重和感激。此刻，最隆重的表达方式就是留他吃顺便夜饭。常存宝晓得郑云礼是一片诚意，就不拒绝，又晓得郑云礼家境也不宽裕，故再三交代，有了花生米和大蒜烫百页就行，家里有什的吃什的，别烦神浪费，浪费是极大的犯罪。

郑云礼更是感激不尽。常存宝是堤东大队的老大，平日龙印港各家有事请客，都要请常存宝，并引以为荣，可常存宝基本上是请客不到，送礼不要，今天常存宝没有拒绝留下来吃饭，是给足了面子。

当晚，就着一碟花生米，一碟大蒜烫百页，常存宝与郑云礼两人对半，喝掉一瓶范堤大曲。

喝酒喝到好处时，常存宝醉醺醺地对郑晚子说，我们做干部的，就是要懂得正确掌握政策，我们要有成分论，但又不唯成分，重在政治表现。云礼，晚子，你们说可是的？

郑家父子二人频频点头称是，对对！

晚饭吃到差不多，郑晚子突然发寒，浑身冷得直打寒噤。有支书常存宝在这儿，他不好吱声，常存宝前脚一走，他后脚就爬上了铺。郑云礼给他裹好被角，又把自己床上的被子捧过来，加盖在他身上，叮嘱他，晚子，发寒就是发热，我早就发现你脸色不好，晓得你恐怕要发热。

老头子，我可能是下午掉在河里着了凉。

什的？你下午掉到河里了？郑云礼问。刚才支书在这儿，他只顾照顾支书，忽略了儿子，这刻儿才发现郑晚子身上裤子都湿了。

老头子，我本来准备告诉你的，但支书在这儿，我没说。你可晓得，老头子，我下午从河帮一直滑到河底，身上衣服都湿了，下午一直捂在身上没换，捂了几个钟头，恐怕着了凉了。

晚子，那就睡吧，睡一觉就没事了。

睡一觉就没事了，是多年的经验。郑云礼和郑晚子每回发寒发热，都是上铺睡觉，从不求医买药。

他们每回发寒发热，一般都是晚上发。头一天晚上发起来就上铺，也不问是什么原因引起发寒发热，就用两条被子捂，夜里捂出一身汗，第二天照样起身上工上学。哪怕半夜里烧得说胡话，他们也不懂得量一下体温，也不懂得上医院检查。一是没条件，二是没怕惧。

郑云礼不懂得，发寒发热，只是一种表征。体内的病因，其实很复杂，很多大病的表征也都是发寒发热，包括一些绝症。旺爹的儿子永贵发热，下午倒在玉米地里死了，郑云礼说那是"麻雀瘟"。河北的龙哥小，夜里发热死了，郑云礼说那是"捣马叉"。龙印港发热发死人的事常有发生，郑云礼从来都认为，这种事是上天的安排，前世做了坏事的报应，自家前世这世都没有做坏事，这种报应不会发生在自家人身上。受郑云礼影响，郑晚子便也不懂得怕惧。人穷胆子大，他们不晓得怕死。

郑晚子发热发得很厉害，捂在被子里，不断地说胡话。他迷迷糊糊地感觉到，自己仿佛躺在一艘小船上，小船在风浪中颠簸动荡，驶向他向往的那个彼岸，彼岸正是一所神圣的大学校园，船头划桨的，是在身旁为他盖被子的父亲，船尾拿舵的，背景晃动不清，好像是支书……恍惚间，他又突然双脚腾空离地，双臂张开抱天，整个身子如雄鹰展翅，飞向蔚蓝而辽阔的天空……

第二天，郑晚子在日记中写下这么一段话：

昨天我做了一个奇奇怪怪的美梦。这个梦如此美，又如此奇怪，是不是因为喜从天降，凭空来了个做农中教师的机会，让我的人生有了一个新的起点，在这个新起点上，才出现这个奇怪而美丽的梦境？又或者说，这个十分奇怪而又舒枝展叶的梦境，展示的仍然是我们青春时代冥顽不化的一个理想，一个深埋于我们心底极为执着的人生信念，一个高中生渴望上大学的经典梦想与不懈追求！

几天之间，郑晚子要去农中做老师的消息传遍了龙印港，众乡亲无不感到荣耀。龙印港百十多户庄户人家，祖祖辈辈世世代代都靠做活计吃饭，如今，云礼家出了个郑晚子做老师，马上就体体面面地坐到学堂里教学生，这是开天辟地第一回，郑晚子这小伙了不得，为龙印港争了光。

一个郑晚子做老师的喜讯，让整个龙印港连日沉浸在快活的气氛中。

郑家门口便热闹起来。孙家墩子的旺奶奶、友全与友全嫂子，东家的小龙夫妻，河北的冬宝、银根、存喜，还有陆家墩子的发小细二小，左邻右舍，近的远的，一个个都来道贺。晚子，你到底是识字载文的，去做先生了。云礼，你的福气啊。福气不小啊，小伙做教书先生了！

先生，教书先生，都是老师的意思。新学叫"老师"，旧塾叫"私塾先生"，但龙印港的老百姓都叫惯了"先生"，不习惯叫"老师"。

福气，福气，托大家的福！郑云礼一一招呼，拿烟，看坐。

晚子，你要去做先生啦！晚子，想不到才一起搭伙几个月，就又要分开了。细二小陆永德说。

细二小脸上泛红，不知是欢喜还是难受，他满脸才会这么泛红。他忽然问郑晚子，可记得，那年我俩一起烧五爹的放牛场？

那次一起烧了五爹的放牛场之后，郑晚子的父亲郑云礼赔了五爹几担草，细二小一点儿不知道。他还以为烧得好玩没事，从那以后，小胆儿反而变大了。

郑晚子反问细二小，怎么记不得？还记得你拿着火柴手直哆嗦不敢擦吗？还记得火焰冒起来我们吓得屁滚尿流吗？那时候，我们太不懂事了！

对！那时候，我们都不懂事，都一样。细二小说，可现在不一样了。

有什么不一样？

大不一样！天地君亲师，老师为尊。你到底多读了几年书，你有这么大的福分，我就没有你这个福分！

你也不错，结婚娶婆娘，做计工员当干部，福分比我大。当老师是不是就好，还难说，究竟怎么样，试试看吧。

试什么，别说快活话吧。

告别了郑晚子，细二小哼哈舞唱，快快活活地回了家，他为发小郑晚子有了当老师这福分而十二万分地快活。

女将陈存娣揶揄道，你这么快活，难道是你去当老师而不是郑晚子？恐怕你骨头嫌轻吧！

细二小说，哎，存娣，你猜今天郑晚子还对我卖俏说什的？"你也不错，结婚娶婆娘，做计工员当干部，福分比我大。当老师是不是就好，还难说，究竟怎么样，试试看吧。"

陆大炮听到了这话，觉得不入耳。改日他专门来遇郑晚子说，看你像不高兴当老师的样子，是嫌农中教师没头绪吗？可我告诉你，别麻木，这交易不丑，到了农中，要当个交易糇（堤东方言，做的意思）啊！

10

过了春节，再过了元宵节，郑晚子去堤东农中上班。

这一天，郑晚子特地理了个分头，就是堤东的少年人欢喜理的那种分头。为了体面，他还在棉袄棉裤外面，加穿了一身整洁的衣裳，上身是一件三个口袋的藏青的无领青年装，下身是一条毛蓝裤，这也是时下少年人的一种时髦打扮。郑晚子外面这一身行头，都还是他在范中参加合唱团时置办的，就是稍微嫌小一点儿，把身子勒得紧紧的、鼓鼓的。

早饭过后，浑身穿得鼓鼓的郑晚子，从龙印港出发，来到河西堤东小街。他上了小街，就按照支书常存宝上次说的地址，自东向西走过去，便看到路北有一幢草盖瓦封檐的新教室，他心里一喜，估计那就是新办的堤东农中。

支书常存宝介绍过，堤东农中，全名范堤县堤东人民公社农业初级中学，位于范堤县堤东公社中学的河西，在堤东小街最西头。而且，堤东农中刚刚开办才半年，那么，房子肯定是新的。郑晚子走近那幢草盖瓦封檐的新教室，估计是到了农中，心中便生出一种莫名的喜悦。

来上班之前，郑晚子曾经多次想象，堤东农中，一定也是如堤东公社中学那样，是一所像模像样的学校。可是，现在摆在郑晚子眼前的，就只有这一幢教学用房，加上后面一个小厨房，并不是想象中的如堤东公社中学那样像模像样的一所中学。现实与想象，有这么大的反差，完全出乎他的意料，喜悦的心情中，添了一点儿失落。

走到这幢草盖瓦封檐的教学用房面前，郑晚子仔细打量。他发现这幢教学用房，共有三个教室，两头两个是做教室用，中间那个好像不是教室，而是像教师办公室。

郑晚子正准备去中间那个教师办公室找人，迎面就遇着一个穿藏青中山装的中年人从办公室里走出来。那人不胖不瘦，中上等个子，古铜肤色国字脸，说话略微有点口吃。

请问，您、您找谁？那人问。

我找邹久宁校长。

请问，您、您是？

我叫郑晚子。

那人热情地伸出双手，小郑，是吧？你好，我叫李方。早就听邹校长说，你马上要来。来，来，进来，进来，邹校长在呢。

郑晚子跟着李方进了办公室，见了头戴一顶黄军帽的邹久宁校长。

邹久宁比李方年龄稍大，也是中上等个子，古铜肤色国字脸，但比李方略瘦，身材跟细二小差不多。郑晚子忽然产生一种感觉，堤东农中的这两个老师，都跟龙印港里的农民差不多，都是衣着随便待人宽厚的那种。邹久宁主动迎上来，热情地握住郑晚子的双手，边说话边眨眼睛，小郑，欢迎，欢迎。各位同志请注意，我们农中又增加了一位新同事，增加了新生力量新鲜血液，小郑，郑晚子，大家鼓掌，欢迎！欢迎！

邹久宁带头鼓掌，用足了力气鼓，充满了热忱。郑晚子心里一热，身上感到一阵阵地暖意，非常兴奋。

邹久宁所说的"各位同志"，除了李方，就还有一个女同志徐小媞，李方和徐小媞便都站了起来，热烈鼓掌，并齐声说欢迎欢迎。

徐小媞是个小椭圆脸，白白胖胖的，身材小巧玲珑，是农中唯一的一位年轻女同志，也是唯一的一个不像堤东农民的农中老师，属于另一种。她那高领毛线衣高靴皮鞋，衬上又细又嫩又白的皮肤，一看就知道是个知青。

一阵热情的掌声过后，邹久宁向郑晚子介绍了堤东农中的基本情况。堤东农中规模不大，学校是新办的，单轨制，目前在校学习的，只有初一年级一个班，仅有50名学生。在校任教的老师，也只有邹久宁、李方、徐小媞三个，加上郑晚子，共四个。老师们都是一人多职。校长邹久宁教语文，兼管后勤。李方教数学，兼管教务。徐小媞教史地音体美，兼管财务。四个人待遇都一样，都是民办公助，公助每月 14 元，民办部分年底结算，到底能结算多少，要根据当年堤东公社的收成和年终分配方案定，现在还没数。

邹久宁说得很实在，很坦然，不时地眨眨眼睛。意思好像是，农中嘛，就这样，不过，我们很适应，这就很不错。郑晚子发现，眨眼睛是邹久宁的习惯，但凡他说到什么重要的话，或者想说而说不出来时，就会连连地眨眼睛。

听邹久宁说堤东农中规模不大，郑晚子并没有太在意。但听说农中教师待遇不高，每月只有 14 元补助，相当于一个工作不久的公办教师工资的三分之一，他就入了神，心里不是个滋味，原来的兴奋劲儿就小了些。这点钱哪里够家用？怪不到农中教师被人瞧不起！

介绍了堤东农中的基本情况后，邹久宁领着郑晚子去看教学用房。邹久宁告诉他，这 1 幢教学用房，共有 3 个教室，中间 1 个一隔两半，一半做了教师办公室，一半做了男教师宿舍，两头两个是教室。

一见崭新的教室，漆黑的黑板，尤其是装在教室高处的日光灯，郑晚子又兴奋起来。他的兴奋情绪中夹杂着向往，向往即将开始的教学生活。他对两个教室很满意，便主动与邹久宁扯话。

教室里都装了日光灯呢，太好了，邹校长，但晚上的电从哪里来？

公社上有一部发电机，晚上六点钟给小街上各单位送电，到十点钟打烊。也给我们农中送，我去公社上争取的。

看了教室，邹久宁又领着郑晚子到小厨房里看了一看。小厨房在教室后面东北角落上，小厨房东边就是向阳河。小厨房里有一副简单的锅灶，一张餐桌，餐桌上放着一些炊具，一小袋子米。

邹久宁一边看，一边指着这些说，小郑，麻雀虽小，五脏俱全，自己动手，丰衣足食。

郑晚子紧跟其后，不住说好。头一天来，什么都新鲜，都觉得好。此时此刻，他并没有意识到，这一天，是他走上工作岗位的第一天，在他的人生中，这是一个新的开始，翻开了新的一页！从这一天起，他将一头扎进堤东农中，开始从事数十年的教学生涯，把年富力强的青春时光挥洒在这教书育人的校园里。

自 7 岁上学进校门，从小学到初中再到高中，郑晚子在校园里生活了 12 年。半年以前，郑晚子在范堤县中学高中毕业，因故没能继续读书念大学，不得已告别了校门，当时以为那将是永久的告别。想不到农村的劳动生活半年就结束了，现在又重新走进了校门。所不同的是，过去当的是学生，现在是当老师。

郑晚子没当过老师，不知怎么当，心中没数。

可是，有谁是生下来就当老师的？什么事不都是从零开始的！

当天，郑晚子在日记中写下了一段话：

我没有读过师范，我必须一边教学，一边学习如何教学，一步步地在游泳中学会游泳。世上无难事，只要肯登攀，世上无难学之事，只有不肯下功夫之人。谁都不是从娘胎里一生下来，就会教学的，再优秀的教师，也是从头开始学起的。我相信，只要我努力，下真功夫，将来一定能够成为一个优秀的人民教师，成为一个合格的校园园丁。

根据校长邹久宁的安排，郑晚子教语文和体育，兼做体操领队。

有生以来，郑晚子第一次站到讲台上，给学生上第一节课。

万事开头难，但他头一回面对满堂的学生，并没有像不会游泳的人第一次下水那么害怕，也没有像大姑娘第一次坐花轿那么羞涩，而是满堂扫了一眼，旋即转过身去，背对着他们，在黑板上写下了课文的标题。

他写得一丝不苟，既是力求好看，也是为了拖延时间，平缓自己的情绪。

一回生二回熟，三回四回便驾轻，他的语文课竟上得像模像样。校长邹久宁非常满意，同事李方徐小媞脸上都是羡慕与赞赏，他便更加自信。

有生以来，郑晚子也是第一次站到操场上，带学生做广播体操。

上午第二节课后、第三节课前，有15分钟时间，农中安排学生做广播体操，也叫课间操。

上午第二节课一下，学生们就从教室里涌出来，站到教室前面的广场上，依序站成做操的一个方队。

邹久宁，李方，徐小媞，三人一字排开站在方队后面。

郑晚子第一次一人站在学生方队前，俨然像个指挥员，吹响哨子，发出号令。

广播体操，顾名思义，应当是由学校的广播来播放体操音乐，学生跟着广播音乐来做操。过去在范中，就是这样做操的。除非停电，或是广播坏了，才由体育老师喊口令。堤东农中没有条件装广播，当然得由郑晚子来喊口令。

郑晚子虽然没有做过体育老师，但做过学生，上过体育课，所以他尽力回想和模仿范中的体育老师，喊得像模像样，俨然像个体操教官。

同样的，郑晚子在语文教学上，也很快就上了路，并逐步形成自己的教学特色，受到学生的欢迎。

他没有读过师范，没有接受过系统的语文教学培训，而且没有一点儿教学的实践经验，但他尽力回想和模仿范中的语文老师，而且肯下真功夫，有登攀精神。郑晚子是范堤县中学拔尖的高才生，堤东农中四个教师中，除了他外，其他三个都不是正儿八经的高中毕业，数他的文化基础最好。他在语文教学中，就像他干其他任何事情一样，特别投入，愈干愈着迷。他将语文教学，与哲学、历史、地理、数学、物理、化学、音乐、美术、体育等知识挂钩，与时事政治、民间故事、风俗人情等见闻结合，尽情发挥所感所想，并渐入佳境，教出了兴趣，尝到了甜头。

备课，讲课，批改语文作业，批改作文，出考试题与批改试卷，语文教学的每一个环节，渐渐地都让郑晚子痴迷投入。他从小不想当教师，高中毕业后被动当了教师，现在当了教师后把这些教学环节当成了享受，这是他对教师职业情感变换的一个人生三级跳。

在这些教学环节中，最让郑晚子怡情享受的，是站在讲台前给学生讲课。

小小的三尺讲台，是施展本领尽情挥洒的舞台，他只要一走上讲台，就如鱼得水，有种"天高任鸟飞，海阔凭鱼跃"的感觉。

知识的甘泉，智慧的火花，人生的感悟，初为人师的自得自满情绪，杂陈交融为一体，如江河开闸般地奔涌而出，洋洋洒洒尽情泼向了这个舞台。这种感觉，是老师们一种驾驭一切的自我状态。只有在这个三尺讲台上，一个做老师的，才会有这种驾驭一切自由驰骋的自我状态，才可以任自己尽情发挥，毫无阻力地向学生灌输自己对这个世界的见解与情感。这一份良好的自我感觉，与其说是范堤农中邹久宁几个有，毋宁说是每个做老师的都会有，郑晚子当然也不例外。

为什么有些教师的自我感觉那么良好，为什么他们会那么自负、那么执着、那么不管不顾？恐怕也与这小小的三尺讲台有关，这是一方独立于大社会的小天地，属于这传道授业解惑的校园，校园是相对远离尘俗的小社会。

徐小媞站在三尺讲台前，白皙的面颊上飞起红云。她用细长的手指捏住一支一尺长的白色小棒，指向歌纸上的歌词。歌纸是一整张白纸，挂在教室前头上方的黑板上，上端别着三个彩色的图钉。歌词是用毛笔蘸黑墨抄写的，歌名是《北京的金山上》。

这堂音乐课是复习，徐小媞领唱，学生们齐声合唱。在孩子们激情燃烧的歌声中，她尽情挥洒着自己的真挚情感。

徐小媞声如银铃的女高音，一阵阵地从隔壁的教室里传过来。邹久宁、李方、郑晚子都放下备课笔记，坐在办公室里侧耳静听。

郑晚子不由自主地跟着哼唱，他天生酷爱音乐，容易引起共鸣。邹久宁、李方也满怀激情跟着哼了起来，他俩都有些五音不全，但音量控制得较小，和进郑晚子浑厚的男中音，倒也声情并茂。

哼着，哼着，邹久宁、李方突然不哼了。坐在他们前面的郑晚子却唱得更起劲儿。李方用手捣捣郑晚子的后背，喂，小郑，你真唱得好，要不是高考取消，你考音乐学院，绝对没话说。

郑晚子也停了下来，转过身子对李方说，哎，不知怎的，今年高考怎么会取消的呢？不然，我今年肯定要再考。

紧紧张张，快快乐乐，一个学期就在紧张而愉快的教学环境中过去了，转眼就到了暑假。

暑假中途，全县教育系统下发了一个红头文件，让郑晚子刚刚进入状态的教学生活突然中断。

11

郑晚子去年暑假与王珩分手后，没想到今年暑假两人会再次相见。

过去的这一年，郑晚子前半年因高考落榜心情极其苦闷，什么都不去想。后半年，因刚进入农中工作，完全投入，满脑子都是教学，其他什么都不问，王珩等过去的老同学也一律都丢到脑后。

两人一年后的这次相见，是在一个特定的时期特定的场合，属偶遇，实在是在他的意料之外。

郑晚子走进农中的这半年，属于一个不同寻常的特定时期。

这一时期之所以不同寻常，是因为范堤县发生了一连串不同寻常的事情。

6月7日，范堤县组织范城一万多人，参加声讨"三家村"。

6月15日，范堤县中学的学生闹革命，学校领导组织瘫痪，范堤县派出工作组。范堤农中，因地处县城30里之外的农村集镇，消息不灵通，学生没受到影响，学校照常上课。

7月初，高校招生考试取消，范堤县中学的高三学生留校闹革命。

7月20日，范堤县发出了一个红头文件通知，决定举办全县中学教师暑期集训学习班。

这个红头文件通知明确，集训对象为全县公办中学与农业中学的教师，集训组织为范堤县新成立的县集训大队，下面29个公社分别设集训中队，集训地点在范堤中等师范学校，集训时间，定于7月26日开班。

郑晚子刚刚走进农中半年，干得有滋有味的教学生活，就被范堤县这个中学教师暑期集训学习班打断了。郑晚子与王珩一年后再次相见，也就是在暑期集训这个特定的时期特定的场合。

由此，范堤县许多中学教师的人生轨迹，发生了重大的改变。这种不同寻常的暑期集训，也给刚踏入社会的郑晚子与王珩上了极为重要的一课。

校长邹久宁是一个性格透明的同志。从他身上可以看到堤东农民典型的一些品行，朴实、忠诚与唯命是从。接到县里的暑期集训红头文件，鉴于该文件的重要性，邹久宁立即召开教师会议进行传达贯彻。在会上，他再三强调了红头文件的重要性，两眼在绿军帽下一直眨，一脸的严肃认真。

县里的红头文件，不是一般的文件，县里的决定，不是一般的决定。作为堤东人民公社的一所小小的农中，一般是不可能直接接到县里的红头文件，通知你集中到县里学习的！平常，农中都是参加堤东公社的集中学习，地点在堤东小街上，这次去县城大街上参加县里的暑期集训学习，是第一次，这是极为难得的一次学习机会！校长邹久宁他能不慎重吗？

7月25日下午，农中几个同事背着行李，由校长邹久宁带队，怀着无比激动的心情，从堤东农中出发。

邹久宁一行四人，从农中向东一里，走到堤东小街，再从小街向北五里，走到团北。他们在团北公交小站等了一会儿，等到一辆进县城的公交班车，一起上了车，沿着堤东公路一直向西，刻把钟后坐到范堤县汽车站。下站后，一行四人又从车站向东南徒步二里，来到集训地点范堤中等师范学校。

这个范堤中等师范学校，位于范堤县县城东侧，是一个环境比范堤县中学还要好的美丽校园。4年前，因教育部局调整，范堤中等师范停办，改办成范堤中等师范函授学校，改办后校园环境优美依旧，学习气氛浓郁依旧。园内的中心大道两旁，一刷齐的各有一排法国梧桐，树影婆娑，风传絮语。过去，郑晚子在范中念高中时，偶尔来范堤师范串门，每次走在这梧桐树下，都心旷神怡。后来郑晚子走上教学工作岗位，但凡到陵京学习培训，只要看到陵京大街两旁梧桐成排成行遮阴遮凉那陵京标志性风景，就会想到范堤师范这校园梧桐。反过来，每次只要看到范堤师范这校园梧桐，他也必然会想起陵京大街两旁梧桐成排成行遮阴遮凉那陵京标志性风景。对这婆娑絮语的法国梧桐，他情有独钟。

今天，一走进范堤师范大门，他就感觉到有些异样。只见树影婆娑风传絮语的梧桐树下，到处是忙碌的生脸庞。这些生人身旁的地面上堆着乱七八糟的杂物，木架、芦席、铁丝、糨糊桶、大字报等，乱哄哄热烘烘的一片。

郑晚子他们一行四人从他们身旁走过，边走边东张西望。

他们四个人当中，数郑晚子的个头最大。他大步流星，走在最前面，突然眼前一亮，发现众多生人中有一个熟脸从对面走过来，走近一看，竟然是范中的老同学老班长王珩。

王珩还是老样子，四方脸架副眼镜，略带忧郁的沉稳形容。郑晚子喜出望外，兴奋地喊道，老同学，老班长，王珩，王珩。

郑晚子，怎么是你呀？王珩也意外惊喜。

王珩趋步上前，把郑晚子从上到下认真打量了一番。只见郑晚子一米八的个头，T型的身材，红苹果似的脸，一边梳的发型，一身白衬衫毛蓝裤，都是在范中合唱团时制办的，还是一身的学生气，没有太大的变化。王珩伸出双手来握郑晚子的手，郑晚子，老同学，原来是你呀，怎么是你呀？

是我呀，是我呀。郑晚子边说边把行李丢到地上，双手紧紧地握住王珩的双手，两个几乎抱在了一起。

郑晚子偶遇老同学王珩，两个如此地激动亲热，校长邹久宁一见，也忍不住跟着感动，便主动上前对王珩说，老同学，你好。转头又对郑晚子说，我们先上宿舍了，你们两个谈谈，你们谈。

郑晚子说声好的，便继续握住王珩的手谈心。

王珩也冲邹久宁打招呼，并挥挥手，您先走吧，您先走吧。

李方、徐小媞也都与王珩微笑点头，招呼一声，跟着校长邹久宁走了。

天快到下晚，但太阳还火辣。范堤师范中心大道上，来来往往的人都是满脸的汗。郑晚子与王珩便让到一边，在一棵梧桐树的树荫下，继续交谈。

一年多不见，郑晚子与王珩两个话愈谈愈多，几乎忘记了时间。

郑晚子首先介绍了自己一年来的情况。从高考落榜回乡务农，到被大队支书常存宝推荐进堤东农中工作，以及在农中半年来的教学情况，其中的细节及故事和初为人师的那种良好感觉，都一一对王珩说了一遍。

最后，郑晚子自解自叹，王珩，也就罢了，大学没上成，当了个农中教师，做一个教书育人的园丁，也不错。这次，不是全县的公办中学和农业中学老师合在一起，集中在范堤师范封闭集训嘛，这不，我就来了。你怎么也来了？

王玗双手一摊，我现在也是中学教师啊，不过不是正式，而是代课。我也是来范师参加集训的，巧事。

接着，王玗便也把自己的情况，对郑晚子大致说了一下。

他从去年暑假高中毕业，到堤东龙印港来与郑晚子一起干农活说起。当时因为他是城镇定量户口，不像郑晚子农村户口回家有田种，可以上集体大田挣工分，所以到堤东龙印港来与郑晚子一起干农活，用王玗自己的话说，是来主动接受贫下中农再教育，改造客观世界的同时改造自己的主观世界。

王玗这么做，有人为他急了，急的这个人便是他姐姐王琳。姐姐王琳急了，便到镇上去找表兄，表兄是文卫干事，很快帮助王玗在堤西镇中学找了份公办代课教师工作。于是，王琳便寄来一封信，谎称婆奶奶病了，把王玗从郑晚子家召回去，当了公办代课教师。

王玗不是师范院校生，不能当正式公办教师。幸好他是城镇定量户口，所以按政策，他能在堤西镇中学这样的公办中学当代课老师，目前任教初三数学课。公办代课教师工资也不高，也是工作上与正式公办教师同样干，而待遇上却较低。而且，公办代课老师也和民办教师一样，不能提干。这与郑晚子很类似，他在堤东农中当民办教师，也是这格局。只有一点不同，那就是公办代课老师有转正的机会，转正了就不同了，而民办教师不好转公办。

王玗说，郑晚子，去年暑假在你那儿，我不是接到一封信嘛，那就是我姐姐王琳写来的。她当时在信上说婆奶奶病了，其实是叫我回去工作的。

郑晚子赞不绝口，王玗，你姐姐王琳是深藏不露呀，够厉害的。怪不到你也这么深藏不露，这么的厉害。

别瞎说，哪有这么夸张。

两个谈得兴起，你一言我一语，愈谈愈热乎。

不知什么时候，梧桐树下的那些人，已经在乱哄哄热烘烘的中心大道两边醒目处，搭起了两个长长的大字报架，并且各贴上了一行斗大的黑体字大标语，两幅大标语，都充满了火药味。

这两幅充满火药味的大标语，给范堤师范校园带来一种严峻的战斗气氛。这种严峻的气氛，给了郑晚子与王玗一种预感——这次暑期集训非同以往，将不是以往一般的政治学习，不知将会有什么样的新动作。这种严峻的气氛，就像暴风雨前天上的乌云，送来了暴风雨的征兆。

这种暴风雨将来的预感，让他俩惶惑不安。

这是八月初的一天。早饭后，郑晚子与王珩两个，照例利用饭后会前的一点空闲，一起在校园里走走，谈谈这几天集训中的见闻和看法。

集训已经有一个礼拜，每天活动都排得满满当当，非常紧凑。在这一个礼拜中，大会集中了两次，一次是礼拜一上午的动员大会，另一次是礼拜天下午的交流大会。除了大会集中，便是以各公社集训中队为单位，组织召开小会，学习文件和揭发问题。

郑晚子与王珩两个，不在同一个公社集训中队，一个在堤西人民公社，一个在堤东人民公社。除大会集中外，两个都不在一起开会。但两个对这次集训都摸不透，所以千方百计找时间见面，相互交流看法，释除心中的疑团。

王珩比郑晚子成熟，消息也比较灵通。王珩给郑晚子带来好多集训大队之外的消息，其中不少是关于母校范中的，关于老师的，关于同学的，都是郑晚子所不知道的。最让郑晚子感到新奇的是几个同学在母校范中谈恋爱的事。王方正与一个女同学谈恋爱，那个女同学是个运动健将，100 米短跑速度特快，经常在校运会拿第一，她那健美的双腿，曾经吸引了运动场上无数师生的眼球。沈荣锦则与当学生会文体委员的那个女同学谈恋爱，并且相互约好，等大学毕业后结婚，那个长辫子女同学的眼睛又黑又大，特别的迷人。这几个同学之间谈恋爱的故事，曾经在秘密圈子里传得沸沸扬扬，但郑晚子当时一心无二用，整天埋头学习，竟一点儿都不知道。

这么大的动静，当时，我怎么一点儿都不晓得呢？郑晚子问王珩。

你太君子了，你是死读书，情窦不开，视而不见！王珩说。

两人正在中心大道一旁说着，突然发现路这边的梧桐树下的大字报架上新贴了一份大字报，覆盖了原来的黑字大标语。高高的大字报架前，围了很多参加集训的老师，他们一个个仰着头在看大字报，其中一个大嗓子正高声念出大字报的大标题，彻底砸烂范堤县教育战线上的"三家村"黑店！

大标题是一排剑拔弩张的黑体方块字，一排黑体方块字下面，加上了风起云涌般的一条粗黑波浪线。这个大标题，就像一颗威力无比的大炸弹！这份由美术排笔书写的炸弹似的大字报，有 10 整张的大白纸，张张上面都有爆炸性的揭发材料，不少地方还加了惊心触目的黑色波浪线。

郑晚子与王珩心惊肉跳，一口气看完了这份大字报。大字报列举的一系列材料，揭发了范堤县教育战线上的"三家村"的大量问题。

　　郑晚子与王珩面面相觑，两个云里雾里，不知大字报揭发的这些内容从何而来，是真是假，是是非非，该信还是该不信。

　　集训期间，郑晚子隐隐感到，在范堤县堤东中学个别教师当中，滋生了一种专事揭发他人、邀功取宠的奸佞小人行为。有一些人为人正直率性，平常讲话中不注意，集训中这个别人就不问是非黑白，胡乱检举揭发，把一些心直口快的正人君子斗得够呛，这是十足的小人行为。

　　集训不断深入。梧桐树下的大字报架不断更新，天天都有新的消息，发动起来的群众不断深挖，县集训大队以及各公社集训中队的组织力度不断加大，大会小会等集训活动套搭进行。

　　被揪出来的斗争对象都痛心疾首，满腹心事，渐渐不思茶饭。

　　斗争越深入，他们的心事越重。

　　他们吃不下饭，并不是饭不好吃。集训大队的伙食，其实是很好的。这次88天集训的伙食，安排在范堤师范食堂，搞得不错。

　　集训一开始，吃到花样这么多的可口饭菜，参训的人大快朵颐，胃口好得不得了，满满的一桌菜，大家风卷残云，几分钟就席卷而光，有谁来迟了就吃不到好菜。后来随着揭发与斗争的深入，一些斗争对象心事上了身，这部分人就逐渐没了胃口，再好的饭菜也咽不下去。

　　这一来，范堤师范食堂餐后的桌上，就开始有剩下的饭菜，后来愈剩愈多，到了集训中后期，有极个别桌子上的饭菜，餐后仍然是堆得满满的，就像餐前没有人吃过一般。

　　但整个集训期间，郑晚子王珩的胃口都一直很好。他们从小生在农村，平时吃的都是乡下的粗茶淡饭，所以从小胃口好，吃什么都香。包括后来在范堤县中学上学，虽然也是到了街上，但他们寄宿生吃的那种一菜一汤，油水也很差，但胃口仍然极好。现在，集训大队这么高级的伙食，等于顿顿上茶馆（堤东方言，饭馆的意思）吃大餐，胃口自然不会错。

　　当然，他们的胃口好，也与心情好有关。他们的心情好，是因为他们不是斗争对象，他们不会像他们那样愁心事。他们不愁心事，是因为他们工作还不到半年，时间这么短，就好比一张白纸，还没有写过，不会有什么污点，所以他们不担心会被谁揭发。

　　也许，这就是生活，这就是磨炼。

　　范堤县许多中学教师都在这88天集训中得到了磨炼。

　　比如郑晚子。在18岁至20岁这个人生成长中的关键年龄段，他接连有三次非比寻常的生活经历，一是学生干部职务被撤，再是高考落榜，三就是参加这次88天集训得到了这种非比寻常的磨炼，所以他受益匪浅，过早地变得现实，少了一些浮躁，少了一些张扬，少了一些轻狂。

又比如王珩。王珩比郑晚子更沉稳，因为他第一次受磨炼时比他还要早两年。因此，他比郑晚子更现实、更成熟，这对他后来担任学校领导工作有很大的帮助。

若干年以后，当王珩郑晚子他们再回头看集训中许多人、许多事，许多细节、场面、情景时，不禁生出一种跨越时空似的感怀，宽了心胸。

范堤县县城汽车站照例一片繁忙。

在人头攒动熙熙攘攘的候车室内，王珩与郑晚子两个依依不舍，分手道别。集训结束了，王珩再三叮嘱，多多联系，多多联系。88天集训，加深了两个老同学之间的相互了解，增进了相互之间的感情。

从堤东公社到堤西公社，从郑晚子家到王珩家，有上百里路，中途还要经范堤县城转车，坐车不太方便。郑晚子想到了这一层，便说，王珩，就是距离远，以后见面不太方便。

郑晚子，别忘了，还可以打电话呀！王珩说。他的思维很全面很缜密，不然，数学考试怎么会经常拿满分呢。

王珩，我们堤东农中不是你们堤西中学，我们没有固定电话。

可以到堤东的邮政支局打嘛！王珩说。他总是有办法。

堤东小街邮局虽然有固定电话，但不是长途，不能直接拨堤西。打堤西的电话，算长途，要从范堤县城邮局总机转，很麻烦。

麻烦什么，这点儿小事，还算麻烦吗？

郑晚子笑了，说，不算麻烦，不算麻烦。

王珩说，别麻烦麻烦的，快走吧，你们邹校长他们已经检票进站了，快走。

那你呢？

我们堤西班还有半小时才发车呢。

与王珩握手告别，郑晚子跟随校长邹久宁等几个同志，离开范堤师范学校，回到了堤东农中。

由于88天集训拖延到10月21日才结束，早已过了秋季开学时间，校长邹久宁布置大家抓紧时间，准备开学上课。

谁知这时，他们又遇到了一个新情况。

12

据说是因为深入斗争的需要，范堤县中学教师暑期集训拖了又拖，从 7 月 26 日开始，经过 8 月，再到 9 月，一直到 10 月 21 日才结束，前后共 88 天，所以后来又称为 88 天集训。

秋季开学往年都是在 9 月 1 日，今年迟了 50 多天，将近有两个月时间。一般情况下，去掉暑假寒假和忙假，一个学期的上课实际时间总共不到五个月，但今年实际时间只剩下五分之三，只有三个月。

这样，秋季这一学期的教学任务将很难完成，这可急坏了堤东农中校长邹久宁。

心里着急动作快，前一天 88 天集训才结束，第二天校长邹久宁回到堤东农中，就立即组织大家做开学准备。他再三强调要求，各人尽快做好各个方面的准备，争取三天之内开学上课。

谁知，就在这节骨眼儿上，堤东农中又接到上面一个红头文件，这个红头文件又是一个非比寻常的紧急通知，如同 7 月通知暑期集训一样。

红头文件紧急通知强调，全县中学教师暑期集训刚刚拉开斗争的序幕，为了将斗争进行到底，各级各类学校必须继续停课闹革命。

接到停课的紧急通知，校长邹久宁急得两只眼睛直眨。

在堤东公社开会接到通知时，已经是晚上。邹久宁开完会，夜里回到农中宿舍，一夜没睡好觉，一直在思考怎么办。

第二天一大早，邹久宁早早起身，到农中小厨房洗漱完毕，吃了半二碗（堤东方言，小碗的意思）茶泡饭，早早坐在农中办公室里，等待同志们上班，传达上头通知精神，研究贯彻落实办法。

郑晚子一大早起了身，开了个大早工，与老头子郑云礼一起挑了一早的粪，垩自留田。88 天集训期间，老头子一人在家，自留田里累下不少活计。88 天集训一结束，郑晚子就没住在农中教师宿舍，而是回龙印港家去住，这样好利用早晚的时间帮助老头子干活。

早上挑完粪，郑晚子马不停蹄，匆匆赶往堤东农中上班。

他一出门，正好遇到细二小扛着大锹去上工。细二小问郑晚子，个鬼，几个月望不见，死到哪儿去了？

88 天集训。郑晚子答。

什么，集什么训？细二小又问。

他每天上工、下工、喂猪、喂羊，对外面的形势不怎么了解，郑晚子便耐心作了些解释，全县中学教师集训，在范堤城里，集训 88 天。

细二小不清楚什么叫"集训"，也不想弄清楚什么叫"集训"，于是说，怪不到，几个月望不见，我说你到哪儿去了？

郑晚子急着要上班，便说，细二小，这刻，我要上班，回头再说。

细二小说，好的，回头再说。

郑晚子匆匆与细二小分手，去堤东农中上班。

他匆匆走进办公室的时候，同事李方跟后也到。李方把脚踏车（堤东方言，自行车的意思）放在门口，进了门。他这两天也没住校，也是住在家里。他家在八一大队，离学校十多里远，他这两天每天早晨先帮女将干一阵农活，然后骑十多里路，到校来上班。

同事徐小媞早已来了，她虽然不住校，而是住在堤东中心小学丈夫李昌的宿舍，但堤东小学离堤东农中很近，她每天上班都较早。

邹久宁、李方、徐小媞、郑晚子四个都不抽香烟，农中这个教师办公室是一个无烟室，办公室里面的环境很好。校长邹久宁背着双手，眨着两眼，在里面踱来踱去，让这个环境很好的办公室增添了紧张气氛。

邹久宁中上等个子，黄皮肤，那模样，十足的一个老实巴交朴实忠厚的堤东农民。他才 40 出头，就满脸起皱，一副从小挨过煎熬苦大仇深的样子，看上去起码有 50 岁朝上。可是，他脑袋灵活，从小学习成绩冒尖，小学毕业后考取范堤县中读初中，这在当时是凤毛麟角的。后来因家境不好，初中没读完就辍学回老家堤东公社向阳大队劳动。风吹雨打，日晒夜露，就成了这副模样。遇到麻烦事，他就喜欢这样背着双手，眨着两眼，在农中办公室里踱来踱去，这模样，更加是苦大仇深。

他是学校的创始人。堤东农中的校址就在向阳大队。农中创办初始，公社上就近在向阳大队找人负责基建，找到了初中没读完回到老家干活的邹久宁。

堤东农中如同他的一个惯宝小伙，他整天放在心上，爱校如家。他女将骂他，你魂丢在农中，农中是你的小伙，你就去惯小伙，别家来，家不要！他一笑了之，置之不理，一切依然故我，心系农中。集训 88 天，使秋季开学上课推迟近两个月，他心急如焚。等到集训快结束时，他更加着急，每天都等于活受罪。现在集训好容易结束了，可偏偏这时候上面又通知停课闹革命，也就是说，这课又上不成了。再不上课，还不要了人的命！这学校还怎么往下办呀？

见人都齐了，校长邹久宁招呼大家放下手头的事情，准备开会。他眨眨两眼，非常慎重地宣布，同志们，安静，下面我们开个会，传达上面一个紧急通知。

校长邹久宁便一字一句，干净利落地宣读了范堤县关于全县中小学停课闹革命的紧急通知。

听完通知，大家都傻了。校长邹久宁要求同志们思考一下，如何贯彻落实。

校长邹久宁一改往常的风格，没有表明自己的意见。依他往常的风格，一读完红头文件，他马上就会说出贯彻意见，很干脆，几乎是包办代替。今天，他却没有表明自己的意见。

同志们晓得，校长一贯很干脆，今天不表明意见，就是有不同意见。

一时，农中办公室里哗然，同志们乱了方寸。

李方用手指直敲桌子，一改本来那副堤东人的平和模样。李方出生于一个堤东农民家庭，堤东人的典型特征是平和、厚道，李方平时很平和厚道。可此刻他变了，变得很急躁，而且用手指直敲桌子，说话都有点口吃。

他从小学习成绩冒尖，初中毕业时考取范堤中等师范学校，范堤师范停办时，他肄业回乡务农。范堤师范停办，影响了李方的学业，使他人生梦想折翼，成为一大遗憾。堤东农中兴办，重新给了他一个做教师的机会，弥补了这一遗憾，他倍感珍惜，工作十分勤勉。这次88天集训，影响了学校两个月的课，现在集训结束了，上面又下达了停课通知，李方说，邹、邹校长，这学还怎、怎么教？

女教师徐小媞也跟在后面着急。农中四个同志中，徐小媞的年龄最小。她高中毕业后，从陵京下放到堤东。她白白胖胖的，扎着两支羊角辫，20多岁结了婚的女同志，单纯得还像个小女孩，别人乐，她便乐，别人急，她便更急。

看着同事们一个个的乱着急，郑晚子心里很乱。

进农中之初，他是抱着试试看的心理来的，但教了一个学期之后，却逐渐爱上了教学。恰在这当儿，全县搞中学教师暑期集训，一搞就搞上88天，占掉秋季这一学期两个月教学时间，为此他十分惋惜。好容易等到88天集训结束，正积极准备上课，上头又通知停课闹革命了！他心乱如麻，大惑不解。

校长邹久宁一言不发，任大家你七言他八语，议论纷纷。

听着听着，他心里有了底，但觉得还没有人说出一个具体的意见来。他便要求大家好好想想，下面该怎么办，说出个具体意见。

大家觉得校长邹久宁今天好奇怪，什么具体意见？不就是上课，还有什么好讨论的吗？吵吵嚷嚷的农中教师办公室突然静了下来。

郑晚子坐在窗前，望着窗外的向阳河发呆。向阳河紧依堤东农中东山，南北流向，清晨的阳光下，河面上的绿浮莲生气勃勃，潺潺的河水如一丈银带，在绿毯般的浮莲当中湍流。

河东的几排红瓦房，是堤东公社初级中学的教室，郑晚子初中三年就是在那儿读完的。那时的红瓦房，只有一排两幢，现在发展成两排六幢。堤东中学的东边有条沟，沟东的几排红瓦房，是堤东人民公社中心小学，那是郑晚子的小学母校。

再向东，堤东小学的东边，熙熙攘攘热气腾腾的那一条小街，就是堤东小街。堤东小街乃是堤东人民公社的政治经济与文化教育中心。堤东公社的人办事买东西，一般不用出小街。繁荣热闹的小街，在堤东人心目中，就是一个"小上海"，在郑晚子小时候的心目中，是一个了不起的大地方，很神圣。

从小街再向东走，过了东风桥，离堤东公社大会堂不远，便到了堤东大队第一生产队。堤东一队老名字叫龙印港，郑晚子家就居住在那里。

这东头的东风桥，是小街上三座桥中最大的，是能走拖拉机的水泥桥。小街上还有两座木桥，一座在小街南头，很窄，只能容一个人通过。另一座较宽，桥两边还安装了手扶木栏杆，这座桥架在小街西头的向阳河上，在堤东中学与堤东农中之间，叫作向阳桥。

向阳桥西，就是堤东农中，地属向阳大队。不知为何，堤东公社的人如果事情没办好，也以这个地名打比方，叫"向阳大队"。

这座向阳桥，是郑晚子上下班必经之路，他每日上下班来回四趟都经过这座桥，这座桥别具乡村风情，他特别喜欢。

一个瘦长的年轻人走上了桥，郑晚子眼前一晃，竟发现是发小细二小。

晚子，别晃，别晃，细二小站在桥中央尖叫。看到细二小那种害怕相，郑晚子得意极了。

那个瘦长的年轻人走下桥，向西朝农中方向走过来，郑晚子揉揉双眼，才发现那人不是细二小。

虽然只是幻觉，郑晚子还是觉得不舒服。这个幻觉，让他又想起他被"弯腰先生"打戒尺、发小细二小与他绝交三天的那些不愉快。这时，他绝没有想到，这座桥后来缔结了他与妻子向文的美好姻缘。

现在，他的目光已回到河东的那几排红瓦房——堤东中学那里。他感到，河东的堤东中学才像个中学，堤东农中与堤东中学相比，差远了。不仅是校舍，农中的教学设备、师资力量、学校规模，各方面与堤东中学相比，根本都不在一个档次，不可以同日而语。不怪堤中的老师眼角高，不把河西的农中放在眼里。可是，他又感到，堤东农中也有堤东农中的好处。堤东农中同事们齐心合力的那种良好的氛围，堤东农中师生之间那种朴实的情感，像一股清风爽人心肺，像一股清泉甘之如饴。

这时，坐在郑晚子身后的同事李方发现郑晚子发呆走神，用手捣他的背脊。

办公室里安排座位，一般都论资排辈，资历辈分愈大愈靠里坐，这是惯例。故堤东农中四个同志，四张办公桌分两排摆，后排两张，由老邹和老李坐，前排两张，由小徐和郑晚子坐。四人中，郑晚子来校最迟，故办公桌最靠近大门。

郑晚子发觉背后有人用手在捣他，回头看去，见李方开口说，小郑，你说，我、我们农中新办，才办了一年，学生才、才上了一年课，上面怎么叫停课闹、闹革命呢？

正常情况下，李方并不怎么口吃，但一激动，就有些口吃，而且愈激动愈口吃。

校长邹久宁坐在办公桌后面，一声不响。他一定是在耐心等待大家消化停课通知的精神，等大家拿出个具体的主意来。

他是地地道道的农民出身，外表看上去老大粗，骨子里却粗中有细，敢作敢当，是个讲究实际的领导。他觉得堤东农中的实际情况很清爽，并不存在什么严重的斗争和问题，那么，要停什么课、闹什么革命？他从座椅上站起来，背着双手走到办公室中间，眼睛连眨几下，朝四边一望，提高了声音，同志们，大家想到一处去了，我们研究一下，下面怎么办？

四个人继续开会研究。会上一致意见，决定堤东农中不停课，实行一边上课一边闹革命，变"停课闹革命"为"上课闹革命"。反正一个小小的农中，不起眼儿，你上你的课，谁来注意你？

将"停"课变为"上"课，以一字之差，使上课与革命兼顾，既不违背大背景，又不影响学校教学上课，真是个不错的好主意。

13

由于这种特定的背景，坚持上课会出现很多困难。校长邹久宁首先想到了一个问题，那就是没有教材，这是上课的第一只拦路虎。

一般暑假一过，秋季开学上课前，县新华书店就发放学校用的教材，历来如此。各学校都习以为常，从没有觉得教材还是个问题。

可是，今年因为停课，新华书店没有向下发教材。上面不发教材了，没有教材这课怎么上？

校长邹久宁说得不错，没有教材，确实是一个问题。

女教师徐小媞问邹久宁，校长，新华书店不发新教材，我们不会用旧教材？借两本旧教材翻印一下不就得了？

旧教材过时了，新教材又没得，问题大了！邹久宁说。

郑晚子是初生牛犊不怕虎，他不以为然，过去，上面发的教材，不也是人编的？现在，我们也有两只手，难道我们不可以自己编写？他便提议，没有教材怕什么，人家教材也是编写的，我们也有两只手，难道我们不可以自己编写？自己动手，丰衣足食，有什么问题？

上面通知停课和不发教材，都与时局的突然变化有关。时局发生这种突然的变化，一定是有一个特定的历史背景。可郑晚子太年轻，而且又生长在地处黄海一隅的堤东乡下龙印港那个狭窄的小地方，凭他年轻且狭窄的视野，他无法弄清这是一个什么样的背景，无法理解这种突然变化的就里。但是，也正因为年轻，正因为视野狭窄，他才能如此地敢想敢干，才能大胆提出自编教材的提议，不加思索，振振有词。

教育是百年大计，中学的教材，涉及教育方针、培养方向、教育内容、教学水平与方法，是实施教育百年大计的一个重要环节。编写教材，是教育部门的一件大事，每年的教材都是组织相关专家编写修订的，那可不是闹着玩的！

堤东农中的几个同志一听，都很吃惊，都不开口。大家不敢表态，心里有顾虑。单凭我们堤东农中几个小教师，能编初中教材吗？编得起来吗？我们有这个水平有这个能力吗？

大家的顾虑都写在脸上，都在翻书弄笔，一言不发，农中办公室里一时出现了冷场局面。

校长邹久宁眼睛直眨，头脑里直打架。如果自编教材，我们有这个水平有这个能力吗？可现在上面不发教材了，我们堤东农中如果不自己动手编写，教材将从何而来？只有自己编，这也是一个没有办法的办法。他当即果断拍板，敲洪钟似的说，没有其他办法，同志们，编，我们自己编！

绝对服从校长，保持步调一致，这是李方的特点。他想都不想，就口齿流畅表决心说，行，邹校长，我们自己编，我们也有两只手嘛。

接着，徐小媞像个听话的小女孩，摇银铃般地附和说，行，邹校长，我们自己编，我们也有两只手嘛。

校长邹久宁高兴了，行，同志们，那就自己编！这教材，可以叫教材，也可以叫讲义。

大家也都高兴了，异口同声说，叫讲义，叫讲义。

究竟如何着手编写讲义？四个人细细商讨了一番。最后，校长邹久宁拍板，决定由郑晚子牵头编写、刻印，其他人予以配合。

郑晚子欣然应允，战前起誓似的说，行，邹校长，由我来负责！

88天集训时家里累下来不少活计，郑晚子这两天帮父亲做得差不多了，下面一段时间，他决定住到农中宿舍里，加班加点一心一意编写教材。

一块钢板，一支铁笔，一筒蜡纸，一张油印机，是堤东农中新买的一套刻写和油印设备。

校长邹久宁张罗好这些，亲手交给郑晚子，小郑，交给你了，好好保管，好好用吧。

郑晚子喜不自禁地接过来，收好。他刻得一手好钢板字，是这套设备的首席操作工。

女老师徐小媞心细手巧，负责讲义的油印，成了郑晚子的得力助手。

李方负责整理印好的讲义，点数分堆，装订成册。

在刻写讲义之前，郑晚子还得先编写讲义。他是无师自通，在没有任何人指点的情况下，动手编写初中语文、数学两科教材讲义。在编写数学讲义时，他不受框框条条的约束，根据原有的初中数学教材删难就易，又结合工农业生产的实际增加一些实例，并且分年级分册，按照他们的教学进度编印。原有的初中语文教材中有不合时宜的，要删减，必须另外补充。郑晚子就按照不同年级的教学要求，分别从《毛泽东诗词》和《毛泽东选集》中选用了一些诗文，作为新的内容。同时，又选择一些时文，增添进去。这些时文，既要思想健康，又要形式活泼，有鲜明的写作特色，还要分别适合初一初二不同年级学生的教学要求。好在堤东农中还没有初三年级，不然难度更大。

郑晚子一边编写，一边刻写，非常享受。

尤其是刻写《毛泽东诗词》，他觉得是一种特别的享受。

他酷爱古诗词，酷爱古诗词的情境意韵。楚辞的风骚，汉赋的酣畅，唐诗的俊逸，宋词的雄阔，无不使他沉醉，许多名句名篇，他都烂熟于心。而毛泽东的诗词，更是"指点江山"与"激扬文字"，那种革命家的大胸怀与大气魄，那种驾驭古今的大手笔，那种内容与形式结合的完美，堪称达到了一个高度！因之，每每读到毛泽东的诗词，他如饮清泉，如甘美酒，如痴如醉，整个人都仿佛跟着诗句，离开了自己眼前的所在，一会儿"踏遍青山人未老"，一会儿"帝子乘风下翠微"，一会儿"可上九天揽月，可下五洋捉鳖"，一会儿"金猴奋起千钧棒，玉宇澄清万里埃"，一会儿"待到山花烂漫时，她在丛中笑"，一会儿"数风流人物，还看今朝"……他沉浸在这种高级享受中，精神得到了愉悦，性情得到了陶冶，境界得到了升华，刻着刻着，就情不自禁念出声来。

郑晚子念得声情并茂，两眼盯着面前那毛泽东的诗词，目不转睛。

听到郑晚子念得声情并茂，徐小媞也涌起澎湃的激情，和声朗诵起来。

不知什么时候，李方的低沉的嗓音也加入进来了，男女声二重朗诵变成了三重朗诵。

又不知什么时候，校长邹久宁的高亢而略带沙哑的嗓音也加入进来了，男女声三重朗诵又变成了四重朗诵。

在这个特别的年代，在这个雨水少天气好的秋冬季节，夜晚的堤东农中教师办公室里，白色的日光灯下，仿佛正在开一场别开生面的毛泽东诗词朗诵会。他们四个农中人，四个忠诚于教育事业的傻傻的愣头青，深怀着对伟人诗词无比挚爱的质朴情怀，用带着范堤方言口音的普通话和不协调的声调，在这个地处海边一隅的农业初级中学里，集体诵读毛泽东诗词，让一个神州大地上不起眼儿的农业初级中学，绽放出文化艺术的异彩。

在这种享受的过程中，邹久宁他们四个，执着地，愉悦地甚至近乎神圣地做着这一切，白手起家，土法上马，解决了教材编印问题。且不论他们编写的这些教材质量究竟如何，只看这精神劲儿，就非常可敬可爱！

郑晚子抓紧刻好手上一张蜡纸，交与徐小缇油印。

徐小缇双手接过蜡纸，贴上油印机纱框的反面，然后一手压下纱框，一手拿着墨油滚子在纱框的正面上一滚，说，怎么啦？小郑，有事吗？要出去啊？

郑晚子说，小徐，技术不错啊，上墨上得匀，滚子滚得轻重适当力度不大不小，印出来的效果不错啊！

不如你，不如你！徐小缇不好意思地一笑，又问，小郑，要出去啊？

郑晚子说，回家帮忙，帮老头儿忙自留田，挑粪。

交代了徐小缇，跟邹久宁说了一声，郑晚子便匆匆离开堤东农中，回到龙印港家中。

郑晚子到底还是舍不得父亲郑云礼年老体弱，怕老头儿一人在家，又要到队里上工下集体大田挣工分，又要在家忙自留地，忙里忙外身体吃不消。故而，再忙，他也要抽空儿回家来看看。

父亲郑云礼喜不自禁，小伙，你今天怎么回来了？

老头儿，舍不得你做，我家来帮你挑粪，替替你。

小伙，茅缸里是满了，有几天没挑了，该挑了。

嗯。郑晚子点点头，脱去外衣，穿上做活计的脏衣服，下菜地挑粪壅田。从下午5点一直干到晚上9点，才放下粪担，脱去脏衣服，洗手吃夜饭。

郑云礼烧好玉米糁子粥，收拾好饭桌，拿出萝卜干咸菜，问，晚子，这一向怎么这么忙？

郑晚子连续几天不回家，知道老头儿不放心，他就把停课闹革命、新华书店不发教材、堤东农中自编教材，自己又要选编又要刻印的情况，大致给老头儿说了一遍。

郑云礼通情达理，晚子，既然这样，学校这么忙，这几天，你就别回来，家里有我，没得事。

郑晚子感激老头儿的通情达理，呼呼地喝着香喷喷的新玉米糁子粥，好的，这两天我就不回来了，辛苦老头子了。

大家齐心合力，用自编的办法解决教材问题，其中数郑晚子贡献最大，校长邹久宁松了口气，眨巴眨巴眼睛望望他，表示鼓励与赞扬。

郑晚子聪明，为了表示对领导鼓励的回报，编印得更加来劲儿。至于怎么编，邹久宁也不具体过问，相信郑晚子有这个能耐。郑晚子就大刀阔斧，想怎么编就怎么编。他没有限于农业中学必须学农的办学方针，没有限于现有的农中教材，而是参照普通中学的初中教材编写。这都是郑晚子临时的主意，或者说，他压根儿也没有多想，就这么大胆地做了。

郑晚子大胆这么做，不但校长邹久宁认可，其他同志也都很支持。

有了教材，就可以开学了，大家都很开心。

校长邹久宁拍板决定，开学上课时间定于 10 月 26 日，农中重新向学生发了开学通知。

14

秋季开学的第一天。

堤东农中的校容校貌焕然一新。

操场上干干净净，没有一根杂草，教室里干干净净，没有一丝蛛网。

邹久宁、李方、徐小媞、郑晚子，四个人不约而同，个个身上都打扮得干干净净，像过节似的穿上了自己最好的衣裳，喜气洋洋地站在教室门口。虽然今年推迟了近两个月才开学，但总比不开学好，他们很知足很高兴，如果不是农中离县城较远较偏僻，上头不重视，外面不起眼，那么，推迟两个月开学也是不行的，上头有红头文件规定，得停课闹革命呢！

四个人喜气洋洋地站在教室门口，热情迎接报名上学的新生和旧生。新生是新录取的初一年级学生，旧生是秋季刚刚升级的初二学生。

开学之日，是学校的节日，冷冷清清的假期过去了，开学后的校园里，本该比过节还热闹，奇怪的是，今天开学，无论是新生，还是旧生，都迟迟不来，农中校园里一直冷冷清清，根本没有往常开学的那种热闹气氛。

太阳几竿子高，墙上的壁钟指向 9 点，两个教室里还稀稀朗朗，没来几个学生。初二教室里，到了 5 个旧生，初一教室里的新生更少，只来了 3 个。邹久宁四个的脸色由晴转阴。

中午，农中的小厨房里，四个人在一片腾腾热气中忙忙碌碌。

李方在淘米，徐小媞在择菜，郑晚子在烧锅，邹久宁在炒菜，四个人锅上锅下，忙得团团转。从四个人的脸上看得出来，他们都不开心，开学的热情陡降，大家一个都不开口，不知道说什么好。

上桌吃饭的时候，李方先开了口，邹、邹校长，问、问题又来了。

徐小媞跟着说，邹校长，问题又来了。

郑晚子问，邹校长，怎么会出现这样的问题呢？

这确实是个问题。校长邹久宁说。他从座位上站起来，背着双手，眨着双眼，在办公室里踱步，同志们，今天开学的情况，你们都看到了。教材问题解决了，生源问题又来了。这可是一个新问题，没有料到，啊？大家议议看，学生不到校，我们应当怎么办？

左一个问题，右一个问题，李方急了，邹、邹校长，干脆放、放假，正好，我、我们也回去忙、忙，帮、帮助女将做、做活计。

郑晚子也想劝邹校长放假，放了假他也好回去忙忙，帮助他老头子做活计。这话虽到了嘴边，他却没有说出口。

这年头，难题多，老李。邹久宁说，这是时代在考验我们，一个难题刚解决，紧接着一个新的难题又来了，那么，面对这些难题，你是放弃呢，还是迎难而上？别开玩笑吧，老李！

郑晚子点头赞同。邹久宁这个比方打得好。人生确实像一场考试，在一个人的人生道路上，会不断遇到各种难题，那些难题会一个个地来，一个解决了，一个新的又来了。对此，郑晚子体会极深。

李方、徐小媞也都点头，表示赞同。

大家议议看，下面我们应当怎么办？邹久宁继续背着双手，眨着双眼，在办公室里踱步。

四个同志就议论开了。

大家经过认真分析，觉得初二旧生返校好办，难办的是初一新生入学。邹久宁要求同志们干工作抓主要矛盾，做好新生的动员工作。

校长邹久宁详细分析了新生入学的有关情况。

堤东农中初一年级本学年新生录取名单，是在暑假中7月22日公布的，录取通知书也都同时提前寄出，通知新生9月1日来校报名上课。

通知书发出后，情况突变，范堤县破天荒组织全县中学教师进行暑期集训，从7月26日开始，搞了88天，拖到10月21日才结束，故9月1日未能按时开学。这期间，堤东农中只好又发了一个推迟开学、开学时间待定的通知。因为封闭集训，农中的同志是参训对象，不能离开范堤师范，当时这个推迟开学的通知，是由公社文教办公室统一下发的。

后来88天集训结束，上面又通知停课闹革命，堤东农中采取折中办法，实行上课闹革命，又发通知改变开学日期，通知学生10月26日报名入学。

问题是上面这个停课通知，已产生很大影响。堤东农中虽然没有将停课通知例行下发，然而一河之隔的堤东中学是按章照发的，这一来，必然也会影响到农中的学生。堤东农中和堤东中学的学生住在同一个大队同一个生产队，相互认识的很多，有的在小学就是同学，同校同年级甚至同班。因此，农中与堤中的同学之间，有事都会互通情报。堤中都停课了，农中还上什么课？即便农中的学生要来上，有的家长也不肯，他们会说，连堤中都不上课，你们农中还去上什的？还不如在家帮助干农活挣工分买口粮！

更何况，农中的学生家长本来就瞧不起农中。每年初中招生，总是让堤中先录先招，等堤中招好学生，农中才开始录取。农中录的学生中分数最高的，还比堤中学生中分数最低的低。农中学生家长认为自己的孩子是考不上堤中，才上了农中，是没出息，落脚货。再说，农中有啥上头！农活哪个不会做，就在家里做就好了，还要到农中学什么农业技术？上农中不如在家干农活，还能挣工分。现在，农中学生家长听说堤中停了课，更不让孩子上农中了。因此堤东农中开学时，学生都不来，教室里寥寥无几，初一初二两个班，总共才来了八个学生。

分析到最后，邹久宁眨巴眨巴眼睛说，同志们，面对学生严重流失的问题，我们必须采取补救措施。大家想想看，下面，我们到底应该采取什么措施？大家群策群力，献计献策，畅所欲言。

遇到重大问题，一般学校都要由学校领导班子研究决定。堤东农中规模小，教师总共就四个，领导总共就校长邹久宁一个，其余，副校长、教导主任、总务主任，一概没有，不存在什么正儿八经的学校领导班子。有事，邹久宁就召集全体同志研究。所谓全体同志，也就是这四个人，有事大家共同商量，走群众路线，搞民主决策。这就是堤东农中的民主领导方法。

邹校长，没有其他办法，只有下去走访动员，看看效果如何。李方说。他大概是因为有了主意，说话不口吃了。

徐小媞附和，邹校长，要么就下去走访，试试看。

邹校长，除了走访，没有更好的办法。郑晚子说。

我也是这么想的。邹久宁便拍板决定，同志们，下面我们就分头分片开展一次全面家访，动员旧生返校、新生入学。我们四个同志中，徐小媞是个女同志，在校留守，其余三个男同志分头下去家访。

接下来就进行分工。堤东人民公社共27个生产大队，农中的学生分布在其中12个大队，邹久宁按区域方位与人数多少分成三个片，西片4个大队交李方负责，东片4个大队交郑晚子负责，北片4个大队，由他自己负责。

吃完午饭，大家就分头行动。

李方负责西片，先从西头最远的地方十灶大队开始走访。

十灶大队离小街10多里，是堤东人民公社最西头的一个大队，最靠近范堤县县城大街，距离大街只有10多里。

县城停课闹革命的各种消息不断传过来，不知是真是假，都传得有鼻子有眼，感动人心。这给李方的走访动员工作造成了极大的难度。

李方虽然因范堤师范停办，只读了一年师范，但他到底是师范学生出身，学过一些教育理论，善于掌握学生及家长心理，所以能够对症下药，化难为易。李方性格内向，好主意放在肚子里，一般人摸不着他的头脑，反而都不敢小瞧他。那些学生家长，都是老实巴交的农民，他们与他是第一次见面，恭恭敬敬地听他宣传动员，相信他的话。

李方很耐心地进行宣传，念书学文化有用处，认个工分本子，算个账，没文化哪行？再说，这书念了，放在自家拿宝子肚里又烂不掉，说不定将来哪天能派上大用场呢。反过来，现在小时候能念书上学时不念，将来长大了不能上学念书时再想到念书上学，那就是临时抱佛脚，来不及了！

不讲大道理，不说什么读书上大学的道理，那个话太远。李方用很通俗的话，再加上一些身边的实际例子，诚恳地打动了农中的那些学生家长。

农中学生的那些农民家长，都是一些老实巴交的庄户人。他们见李方如此诚恳，纷纷被说服打动。黄不起（堤东方言，不能辜负的意思）老师啊，甭管念书上学有没有用场、有多大用场，就让拿宝子去上吧，黄不起啊！

东片由郑晚子负责。

由于手头上还有几张蜡纸没刻完，郑晚子下去走访时，比李方迟了两天。

中午吃饭时，在农中小厨房餐桌上，他向李方讨教走访经验，老李，下午我准备下去，有什么好经验，介绍介绍。

小郑，我从西头最远的地方开始走访动员，效果并不好。县城停课闹革命的各种消息不断传过来，传得有鼻子有眼。这给我的走访动员工作，造成了极大的难度。李方说。

得了李方从最远的地方开始走访效果不好的经验，郑晚子便不从最远的地方开始，而是先在离农中最近的堤东小街附近走访，可效果也不好。

郑晚子没有估计到，堤东小街附近这些地方，虽然离县城大街较远，听不到县城学生闹革命的消息，但这里在堤东小街附近，学生及家长能听到堤东中学停课的情况，所以家长都奚落他，老师，现在连堤东中学都不上，连高考都取消了，你们还上什么倒头学？

头一天家访吃了一搭醋，第二天中午在小厨房吃饭时，他把情况告诉了李方，并向李方讨教是怎么回事。

小郑，你没弄明白原来我走访效果不好的真正原因，没有抓住问题的要害对症下药。李方说。

李方说出了问题的要害。李方西片那边远处靠大街，郑晚子东片这边近处靠小街，靠近大街小街的地方都容易听到学生闹革命的消息，走访效果不好的真正原因是这个。

郑晚子这才意识到，自己是死搬硬套刻舟求剑，走访效果肯定不会好。他向李方抱怨，老李，说实话，这几天，我真是跑断了腿，说破了嘴，但人家就是不听。有句俗语，叫作"苦干实干加巧干"，我是只凭"苦干实干"，没有"加巧干"，尽管全力以赴，吃尽了苦头，效果并不好。

不过，小郑，话又说回头，人家家长也不是铁石心肠，哪里吃得消你这软磨硬泡死缠烂打？你这么认真，一定会有效果的。

李方的话没错。郑晚子坚信皇天不负有心人，坚持天天跑，反复跑，一个学生家里能跑若干次，终于用真诚的心，用满腔热忱，用青年人的活力与干劲儿打动了家长们，家访工作逐渐打开局面。

他还不断总结经验，研究如何与农民沟通打交道，以提高家访水平。

他还运用班会、座谈会、个别谈话等形式，多方做好学生工作，使之与家访紧密结合，巩固家访成果。

学生金小凤的一双丹凤眼随妈妈。金小凤的妈妈年轻时漂亮能干，在队里人缘好，能呼风唤雨。几年前，她妈妈摔断了腿，走路一瘸一拐，牵动面部神经变形。她妈妈伤心得不敢再照镜子，干脆破罐子破摔，成天困在麻将桌上，家里诸事不理。学生金小凤好学上进，坚持把小学上完，又坚持读到初一，就再也坚持不下去了。郑晚子数趟登门，反复家访，金小凤的妈妈先是不理不睬，继而诉说满肚苦水，最终转变了思想，老师，你放心，我将麻将戒了，明天就戒，小凤明天就去上，我家小凤命苦啊，她老子三五年前掉河里，我跟后又摔断了腿，现在她老子走了，我不管她谁管？

在堤东农中，家庭有这种类似情况的困难学生不少。向阳大队一个姓马的男生家里缺吃少穿，住的茅草棚破烂不堪，每逢落雨，外头落小的，家里落大的，无力修建。官南大队一个姓李的男生，家里父母生病，双双卧床不起，靠一个姐姐挣工分养家……郑晚子十分同情他们，却没办法帮他们，唯一能做的就是给这几个学生减免那几块钱学杂费。家长们却千恩万谢，保证让孩子上学。

校长邹久宁亲自负责的北片，进展较为顺利。

堤东农中四个同志，数邹久宁年龄最大，学历却最低，初中还没有毕业。但那时小学毕业能考取范堤县中学初中部，比郑晚子那年考进范堤县中学高中部还难。邹久宁这么优秀，却因家庭困难，连初中都没念完，就别说高中，更别说大学，真是困境埋没了人才。这让郑晚子很为他惋惜，同时对自己高考落榜淡然。

优秀的人干什么都干得好。在生产队里，邹久宁不仅干活是头把好手，做干部，当记工员，当队长，也是做得顺风顺水。若不是公社上起用他做农中校长，说不定他现在已经升职当上大队支书，或者大队长了。

做过干部的邹久宁，做家访自然老道，有经验。家访之前，他把北片的各方面情况都先排了排，经过一番成熟的考虑，才开始下去家访。

他先到北片北头最远的大队去。

北片北头最远的是燕港大队，由堤东小街向东北走，大约要走15里才能到达，那里离范堤县城大街40多里。因为离大街和小街都较远，燕港这个地方交通闭塞，消息不灵通，对县城学生闹革命的情况基本听不到，对堤东中学停课的情况也不清楚，因而，学生家长的思想相对简单些，旧生返校、新生入学的动员工作就好做。邹久宁之所以决定先去燕港，就是看中了这一点。

燕港民风淳朴，老百姓见到老师都十分尊敬。在这个交通闭塞的地方，人们平时很难看到学校的老师，看到校长邹久宁亲自登门，都感到荣光。老百姓很欢迎，极为客气，总是非留着吃点什么才肯他走，动员工作自然就好做。

他曾经听到过一个故事。堤东中学有个好吃的老师，到燕港一个辍学的困难学生家中走访，先后去了三次，三次都在人家吃了东西。第一次去，学生家长热情款待，拿出家里过年的好东西，又是煮米饭，又是炖腊肉。第二次去，人家家里的好东西没了，就煎鸡蛋、摊摊饼招待。第三次去，肉也没了，蛋也没了，人家就只好煮玉米糁子粥、抓咸菜招待了。这位好吃的老师却说没事没事，仍然照吃不误。

邹久宁觉得，老师再穷也不能这样馋，这么贪吃人家的东西，是丢老师的相，所以，他坚决不肯吃学生家里的东西。尽管有时候肚子也饿，看见好吃的东西也馋，但他坚决不吃。

一次，一个学生的妈妈硬拖着邹久宁吃煎鸡蛋，他不肯吃。人家妈妈就说，你这个老师一点儿也不随和，过去我大拿宝子的那个老师才随和呢，来了三回，回回留他吃东西，他都不推礼。

邹久宁心里一咯噔，莫非堤东中学那个好吃的老师就是在她家吃的？怎么就这么巧呢！

只听人家妈妈又说，老师不吃，我家二拿宝子就不去上学了。

人家勒车打马了。没有办法，邹久宁只好就吃了两只蛋，同时，丢下了买蛋的钱。这个学生的妈妈更加敬重他，立即答应送二拿宝子按时到校上课。

邹久宁社会经验足，家访工作做得较顺利。只是北片路太远，又不是大路，都是七颠八簸的羊肠小道，自行车十分难骑，让他提心吊胆。

有一次，邹久宁途经龙印港中心大路，路上刚挖了个放水的缺子，他没留意，车轮子一跳，人从车上摔下来。

下工路过的细二小恰巧看见，他赶紧把肩上扛着的农具放下来，将邹久宁从地上扶起来。

邹久宁这一摔，摔得不轻，磕掉他一颗门牙，磕破嘴里一块皮，地上流了一摊血。细二小要送他上医院，他坚决不肯。细二小说，那我送你家去。

我就是河西农中的，我不家去，我回农中。邹久宁说。

你是河西农中的？是不是跟郑晚子在一起？

你认识郑晚子？

认识，何止认识！郑晚子是我们龙印港的，我们是发小，好朋友，我叫陆永德，他们总喊我细二小。

邹久宁说，噢，不错，不错，细二小，他常提到你，谢谢你，谢谢你。

回到学校，邹久宁也没把这事当回事，照样工作。

农中的几个同志一直都不知道这事。郑晚子是后来回龙印港碰到细二小才知道这事的。邹久宁这种堤东农村人的吃苦精神，加上那股聪明劲儿，让郑晚子打心眼儿里佩服。

家访期间，每天中午吃饭时，校长邹久宁都要问问各人各片的走访情况。这时的小厨房就成了一个临时会议室。

为了稳住已到校的学生，家访期间，学校照常上课，哪怕只有一个学生都照常上课。下去走访都是安排在下午两节课后课外活动时间，同志们下去之后常常不吃夜饭，饿着肚子走访，走访到深夜再各自回家吃夜饭。幸好，天气不热不冷，能根据需要多延长一点儿时间。所以，每天只有中午吃饭时间才能碰面，相互交流上一步情况，研究下一步计划。

三个男同志忙得不亦乐乎。尤其是郑晚子，白天忙了不算，晚上或夜里回到农中还要刻钢板编教材，更忙。女同志徐小媞也不甘示弱，主动提议取消厨房轮值，独自一个包揽了中饭活儿，一律不要男同志插手。

堤东农中四个同志就这么齐心合力，下去做新生入学、旧生返校的家访工作，使入学、返校的学生逐渐增多，不知几时，两个教室里都济济一堂。

这次开展全面家访，如同上一次自编教材一样，也是四个同志共同决策共同实施的。农中做事情，都是这样的格局，决策时各人都没有自己的小九九，实施时大家必然是齐心合力地去干。这样的工作状态，你到哪里去找？真是可遇而不可求，值得珍惜，大家伙都非常珍惜和享受。

15

家访取得可喜成果，学生纷纷返校，堤东农中一派欣欣向荣的气象。

自编的教材讲义，发到学生们手上，受到了他们的普遍欢迎。意外的收获，让郑晚子信心倍增，劲头更大。

一开始，讲义发到同学们手上，大家一看，都不习惯，满脑子问号，今年这都是什么书？怎么不是印刷厂印刷的课本，而是手工刻印的讲义？

老师们便向学生们解释。因为今年上面通知停课闹革命，上面停发了教材，农中决定一边上课一边闹革命，但没有教材没法上课，所以只好自己动手编印这讲义。这讲义，还怪难编的，好在有个郑老师，有水平，敢编这讲义，不然连这讲义也没有，还教材呢。

同学们这才明白，编这个讲义是逼不而已，编这个讲义并不容易。不知不觉，大家竟喜欢上这讲义，觉得这讲义比原来农中的课本还好呢。

原来农中的课本内容不如普通中学的课本深，现在这讲义与普中的教材一样。农中的学生本来总觉得自己不如普通中学的学生，总觉得自己低人一等，现在用上了与普中一样的教材，增强了自信。

教材，生源，两个问题都解决了，堤东农中的教学工作逐步走上了轨道。备课、上课、改作业、教研活动、晨会、班会、课间操、课外活动，一一开展得有板有眼，有声有色。邹久宁带头，带住李方、徐小媞、郑晚子他们几个，拧成一股绳，心往一处想，劲往一处使，干得有滋有味。

朝气蓬勃的农中学生，安安静静地坐在课堂里学习，像海绵吸水一样贪婪地吸收着知识。一到下课后，他们又像快乐的小鸟，一个个，一群群，满天满地在校园飞来蹦去。

处处都在轰轰烈烈停课闹革命，唯独堤东农中这个规模不大、人数不多的学校，一直在井然有序地上课，就像是一个世外桃源。

堤东中学仅仅与堤东农中一河之隔，但他们按上头通知要求早就停了课。停课后，堤东中学校园里吵吵闹闹，大字报小字报铺天盖地，闹得沸沸扬扬，路边的杂草长得老高。

堤东农中的同志经过那儿，偶尔看上一眼，心里就一咯噔，不知道是什么滋味。一河之隔，两重气象，人家那边是吵吵闹闹沸沸扬扬，自己这边却平平静静书声琅琅，一派校园风光。

16

时间如白驹过隙，一转眼，两年过去了，又是一个暑假，堤东人民公社举办了中小学教师暑期学习班，组织全社教师集中进行政治学习。

往年的暑假，有两个月时间不教学，民办教师正好可以回家干农活，暑假虽然是放假休息，但他们不可能闲着，不可能像公办教师那样真正地得到休息。今年这个暑假，公社举办了暑期政治学习班，他们更忙，比不放假还忙，又要忙学习，又要回家干农活。

暑假中的这一天，天气热得像个蒸笼。

上午，全社教师集中在公社大会堂，进行大组交流发言。

下午，根据学习班统一安排的时间地点和内容，全社各中小学以校为单位，在指定的堤东中学、堤东小学的各教室分组进行讨论。堤东农中这一组，在堤东中学大门口旁边的一个教室里讨论。全农中总共只有四个人，讨论发言快，时间不会长，邹久宁又很务实，不打疲劳战，集体学习很快就散了。邹久宁眼睛眨眨，散了，大家都回家做做，忙忙。

一散政治学习，除了徐小媞，农中其他几个人都立即往家奔。

郑晚子抓紧时间，从堤东农中往龙印港老家赶，回家帮父亲郑云礼挑粪壅田。很难得，集体学习散得这么早，太阳还有几丈高，离天黑还有好几个钟头，能干上不少农活。

他疾速穿过堤东小街，来到龙印港，在中心大道上疾步如飞。谁能想得到，这样一个衣着整齐形态洒脱的他，从外面回到家，衣服一换又将是另一个样子。他是农中教师，农中教师具有双重身份，论职业，他是教师，论户口，他是农民。上学校教学，他就衣着整齐，是一个体体面面的老师，回到家，换上干活的旧衣服，则是一个道道地地的农民。

快到自家的黄豆地了，迎面遇上几个熟人，郑晚子一一向他们点头招呼，却突然被一个人挡住去路。

那人挑着一副小担，脚穿一双新草鞋，身着一身新洋布衣裳，头戴一顶新凉帽（堤东方言，草帽的意思），帽檐低低的，看不清脸庞。直至走到跟前，郑晚子才看出是发小细二小。

见郑晚子这么连跑带颠，细二小憨笑着问，晚子，不是放暑假了吗，你怎么还这么忙？

郑晚子说，细二小，这两天参加学习班，公社组织的。

细二小憨笑。细二小忽然记起来，听郑晚子说他在念高中时，好像就参加过一个什么暑假学习班，前年又好像参加过什么暑假88天集训学习班。细二小的憨笑里充满了奇怪，晚子，你现在怎么光参加什么暑假学习班，学什的班啊？

郑晚子两手一摊，有什么办法，细二小？

细二小继续憨笑，成天成天地学习，你们坐得可难受啊？还是我们社员好啊，不用成天成天地学习。虽然也要学习，但只要晚上学一会儿，不用成天坐。哎，啥时候帮我个忙，写一个发言稿。大队里组织政治学习，要我写一个发言稿，三五百字，我憨了半天，一个字也写不出来，晚子，你帮帮我吧。

细二小是个尖屁股，从小就坐不住，学习总是跟不上。为了少挨老师骂少挨妈妈打，常常抄郑晚子的作业，讨郑晚子的好。六七年前他妈妈过世后，他干脆辍学回家，跟他老头子干农活。现在，是生产队的记工员。

郑晚子苦笑笑，细二小，我还没问你呢，今天，新草鞋，新衣裳，新凉帽，一身新，是到哪儿做客呢？

今天，我丈人佬儿陈木匠过六十岁，我去给他做寿。上午，存娣先去了。我队里有事，没去成，做寿的东西由我这刻儿挑去。

你这小担里，挑的都是些什么好东西？

细二小便去小担前头，掀开篮子上的盖布，你望，这前头篮子里是寿桃寿面，这是六十个寿桃，这是六十两寿面。

那寿桃一律都是桃子般大小，红果绿叶，个个如样，十二分惹眼。待郑晚子看完，细二小便盖上盖布，又去小担后头，掀开篮子上的盖布，你再望，这后头篮子里是鲜肉和洋布，这是祝寿敬菩萨的六十两鲜肉，这是孝敬陈木匠的六十尺藏青洋布。哟，哟哟，我到这刻儿还没去，存娣在那儿一定是急煞了，吵煞了，骂煞了。

寿桃、寿面、鲜肉和洋布，四样拜寿的礼品，四四如意（同"事事如意"），细二小如数家珍，郑晚子算是开了一回眼。

一阵凉风从路边自家的黄豆地那边吹过来。郑晚子无意间朝黄豆地里瞟了一眼，不料，竟发现那里有个人伏在地上，那轮廓，好像是自己父亲郑云礼。他大吃一惊，大叫，不好，不得了啦！

郑晚子三步两跨，奔到黄豆田里，赶紧扶起伏在地上的郑云礼。

天气奇热，郑云礼大概是拔黄豆秸子时热得晕倒的，他手里还抓着几根黄豆秸子，不知是什么时候晕倒的，已经不省人事。郑晚子用手在郑云礼鼻尖上试试，不见有呼吸，郑晚子悲痛欲绝，放声大哭，慢慢地把郑云礼抱起来。

细二小见状，赶紧把寿礼担子搁在路旁，跑过来帮忙。

郑晚子在前，细二小在后，两个齐心合力，把郑云礼抱回家中。细二小果断决定说，卸门板，做担架，上医院。

不上大队卫生室？郑晚子问。

郑晚子言下之意是，按农村合作医疗规定，生病要先上大队卫生室，找大队赤脚医生看，赤脚医生回说他看不了了，才会给你办转院手续，让你上公社卫生院。细二小觉得郑晚子这真是君子到家了！你父亲郑云礼生命危在旦夕，大队卫生室绝对无条件救治，肯定得上公社卫生院，情况如此危急，你还能按部就班地来吗？时间允许吗？

细二小像个指挥官，果断地回答，不上，直接上医院！

郑晚子与细二小搭手，两个七手八脚，把郑云礼抬到公社卫生院急诊室，两个都汗如雨下。郑晚子沿路心中不停祷告，老天爷保佑，老头子没事吧！

卫生院的那位中年男医生，郑晚子熟悉，是自己一个初中同学的父亲。中年男医生脾气温和，耐心地给父亲郑云礼做了常规检查。他用手把脉，用体温计量体温，用听筒听心跳，程序一一做完，最后轻轻地摇了摇头，抬回家吧。

郑晚子两眼含泪，看着医生一一给父亲做检查，一直忍着没哭出声来，听了这话，忍不住放声大哭。

郑晚子一边哭，一边念悲诉说，老头子，天这么热，你下田拔什么黄豆秸子？我叫你等我回来拔的。老头子，妈妈走得早，这些年，你一个人把我拉扯大，不容易。现在，等到你儿子工作了，可以孝敬你了，你倒又走了，老头子，你没享到我的福啊。

男儿有泪不轻弹。郑晚子平时从不流泪，这时泪水却像开了闸，千般万般的亲爱，化作倾盆的泪水泉涌而出，惹得周围一干人个个动容。

陈存娣急得屋前屋后团团转，像热锅上的蚂蚁。

屋后的大路上来了一个高挑的大姑娘，冲她喊道，存娣啊，家来了。

陈存娣定睛一看，原来是知青组的陵京知青向文。她喜不自禁，哟，原来是向文啊，几天不见，更漂亮啦！哟，脸上细皮嫩肉，白里透红，像个红苹果，两条腿笔直的，哟，这件槐花褂子，多素清啊，爱煞人啦！

再漂亮哪个有你漂亮？陵京知青向文说。

向文这张嘴一点儿不软似陈存娣，决不饶人。她脸上泛起淡淡的红晕，两眼亮闪闪地盯住陈存娣看，你看你，巧嘴薄舌，撩人眼，红花褂子，绿缎裤子，头上还戴着个蝴蝶夹子，真不愧是我们官南大队一枝花呀！

向文连珠炮似的一串话，轰得陈存娣无还击之力，欠招架之功。陈存娣笑得前俯后仰，笑成一朵花，向文啊，你有文化，说不过你。哎，今天晚上请你吃夜饭，到我老头子家。

你老头子家有事？向文问。

老头子过六十岁。没有旁人，就我家一家子，老头子，妈妈，姐姐，姐夫，妹子，妹婿，还有我，我家细二小。

你家细二小呢？

唉，别提他，一提就来气，到这刻儿还没来！说好了上午一齐来的，结果队里有事他来不了，只好我上午先来他下午来，可到现在他都没有来，我这不是急得屋前屋后团团转，等他望他呗，做寿的东西，还都在他那儿呢！这回，姐姐和妹子把我骂煞了，说好了东西由我准备的，这回掉场子了。

向文安慰，别急，再等等。

陈存娣无可奈何，唉，等甚呢！我晓得细二小这个人，队里的事比自家的事上心，一定又是队里有什么事，脱不了身啦！不谈不谈，吃夜饭，走！

现在就走？

现在就走！

17

父亲陈木匠的六十岁寿宴，少了个二女婿细二小，却多了个女知青向文，还是蛮热闹的。向文满肚子戏文故事，尽兴发挥，说得满桌的人竖起耳朵，时不时地捧腹大笑。

这向文与郑晚子多般配啊！陈存娣心里突然冒出一个念头，要给向文与郑晚子牵线搭桥。陈存娣在席上反复打量向文，左看右看，愈看愈合适。

当下，陈存娣打定主意，准备回家以后，再与男将细二小商量一下。

陈存娣对郑晚子一直有好感。在她回家后帮助郑家料理丧事的日子里，她进一步发现，这个郑晚子，模样周正，脸上阳光，一身的君子相，从里到外，真的与众不同，讨她欢喜。这一个进一步的发现，让她更觉得同队的女知青向文与他非常般配，她要做这个媒。

八岁丧母，二十岁丧父，生命中最为重要的两个人一个一个地走了，年轻的郑晚子孤身一人时，生命中走进了又一个重要的人——妻子向文。在生活的轨迹上，她走的路线，与他的原本不同，她与他无交点，现在这两条曲线在途中被她人用一根红线牵上了。这个牵线人不是别人，正是大大咧咧的陈存娣。

女将陈存娣总骂男将细二小呆，嫌他热心，主动。其实，从某种程度上讲，陈存娣风风火火大胆泼辣，她待人的热心肠，比细二小还热、还主动。最能说明问题的，就是她给郑晚子介绍对象这件事。

这一天，陈存娣和男将细二小说，郑云礼一走，晚子就剩一个人了。

细二小不明白，这不废话吗，不就剩下一个人，旁的还有哪个？

我的意思是，晚子也该添个女将了。

可不，晚子是该添个女将了。

细二小，我的意思是，官南大队我娘家同队知青组有个女知青不丑，可以介绍给晚子。

细二小才明白了女将的意思，存娣，真的不丑？怎么个不丑法？

这个知青，样子又漂亮，人又有文化，个桩（堤东方言，个头的意思）又高，与晚子很般配。就是不晓得晚子可有对象。

这个姑娘叫什么？我认识吗？

叫向文，就是那个陵京知青向文，你认识。

向文我认识，还真的不丑，与晚子很般配。存娣，你怎么想到介绍的？

啊，上回你家丈人佬儿过六十岁，可记得？你没去成，可记得？

记得，我不是帮晚子送他老头子上医院嘛，叫你急煞了。

怎不急煞了？上午我先去官南娘家的，空手两拳去的，你上午队里有事走不成，下午人还没到，寿面还在你这儿呢！过生日不就要吃寿面？好在你家丈母佬儿过日子有看守，家里有现成的挂面，不然抓瞎了。当然，这事也不能怪你，正撞巧晚子家老头子出了事，你怎能不问不管？

细二小说，哎，这话不谈，你还是谈谈向文。

陈存娣说，我不是着急嘛，一着急，我就到屋外路上去望你结果望到向文了。不知怎的，望到她，我就想到了晚子。当时，我把她请到我老头儿家里吃了夜饭。你不是晓得，我在家里做姑娘时，和她处得就好呗。

细二小挺支持，他朝陈存娣憨厚地一笑，存娣，既然你觉得她和他般配，那你啥时候去跟晚子说说看，试探试探他。

晚子，可要我帮你介绍一个对象？陈存娣问。

她是个直性子，说话直截了当，不拐弯抹角。

郑晚子正在洗碗，没想到陈存娣突然提起介绍对象的事，有点措手不及，存娣啊，你前脚才跨进门，后脚就说这事？

我今天就是专为这事来的。

老头子才过世不到三个月，我没这个心情。

陈存娣大大咧咧，你也该找个对象了，我家细二小与你一样大，倒跟我结婚两年了，你怎么还拖？别错过一个好机会。这可是一个难得的好对象，又漂亮，又有文化，又有人品，不相信，你去问细二小。

陈存娣非常清楚，细二小是郑晚子处得最好的发小。细二小虽然小学没毕业就辍学回家种田，但欢喜和崇拜郑晚子，与他一直保持密切的联系。同样，郑晚子也欢喜和信任细二小，细二小的话，他肯定会相信。

一个刀枪马快的龙印港农村妇女陈存娣虽然书也念得不多，只念了个小学四年级，但她也与细二小一样，对书公子郑晚子又欢喜又崇拜，并且主动来给郑晚子当红娘。郑晚子却并没有感恩戴德。他上下打量陈存娣，愈看愈觉得她太俗气，他不相信她的眼光。一刷齐的鸭屁股头，头中间戴一只花蝴蝶夹，上身穿一件大红花褂，下身配一条绿缎子灯笼裤，浑身都是一股浓烈的乡土味。这么俗气的人，会有什么好眼光？

郑晚子这种心思，陈存娣是不会晓得的。她仍然沿着自己的思路动员郑晚子，晚子，我娘家不是在官南嘛，我娘家生产队里有个陵京女知青，叫向文，脸蛋儿圆圆，个桩儿高高，脾气儿爽爽，又漂亮，又有文化，又有人品，跟你很般配。我告诉细二小听的，细二小一听，也说好啊，这可是一个好对象，难得，一家有女千家求，千万可别错过啊！

我学校里忙啊。郑晚子支支吾吾。

要么，你已经有了对象？陈存娣穷追不舍。

郑晚子摇摇头，没讲话。他不知陈存娣说的是真是假，不知说什么好。在陈存娣之前，有人给他做过两次媒，媒人也都是说得活灵活现，见面一看，却大相径庭。一个表兄介绍他邻家一个姑娘，说是如何如何漂亮，见面一看，却满不是那么回事。一个堂姐介绍她男家村里的一个姑娘，说是如何如何有文化，见面一谈，却满肚子的草把（堤东方言，没文化的意思）。郑晚子当时不能理解，人说"三姑六婆"信口开河，难不着连亲友熟人做媒也都谈谎？

不过，陈存娣说他这年纪该谈对象，这一点，郑晚子赞成。在龙印港，像自己这么大的小伙，哪个没结婚娶女将？

郑晚子洗好碗又抹桌子，一声不响，陈存娣继续穷追猛打，书呆子，你到底有没有对象？说啊，书呆子。

郑晚子连连摇头，没有，没有！

陈存娣果断做出决定，那就什么时候见个面吧。

郑晚子乘梯下楼，方便的话，就什么时候见个面吧。

陈存娣很兴奋，她丢下家里的活计，专程回了两趟官南大队娘家。第一趟没遇到，等第二趟见到向文，她便直捣其墙，说明要当红娘的来意，邀她与郑晚子约时间见个面。

向文就喜欢陈存娣这直性子，快人快语，所以与陈存娣处得来。陈存娣来给自己介绍对象，向文表示欢迎，好啊，好啊！

要说向文与陈存娣处得来，也不是处处处得来。向文出身于陵京城一个书香门第。爸爸向之真饱读诗书，玉树临风一表人才，年轻时经人引荐到陵京政府工作，后来单位压缩精简，复又回基层街道小商店从业。妈妈凌玉莲也是陵京城的一个才女，满肚子诗文。向文从小跟随父母辗转于陵京和江南几个城市，眼头见识很大，眼角非常高。所以，向文一方面喜欢陈存娣这直来直去的直性子，另一方面又看不惯陈存娣穿着打扮上大红大绿的俗气。

向文也是个直性子，街上同年龄的一帮女娃中，数她性格最爽直刚烈。知识青年上山下乡运动中，居委会主任跟她挑明，你不报名，我们就批斗你爸爸。为了不让爸爸被批斗，她二话没说，就瞒着父母私自报名上山下乡。

一辆汽车颠颠簸簸一整天，把她送到了数百里之外的江北省范堤县堤东公社官南大队。在这里，她受到不少农民的关照，陈存娣便是其中一个。陈存娣喜欢她，同情她，舍不得她。

正由于此，这次陈存娣才来给向文介绍对象，而且这么主动和积极。可是，陈存娣说郑晚子多好多好，向文却不以为然，你说好就好？你那是什么标准！

陈存娣与向文虽性情相投，但她并不知道向文骨子里眼角非常高。见向文不言语，她便问，向文，是不是要跟你父母说一下？

我爸爸妈妈又不在这里，怎么跟他们说？

打电话啦，陵京不是好打电话吗？

他们现在不在陵京，而是到了东北，那个地方不好打电话，连信也寄不到，根本联系不上。

向文脸上漫上了阴云，陈存娣见向文脸色不好，便说，那就再说吧。

向文却说，见吧，见见面再说吧。

你看在哪里见面？是在郑晚子家里，还是学校里？

既不要在郑晚子家里，也不要在他学校里。

陈存娣问，为什么？

向文不回答，只笑。暗想，光听你说好，我还没亲眼看见过郑晚子，人家是个什么样子，是猫是狗，是葱是蒜，我都还不知道，万一我不合意，怎么办？怎么能到他家里或是学校里去？去了就不好撤啊！但当着陈存娣的面，这些话，她不宜说出口，只能换个说法，提议见面地点不要放在郑晚子那里。

陈存娣风风火火回到龙印港，当晚又风风火火来郑晚子家里找他，并原原本本地告诉他，向文建议见面地点，既不要在他家里，也不要在他学校里。

郑晚子听明白了向文话里有"能进能退"的意思。这也正合他意。他一口应承，既不在我家里，也不在我学校里，那就到咖啡馆里，好不好？

陈存娣说，晚子，别开玩笑，堤东小街上哪来个咖啡馆？

郑晚子说，别说小街上没有咖啡馆，就是范堤县县城大街上也没有，要到上海北京那些大城市，恐怕才有呢。存娣，别当真，跟你开玩笑呢。

晚子，人家跟你说正事，你开什么玩笑？

好，存娣，不开玩笑，那就在向阳桥吧。

陈存娣有些诧异，向阳桥？桥西不就是"向阳大队"！

在堤东公社，向阳大队，既是一个大队名，又是约定俗成的一句口头禅。"向阳大队"的意思是，事情办砸了。这个出语不好。陈存娣说"桥西不就是向阳大队"，就是嫌"向阳桥"出语不好！郑晚子明白她这个意思，却毫不在意，向阳大队就向阳大队，他不图什么出语，不信这一套。他没有多讲，而是朝陈存娣上下打量了一下，她头上的花夹子，身上的红褂子绿裤子，衣着打扮上处处都显得俗气，不入眼。

说实话，对于陈存娣介绍对象的眼光，郑晚子不抱太大希望。可不知为什么，陈存娣一走，他心里却又活动起来。有时睡到半夜还会突然醒来，会按照陈存娣介绍的情况，尽力想象向文的模样，想得睡不着，恨不能早点见到她。

几天后，一个月白风清的夜晚，郑晚子怀着忐忑不安的心情，与向文相约在向阳桥见面。

郑晚子之所以选择向阳桥，是因为他喜欢这座桥、熟悉这座桥。向阳桥是他上下班必经之处，每日来回四趟都经过这座别具乡村风情的好木桥。

堤东农村的木桥很多，但像向阳桥这种上好的木桥很少，不但桥桩稳当不摇晃，桥板完整无缺，而且桥面很宽，两边还有稳稳当当的木栏杆，别具一种乡村风情。

向阳桥的最别致之处，就是桥两边的这木栏杆。此刻桥上没有任何其他的来往行人，只有他们这一对凭栏絮语的青年男女，这是堤东乡村难见的一幅夜景图，一个绝妙的情侣二人世界。桥下的向阳河，静静地躺在明朗的月光下，河面上的绿浮莲透出勃勃的生气，潺潺的河水如一丈银带，在绿毯般的浮莲当中湍流。向文赞赏郑晚子选的这见面地点，她非常喜爱，兴奋得连说这地方不错，太有诗情画意了！

向文的模样本来就挺出色，一兴奋更加俊秀。她一头齐耳的短发，一件素雅的淡淡的玫瑰红花褂，圆圆的脸蛋，高高的个桩，爽爽的脾气，皮肤又极细腻白皙，总之相当城市化，就像郑晚子在《大众电影》封面上看到的某个电影明星，若走在繁华大街，回头率一定极高，在这偏僻的堤东乡村，更十分惹眼。

她的文化气息也极浓，是少见的一位知识女性，诗词歌赋，戏文影星，他不知道的，她都知道；除了哲学——她是一个感性的人，不具备哲学的理性思维，所以个性极为鲜明，讲话跳跃性很大，甚至会没有逻辑。

由于她的文化气息，更衬托出她的好看。郑晚子当下便拿定主意，在心里对自己说，这辈子，我就非她不娶了！可是，他不知道怎么表达，而且拿不准，才第一次见面，才见面一会儿，就表露爱意，是不是有点唐突？何况，还不知道人家是怎么想的。他便没话找话，咦，你不是陵京知青吗，怎么一口的范堤话？

向文浅浅一笑，脱胎换骨，学的呗。

郑晚子轻轻"呵"了一声，心中一百个满意。

同样，向文也十分喜欢郑晚子。他衣着朴素，气质阳光，生得虎背熊腰，浑身透出厚道与书生气。下放堤东公社几年来，她都没见到过这样的青年小伙子。想不到，在这个离陵京数百千米、离范堤县城30里的海边小村里，还会有这样一个优秀的知识青年！想不到，她与他竟然没擦肩而过，真是三生有幸，千里姻缘一线牵！多亏了陈存娣这个热心肠的人。

当然，郑晚子的厚道与书生气中，又带一点儿土气。别人土气她看得下去，如果自己的爱人土气，那可不行啊！

不过，又厚道又不土气的爱人，到哪里去找呢？

总之，这回在向阳桥初次见面，郑晚子与向文心里就都把对方当爱人看了，这就是所谓的一见钟情吧！

她和他，两个当婚男女，虽然是一城一乡，虽然是经人介绍才相识，却相互一见钟情，真是有缘分。

一见钟情，关键是"见"。一个"见"字，说明了眼睛的作用与功劳多大，很多青年男女的缘分，都是来自于这种一见面就似曾相识的眼缘。通过一双眼睛，先看出对方的好处喜欢上对方，然后再磨合并包容对方的不足，渐渐系牢情感的纽带，结成一段美满姻缘。他们俩的相识相爱，就是这样在向阳桥开始的。

向文是一个很主动的女孩子，向阳桥上，向阳河边，成了她约郑晚子见面的老地方。二人古今中外，天南地北，戏文诗词，趣闻轶事，生活琐事，无所不聊，聊得很投缘很开心。常至夜深人静，竟是不觉。

向文性情爽直，主动向郑晚子介绍自己的父母、家庭。在这个二人世界中，她是说话的主角。

上文说过，向文出生在陵京城一个书香门第。爸爸向之真是一个老知识分子，戴着一副细脚金丝眼镜，写得一手柳骨好毛笔字，有一副文人风骨，在省城陵京政府做过事，在大机关里待过，见过大世面，有大见识。妈妈凌玉莲也是出身书香世家。妈妈凌玉莲的八姑老爹是清代翰林，八姑老太是与慈禧吟诗作对的八大才女之一，深受慈禧的恩宠。八大才女中，扬州才女谢道韫是个麻面女，擅长织锦回文诗，而八姑老太则是个玉面才女，她的诗文擅长抒情。八姑老太的诗，如"燕子也知春色好，故衔花瓣入帘珑"等，凌玉莲看得多了熟了，都能倒背如流。

因耳濡目染，家庭熏陶，凌玉莲便也成了才女，是陵京城同龄人中一个少有的才女，满腹诗文。向文记得小时候，每到夜晚，她就忽闪着两只大眼睛，坐在灯下听妈妈凌玉莲说故事，讲诗文。所以，向文也是满腹的诗文，而且也喜欢说故事，讲诗文。

向文从小就敢作敢为能说会道，被父亲向之真宠爱。早上，向之真对向文说，文小，去帮爸爸下碗面。向文拿起一只大面碗，甩着两支羊角辫，去巷头的四喜酒家下面。慈眉善眼的张师傅被向文左一声师傅右一声师傅叫得眉开眼笑，连说，乖乖，浇头（盖浇面上的菜）自己抓。向文左一声师傅右一声师傅叫得更加甜，小手就伸进案板上的盆里，抓一大把脆鳝鱼丝放到面碗里。由于嘴甜，她经常看戏不买票，都是找剧场检票的姨娘放她进去看。16 岁的时候，她在区文化馆刻过两个月钢板，也因是有嘴有手，馆里个个欢喜她。

在区文化馆那会儿，她年轻幼稚，涉世不深，晚上刻写展览资料，文化馆长常常亲自为她倒茶，她很感激。一个画画的老师提醒她，小向，馆长不是个好东西，你要注意他呀。她听得莫名其妙，没有什么地方不正常啊，要么就是要我喊他"哥哥"，不喊"馆长"呀！过了几天，文化馆就不再安排她晚上刻钢板了。她不明白是啥意思，当时不知是不是画画老师的干预，她也没问。

往事历历，各种细枝末节，向文都说得绘声绘色，逗得郑晚子直乐。

受了向文的启发，在她说话的间隙，郑晚子也相机插上几句，断断续续介绍了自家的情况。

郑晚子出生在堤东龙印港一个庄户人家。

父亲郑云礼是个老好人。识字不多，但识事。龙印港里各家凡有大小事情都喜欢请他去商议。

母亲常春女是个忠厚良善的农家女。只可惜，在 28 岁的如花年龄，她就离开了人世，让家住范堤城北的外婆痛不欲生。有一次，外婆来看郑晚子，走到半路上，还没进他家门，就坐在他母亲的坟头上哭，幸亏被龙印港的熟人看见劝进家来。在范堤县中学读书期间，外婆每周都接他去过周末，做好吃的招待。几年前，舅舅要接外婆去上海，经不住舅舅反复请求，外婆就去了。郑晚子说，我经常做梦，梦见妈妈从街上外婆家回来，买麻团带给我。

母亲常春女离去，父亲郑云礼对郑晚子呵护备至。儿子郑晚子上学得花不少钱，家里不宽裕，父亲郑云礼割皮剐肉送儿子上到高中。郑晚子被父亲从小惯到大，在宽松温情的环境中自由成长。

郑晚子小时候爱劳动，喜欢挑猪草、看牛。挑猪草、看牛，这些农村小孩子司空见惯的事情，向文小时候并没干过，她很好奇，听得津津有味。郑晚子说到把牛毡子摊在绿油油的草地上，他躺在傍晚的金色阳光下看书，向文明亮的双眼直闪，简直羡慕极了！

向文愈着迷，郑晚子愈来劲，一路说下去，说到被私塾弯腰先生打戒尺、与细二小一起烧放牛场，说到转学时数学考试破天荒考了100分从此成绩直线上升芝麻开花节节高，说到在范中时看到自己贴到学校"作文园地"里的作文心就怦怦跳，说到高二升高三学校办暑假学习班自己无故被撤销班干职务导致高考落榜，说到当农中教师参加88天集训后自编教材、开展家访、坚持"上课闹革命"……

郑晚子说到高考落榜时，向文插嘴，这几年，如果不是高考取消，你不是还可以再考吗？

考什么考啊，我这情况，高考就是不取消，还考得上吗？

真是可惜你了。

郑晚子不以为然，可什么惜？高考取消，才那么多人没上大学呢！我有个校友，小我一届的，名叫成才，成绩特别优秀，作文写得尤其出色，不也是两次与大学擦肩而过！

有一次，向文又说到帮爸爸下面。

怎么不叫你哥哥去呢？你不是还有个哥哥吗？郑晚子问。

噢，忘记告诉你，我哥哥得伤寒，早就走了。所以，我爸爸更加疼爱我，什么事也都叫我去做，依赖我。

郑晚子不明白，向文，你家就剩你一个，你为什么报名下放？

向文喉咙提高，手直摇，不报名了得？居委会主任天天来，发狠吓你。

郑晚子长叹一口气，向文，那你下放以后，你爸爸可折手了。

向文也长叹一口气，我下放以后，我爸爸妈妈也马上下放了。两年吧，两年以后，他们就去了东北，至今也没个消息。

郑晚子深表同情，唉，你爸妈至今音讯全无，也没办法联系。咦，你爸妈怎么去了东北？怎么没下放到江北堤东来和你一起？

向文又叹了一口气，他们没有选择。

向文的父亲因被认定有历史问题，需要改造。被改造，是没有选择的。郑晚子意识到这一点，便不再言语。

晚子，不管怎么说，我还比你好。你八岁丧母，二十岁丧父，连小妹妹也没养大。我比你好，我父母双全。虽然父母在东北，山拦水隔，音讯全无，但我毕竟父母双全，我时时想着他们，他们就等于时时在我的身边，我比你好。

一样的，我的父母虽然都走了，但我也时时想着他们，他们也等于时时在我的身边。

……

东北某地。

屋外冰天雪地，北风凛冽，寒气逼人。

屋内暖融融的，炕上一张小木桌，桌上一盏煤油灯，灯上的玻璃罩子透明干净，灯光白白的一片。

向文的父母坐在炕上灯下，父亲向之真在看书，母亲凌玉莲在做针线活儿。

父亲向之真放下书，玉莲，我看郑晚子不错，文小能嫁给这孩子。

母亲凌玉莲抬头看了向之真一眼，又低下头继续做着针线活儿，之真，我晓得郑晚子不错，但文小能嫁给农村的孩子吗？文小嫁给一个农民，你让我脸往哪儿搁？亲戚朋友，特别是我那些老姐妹们不笑煞了！

郑晚子不是一个农中老师吗，怎么是农民？

什么农中老师？听说户口还是农村户口，那不还是一个农民？

玉莲，郑晚子这孩子人品又好，又有文化，知书识礼，农村里少见到这种好孩子啊！

向之真说话时双手扶了扶镜片，他有意地绕开农民这个话题，凌玉莲生了气。她收起手中的针线，狠狠丢进竹篾针线笸子，又拿起针线笸子狠狠地一摔，头一扭道，不能听你的，听了你的，盐都卖馊掉了！

向之真也有些生气，又哪儿不对了？

你做错的事多呢。凌玉莲气愤不已地诉说起来，当年知青下放，文小自作主张报名，被我们晓得后，我坚决阻拦，你却同意，还说要让她去农村锻炼，结果她才被下放到那江北堤东那离陵京几百公里远的海边上。这是一桩。后来，我俩下放到这离陵京数千公里的东北，我又不肯，我说我们不如也到江北堤东去，和文小在一起，你却偏偏要来这大东北，弄得与文小天南地北，音信两隔。这又是一桩。这回，你又要把文小嫁给一个农民，我坚决不同意！哪怕文小同意，我也不同意，坚决不同意！这回不再听你的，坚决不睬你！

玉莲啊，下放东北改造，这哪里是我的主意？我有什么选择权！

凌玉莲不依不饶，反正我这次不睬你，坚决不睬你！

向之真一言不发，气得直哼哼。

……

向文惊出了一身冷汗。父母为自己的婚事大动干戈，吵得一塌糊涂，她吓得不轻。父亲向之真与母亲凌玉莲一贯相敬如宾，这回竟然为自己的事吵得不可开交，向文极为羞愧，充满了负罪感。她蹬开被子，一骨碌从铺上坐了起来，大叫，爸，妈，你们别吵了，我不谈了！

受了惊吓的向文，摸到铺头前的火柴，点燃了煤油灯。她揉揉惺忪的双眼，转头四下里探看。灯光摇曳的知青组横屋里四壁空空，自己的那个军黄包孤零零地挂在墙上，屋里一片安静，除了自己，其他什么人也没有。

官南知青组四个女知青，走掉三个，就剩向文一个了。夜色深沉，她顾影自怜，喃喃自语，咦，我明明看见我爸爸妈妈的，怎么一下子不见了？难道是个梦吗？怎么就像真的一样呢！

远在千里之外的父母，半夜托梦，是不是在暗示自己什么呢？

不如回了郑晚子吧！

一个不祥的念头袭来，顽固地折磨着向文，让她痛苦万分。她喜欢郑晚子，但又不能违背父母，内心充满了矛盾。她再无睡意，便就着煤油灯，坐在床头看书，一直坐到天亮。

第二天，这个矛盾的思想继续在向文头脑里盘旋，斗争十分激烈，她昏昏沉沉，闷闷不乐，坐在知青组里，一天没上工。

怎么能回郑晚子呢？

有什么理由回他呢？

怎么回他呢？

口头不好回，不如写个条吧！

向文没精打采地坐在桌边，寻思再三，终于决定写个条。她先拿起桌上的一个黄面子记事本，打开，翻到后面一张空页，再拿起桌上的一个铅笔头，在中间飞快地写上两行字。写完，她把这页纸小心地撕下来，折成一个纸条，装进挂在墙上的那个军黄包。

做好这些，向文像被人逼迫着完成了一项自己不情愿做的重要事情似的，轻轻地吁出了一口气。

晚上，向文吃完晚饭，斜背着军黄包，忐忑不安地出门来找郑晚子。她没有照例在向阳桥头等他，而是破例主动到农中办公室来找他。虽然今天是周末，但她晓得他不会休息，还在办公。

看到向文俏丽的身影闪现在农中办公室窗口，郑晚子立即起身，准备出门。

李方笑道，小郑，怪不到你这两天心不在焉，刻钢板老把字刻错，原来是佳人有约。

徐小媞也笑道，老李，你还不晓得吧，这两天小郑天天佳人有约。不过，以往是小郑去约佳人，今天是佳人来约。

李方笑道，小郑，进展挺快啊。

郑晚子朝他们憨厚地笑笑，赶紧出门去遇向文。

向文见郑晚子出来，扭头就走，也不讲话。

徐小媞朝李方挤挤眼说，今天有情况，气氛不对！

郑晚子向文两人一前一后向前走，走到向阳桥，两人停下来，倚在栏杆上，仰头对天望月，都不说话。

时近中秋，月色姣美，天上水下，一片银光。

郑晚子憨笑着，没话找话，今天月色不错呀，向文。

他喊向文叫"向文"，而不叫"文"。他虽然从小说里知道，若是学都市青年，就该叫"文"，但自己却叫不出口。同样，若是让向文像小说里都市青年那样，喊郑晚子叫"子"，她也叫不出口。但同样是叫不出口，两人的想法却不一样，他是不好意思嫌肉麻，她是性情爽直嫌做作。

两人一贯都喜欢相互直呼其名，觉得这样子自然。

向文没有接郑晚子的下文，而是面无表情地朝他看了一眼，然后从军黄包中掏出一个折好的纸条，塞到他的手中。她做完这一切，扭头就走，什么话也没有讲，弄得他丈二和尚摸不着头脑。

他不知所措，赶紧去追她。追了一会儿追不上，喊又听不见，他只得赶紧往回走。走到农中办公室窗外，对着灯光，打开纸条一看，他不由傻了眼，纸条上清秀的一行钢笔字，写着：

晚子，我俩不合适，再见。向文，9月30日。

这一夜，郑晚子把这纸条看了又看，百思不得其解。他不知自己哪里得罪了姑奶奶，彻夜未眠。

隔日上午，郑晚子向邹久宁请了假，特地回龙印港去找陈存娣。

郑晚子离开学校，到了龙印港细二小家中。

细二小上了工，陈存娣正扛着锄头准备出门，晚子，什的事？

郑晚子告诉她，存娣，向文回了我，说不想跟我谈对象了。

存娣吃了一惊，回你？什么时候？

昨天晚上，你看，她还写了个条子。

存娣看了一眼条子，说，这一段时间，全是你们自己会面，自己谈的，我不了解情况，找我没得用，你还是直接找她。

存娣，我又没有得罪她，向文怎么回我呢？

我哪晓得！

郑晚子憨憨地笑着，存娣，向文回我，是考验我呢，看我是不是真的在乎她呢。你看呢？

存娣头点了点，又摇了摇，有可能，哪晓得呢？

到底是考验自己呢，还是不合适自己呢，郑晚子没数。他是土生土长的农村小伙，没有跟城里姑娘谈过恋爱，他没有经验，哪晓得她城里姑娘什么心思？

但是，他不愿放弃，也不会放弃！

郑晚子说，存娣，把车子借我下午用一用。

陈存娣把车子推出来，佯装责怪道，懒死了，到官南能有多远，还要骑车子！心里着急吗？可以理解啊。

下午放了学，郑晚子就骑着从存娣那里借来的脚踏车，径直去官南知青组找向文。其实，官南知青组离堤东农中不远，只不过二三里，走也用不了多长时间，他之所以骑脚踏车，只不过是因为心里着急，急着要见向文。

谁知，郑晚子着急慌忙骑到知青组的时候，向文却不在知青组，知青组没人，铁将军把门。

官南知青组一共四个女知青，目前只剩下向文一个。其他三个，先后都走了。一个嫁给了邻县的陵京男知青，一个嫁给邻县的公办中学教师，一个生了病回陵京治病去了。向文要不在知青组，知青组就没人，只能铁将军把门。

不晓得向文上哪儿去了，郑晚子只好在知青组门口等她。

官南知青组的三间茅草屋，不是堤东的那种丁头府，而是半新不旧的横屋。横屋是横向，面朝南，大门开在横屋中间。知青组大门上挂着的那把铁锁，已经生锈了。门口有个小场，场中间有个小草堆，堆的是被雨水淋烂的一团旧麦秸，新收的玉米秸子散在一旁，还没有上堆。

郑晚子拿眼瞄了门口一圈，门口竟没有可坐的东西，别说有张断胳膊缺腿的凳子之类，就连瓦片或砖头角也没得一个。他寻思寻思，便从门口走到场中间小草堆旁边，两手捧起一捧新收的玉米秸子，拢在一起，然后蹲下来坐在上面，耐心等向文回来。

天色渐渐黑了下来，向文还没有回来。郑晚子耐心等了几个时辰，还不见向文回来，心里便着急起来。要是向文有意躲着他，晓得他会来知青组找她，就不回知青组呢，那岂不是白等？

谁呀，谁坐在人家门口啊？

一个甜美的女声，突然打断了郑晚子的胡思乱想。这声音，如此熟悉，如此亲切，他旋即从地上一跃而起，兴奋地叫起来，向文，你可回来了！你还把我等煞了！

向文扛着一把锄头回来，两眼看见兴奋的郑晚子，脸上的娇美中没有惊只有喜，晚子，我才下工啊！

我这等了多晚，快点开门吧！

向文在门口放下锄头，浅浅一笑，来，进去吧。

你拿钥匙开锁，门锁着呢。

门没锁啊。

锁不是挂在门上吗？

呆子，我晓得你要来，那是做的个样子，做的假格式啊！

……

郑晚子与向文结婚了。

郑晚子与向文的婚礼极为简单，简单到不能再简单。龙印港人家办婚礼，不叫办婚礼，叫办喜席，家家的喜席都简单，郑家办得更简单。

二人挑了个日子，邀请细二小陈存娣夫妻两个介绍人到郑家一起吃了一顿饭，喝了点瓜干酒，点了一对红蜡烛，放了几个天地炮（堤东方言，大爆竹的意思），简简单单，欢欢喜喜，就算办了喜席。

婚事办得很简朴，亲戚朋友一个不惊动。但堤东农中的三个同事不请自来，校长邹久宁带着李方、徐小媞主动前来证婚祝贺。

18

郑晚子与向文简简单单结了婚，欢欢喜喜地过日子。

白天，向文在队里上工，郑晚子在农中教学，两个各忙各的。中午和晚上，两个回到家里一起忙。星期天和节假日，两个更是成双捉对，忙得热火朝天。两个一边忙，一边有说有笑有唱，甜蜜恩爱，龙印港出现一道夫妻新风景。

众人眼前一亮，有点羡慕，有点嫉妒，还有点看不惯。两个乐天派根本不晓得他人什么感受，只顾自己消受新婚甜蜜时光。

一天下午，郑晚子早早离开农中，回家挑粪种田，忙得大汗淋漓。向文在家里烧夜饭，烧猪食，喂猪食，也忙得脚不点地。两个乐天派一边忙，一边寻空闲相互说笑哼唱。

郑晚子从下午5点干到晚上9点才放下粪担。茅缸里的粪已经全部挑完，他本来还想把空茅缸上满水，再吃晚饭，但被向文拦下。她说，已经9点了，不能再不吃夜饭了，等你把一茅缸水上满，不得半夜12点？那不饿坏了？那怎么行！水，明天再上。他坚持说，不行，茅缸今天如果不及时上满水，等不到明天就会漏。她坚持说，不得漏，不得漏。于是，他不再坚持，回了屋，脱下脏衣服，洗手吃晚饭。

向文见郑晚子回了屋，立即从锅里盛出饭菜，端到桌上。她着一身粗布衣衫，打扮得跟农村妇女似的，摆出农村家庭主妇的架势，晚子，趁热吃吧，不然就凉了，外面太冷，一打岔就会凉。

因是隆冬季节，天气寒冷，郑晚子双手端起热腾腾的玉米糁子粥，呼呼地喝着果然舒服。手上的冻疮开始发热作痒。他告诉她，手上过去从来不害冻疮，打去年冬天刻钢板起，他有了冻疮，今年比去年更严重。

向文也端起热腾腾的玉米糁子粥，轻轻地喝起来。郑晚子一双手肿得像两个紫红馒头，手面上布满一个个大红点子冻疮，她十分心疼。

她把桌上的煤油罩子灯移到他手边，捻了捻灯捻子，把灯捻得更加亮堂，然后轻轻摸摸他的手，晚子，你怎么会冻成这个样子？

刻钢板冻的，太忙了，这两天太忙了。

婚后这几个月，正是郑晚子最忙的时候。上面通知停课闹革命，堤东农中没有，一直照常上课。他除了上课，还要编印教材。有时还要下去家访，学生虽然都动员到校了，但家访仍然要继续坚持，必须与学生家长保持紧密的联系。

一年四季，郑晚子最难熬的是冬天。冬天的钢板冷得像块冰，他的双手冻得又红又肿，满是淌着水的冻疮，就像两只布满许多大小红点的紫红馒头，又疼又痒，难受至极。

什么困难他都能克服，唯独这冻疮讨嫌，他拿它一点儿办法都没有。向文也在为他动脑筋。虽然她是干性皮肤，不害冻疮，但冬天手上裂口子，也是钻心地疼，贴点橡皮膏好一些，所以她手上皱皱巴巴地贴满了橡皮膏。可冻疮不能贴橡皮膏啊，那么，是不是可以搽点消炎膏？幸好，家里正好有一支红霉素消炎软膏。

我给你上点红霉素药膏吧。向文说。

说着，向文就进了房间，去取红霉素软膏。

望着向文的背影，郑晚子心头一热，深感娶她为妻，是自己的福分。

她样子很出众，下放之前是陵京城临江区民办中学的校花。18 岁那年，她响应号召，中断高中学业，到范堤县堤东人民公社插队，与另外 3 个女知青同在官南大队一个知青组，成为中国两千万上山下乡优秀知识青年中的一分子。于是，他与她，今天才能千里姻缘一线牵。

她有文化，书文世理，懂得的很多，但她不懂得龙印港那些旧习俗，就是懂了，她也绝不会那么做，她有些我行我素。因此，他娶她，家里的阻力很大。一个农村人，怎么能娶一个什么都不懂的下放知青做老婆？所有亲戚朋友和左邻右舍都看不惯，都说下放知青娇气，不会干农活，一定会拖累他。

他不管不顾，顶着石磨一样的各种压力，坚定不移地娶了她。她非常争气，没有拖他的后腿。刚开始，她不怎么会做农活，个别婆婆妈妈的喜欢看人笑话，非但不同情不指点，时不时还故意出她的洋相，看她的笑话。她虽在乡下几年，但仍然还有城里人的那种优越感，面临乡下的沉疴，她仿佛行走于污秽的小道上，眦裂生气又哭笑不得。别无二路，唯有争气，她拼命学习养猪种菜，做得有模有样。

龙印港里大多数的婆婆妈妈们毕竟还是通情达理的，她得到了她们的不少帮扶。锄草、挖田、抹麦、打公枝，一应女社员常干的农活，陈存娣皆是手把手一对一地教她，如果向文的速度上不来，存娣还会过来搭把手帮她。陈存娣常说，我就欢喜向文这样子，活达（堤东方言，灵活的意思），爽快，好说话，你好帮她，不像郑晚子，你帮他他不肯，死要面子活受罪！向文说，男人都这样，酱缸倒了，酱架子不倒！

邻居旺奶奶是又一个热心人，经常夸赞向文灵巧，是街上下来的，比这些本乡本土的人还强，会动脑筋，会过日子。旺奶奶有事没事总过来帮忙，连饭碗都端过来吃。农家的各种家务活，她都主动指点她，教她怎么怎么做。旺奶奶一直觉得，她家对不起郑家，她必须帮扶郑家的媳妇向文，她有这个义务。旺奶奶甚至一口一个"我家向文"，似乎向文就是她家的媳妇。

旺奶奶发现，比起龙印港的有些农家女，向文更灵巧，更有花头精。旺奶奶夸赞她，人家女将只顾做农活，顾不到晒铺，有的铺上垫的褥子湿了也不晒，烂成洞也不晒。我家向文却懂得再忙也要晒，铺晒得干干的，人才不生病少生病。又比如养猪。人家吃完鱼吃完肉，剩下的鱼刺、肉骨头都扔掉，我家向文不扔，都用来喂老母猪，我家向文喂的老母猪就比人家的皮色亮，奶水好。而且，猪圈打扫得比人睡的地方都干净，我家向文喂的猪就不生病，下的小猪长得又快、皮色又好看。

郑晚子明白，晒铺、喂猪，这些细枝末节，向文都动脑筋，创造性地做到位，受益的都是他。

他最为受益的，还不在这里，而是在向文知书识礼，爽直爱说话，她与他夫妻之间，整天有说不完的话。不论多晚，哪怕是睡到半夜，只要他对她说，我想和你说会儿话。她便会立即说，好啊，你说，我听。而绝不会说，外面什么时候啦，我困了，明儿再说吧。

这种夫妻之间无阻碍的交流，正是他所需要的。龙印港的不少夫妻之间，整天没得多话说，就是说，也不过几个字。比方女将忙好饭，喊，吃啦。男将答，嗯。他们认为，庄户人家整天连活儿都做不完，哪儿还有闲空说什么费话！一天做下来骨头都散了架，哪儿还有力气来说话！他却并不这么看！像这样夫妻之间整天没话，多郁闷，夫妻之间有话，有说不完的话，且随时随地能说话，才是好夫妻。夫妻之间的交流，不但要通过眉目传情，还要再通过嘴和耳朵来传递，才能更加有立体感，更加入骨入脑入心。

她不是一般妇道人家的那种能说会道，而是如他一般的知书识礼谈吐不俗。她名字上那个"文"字，甚至体现出比他更浓的文化气息。

若是谈学历，她不如他。她高中肄业，他高中毕业。她上的虽是省城陵京的中学，但那只是一所普通的民办中学，他上的虽是县城的中学，却是一所省重点中学。由于这种不同的学习背景，两人相比，他的知识面更宽。他还有一些长项。比如，他哲学学得好，比较理性，辩证逻辑思维能力强，而她对辩证唯物主义哲学就没有什么概念，她是感性的。

她到底是女人，女人都是感性的。正是由于女人的感性，在诗文戏理上，理性的他明显不如她。陵京城书香门第的出身，家庭耳濡目染的熏陶，使她从小就满腹诗文，而且受母亲凌玉莲影响，喜欢说故事，讲诗文。她的六姨娘在临江区剧场门口检票。她小时候只要有时间，动不动就溜进姨娘那个剧场里去看戏。

她听诗文、看戏，条件是得天独厚。他生在农村，哪有这条件？他既没有满腹诗文的母亲，更没有剧场检票的姨娘。再说，他的母亲是个农村妇女，不但没文化，而且28岁就早早过世，加之，堤东小街连一个剧场或戏院也没有，从小就这么个环境，哪一点能与她相比！

只要有闲空，她就会把凌玉莲讲的那些有趣的诗文一一讲给他听。那些诗文，既充满诗情画意，又有雅俗共赏的趣味，劳作之余一听，便如痴如醉地舒服，像喝了心灵鸡汤，苦与累不翼而飞。

在艰难困苦的生活环境中，时不时溅起这些浪漫的浪花，多美啊！郑晚子这么想。他愈想愈感到幸福，不禁笑出声来。

呆小，笑什的事？向文问。

向文从房间里走出来。她在房间里摸了半天，总算出来了。她手里拿着一支红霉素药膏、一本书。

郑晚子从她手里接过药膏，笑什的事？笑你好呗！

向文脸上却没有笑容。她不知怎的，突然想起下午上工时红鼻子记工员对她粗声厉气的一顿骂，便没好气地说，还好呢，好个梦！

郑晚子有些愕然，他从向文的声音里明显听出她突然有些不快。他不知道她为什么不快，他怎么会知道她此刻忽然间想起了下午上工时红鼻子记工员对她粗声厉气的指责？

感性的陵京女知青向文，嫁给堤东乡村汉郑晚子，每天在生活中会遇到哪些困扰，心中都会是一种什么滋味，年轻的丈夫郑晚子还不能完全体会到。你要知道梨子的滋味，你得亲口尝一尝，郑晚子不是下放女知青，他无法设身处地地了解她那种多愁善感的心境。而且，她的感性、爱憎分明、宁折不弯、从善如流、疾恶如仇，很容易造成她的心境不平静。她虽然心直口快，虽然喜欢与丈夫交流，但这些话，她不跟他说，她不想影响他的情绪。

每当心境不平静的时候，向文就看书打盹。一觉睡到半夜，郑晚子突然醒来。他睁开眼睛一看，发觉她还没睡，还在灯下看书。他不知道她此刻看书是在打盹，用以淡忘下午的不快，来安顿与平静她那不平静的心境。

向文是个夜猫子，晚上睡得很迟。可她不管睡得多迟，上铺睡前，总还要看会儿书，看了书，才能安顿心境，才能安然入睡。郑晚子就算爱看书了，她比他还更爱看书。

郑晚子睡前，一般也要看会儿书。他睡觉不算早，一般夜里十一点左右才上铺。但是，她比他还要晚一两个钟头才睡。他常常这样一觉醒来，看到房间里有亮光，以为天已亮，吓得赶紧坐起身准备起床。谁知，他坐起身来一看，不是天亮，而是灯光亮，是她点着灯在看书，不知她是没睡，还是睡了以后又醒了。他睡眠好，本来总是一觉睡到大天亮，被她这么一弄，心里便有些不爽，但他什么也没说，转过身去，眼睛背着灯光，继续睡。

向文没在意，继续看她的书。

就这么日复一日，日积月累，向文的书便读得很多很多，并且是五花八门。《红楼梦》《青春之歌》《人生》《大众电影》《风流一代》《报刊文摘》《雨花》《收获》《论语》《周易》，各种书籍、报刊都看。她特别喜欢历史人物、历史故事、世界政要、影视明星、青春偶像，人生絮语、生命感悟等。总之，手上有什么读什么，弄到什么就读什么。愈读愈通达，愈读愈上瘾，平时与人交谈，也愈是容易兴奋，愈是话多。书愈读得多，对人生悟得愈透，对文化知识的敬畏程度也愈是加深，书，便成为她生活中战胜艰难困苦的强大精神支柱。

有感于此，郑晚子曾在日记上写下过如下一段话：

敬畏文化知识的人，往往是善良的好人。不管是什么样的社会风气，都对知识能常怀敬畏之心，更是不可多得的好人。对文化知识的敬畏，是我与向文，我们夫妻之间共有的一份财富，一份宝贵的文化情感财富。物质的匮乏，使乡下人更现实，识字载文（堤东方言，读书的意思）能当饭吃吗？同样是生活在乡下，我郑晚子却不这么看。在我看来，这一份文化情感财富所起的精神作用，恰恰是对物质匮乏的一种弥补，支撑着我们夫妻，对外界不管不顾，在艰苦的生活中，始终能保持着乐观与快乐的情趣，对生活充满了信心。

郑晚子对当初顶着压力娶向文无怨无悔，可婚后亲朋好友中却仍然有人背着向文问郑晚子，个书呆子，哪儿娶不到个婆娘？偏偏要娶个有事没事就捧书本的知青，书能当饭吃？

这话很难听，郑晚子听了不舒服，有一次，他就说给邹久宁听。邹久宁开导他，农村里有些人就这样，瞧不起知青，不晓得文化的重要。而且，人心也是很复杂的，你过得好，有些人会嫉妒你打击你，你过得不好，他又会讥笑你鄙视你，关键是，你都不要在意，你过你的就是了。

邹久宁这么一开导，郑晚子笑了，开玩笑道，感激他们的讥笑与鄙视，激发了我的斗志。

邹久宁眨眨眼说，这就对了。

两年下来，向文逐渐适应了龙印港的农村生活。

向文积极开动脑筋，向陈存娣、旺奶奶、友全嫂子取经，向左邻右舍学习，尽量安排好家里的小日子。比如家前屋后的自留地，一年四季，一茬一茬的就安排得很好。春季的蚕豆，夏季的茄子、西瓜，秋季的黄豆，冬季的青菜、萝卜、黄芽菜，这些农副产品，都得在家前屋后长着，省得像街上人那样花钱买，要吃就自己下田弄，又顺便，又新鲜，又环保。她还常对别人说，其实，农村里不光空气好，而且物产好，并不是处处不如街上，我很适应，很安心。

龙印港的人都是这样过日子，过得很把紧，人人勤劳，个个节俭，家家只图个好日子，不奢望大富大贵。邻居旺奶奶、友全娘娘、二爹他们，就是最好的榜样。受到他们的影响，向文也是这样，过得很舒心。家里生活条件再差，只要有郑晚子这样仁厚、有文化、不俗气又长得像样的丈夫，她就够了。在她的视野里，他的优秀无有二人。

所以，向文不但积极开动脑筋，安排好家里的小日子，还积极支持郑晚子搞好农中的工作。郑晚子又要上课，又要编教材，又要家访，把大量的时间与精力都花费在工作上，家中的农活与家务，必然就少做了，家庭生活的担子几乎都压在她身上。她不但不反对，而且大力支持，从无怨言。他常有愧疚之意。如果不是对文化知识的敬畏，如果不懂得文化知识的重要，如果她也是一个普通农妇，她定然会说，晚子，既然人家都不上课，你们为什么要上？不会回家帮我做做！然而，她说，晚子，学校就该上课，天经地义，你们做得太对了。

向文对郑晚子的情意，深得很。为着这份浓浓的夫妻情，她起早贪黑，全身心投入，把自己完全押上去，通情达理，特别理解与支持他。

冬天的夜里，龙印港里各家的灯火熄了，唯有西南角那一幢丁头府里的灯火还亮着，那是郑家的。

郑晚子和向文和衣坐在床头，说着话儿。各人手里一本书捧着，一副疲惫不堪的模样。

小夫妻俩，一个是回乡知青，一个是下放知青，两个一天从早做到晚，都累得筋疲力尽。临睡之前，他们依然要说一会儿话，看一会儿书，这是夫妻俩养成的习惯，每天临睡之前的必修课。

向文坐在床的一头，晚子，你可记得那次我写条子回你？

怎么记不得？咦，哪百年的事，你还翻出来？郑晚子坐在床的另一头，也是的，向文，怎的回事？无缘无故的，那次你突然写个条子来回我，我又没惹你，怎的回事？

向文说，晚子，我做梦了，梦见我爸妈吵架，妈妈不同意我嫁你。不过，当时我回你，也就是考虑生活很现实，没有那么诗情画意。我俩一个是回乡知青，一个是下放知青，都是知青，都是人家说的那种"肩不能担担手不能提篮"的，当时我是怕，如果我们结婚，今后的日子不好过。

郑晚子觉得向文说对了一半，她自幼生长在大城市，从小没有做过农村的这种活计，确实是"肩不能担担手不能提篮"，而他虽然也一直上学读书，但毕竟自幼生长在堤东农村，多少做过一点儿活计，所以他比她要强得多，并不完全是"肩不能担担手不能提篮"。因此，他觉得自己要像个男将的样子，担起家庭的重担，他便跟她说，别怕，今后的日子有我！

向文摇头，事实证明，我当时做的梦不错，生活很现实。

郑晚子不解，为什么？

向文一脸的不愉快，下午队里又开会了，要我家缴钱。会计说，马上要预分，你们缺钱户要缴钱。

龙印港生产队是纯农业生产队，社员们的粮草都是靠生产队集体分配。而各家分粮分草，都是靠各家的劳力做工分。像郑晚子这个家庭，两个人的口粮和烧草，要有一个半大劳力做工分才能做回来。可郑晚子家里只有向文一个人上工，向文是个妇女小劳力，打足了，只能顶一个男将大劳力的三分之二。何况，她还是个女知青，挑担、挖田的大活计都做不动，就是锄草、拾棉花的小活计也做不过人，人家一天得 10 分工，她一天只能得到 6 分工。所以，郑晚子家是个缺钱户。缺钱户就得缴钱，下午队里开会，会计就问向文要钱。

郑晚子十分清楚这一点，可他此刻手头没有余钱，便自言自语道，这刻儿哪来的钱缴？

他这是句大实话。别人都以为他当中学教师，月月拿工资，该有钱缴生产队吧。可是，他这个户口在农村的民办性质的农中教师并不是那种公办中学教师。一个城镇定量户口的公办中学教师，每月工资少则四五十元，多的六七十元，而他每月只拿 14 元补助。他这点钱，连家里平常的开销还不够，哪里还有余钱缴队里呢！

他也考虑另外想办法赚钱，比如养老母猪。这一来，他除了教学，还要回家养老母猪、忙自留田，半耕半教家里家外两头忙，向文干不动的重活苦活，都必须由他回来干。

龙印港集体分烧锅草，分大田里的玉米桩子、棉花秸子，都是分给社员自己拔、自己往家挑。到了收割之时，收一块田，分一块田，清一块田，常常总是安排在中午放工时间，并且要在中午放工期间拔完挑回家，不能影响下午的上工。所以，中午放学时间本来该休息，他却更忙，如同上阵打仗。

一块集体大田刚收完玉米，割去玉米秸子的玉米桩子齐刷刷地竖着，有半人高。红鼻子记工员在田里走过来走过去，数行子分桩子。红鼻子根据每家人口多少给各家数好行子，用锹挖个塘，做上记号，各家就立即动手打桩子。中午的日头毒如火炉，晒在人身上火烧火燎，毒日头下拔玉米桩子的滋味可真不好受。打一根桩子，三道工序，一用锹铲，二用手拔，三用桩子打桩子相互敲泥。如果刚下过雨，地上烂，烂泥粘在桩子上，更难打得掉。

正值盛夏酷暑午心晌（堤东方言，中午的意思），他鼻喉五脏烤得如炕脆饼一般，燥热难耐，恨不得有个老鼠洞钻进去。他赤手光脚奋战一番，好不容易打好了一半桩子，码起担子往家挑。他肩挑一二百斤重的一担玉米桩子，头顶火盆似的毒太阳，脚踩刚出炉的钢板似的桥板，跟在细二小后面上了河北那座桥。这座摇摇晃晃的破桥，桥板残缺，尽是破洞，他小心翼翼试探着走一步停一下，艰难地向前挪，不料左脚踩空，左腿卡进一个破洞中，肩上的一担玉米桩子随即摔在桥上，翻下了河。过了桥的细二小一见，赶紧丢下担子，过来帮忙把玉米桩子捞上来，不住地安慰他，还好还好，人无大碍，看看腿有没有扭伤？

细二小家，重活苦活，夫妻两个对脚班（堤东方言，两人不分高下齐用力的意思），女将陈存娣打桩子比男将细二小还凶，这点桩子，两人根本不费事，很快就打完。夫妻两个打完桩子，一人一担往家挑，陈存娣已先走一步，哼哟哼哟的挑走了。这时，郑晚子往往才把第一担桩子送回家，还得再来打，还有一半桩子没打呢。

奋力背着沉重家庭包袱的郑晚子，同时又一心扑在教学上，他不得不紧张，时刻如打仗。他觉得自己有两副脸，在学校一副脸，穿得体面，像个知识分子和教师，回到家，脏衣服一套，又是另一副脸，是个道道地地的农村汉。哪怕是入冬时令，只要干到挑粪等重活，他也常常干得热气腾腾。有时，干得热火，他干脆就脱去棉袄，里面穿得单衣薄索，外面就套了一身干活专门用的脏衣服，身上还大汗淋漓。

干活干得热火时，郑晚子一点儿不觉累。但是，等晚上收作（堤东方言，干完活收工的意思）之后洗好吃完上铺睡觉时，浑身骨头就都像散了架。

这就是郑晚子这个民办教师每天的生活状态。此刻，他累得浑身骨头都像散了架，听向文说队里开会要缴钱，心里烦躁，不愿说话，放下手中的书，躺了下来。可是，他在铺上翻来覆去，胡思乱想睡不着。向文说，晚子，是不是灯亮着睡不着？那我就熄灯。

向文说完，放下手里的书，吹灭煤油罩子灯，轻轻躺下。

才听雁叫声，又见菜花黄，日子过得好快。

抽去打上特殊烙印的内容，他们每天的日子形式上都是近乎相似的格式化。

向文每天早起晚睡，做饭，洗衣，喂猪，从早忙到晚，忙得是时间不够用，人蓬头散发，顾不得打理。

郑晚子每天两点一线，除了回家帮助向文干农活、做家务，就是去学校教学。在学校，每天不外乎就是备课、上课、改作业、编讲义、刻钢板还有走访。婚后这几年，他与妻子向文一样，也是从早忙到晚，忙得时间不够用，忙得筋疲力尽。好端端的一个年轻人，一度落了个哈哈腰（堤东方言，驼背的意思），一副卑躬屈膝的形象，后经向文反复数落提醒，才意识到不雅，复又挺直了腰杆。

进入大寒时节，天气异常寒冷，郑晚子的冻疮又严重起来。

这一天，吃完晚饭，桌上收拾完毕，向文摸摸郑晚子满是冻疮的手，心疼极了，晚子，你这手怎么冻成这样子！我帮你想了个好主意。她说着起身进了房间，变魔术似的拿着一双手套走出来，我打（堤东方言，织的意思）的，晚子，你套上去试试看。

　　手套是黑毛线打的。打毛线，是向文的喜好，也是她的专长。她心灵手巧，用 16～20 支毛线，熬十来个夜头，就能打出一件针子花式都很漂亮的毛线衣。郑晚子上身一件漂亮的黑毛线衣，就是她刚刚打的。她又用余下的半支黑毛线，给他打了一双半指手套。

　　妻子向文体贴入微的关怀，胜似冬天的阳光，郑晚子温暖得笑了，他对向文说，手套暖和是暖和，就恐怕戴上去不好刻钢板。

　　向文下放之前在陵京临江区文化馆刻钢板的时候，冬天戴过这种半指的手套，有这方面的经验。她告诉郑晚子，这手套是半指的，不会影响刻钢板，戴上去照刻不误，一戴就暖和多了。

　　第二天，郑晚子在学校刻钢板的时候，戴上妻子向文织的半指手套，果然感到既暖和，又好刻。在这个严寒的冬季，阳光般的幸福感暖暖地流淌在他的手指间，流进他的心田里。

19

　　星期六傍晚，向文和郑晚子吵了一架。

　　这是夫妻俩第一次吵架，只为郑晚子拾了田里的一把干草。

　　这把田里的干草，是茅缸里的粪草，被秋季的好太阳晒干的。一般这种干粪草上面，即便闻不到粪便的臭味，也肯定会带有各种寄生虫或细菌，这是城市人最忌讳的。当然，龙印港庄户人家不会考虑这么多，他们想到的只是烧草紧张，走路时都顺带拾些粪草回去烧锅。郑晚子也是如此。但他每次拾粪草，每次回家都被向文数落，他每次都保证"下次不拾"，每次又都不长记性，这回又是。

　　傍晚，向文见郑晚子进门时夹肘窝里又夹了把粪草回来，她态度便不怎么好，话中带了刺，郑晚子，跟你说过多少次了，别拾田里的脏草。

　　郑晚子辩驳，哪儿脏？都是干的，太阳晒得干干的，一点不脏。入了秋，这两天没下雨，太阳好，草都晒干了，不脏。

　　向文气得涨红了脸，发火大骂道，还不脏，这哪里是什么干草？都是些粪草！都是与大粪一起从茅缸里舀上来浇到田里的，又臭又不卫生，各种寄生虫或细菌都在上面呢，哪儿能烧锅？用这种粪草烧锅不都把人吃出病来？郑晚子，我跟你说过八百遍了，你怎么还是不懂、不听，到底是个乡下人！

郑晚子本是乡下人，却最听不得人说他是乡下人。妻子向文从来没骂过他是乡下人，今天是第一次。他也从来没有对她发过火，今天却有些忍不住，向文，我晓得你瞧不起乡下人，但乡下人勤俭厚道，城市人又怎么样？城市人又有什么了不起？城市人往上数几代，不也都是乡下人？

向文继续大骂，乡下人，下坯。

郑晚子满头大火，你怎么骂人？

向文不断升级，乡下人，乡下人，下坯下坯。

再讲理的女人，如若心里不爽起来，也不可理喻。向文今天心里就不爽。下午上工时，队里那个红鼻子记工员对她说了几句下流话，又想讨便宜吃豆腐，当时被她严词臭骂了一通，此刻仍怒气未消。婚后几年来所有积蓄的怒气，一股脑儿迸发出来，让她变得不讲理。这是女人婚后筋骨之劳、肌肤之饿、心志之苦综合征。

人最怕的，是不知道别人头脑里在想什么，不知道别人头脑里在想什么，自己就容易动怒发火。向文下午遭受的这憋屈，郑晚子不明就里，他不明白她为什么会突然变得如此蛮不讲理，故也怒火中烧。

就这样，向文不依，郑晚子不饶。两人你来我去，你去我来，你一言，我一语，吵得不可开交。

这是婚后第一次吵架，也是郑晚子生平第一次吵架。处夫妻如同处朋友，开始都是被对方的优点所吸引，等处到一定时间便渐渐发现对方的缺点，这时，一般都是先相互容忍，一旦容忍不了时便会发生口角，一旦发生口角便会一发不可收，经常吵。

郑晚子这么一思量，突然停下，不再言语。男子汉大丈夫，要宽容，心里再不舒服也要忍，不应当与女将计较。他不再争辩，而是轻声轻气地说，草不够烧，不拾粪草怎弄法？

草不够烧是实情，龙印港里男女老少个个边走边拾草，有的还把河帮上的草根连土铲起来敲敲晒晒烧锅，向文不是不知道。她的口气也软了下来，怎弄法？限定拾草？不会上街去找点炭票，买炭回来烧炉子？街上人不都烧炉子！

面对缺少烧锅草这样一个问题，向文提出了一种不同的解决方法。她反对拾粪草，主张买炭烧。买炭烧与拾粪草，两个不同方法，折射出城市人与乡下人面对同样一个问题的不同思路。乡下人实在，肯干，肯用力气，堤东有句俗语，叫作"八牌命不怕死做"。城市人洒脱，点子多，窍门多，遇事都用巧劲儿。郑晚子赞成向文提出的解决方法，这倒是个好办法，明天我就去找人要煤炭票，范堤城大街上我认不得人，要么就到堤东小街上去看看。

晚子，这话还差不多。

行，堤东小街上供销社我认得人，去找他要票买炭。

说到这儿，郑晚子便去换了脏衣服，下地挑粪壅田。他一直干到晚上9点多钟才干完。吵架憋足了一肚子气，愈干愈来劲，他还想把茅缸里上满水，再吃晚饭，被向文拦下。

不行，茅缸今天不及时上水，明天就会漏。

不得漏，不得漏。

上次就是听了你的话，当晚没上水，第二天才上水，结果，茅缸就有点漏。

是这样？向文"啊"了一声，不再阻拦，那你也不能下河啊。

郑晚子依然脱去鞋袜，卷起裤腿，担起水桶下河挑水。他感激她，她是好意，怕他挑完粪再上茅缸水连轴转吃不消，怕他下河水太冷！但是，他必须下河，不能怕水冷。不这样直接下河用水桶挑水，而是站在水凳上，用水瓢一瓢瓢地舀到水桶里，然后再往岸上挑，那多慢，那不得挑到天亮才能把一茅缸水上满？再苦总没有上河工挑河苦！就这样，郑晚子干到半夜12点才收作，才脱去脏衣服，洗手洗脸，吃夜饭。

寒冷的冬天，刺骨的河水，郑晚子下河之前，容不得半点的迟疑，否则就会动摇，就会畏缩。他就这么一鼓作气，下了河，在冰冷刺骨的河水中一泡就泡了3个小时，甚至都没觉得凉。凉其实是凉的，没觉得凉，只是主观上的感觉，他实际上是受了凉，受了伤，落下了毛病。常常莫名其妙地发寒发热，恐怕就是这原因。好在郑晚子结实，一般都是晚上开始发热，然后夜里捂几条被子，淌几身大汗，第二天早上就好。但是，他落下了胃痉挛、肠胃炎等毛病。为这事，他常被向文说叨，晚子，有病不能硬扛，要吃药，不错，是药三分毒，药都有副作用，但药也能治病，药是双刃剑，不是不能用，而是要用好。

吃完夜饭，已经下半夜，郑晚子赶紧上床休息，可他一点儿睡不着。

幸福的婚姻，并不是一路的坦途而无波折，也不是永远的晴天而无风雨。很多幸福的婚姻，都是在波澜起伏和风风雨雨中磨合过来的。郑晚子还年轻，不懂得这是一条亘古不变的婚姻定律，他希望他家里永远风平浪静，所以，他一躺上床又想起向文今天突然跟他吵架，便没有睡意了。

其实，夫妻吵架是常事，也是夫妻之间在性格、习惯以及价值观等方面的差异所导致的。婚姻之初，夫妻之间会相互欣赏、相互包容，日子一长，性格、习惯以至价值观等方面的差异就会相互碰撞、相互冲突。

龙印港人识字少，男人们的血液里流动的是"夫权"残余，动不动就打骂女人。女人不反抗，就忍气吞声服服贴贴一辈子；女人若反抗，则一辈子吵吵闹闹鸡飞狗跳相伴终老。邻家二叔、死去的旺爹都是。队长陆大炮也是，一世把在外面受的气都撒在守家的细二小妈妈身上，可等女将闭了眼睛，他的空虚便从心底浮上泪眼，直至跟随她去的那一刻。

港里也有男人温和的，友全嫂子的男将就算一个，成天像女人一样看家守舍，外面的事情反而让友全嫂子去挡。细二小又算一个，他没有遗传老头子的"夫权"观念，而是学妈妈。郑晚子也是。相反，向文是个急性子，她性情开放，性格豪爽，独立自主的个性叫他舒服，也叫他难受，他如果不能忍受，必然要与她吵架！不是这件事，也是那件事，不在今天，也在明天。他有些恐惧，这么老吵老吵，这样子下去，将来怎么得了！

几分钟后，向文收拾好一切，也上床了。到底是年轻，夫妻两个在床上被子一捂，都有了感觉，触到向文那热乎乎的身子，郑晚子复又激情焕发。每回吵架后，夫妻两个似乎更容易有激情，更加恩爱甜蜜。

20

春天的大早，天蒙蒙亮，郑晚子起了床，开始忙早事。向文比他晚上睡得迟，他轻手轻脚，生怕弄醒她。

郑晚子摸黑擦亮火柴，点亮了煤油罩子灯，把灯端到了口间灶角上，便有条不紊地忙碌起来。

昨天晚上，郑晚子与向文商量好，今天是星期天，学校放假，他进范堤城去小猪行卖小猪。

家里的大小各项活计，郑晚子与向文有分工。

家里的小活计，洗啊，涮啊，缝啊，补啊，晒啊，煮啊，把猪食啊，打扫卫生啊，都是以向文为主。

家里的大活计，比如挖田、挑粪、上水，还有就是上街买豆饼，或是上街卖小猪，这些都是由郑晚子负责。

　　这一窝小猪一共 10 头，个个如样。小猪产下 1 个月不到就开食，个头长得很快，开食不到 20 天，两头大的就长到 20 多斤，可以出窝卖了。

　　龙印港的人过日子用钱，就是靠养老母猪卖小猪。1 斤小猪能卖 1 块钱，1 头 20 斤的小猪可以卖到 20 块，比郑晚子 1 个月的工资补贴 14 块钱还多 6 块，10 头小猪的收入超过他一年的工资。卖了小猪，就可以去队里缴钱，缴了钱，分粮分草就理直气壮腰杆硬。剩下的钱，可以买化肥、买农药。再剩下的钱，还可以买肉吃，买布做新衣裳。

　　这两天，夫妻俩暗自高兴，面露喜色，走路都哼曲子。

　　今天这一大早，郑晚子起身后精神不错。忙早事的时候，如果不是怕吵醒向文，他恐怕又要哼唱两句。刚刚学会《九九艳阳天》，正在兴头子上呢！

　　龙印港的庄户人家，早事很重要。第一桩早事，便是煮猪食，煮老母猪食，煮小猪食。这煮小猪食特别有讲究。一锅水烧开后，将预先湿好的豆饼角子放进去，然后再烧。再次烧开后，不等水漫出就揭开锅盖，将预备好的一大瓢大麦面和一小碗鱼粉汆下去。豆饼角子是先一天晚上用刀切好，湿在盆中水里，泡了一夜已经泡软了的。豆饼有营养，小猪吃了肯长膘，皮色好。鱼粉是到街上店里买的，小猪吃了肯长骨头，而且小猪食里放一点鱼粉，起鲜，惹吃，小猪吃得凶长得快。

　　郑晚子正要将一锅水烧开时，向文也起了床。他虽然轻手轻脚，生怕弄醒她，但她还是醒了。她已经穿好衣服，套上了站锅（堤东方言，当厨操作的意思）用的黑围加（堤东方言，围裙的意思），来到他身后。她轻轻地推开他，自己站上了锅。煮小猪食特别有讲究，她不放心让他弄，她要亲自精心操作。他便干脆坐到锅旁边，专门负责烧锅。

　　夫妻俩，一个站锅，一个烧锅，配合默契，煮好了老母猪食和小猪食，天已大亮，屋子里很快溢满了豆饼诱人的香味。

　　煮好了猪食，郑晚子去收拾脚踏车。

　　脚踏车是郑晚子昨晚向细二小借的。他一边收拾脚踏车，一边说，向文，细二小待我们真好，昨天晚上我去借脚踏车，你猜细二小说什么？细二小说，我家的小猪还在喝奶，还没有开食，还不到卖的时候，不要用车子，你尽管用。细二小这个人，真好。

　　向文说，存娣待我们也不错，哪一次上工她不帮我做？

　　郑晚子把车子仔细检查了一遍，链条索子都没有问题。

　　收拾好脚踏车，郑晚子又去收拾卖猪的小猪篮子。

　　小猪篮子是自家用柳条编的，篮口上的网，是用草绳结的，他检查了一遍，都没有问题。检查完之后，他又从门阴（堤东方言，门背后的意思）里拿出两根预先备好的树棍，两根树棍都有膀子粗，三尺来长，他把两根树棍绑到脚踏车衣包架上。等小猪篮子装上小猪后，就放在衣包架两根树棍上面，再用绳子一码，稳稳当当的，即使骑上百十里路，也不会掉下地来。

　　一一收拾好，郑晚子又把脚踏车、小猪篮子和一杆小秤先送到屋后猪圈前。

　　一切准备就绪，郑晚子复回到丁头府屋里，发布号令，把猪食！

　　向文说，还要你说，早就准备好了。

　　郑晚子朝锅角上一望，果然一切准备就绪。老母猪食，小猪食都已调好，分别盛在两个提桶里，冒着腾腾的热气。

　　夫妻俩，一人拎起一个提桶，一前一后出了门，拐弯朝丁头府屋后猪圈走过去。为了不让猪惊觉，夫妻俩轻手轻脚走到猪圈门口，把提桶放到地上。

　　猪圈是里外双圈，与龙印港所有养老母猪的人家一样。里圈是主圈，外圈是副圈。里圈的四面，都是齐腰的砖墙，其中三面墙的上半段都是帐笆，只有朝南的面墙上半段，挂着两卷草帘子。面墙下方，开了一个小门。面墙外面是外圈。外圈的四面，只有与里圈的面墙合用的那一面是砖墙，其余三面都是用树棒做的栅栏。树棒粗粗的，一根紧靠一根，插在泥地下。为了保证稳定性，编织栅栏用的两道绳都不是普通的草绳而是小猪用嘴咬都咬不断的铁丝。

　　郑晚子轻手轻脚地跨进外圈，站在外圈的砖地上，然后轻手轻脚卷起里圈面墙上的两卷草帘子，用绳子一一扣紧，再轻手轻脚从面墙上取下小猪食槽，放到外圈的砖地上，放平，擦干净，倒上一层香喷喷的小猪食然后再轻手轻脚将面墙下方小门上的一块门板抽掉。

　　无论郑晚子怎么轻手轻脚，里圈的小猪还是被惊动了，10只肥嘟嘟的小家伙一窝蜂似的，全都挤到了面墙小门的门口来，哇啦哇啦地乱叫。小门一开，就能出来吃美食了！谁不想抢占先机？

　　最先挤出来的，是那两只稀毛白皮的大个头，大白和二白。两只肥嘟嘟的小家伙，一挤出来就直奔小猪食槽，抢占有利位置，疯了似的大口大口吞吃起来。后面的小猪紧接着一只接一只挤出来，争先恐后抢食吃。

　　等最后一只小猪出来时，小猪食槽内的小猪食，已经被先出来的抢得精光。郑晚子瞅准时机，赶紧右手拎起盛小猪食的提桶把，左手托住提桶底，在小猪食槽底上又倒上一层香喷喷的小猪食，小猪们又上来一抢而光。他又再倒一次，小猪们又一抢而光。他动作麻利，不慌不忙，如此反复几次，10只小家伙个个都吃得肚大腰圆。

郑晚子如此紧张战斗，动作麻利，程序熟练，方法恰当，一方面来自祖传，另一方面也是自己肯钻研，摸透了小猪的脾气，瞅准并抓住了它们的短毛见识，以促成它们抢食增膘。如果不是这样一次只倒一点点吊胃口，而是一下子把食全倒下去，那么，面对满满一槽食，小猪们就不会这么充满危机感紧迫感，就不会这么抢食，就不会吃得这么饱，长得这么快了。

在郑晚子紧张的战斗时刻，向文也没有闲着。

小猪在里圈被惊动之前，老母猪最先惊醒。后来，小猪到外圈抢食吃，老母猪在里圈出不来，只能干着急，牙齿啃得猪圈门"哗啦哗啦"直响，嘴里"嗡嗡"叫个不停。向文一见，随即抢手快，拎起猪食提桶，来到里圈门前，把提桶里的老母猪食哗哗地倒进了里面靠门的大猪食盆里。

将老母猪安顿下来后，向文又跨进外圈，悄悄地在里圈面墙下方的小门上插上门板，断了小猪们回里圈的后路，然后拿起面墙上一把毛刷，挨个在吃食的小猪身上梳刷。

等这些小家伙一个个吃得肚大腰圆，习惯性地准备回里圈时，却找不到里圈的小门了。这些小家伙只好摇着笨重的身子，懒懒散散地在外圈里晃来晃去，有的干脆找个地方，四脚朝天地躺了下来。

郑晚子趁势抓住大白和二白那两只大个头的小家伙，同时向向文一挤眼，开门。她说声好，随即将面墙下方小门上的门板抽掉。

那两只小家伙的两条腿，被郑晚子两只手左右拎着，嘴里在嗷嗷直叫。其他的小家伙见状，一个个都吓得嗷嗷直叫，稀里哗啦地东奔西窜，拥挤不堪地从面墙小门里逃进了里圈，躲进了老母猪怀里，埋着头，一动都不敢动。

这时，郑晚子左手拎好二白，右手将大白交给向文，给你，帮我先拎一下，注意，拎好了。

向文说声好，随即双手抓住大白的两条腿，从郑晚子手里把大白接过来，并死死地抱到怀里不放，生怕溜掉。那头小猪大白，竟乖乖地依偎在向文胸前的黑围加上了。

白小猪，黑围加，白加黑，好分明，好美啊！郑晚子不由动情地瞄了几眼。他左手拎住二白一条腿，右手拿起那杆预备好的小秤，将秤钩子上的绳，绕住二白的一条腿。绕上几绕，勾起来一称，喜滋滋地说"26斤还翘"，随即将二白塞进小猪篮子里。

向文也喜滋滋地说，乖乖，26 斤还翘，这只二白长得快呢。随即手忙脚乱地将手中另一只小猪大白交给了郑晚子。

郑晚子随即将秤钩子绳在猪腿上绕上了几绕，勾起来一称，又喜滋滋地说，还重 1 斤，27 斤还翘。

向文又喜滋滋地说，乖乖，这只大白长得更快。

郑晚子将大白和二白都装进了篮子，扣好篮子口的网绳，将篮子又绑上车子，一切停当，准备出发。向文突然说，晚子，不好，外头好像下毛雨。郑晚子仰头一看，果真是的，是下毛毛雨。

亮星照湿地。昨天晚上明月清风，今天早上就下起一阵毛毛雨，这就是堤东一带春天的特征。这些天气特征，郑晚子都掌握，便说，春天不湿脚，马上天又晴，向文，我走了。说着，毅然骑上脚踏车，直奔范堤县城而去。

那你一路小心，早去早回。

向文说着，就跟在郑晚子脚踏车后头走，一直送到大路上，然后又目送着他的背影，直到视野内完全看不到，还站了好大期（堤东方言，好长时间的意思），才转身回家。

果然如郑晚子所料，春天不湿脚，马上天又晴。郑晚子才骑到半路上，天就放晴，连太阳的笑脸都露出来了。

灿烂的阳光，穿过蔚蓝辽阔的天空，斜射到路旁高高的白杨树上，在公路上拉下长长的树影。

阳光下的堤东公路，滚滚车流，由东向西，一片繁忙。早晨六七点钟这个时间，正是堤东农民进城的高峰期，他们要赶早去范堤县城卖农副产品，其中大半是卖小猪的脚踏车。

郑晚子夹在滚滚的车流中，骑得精神抖擞，浑身冒汗。侧耳听听脚踏车索子"呼呼呼"的声响，抬眼看看路旁高高的白杨树和它们映在公路上长长的树影，他陡然生出一种莫名的庄严感。白杨树呢，好像正在接受检阅的卫兵，而自己呢，则像一个检阅卫兵的首长。

一路上，郑晚子很兴奋。离范堤城五六里路时，他看到城里的一个高烟筒，更是激动。那个高烟筒是范堤县砖瓦厂的，位于城南，高约数丈，高耸入云，是范堤城的标志性建筑物。那个高烟筒在他心里，竖起并镌刻着这座县城的高度，让他勾起对母校范堤县中学的思念、挚爱和崇敬。

想起母校，郑晚子心神不宁，不能自已。每次骑车上街，他都是这样。

他强打精神，跟随着滚滚车流，心绪复杂地进了城。

早晨的范堤城，像一只翻腾的沸水锅，七里长街上车水马龙，热气腾腾。一进城，郑晚子不由就骑得慢下来。慢慢骑了一会儿，他干脆下了车，推着车走，街上人太多，无法再骑了。

郑晚子忽然想起去年夏天街上人满为患的情景。当时，堤东农民上街卖小猪，堤西农民上街卖山芋藤，堤东堤西的农民都同时涌到了街上。小猪行在大街西头，卖山芋藤在大街东头。堤东农民上西头小猪行卖了小猪，再回到东头买山芋藤带回去。堤西农民上街东头卖了山芋藤，再回到西头小猪行买小猪带回去。也就是说，不管是堤东农民，还是堤西农民，都要从街上来来去去走几个弯子（堤东方言，来回的意思），所以，街上就你来他往，人满为患。

街上人多的原因还有一个，就是看越剧《红楼梦》的人多。

10多年前，越剧《红楼梦》搬上银幕。《红楼梦》集越剧名家徐玉兰、王文娟和吕瑞英、金彩凤等各派精英于一幕，群芳斗艳。柔美的越唱与夸张的银幕新鲜联姻，贾宝玉与林黛玉的爱情自由与大观园的封建樊篱强烈对撞，迷倒了亿万观众。范堤县当然也不例外。不知为何，正在上映的影片却突然停放，令广大观众和影迷欲罢不能。

去年夏天，越剧《红楼梦》电影在范堤县城再次上映，广大观众和影迷大饱眼福，范堤县城再次掀起红楼梦热潮。全城的影剧场所日夜放映，看电影的城乡观众川流不息，老大街上挤得水泄不通，渴望已久的观众都看疯了。一时间，很多人张口就是"天上掉下个林妹妹"，一个邻队的下放知青回城连看十多场看得全部唱词都会唱了，一个县属国营厂刚分配来的十几个大学生，从乡下赶上街来看，夜里就睡在露天地上等场子。郑晚子和向文也从乡下赶上街，看了两场。

总之，卖小猪的，卖山芋藤的，加上看《红楼梦》的，还有上街办各种事的，塞满了当时的范堤街。县里一个领导见了，陡来灵感，就编出两句顺口溜来形容这盛况，红楼梦，山芋藤，范堤街上人碰人，山芋藤，红楼梦，范堤街上走不通。这两句顺口溜，重点突出"红楼梦"和"山芋藤"，深受广大老百姓的欢迎，并且口口相传，家喻户晓。

因为是春季，还没到卖山芋藤的季节，今天街上行人车辆没有去年夏天那个时候多，但也不算少。郑晚子越走越急，生怕走久了，赶不上小猪行的好市口，小猪不好卖。

恰在这时，郑晚子看到两个熟人迎面走来，他一吓，赶紧扭过头去。

按说，郑晚子从堤东乡下上来，在街上能看见熟人，很不容易，该高兴才是。可他今天在街上看见了熟人，非但不愿意，还委实吃了一惊，吓得赶紧扭过头去，这，是怎么回事？

因为这两个熟人不是别人，正是范中的两个老同学，一个是沈荣锦，一个是刘勇强。两个老同学那年都考上了大学，后来安排在外地工作。但郑晚子听说，最近他们两人又都调回了范城，具体工作单位他不知道。郑晚子倒是想会会他们，问问他们的近况，可此刻不能啊！为什么？因为自己驮着小猪篮子，臭啊！自己臭惯了，闻惯了，不觉得臭，哪怕用手去抓小猪屎也没事，可人家是街上人，大学毕业生，能闻吗，能不怕臭吗？

别让老同学笑话吧，赶紧走！

街上人太多，不好走，约莫九点钟光景，郑晚子才到了范堤县小猪行。

到了西头小猪行门口，郑晚子四下一看，形势不妙。只见偌大的县小猪行，外面车场上黑压压的停满卖小猪的脚踏车，小猪行里面卖小猪的也是黑压压的人山人海。整个地上，小猪篮子一只靠一只，摆得满满当当，小猪叫声一片。

里里外外，全是来自堤东的拎篮子卖小猪的，而来自堤西的夹袋子买小猪的，却寥寥无几。

郑晚子推着车子，在门外的大广场上转了一圈，好容易才找到一个空当停下车子，从车上卸下了小猪篮子。他端着篮子，进了小猪行，转了一圈，又好容易才在一个堤东大汉身边找到一个小空当，放下篮子。

这个堤东大汉，郑晚子似乎面熟，却叫不出名字，只得怯生生地叫了一声老哥，老哥，不好意思，挤你了，老哥，还拜托你帮我照看一下篮子。老哥说没事，郑晚子便赶紧跨过篮子，向小猪行中间走过去，去找心中惦记的一个熟人。

他在摆得满满当当的小猪篮子中间跳来跳去，往小猪行中间走，远远地看见中间一堆人当中，有一个50多岁的老师傅正在忙活。那老师傅手里拿一把大剪子，身上穿一件背带裤，围着他前面的一杆大秤，转来转去。这杆大秤，一头的秤毫系挂在半空中的一根粗绳上，一头的秤砣挂在一个高高的支架上。老师傅的背带裤胸前有个大口袋，鼓鼓的，里面装满了冒出半截头的纸烟，各种各样的牌子都有，五花八门。

这正是他心中惦记的那个熟人，郑晚子大喜。他拿出了吃奶的力气，使劲往前挤，挤进了人堆，硬生生地把一包飞马纸烟塞进了老师傅背带裤胸前的那个大口袋，亲切地的叫一声叔叔，叔叔，今天可有得剪？

"叔叔"的脸上却毫无表情，头微微地侧过来对郑晚子说，晚子，你今天来了，今天没得剪，你明天再来看看吧。

"明天再来看看吧"，说得好轻松，我上街来一趟多不容易！从堤东到范堤大街，来去一趟五六十里路够你踏的！这还不算，还有小猪来回一折腾受了惊不敢吃食会少长多少斤肉少卖多少钱你知道吗！所以，这小猪一出门就不能再回门！郑晚子心里很不爽，嘴上却说，谢谢方叔叔，谢谢方叔叔。

方叔叔全名叫方全林，是校长邹久宁的朋友，几年前，郑晚子第一次来卖猪，递给他一个叩托照顾的纸条，是邹久宁写的。这几年，郑晚子来卖猪，受到他的不少照顾。特别是碰上农场来"剪"猪，一个农场一次能"剪"几百只，何在于郑晚子这两只。只要方全林用手中的剪子，在小猪的背毛上一剪，剪出一个只有他才认得的符号，就没事了，郑晚子就安安心心，等着开票拿钱了。

不管郑晚子怎么说谢，方全林仍然不动声色，晚子，你明天再来看看，明天有个农场要来"剪"千把只。

郑晚子又谢了一声，赶紧挤出了人堆，却被方全林叫住，问，哎，老邹，他最近怎么样啊？

挺好的，他也问你好呢。

好，好，你忙去吧。

郑晚子在摆得满满当当的小猪篮子中间跳来跳去，回到自己的小猪篮子旁边。那位帮他照看篮子的堤东大汉正在东张西望，郑晚子对堤东大汉表示感谢，老哥，难为你，难为你。

没事，没事，老哥拎起自己的小猪篮子就走。

郑晚子有些不了解，老哥，你怎么不卖就走啊？

范堤这块今天市口不好，到永丰集看看去，好些人都去了。

那好，老哥，祝你一路顺风！

老哥所说的永丰集，郑晚子听细二小说过，那个地方是永丰县的县城。永丰县与范堤县相邻，两个县都属于盐州地区。永丰集，坐落在范堤城的东北方向，相距大约八十里。那里的小猪市口比范堤市口好，是因为那里不产小猪，小猪供不应求，所以听老哥说要上永丰集，他也想去。但是他一次没去过，不知路该怎么走。如果此刻细二小在，那就好了，细二小去过多次，认得路。

送老哥走了后，郑晚子就蹲在自己的小猪篮子旁边，耐心等待人来买猪。可是，整个小竹行里买猪的人都太少，很少有人来看他的小猪。偶尔来一个看的，也是挑来拣去，讨价还价，不肯下手买。因为没有农场或外地来大批量"剪"猪，供大于求，卖猪的心中着慌，买猪的不慌。

老哥说得不错，今天范堤这块市口不行，倒不如到永丰集看看去。郑晚子念头一闪，拎起自己的小猪篮子就往外走。

路不熟没事，跟人走！

到了小猪行门外，发现不少卖小猪的堤东老哥都撤了出来，郑晚子问了几个，都说是上永丰集去看看。他赶紧去大广场上找到车子，绑上小猪篮子，骑上车，跟几个卖小猪的堤东老哥搭伙，离开范堤县小猪行，步步向东北，上了去永丰集的那条公路。

一上那条公路，那几个老哥心急车急，很快就把郑晚子甩下了几丈远。郑晚子到底腿脚嫩，骑车的功夫不抵那些三烤六炼的堤东汉子。

这时，其中的一个老哥突然放慢了速度，郑晚子才渐渐地跟了上来。等到郑晚子跟上来，那个老哥催他说，兄弟，快一点儿，不然就赶不上了。

郑晚子感激不尽，好的，老哥。

兄弟，刚才我看了一下小猪行的大钟，已经 10 点。永丰集中午 12 点就关门，剩下两个钟头不到，要赶 80 里路。

那好，老哥。我慢，你们发劲踏，不能大家都耽误了。

兄弟，那好，你也发劲踏，我们在永丰集等你。

那个老哥说着话，脚下加把劲，很快就赶上前面的几个老哥，之后就消失在公路上的滚滚车流中。郑晚子脚下也加把劲，紧赶慢赶，但望尘莫及。

等郑晚子赶到了永丰集，小猪行果真关了门，刚关的。他没赶得上，不光是因为骑得慢，还因为路不熟要问路，问路也得花时间。虽然他认路有本事，问路有窍门，可不管怎么样，总得花些时间吧。

永丰集小猪行关了门，明天早晨才开市，怎么办？

难不成骑了这么远再回去，前功尽弃？

或者是带着小猪下旅社？但哪家旅社肯你放小猪？即使人家肯，小猪还没卖到钱，你又哪里有钱下旅社？

这都不是好主意，郑晚子心神不定，撇头就走。

他骑上车子，离开了永丰集小猪行，上了永丰集大街。

这个永丰集，虽然也是一个县城，大街上却不像范堤县城大街那样古色古香有文化韵味，没什么看头。再说，郑晚子也没心思欣赏街景，小猪行下午关门，明天早晨才会开市，他得先找个地方住下。

他在寻思，当务之急，是下面自己该往哪里去。

车到山前必有路，人逢急时来灵机。郑晚子一急竟忽然灵机一动，记起了一个亲戚来。这个女亲戚，就住在永丰集。她是外婆的一个叔伯孙女，按辈分，他该叫她表姐。

表姐是嫁在永丰集附近，一个叫大道公社天河大队的地方。郑晚子满怀信心，按着地名人名去问，去找。

他找到了大道公社，又找到了天河大队，找来找去，却找不到表姐的家。他问人家，人家都说没听说过这个名字，你有没有弄错？他说，不错，我外婆亲口告诉我的。

他骑着脚踏车，在永丰集附近的黄土路上转悠。他骑过来骑过去，从中午一直骑到傍晚，找了几个钟头。

由于没有吃中饭，他饿得肚子咕咕叫，四肢无力，两眼冒金花，头发晕。在一段坎坷不平的黄土路上，他一不小心，脚下的车竟翻了。

脚踏车先在黄土路旁倒下，旋即又连人带车翻到路边一人深的黄土沟里。车后小猪篮子里的两只小猪大白和二白，由于一天没吃食，本来已饿得折腾不动不再叫唤，这时因翻车受了惊吓，便争相从篮子里钻出来，蹿上来，跑进沟边的条田麦地里，一下子失踪了。

他跌得头晕眼花，灰头土脸，便就势坐在沟底歇了片刻。过了一会儿，他又不得不忍痛爬起身，把车子推上岸来，去找失踪的大白和二白。

这时，奇迹般地，在他的面前出现了两个人。一男一女，两个朴实的农民突然出现在郑晚子面前，一脸善和的笑容。两人的手里，各抱着一头白绒绒的小猪，正是刚刚失踪的大白和二白。

郑晚子感激不尽，谢谢，谢谢。

女的便主动问郑晚子姓什么叫什么，家住哪里，为什么会到这里来。问明了情况，女的便说，晚子，你就叫我三嫂吧，他是三哥，我们家就住在这条田北头。找不到你表姐，你晚上就住到我们家去吧。

三哥跟着三嫂说，你就住到我们家去吧。我家小伙在盐州念书，家里没其他人，你来，正好有铺睡。

郑晚子倍加感激，这怎么好意思呢。

到了三嫂家，三哥三嫂帮助郑晚子将两只小猪大白和二白安顿到猪圈里，然后三嫂打好热水，让郑晚子洗手洗脸，并问，有没有给家里带个信？

郑晚子摇摇头，这么远，无法趁人带信。

要不要去邮局打个电话？

我家里没有电话，又没约好多晚上邮局打电话，我家离邮局还有二里路，就是电话能打过去，我爱人也没法接到电话。

当天晚上，三嫂夫妻俩忙前忙后，割韭菜，炒鸡蛋，烧茼蒿汤，招待了郑晚子。三嫂还特地煮了一锅小猪食，喂了小猪大白和二白。喂食时，大白和二白都吃得不凶，可能是一天中受了不少惊吓，不敢吃吧。

第二天一大早，郑晚子吃了早饭，喂了小猪，并再三谢过三嫂夫妻俩，出发去永丰集小猪行卖猪。三嫂夫妻俩连说，没事没事，应该的，应该的。

乐意帮别人的忙，还说是应该的，遇到好人了。郑晚子非常感慨，他想，这不是应该不应该，而是乐意不乐意的问题。

郑晚子匆匆地赶到了永丰集小猪行。他心里着急，从昨天出来卖猪，到现在还没回家，向文在家里肯定不放心，又没法趁人带信，又不曾去邮局打电话，向文还不急煞了！

今天上午，永丰集小猪行的市口也不太好，两只小猪大白和二白卖到中午才脱手，也没卖到几个钱。

不过，折腾了两天，小猪终于脱了手，郑晚子还是感到轻松。他口袋里揣着不多的几个钞票，径直骑车回家。

总算没白折腾！

沿途，郑晚子看着微风中翻滚的绿油油的麦浪，听着脚踏车索子"呼呼呼"的声音，满心欢喜，不由得哼起了小曲儿。

21

……

东北某地。

屋外，冰天雪地，北风凛冽，寒气逼人。

屋内，炕上一张小木桌，桌上一盏煤油灯，煤油灯玻璃罩子擦得干干净净，灯光白白的一片。

炕上的灯光下，坐着向文的父母两个人，父亲向之真在看书，母亲凌玉莲在做针线。

父亲向之真不住地叹气，母亲凌玉莲不住地絮叨，之真啊，这农村里活计苦，夏天太阳毒，冬天寒风吹，文小怎么吃得消。你看，我们两个人一起从陵京城来这东北农村，都扛不住了，文小一个人不更是这个样子吗？

凌玉莲天天如此，就这么不停地念叨向文，向之真只叹气不讲话。他虽然也不放心向文，但很少念叨，总放在心里。

之真啊，你去看看文小吧，乡下人的这日子，她肯定没法过，她哪一天过过这日子？

前两天不是才去了的吗，文小好好的，一点儿都没事。我去的时候，走到屋后头，还听到文小在屋里头唱歌呢。她在家磨磨，我还帮她磨了一会儿。她家有个邻居，叫什么的来着？噢，记起来了，叫旺奶奶，待她不丑，还帮她磨磨，筛糁子。哎，要不，玉莲啊，你去文小家亲眼看一看。

我才不会去呢。

玉莲啊，自向文结婚后，你还没去过一次呢。

我不去，要去还是你去。我就是不放心，我怕文小受不了乡下这个罪，吃不下这个苦，一个人在家里哭，哭煞了我们晓都不晓得。还唱呢，唱倒头哎。

……

爸，妈，我好着呢，你们就放心吧。向文大叫着，一骨碌从铺上坐起来。

她揉揉惺忪的双眼，探头四下里张望，屋内并没有父母在。

原来是个梦！

她披上一件上衣，擦火柴点亮煤油罩子灯，坐在床头痴痴地发呆。

天恐怕快亮了，晚子咋还不回来呢？

昨天，丈夫郑晚子去范堤城里卖小猪，从早晨就走，到现在快一天一夜了，还没有回来，不知是怎么回事。他从来没有这样过，又没有趁人带信，又没有从邮局打电话。向文焦虑，一夜没睡好，尽做这梦见父母的梦。

她在铺上呆呆地坐了一会儿，就起来忙早事。她忙完早事，等太阳上来又晒东西，晒了满满一场。

昨天早晨郑晚子走时，外面下毛毛雨，向文一天没敢晒东西。今天阳光特别好，她就大晒特晒，晒了一场的东西。被单、褥子、铺板、席子、玉米、玉米糁子，杂七杂八，把门口的小场铺得满满当当。

下午，太阳偏西，门口场上晒不到太阳了，她就赶忙收满场晒的东西。

家里家外，她忙得热火起来，脱去了棉袄，只穿了一件大红毛衣。

恰巧路过门口的旺奶奶，看到只穿了一件大红毛衣的向文丰满的身姿，红扑扑的脸蛋，看得心里爱煞了，直竖大拇指，笑眯眯地说，向文，看你把铺都晒得干松松的，你怎么懂的，我家那媳妇怎么不懂的？她那铺上的褥子席子从来不晒，都湿济济的，当中都烂成了洞！

旺奶奶拿自家的媳妇贬，用来赞向文。向文领受旺奶奶的美意，笑嘻嘻地说，旺奶奶，铺晒得干松松的好，人睡上去才会舒服，才会少生病！

晚子不在家啊？

他昨天去城里卖小猪，到这刻也没有回来。旺奶奶，你找他有事吗？

没事，我孙子小强要问晚子个什的题目，我也不懂。我孙子硬缠住我，要我先来说下子，他才过意来。

这有什么过意不过意的，不经常有学生上我家来问题目吗！你回家去叫小强来，没事，叫他来，估计晚子也快回来了。

送走旺奶奶，又收好场上晒的东西，向文便在锅灶上忙了起来。

她从碗橱里拿出几个塑料袋子，伸手在各个袋子里抓抓。一个袋子里抓出一把虾米，放进一只碗里，舀上半碗水湿着。一个袋子里抓出一把木耳，放进另一只碗里，同样舀水湿着。这些虾米和木耳，都是她平时去小街杂货店买好，收在碗橱里的。还有一个塑料袋里的小丸子，是上次煎的，一直舍不得吃，今儿个郑晚子出远门回来了，才舍得吃几个。黄芽菜是现成的，郑晚子前天从地窖里拿出来两棵，吃掉一棵，还有一棵，叶子裹得紧紧的，捏在手上硬邦邦的，很新鲜。

估计丈夫郑晚子今天肯定回来，又晓得他喜欢吃杂烩，她精心操作烧杂烩，锅灶上忙得有条不紊。

忽听门口有了动静，她一看，果然是丈夫郑晚子风尘仆仆地回来了。

向文，这么香，忙的什么好吃的？是不是烧杂烩啊？郑晚子问。

是的，是烧杂烩。

他显得十分兴奋，小猪都卖掉了，呐，钱都交给你。

好，马上吃杂烩。

一有好吃的，我就想到妈妈。郑晚子说。说得向文一脸的悲情。向文说，你妈妈过世太早，28岁，太年轻了。

怕郑晚子难受，向文又赶紧转移注意力，晚子，这两天缠下来，衣裳都脏煞了，快点换下来。怎么这次卖了两天才回来？

郑晚子一边脱身上的脏衣裳，一边说，别忙，且听我慢慢道来。

行行行，先换衣裳洗手吃饭，饿煞了你。

郑晚子洗好手，准备吃夜饭时，小强来了，一进门，就乖乖巧巧地喊道，二姐姐，二姐夫。

小强是个老个子（堤东方言，指兄弟姐妹中最小的一个），是旺奶奶家最小的孙子。他有三个哥哥一个姐姐，因姐姐比向文大，所以他就依着顺序喊向文他们二姐姐、二姐夫，他们也乐意。向文笑哈哈地迎上去，还是我家小强嘴乖巧，就我家小强嘴乖巧。来，吃个麻团，二姐夫才从街上买家来的。

小强头一歪，接过麻团，眯眯一笑。

向文又对郑晚子说，晚子，你看我家小强这笑相，可像他奶奶？活脱脱的个旺奶奶。

郑晚子说，像，像，我家小强还真像。

小强一直歪着头听，笑眯眯地。向文说，小强，一起吃夜饭吧。小强点头说好，上桌拿起筷子就吃，也不客气。

吃了一会儿，小强忽闪着大眼睛说，二姐夫，我有个题目问你。郑晚子说，我先有个题目问你，野鸡兔子四十九，一百只脚在地上走，问有多少只兔子，多少只野鸡？

向文佯嗔道，我家小强才上小学三年级，你就问这么难的题？

二姐姐，不难，我会。小强忽闪着大眼睛，歪着头，算了一会，便说，四十八只野鸡，一只兔子，对吗？二姐夫。

不等郑晚子开口，向文抢嘴说，一只野鸡两只脚，四十八只野鸡九十六只脚，再加上一只兔子四只脚，还真是一百只脚，不错，我家小强聪明。小强，你怎么算出来的呢？

二姐夫，这有何难？我先假设，49 只都是野鸡，那就是 49 + 49 = 98 只脚，这时，100 − 98 = 2，还差 2 只脚。而 1 只兔子正好比一只野鸡多 2 只脚，那我们将 49 只野鸡中的一只野鸡换成一只兔子，不就行了？所以，答案是 48 只野鸡，1 只兔子，加起来正好 100 只脚。

郑晚子非常喜欢这个聪明伶俐的小邻居，小强，你算得不错呀，就是 48 只野鸡 1 只兔子。

二姐夫，我会算术，但不会列方程。

小强，方程是代数，代数要到初中才学。

二姐夫，我们班上沙蛮子会列方程，他哥哥教他的，他哥哥是初中数学老师。我也想学，二姐夫，你教教我吧。

郑晚子这才听明白，原来小强要来问题目，并不是问具体的题目，而是要超前学代数方程。他便乐意点头说，好吧。

辅导人学习，他最乐意。这是他的长项。目前，他一无钱二无权，有的只是一点儿知识，人家请他做其他事，他做不到，但辅导人学习，他做得到，做得到的事情，他最乐意做。

他这么乐意答应，小强高兴极了。他非常喜欢这个邻家的二姐夫，非常佩服二姐夫满肚子的学识，尤其非常欣赏二姐夫一手漂亮的好字。印象最深的是一次放学后看见二姐夫直接在墙上写大标语。

堤东小街的一段围墙粉刷一新，雪白的石灰在阳光下闪亮如银，一个青年人站在围墙前面的木梯上。这个青年人，左手端着一只内装半桶红漆的红色塑料小桶，右手握着一把二寸宽的排刷，直接沾漆在白色围墙上写红字标语。这个青年人，不是别人，正是自己的邻家二姐夫郑晚子。

小强看到郑晚子这么悬空写斗大的方块字，虽不晓得是什么字体，但看到那笔锋，挺拔如干，锋利如刃，崇拜极了。小强怕影响二姐夫写字，就站得远远的看他写，直至他把一幅标语全写好。这幅标语上"鼓足干劲，力争上游，多快好省地建设社会主义"19个斗大的方块字，从此便牢牢地刻在小强的脑海中，像一幅秀美大气的风景。

小强从此便认真练字，他写的字也渐渐地好起来，并且愈写愈好，非常出趟。

郑晚子耐心地讲解方程。

小强专心致志，听得津津有味。

等小强走后，郑晚子才把上范堤城卖小猪不顺、转头去永丰集又不顺、遇上永丰好人三哥三嫂等情况，一五一十，绘声绘色，对向文说了一番。

向文释然，难怪，原来是这样，周折还不小，辛苦了。

幸亏遇到三嫂一家好人，倒也不觉得苦了。

那三哥三嫂叫什的名字？

这个倒没问。

三哥三嫂住哪儿？

这个也没问。

呆小，名字也没问，住哪儿也没问，将来你怎么去感谢人家？

經典夢想

經向文這麼一提醒，鄭晚子才發現自己的疏忽，當時竟沒有問明三哥三嫂都姓什麼叫什麼，更沒有找個紙和筆，記下人家的姓名住址，以便將來登門致謝。永豐集，在鄭晚子心中留下了美好印象，三嫂夫妻倆，是兩個永豐好人，是他逢難時主動伸手相助的永豐好人。可是，不知人家的姓名住址，將來如何去登門致謝人家呢？向文責怪，你真是聰明一世，糊塗一時！

鄭晚子後悔不迭，誰說不是的呢！人家施恩不圖報不留姓名，我不應當不留個姓名啊！現在，我們只能在心底默默祝願，好人一生平安了。

向文把話題轉到自己身上，你可曉得你昨天晚上沒回來，把我焦慮煞了。我一夜沒睡得著，盡做奇里八怪的夢。

都做些什麼夢？

向文便將父母在東北勞動改造，不放心自己嫁到堤東農村吃苦受累的情景描述一遍，說得兩人都淚水漣漣。

向文，日有所思，夜有所夢，說明你想爸媽想得太厲害了。

晚子，一點兒不像夢，就像真的一樣啊！

向文，你爸媽在東北，與我們遠隔千山萬水，一直都無法聯繫，我們只能在夢中與他們相見。這乃是地域所致。親情與思念，雖然能在現實與夢幻中穿越，但總是跳不過地域的牆啊！

22

第二天吃過早飯，鄭晚子趕緊去農中上班。由於賣小豬不順打了岔，兩天沒有去學校，他心裡空落落的。兩天中一天是星期天，無須請假，還有一天是星期一，必須請假，但他沒有辦法請假，所以心裡空落落的。他這麼心虛，不是怕校長鄒久寧怪罪，而是怕他不放心。

他走進堤東農中辦公室，見鄒久寧、李方、徐小媞三個人都在。三個人神采飛揚，好像在說一件什麼事情，談興正濃。

鄭晚子不明就裡，徑直走到校長鄒久寧跟前檢討，鄒校長，不好意思，出了點情況，昨天我沒來。

鄒久寧眨眨眼睛，沒事，小鄭，我曉得你星期天去賣小豬，發現你星期一沒來，我估計你是賣小豬打了岔，課都安排老李、小徐代上了，你放心。

缺了一天課，校長鄒久寧非但一點沒責怪，還叫他放心。又聽李方說，

· 138 ·

小郑，你也难、难得缺一次课，平常都是我、我缺得多，你代、代得多。就是不、不晓得什、什的情况，我们不、不放心。徐小媞一旁帮腔，互帮互助，派到（堤东方言，应该的意思），派到。就是不晓得什的情况，我们不放心。她用陵京口音学范堤话，说话银铃般的，挺有意思。

谢谢，谢谢。郑晚子感激不尽，我晓得你们就都安排得好好的，所以我在外面很放心。

小郑，说说，卖小猪是什么情况？邹久宁眨眨眼睛问。

郑晚子就把上范堤城卖小猪不顺、方全林说不剪猪、转头去永丰集又不顺、遇上永丰好人三哥三嫂等情况，绘声绘色又说了一番。

郑晚子又告诉邹久宁，遇到方全林时，他还问你好。

邹久宁替郑晚子惋惜，方全林那天没帮助你"剪"猪，就是因为没有猪"剪"，你才上永丰集去的。

对。

好，这个不谈。校长邹久宁说。

他话锋一转说，小郑，告诉你一个好消息，昨天接到上面一个通知，各级各类学校马上都要复课。说着，他就把桌上的红头文件通知拿来给郑晚子看。

郑晚子伸手接过红头文件，一字一句细细地看了一遍。看完后，连声说，太好了，太好了，我说嘛，学校就该上课嘛。

徐小媞拍手称快，郑老师，这下子好了，你就不要再刻钢板了。

为什么？郑晚子问。

不等徐小媞回话，李方抢过话题，一复课，不就有教、教材，有了教材还要刻、刻什么钢板？

郑晚子连说，对对！

不不，校长邹久宁说。他习惯性地眨眨眼睛，提出他的不同看法，学校复课，这不仅仅是刻不刻钢板的问题，而是关系到教书育人的百年大计。

李方、徐小媞、郑晚子异口同声，对对！这不仅仅是刻不刻钢板的问题，而是关系到教书育人的百年大计。

复课，像一阵春风吹进了校园，堤东农中的同志们沐浴着复课的春风，个个都精神焕发。

有一次，郑晚子劲头十足地走过向阳河东的堤东中学门口，抬眼朝门里一看，发现堤东中学里面完全变了样子，路边丛生的杂草不见了，横七竖八的大字报架不见了，教室里有琅琅的读书声传出来，洒满了校园，校园里勃勃的生机四溢，复课后的堤中，比他们农中更热腾。

23

做完当天的工作，已是深夜，郑晚子走出办公室，外面一片漆黑。他匆匆离开农中，穿过堤东小街，走上龙印港的中心大道，一路往家走。

一个小时前，校长邹久宁和李方、徐小媞都已下班，他因手头的工作没做完，就拖了一下，一直拖到现在。

整个龙印港都静悄悄黑黝黝的，这里的万物已然沉睡，只有三两人家还亮着灯，一星半点的。

郑家的丁头府里，摇曳的灯光或明或暗。只要郑晚子还没回家，向文总是亮着灯，等着他。婚后，郑晚子每天都回家住，而不住在学校，不管熬夜熬到什么时候都回来。

郑晚子走到丁头府门口。

听到脚步声，郑晚子还没敲门，向文就起身前来开门。

郑晚子心头一暖，我回来了。

向文心疼，穿这么少，秋凉，赶紧加件衣裳。

郑晚子披上向文递过来的衣裳，向文，告诉你一个好消息。

向文笑嘻嘻地问，这两年好消息倒不少呐！去年是学校复课，今年又是什么好消息？

农中马上要与中学合并了。

啊？真的，你说的是真的？

真的，当然是真的，学校已经接到了上面的红头文件。为了消灭农中与普中的差别，堤东农中马上就要与堤东中学合并。这真是峰回路转柳暗花明！

农中与普中合并，好消息从天而降，向文笑盈盈地说，别拽臭文，看你那得瑟劲儿，别美死了你！

郑晚子确实美死了！农中与普中合并，这想也不敢想的好事突然来了，他确实相当兴奋。

当初，进堤东农中时，他曾梦想做一个普中教师。如今农中与普中合并，他果真成了普中教师，美梦成真，多好啊！他禁不住美得手舞足蹈，醉了似的，向文哪向文，合并了，千载难逢啊千载难逢！

向文也很兴奋，却故意打岔，什么千载难逢？还百年未遇呢！

郑晚子放下粥碗，筷子一敲，十分冲动，合并了，终于合并了！

农中与普中一合并，就意味着农中与普中存在差别的现实将立即改观。在普中这个更大的舞台上，将能够更好地展示自己。过去，他不敢妄想什么时候也能够到普中去工作。现在，农中要与普中合并，他也能够到普中去工作，能不冲动兴奋么！

女人总是比男人更容易激动和兴奋，向文见郑晚子这么兴奋，也很兴奋，晚子，你告诉我一个好消息，我也告诉你一个好消息。

郑晚子更加兴奋，什么好消息？

这两个月，我身上都没来，我恐怕有了。

郑晚子兴奋至极，太好了，太好了！我要做爸爸了，我要做爸爸了！让我望望看。

向文温柔地说，小心。

农中马上要与堤中合并了，向文就考虑，郑晚子到了一个新学校，就该有个新形象，人的第一印象很重要。

人是衣裳马是鞍桩。向文准备上小街扯一块卡其布，送到洋机店（堤东方言，缝纫机店），为丈夫郑晚子缝制一件青年式上装，由他第一天穿着到堤中上班去。

做新衣裳，是龙印港庄户人家的大事。他们平时舍不得做衣裳，很多人家一年到头都不做，只有逢到过年，才去扯块布，做一身新衣裳，节俭的人家，只扯一块普通的平布，舍不得扯挺括括的卡其布，再节俭的困难人家，就连过年也不添新衣裳，新三年，旧三年，缝缝补补又三年。向文属于一般的，逢到过年，就去扯块布，给丈夫和自己各做一身新衣裳，平时一般也不做。

那一天，趁郑晚子不在家，向文揣着包钱的手帕子，去堤东小街供销社扯布。这事，她不想让丈夫晓得，她要给他一个惊喜。

手帕里包的钱都是碎的，除了两张块票，其余都是角票、分票，都是她平时一点一滴省下来的私房钱，是她省吃俭用、精打细算的成果。至于卖小猪攒下来的那些10元大票子，则包在另一块青布里，那钱虽由她保管，但需要用时必须和丈夫共同商量。

供销社的布柜上，一字儿排开摆了许多布卷。这些布卷上的布料，主要是平布和卡其布两种，其中多数是黑色或藏青平布，卡其布很少。平布很薄，骨子也软，亮头也小。卡其又厚实，骨子又挺括，又有亮头，是上等的好布，但价格贵，是平布的几倍。向文左看右看，相中了一块藏青卡其布，问了价格，算了算账，然后从衣衫中掏出包钱的手帕子，一层一层翻开手帕，把几张块票、角票、分票数了又数，付了钱，吩咐柜台内卖布的胖女营业员扯卡其布。

随即，胖胖的女营业员就在柜台内忙开来。她麻利地站着收了钱，点了数，拨算盘，开票，然后将钱和票一起夹到头顶上空的一个铁夹子上，再使劲儿地将铁夹子一甩。那个铁夹子串在空中的一根铁丝上，那根铁丝的一头就系在柜台内她身后一人多高的上方，另一头则系在柜台外的店堂中央高处一个围栏上，那高高的围栏，就像店堂中央高处的一个高高的碉堡，碉堡围栏里围着一张办公桌，办公桌后坐着一个收款的会计。那个居高临下的收款会计，左手接住胖女营业员甩过来的铁夹子，右手便从铁夹子上取下钱和发票，接着飞快地拨拉了几下算盘，点了钱数，盖了章，然后复又将票夹到铁夹子上，再使劲儿地将铁夹子一甩，铁夹子又在铁丝上甩回这边柜台内。眼疾手快的胖女营业员在头顶上空接住铁夹子，取下发票，然后麻利地展开藏青卡其布卷，用木尺量好布的尺寸，拿剪子在布的一边剪开一个小口子，双手猛力一扯，把量好的布扯下来，旋即三下两下折好，交给了向文。

向文接过布来，在夹肘窝里夹着，来到小街上一家熟悉的洋机店，依照郑晚子的一件旧衣服，为他裁了一件青年装。

衣服做好后，向文仍然瞒着郑晚子。但她的心一直悬着，郑晚子本人没有去量体裁衣，不知衣服的大小是否合他的身。

这一天晚上，郑晚子正在备课，向文转身走进房间，打开衣箱，把那件青年式上装取了出来，在里面轻声叫道，晚子，晚子，来，穿上试试呗！

郑晚子放下备课笔记，高声应答，哎，来了。走进房间一看，原来是一件崭新的青年式上装，他不由得十分惊喜。她赶紧展开，帮助他穿上，四个角落扯扯，两边台肩拍拍，背后下摆拉拉，想不到衣服还极其合身，极其挺括，极其漂亮。她高兴极了，连说，合身，合身，漂亮，漂亮！

这件青年式藏青上装真的好合身，真的好漂亮。向文愈看愈觉得满意。郑晚子左看看，右看看，也是十分满意。向文拿来镜子叫他照，他一照，竟然都认不出镜子中的自己了，分明是另外一个人，一个衣装笔挺的帅小伙子。

新衣服一穿，镜子再一照，郑晚子的情绪陡然高涨，不知怎么样谢向文才好。向文先是同样地情绪亢奋，后来却突然冷冷地来了一句，晚子，你也别高兴得太早，堤东中学那些公办教师，会瞧得起你们农中教师吗？

男人的情绪像一把熊熊的火，女人的情绪像善变的天气，郑晚子火一般的热情突然被晴转阴的向文从半空中浇下一盆冷水，一时弄得他情绪很不好。情绪一不好，就容易想到不好的东西，一想到不好的东西，情绪就更不好了。不知怎的，他头脑里突然就冒出了李方那天那句不冷不热的话，进入了这种情绪的负面循环，一时出不来了。

那天校长邹久宁从公社开会回校，向大家传达了农中与普中合并的红头文件，郑晚子、李方、徐小媞都喜出望外，欢呼雀跃。一阵热闹过后，李方却忽然冷冷地说了一句，不晓得人家可乐意呢！李方所说的人家，指的是堤东中学的人，大家都知道。他这一说，农中办公室里的气氛立时骤变，由沸腾变成冰冷。

农中与普中合并，农中的同志拍手欢迎加乐意，这是一面，堤东中学的同志却未必，这是另一面。

李方那句不冷不热的话，表明他想到了问题的另一面。

向文此时的情绪变化，也是想到了问题的另一面。

郑晚子极为不爽，他认为农中与普中合并是好事，堤东中学的同志凭什么不乐意？他们公办教师凭什么瞧不起我们农中教师？

这么一思量，郑晚子生了气，他不服气地说，瞧不起就瞧不起，看谁教学教得好，才为本事。

光教学教得好有什么用？向文说。

她不赞成郑晚子的看法，继续阐述自己的观点，晚子，堤中的那些公办教师，我知道，大部分都是范堤县城大街上的，别看他们表面上对你客气，可骨子里瞧不起乡下人，瞧不起民办教师。晚子，你得有心理准备，不要想得太简单。你记住，以后到了堤中，不能多说一句话，不能多走一步路。

你说的是林黛玉进大观园啊？郑晚子笑了起来，不怕，车到山前必有路。向文，我倒劝你，不要想得太复杂，不要杞国无事忧天倾！堤中有些人还是我的老师。比如，冯正庚就是我初中的老师，不但是老师，而且还是我的班主任。我晓得，他就不会瞧不起我！别人再怎么对我不好，他总不会对我不好吧。

好？但愿如此吧。

不怕！向细二小学习，累了，就睡觉，醒了，就微笑！

　　还真是，细二小真不简单，女将陈存娣病了，躺了这么多天，细二小家里家外一个人，忙得猴子跳，还精神不倒。前天我去看陈存娣，发现细二小乐观得很，正如他自己说的那样，累了，就睡觉，醒了，就微笑！

　　郑晚子点头不语。

　　他在思考，到底是她向文——这个经历复杂命运多舛的城里姑娘把问题想复杂了呢，还是我郑晚子——这个单纯朴实的乡下汉子，把问题想简单了呢？希望接下来事情的发展会给出一个准确的答案。

　　夜深了，龙印港里一片静悄悄。四周都黑黝黝的，星星点点的少数几家灯光一盏一盏地开始熄了。

　　只有西南角落上郑家的灯还没有熄。郑晚子备好课刚刚睡下了，向文还在灯下看书。

　　向文合上书吹灭灯的时候，郑晚子已经开始打呼噜，进入了梦乡。打呼的声音不大，做的梦却是奇里八怪，似真似幻。

　　……

　　除夕。

　　东北某地。

　　屋外，冰天雪地，北风凛冽，寒气逼人。

　　屋内，热气腾腾，这是向家一年之中最热闹的欢乐时光。

　　姑娘向文、女婿郑晚子都从江北省堤东县龙印港赶到东北乡下，与向家父母一起过春节。范中的老同学王珩也来了，农中的同事李方也来了，龙印港的细二小、小强也来了，众人欢聚一堂，叽叽喳喳，热热闹闹，准备吃年夜饭。

　　这时，向之真取出一支羊毫大字毛笔、一副椭圆石砚台、一瓶一得阁墨汁和一叠宣纸，按位置一一放在桌上，要大家写毛笔字，各人都写几个试试。

　　大家个个都没有思想准备，却又都跃跃欲试。

　　向之真带头，先写了两个大字，淡泊。字体遒劲，笔锋瘦挺，不似颜风，却是柳骨，众人一齐拍手叫好。

　　向之真将写好字的宣纸从桌上挪到地上，又取出一张空白宣纸在桌上铺开，好，大家静一下，下面，你们写，李方，你先来。

　　好，我先献丑了。李方应声写了"救死扶伤"四个字，挺儒气（堤东方言，和顺秀气的意思）。

　　郑晚子不明白，你李方又不是个医生，为啥写"救死扶伤"？

好，挺儒气。向之真先对李方的字给予了肯定，然后说，王珩，你来。

我没练过书法，只教过美术课，我就试试吧。王珩说。他说完后，写了"工业学大庆"五个字，那五个字果然是美术体，遒劲有力。

郑晚子又想，你王珩又不是个工人，为啥写"工业学大庆"？

向之真夸赞说，好，不错，像美术体，遒劲有力。怎么说，玉莲，下面，你也写两个试试？

凌玉莲摇手，再三不肯写。她虽然满腹诗文，毛笔字却不怎么拿手。

倒是姑娘向文从小字就好，16岁在陵京临江区文化馆刻钢板，人家就称赞她字好。所以，写字她很自信。见母亲凌玉莲摇手再三不肯写，她就主动上前，走到桌旁，提笔写出"知识青年大有作为"八个大字，八个带钢板体的毛笔字，受到父亲向之真一番夸赞。

向之真见小强站在一旁，一直跃跃欲试，这时就让他写。他虽然才八岁，但很爱书法，便毫不推辞，一挥而就，写出"好好学习天天向上"八个大字。字写得笔画横平竖直，笔锋笨拙有力，完全不像是八岁孩子写的。向之真一看，立即赞不绝口。

细二小一直站在一旁观赏，不好意思写。后来，向之真再三鼓励，他推却不过，才拿起毛笔，写下"农业学大寨"五个字，几个字写得歪歪斜斜。

可以，可以。向之真笑笑说，晚子，你来吧。要得好，到临了。

郑晚子稍微思量一下，写出"青春绽放"四个字。这四个颜体大字，字体流畅潇洒，间架结构合理，运笔圆润饱满，其黑白、虚实、轻重、主次、急徐，按提使转，处处都显出一定的书法功底。

向之真围着桌上的这幅书法作品转来转去，从不同的角度反反复复看了又看，布满沧桑的面容上露出喜色。他做出了结论，晚子这几个字的黑白、虚实、轻重、主次、急徐，按提使转，用笔具有中国书法的意象，显出了他的书法功底，你们几个都没有晚子写得好。他说这话时，有意朝凌玉莲看了一眼，意思是，你总嫌女婿是乡下人，说我看走了眼，我没有看错吧？

凌玉莲不讲话，也面露喜色，笑。

最高兴的是向文，她大声喊道，喂，大家安静，我要宣布两个好消息。

向之真一听，更加兴味盎然，大家安静，听向文宣布好消息。

向文便说，第一个好消息，我有了。

小强抢嘴问，二姐姐，你有了什么？

凌玉莲一把拉过小强，呆小，小孩子家，别瞎问。

向文大大方方，我有喜了，才两个月。

凌玉莲喜眉笑眼，一把拉过向文，文小，你还大大咧咧，要注意保胎啊。

向文还是大大咧咧，妈妈，你放心。

凌玉莲疼爱有加，文小，听妈妈的话不错，你不能激烈活动，还要弄点好的吃吃，加强营养。

一屋子人高兴了一番，向之真又问向文，文小，你这是第一个好消息，是不是还有第二个好消息？

向文大声宣布，第二个好消息就是，堤东农中马上与堤东中学合并，郑晚子马上要成为堤中的老师啦！

王珩第一个喊好，真的吗？郑晚子要成为普中的老师啦，好！

向之真布满沧桑的面容上又露喜色，笑了。他那难得的笑容里面，带着沉重的沧桑感，啊？堤东农中与堤东中学合并，这可是一件了不得的大事！

一屋子的人，都乐了。

只有李方脸上很严肃，郑晚子有些奇怪。

凌玉莲喜笑颜开，好，喜事成双，值得好好庆贺庆贺。闲话少说，你们赶紧收拾桌子，摆上酒盅，大家好好喝两杯。

向之真关照男子汉们，你们去门口把炮仗放了。

众男子汉一条声，好。

嘭，嘭，嘭！噼噼，啪啪，噼噼啪啪噼噼啪啪……嘭，噼噼啪啪，嘭，噼噼啪啪，嘭，嘭，嘭……

欢天喜地鞭炮声中，向家团聚在东北农村，吃了一顿热热闹闹的年夜饭。

年夜饭后，向文向母亲凌玉莲提出要求，妈妈，来一段古诗文吧。

一屋子人围在明间，高高兴兴，围住凌玉莲听她讲古诗文。

王珩听得津津有味，听完一段就连声称赞，向阿姨不一般！李方加赞，大家闺秀。细二小附和，才女。小强眉飞色舞，如痴如醉。

向文时而插嘴，时而朗声大笑。

郑晚子听了一会儿，被岳父向之真喊走，进了房间。

明间坐不下，向之真便与郑晚子坐到房间里，向文泡了两杯茶端过来。一杯浓的，一杯淡的，浓的放在向之真面前，淡的放在郑晚子面前。

向之真端起茶杯轻轻地吹了吹，将浮在水面上的茶叶吹到一边，呷了一口浓茶，晚子，想不到，啊？

郑晚子附和，爸，想不到我还能到普通中学工作，真想不到！

向之真又呷了一口浓茶，晚子，我有些担心。

郑晚子也端起茶杯轻轻地吹了吹，将浮在水面上的茶叶吹到一边，呷了一口淡茶，爸，您担心什么？担心我教不好？

我不担心你教不好，我担心你教得好！

什么？您担心我教得好？郑晚子瞪大了眼睛。

是的，我不担心你教不好，反而担心你教得好。

向之真布满山水的面容中，又透出了沉重的沧桑感，晚子，相信你能胜任，啊！相信你能教得好！但是，古语说"木秀于林，风必摧之"，俗语说"出头的橼子先烂"，正因为我晓得你能教得好，我才担心有人会嫉贤妒能打击你！所以，人在顺利的时候，要多加提防，有所防备，要未雨绸缪！将来你进了堤中，人家会不会给你制造麻烦？你要有思想准备！

郑晚子怔住了。岳父这未雨绸缪的叮嘱，一定是源自他的人生经验，而绝不会是空穴来风。他浑身一惊，脑海中闪现出两个不同镜头，耳边响起李方和向文异曲同工的两番话。

岳父向之真，妻子向文，同事李方，三个人的三句话交替重复，回音击耳，郑晚子一时竟有些承受不住，却不得不保持镇定，连连地朝向之真点头，爸，我晓得，我晓得。

小伙，小伙！又有人在叫他。

郑晚子一回头，发现是父亲郑云礼和母亲常春女站在自己身后。

父亲郑云礼责怪，小伙，上东北丈人佬儿家过年，也不带老头儿和你妈妈来，为甚？

母亲常春女憨笑着打岔，哪说的？小伙这不是带我们来了吗？这老头儿，我还带麻团来了呢。

……

郑晚子做了一夜乱七八糟奇里八怪的梦，早晨睁开眼睛一看，自己还是在龙印港家里，并没有去东北陪向文爸妈过年，更不会见到父亲郑云礼和母亲常春女。他便披衣坐起来，去拖向文的被角，向文，醒醒，醒醒。

做什么啊？天还没亮呢。

向文，我做了一夜的梦。

向文一听，来了兴趣，做的什么梦，说说，快说说。

我梦见你爸妈了，我上了东北，你也上了东北，与爸妈一起过春节。我爸妈也去了，我妈还带了麻团去。

日有所思，夜有所梦，你这是想爸妈了。

你爸爸还叮嘱我，将来进了堤中，要有所防备，未雨绸缪！

晚子，说明你对我告诫你的话已经入了心，但你还半信半疑，所以你又问我爸爸，我晓得，你相信我爸爸。

对，哎，向文，爸爸远在东北，具体地址又不晓得，至今无法联系，也不晓得爸妈目前如何，真是愁煞人。要不，我们去东北找找？

路途这么遥远，万里迢迢，具体地点又不晓得，到哪儿去找！

向文，我还梦见王珩了。

晚子，说明你也想到王珩了。

我还梦见李方、细二小、小强呢。

你梦见这么多人，一夜没睡？

他们都到了东北，都去与你爸妈一起过年。向文，怎么会是这个样子呢？

晚子，梦又不是现实，没有什么逻辑的。

梦不也是希望？你在现实中希望实现而无法实现的，梦就帮助你在梦中来实现，对吗？

24

晚饭后，几个提前到校的同志聚在老校长章炳俊办公室里聊天。

昨天，堤东中学的教师开始到校集中，今天大部分同志都提前到了。春节刚过，学校准备春季开学。因为学校要与堤东农中合并，这学期的准备工作相对要复杂许多，老校长章炳俊心事在身。明天堤东农中的同志就来报到，堤东中学的教师们内心都有些什么想法，他心中没数。

同志们东扯西扯，正好扯到堤中与农中合并的事，你七言，他八语，意见不一，摆明是对农中来的同志不认可，持不欢迎态度。

老校长章炳俊耐心倾听了一会儿，便放下手中的茶杯，从办公桌抽屉里拿出一包前门烟，撕开上面包的锡纸，用手指头在屁股后面一弹，弹出来两支。

老校长章炳俊坐在校长室最里边一张桌子后面，教导主任景观胜捧着茶杯，坐在他对面，邵平伯坐在景观胜外边一张桌子旁，老校长隔过景观胜摔给邵平伯一支香烟。

邵平伯敏捷地接住前门，麻利地嘴里叼上，旋即又拿起桌上的火柴，掏出一支擦着，起身隔过景观胜来给老校长点烟。他板着刀削似的脸，章校长，农中的几个人什么文化？初中毕业，最多高中毕业，能教个什么？

邵平伯是堤东中学数学教学权威。他仗着自己是教学权威，处处出头露面，讲话话中带刺。堤东中学还就有些人拍他的马屁，他这么一讲，坐在他身旁的冯正庚马上附和，章校长，上面这搞的什么鬼？

理化老师牛永桢坐在冯正庚对面，生性温和的他也表示担心，农中的同志教普中，恐怕是有一定的困难吧。

邵平伯拍拍冯正庚的肩膀，故作幽默，章校长，他们来，我们这些科班出身的同志让位，让贤，好不好？

总务主任洪正兴笑嘻嘻地开了口。他不管教学，却也附和，烧饼，细爹，说得对，说得好！

烧饼和细爹，是两个人的绰号，烧饼是邵平伯，细爹是冯正庚。邵平伯喜欢给同事起绰号，冯正庚个头小，他便给冯正庚起个绰号叫细爹。细爹也就给他起个绰号，叫烧饼，与他的名字邵平伯谐音。

洪正兴和邵平伯、冯正庚处得好，所以他经常不叫他俩的名字，而叫他俩的绰号，更显得亲热。

老校长章炳俊一直微笑着倾听，而没有发言。他晓得，自从上学期上面下发了红头文件，部署普中与农中合并，学校里就有很大的反响，几个月以来，学校里从没有平静过。这几天，合并开学在即，学校里议论纷纷，也很正常，过了这一阵，就没事了。

见老校长章炳俊一直微笑不答话，大家也开始沉默。

说实话，章炳俊也很担心。农中的同志学历低，又没有经过师范学校专业训练，他也担心会影响教学质量。但是，身为一校之长，他不但必须无条件地执行县局决定，而且要创造条件把工作搞好。

木已成舟！没有什么可说的！既然已经合并，还有必要再回过头来讨论合并后会有什么障碍。

到什么山砍什么柴！工作就一步步地往下做吧。

老校长章炳俊问教导主任景观胜，景主任，明天，农中的同志就来报到上班，教学方面都安排好了吧？

一直不讲话的景观胜，立即爽快地回答，章校长，您放心，都安排好了。

章炳俊又问洪正兴，洪总，明天，农中的同志就来报到上班了，总务方面也都安排好了吧？

洪正兴更加爽快地回答，章校长，您放一百个心，一切全都安排好了。

早晨，郑晚子身着崭新的藏青青年装，喜气洋洋地走进堤东中学。等待着，等待着，从去年冬天等到今年春天，终于等到来堤东中学报到上班的这一天，他按捺不住内心的喜悦，步履轻快得像要飞起来。

时间还早，他不忙去校长室报到，先在校园里转了一圈。天气晴好，阳光灿烂，他的心情也像艳阳朗照的晴空，万里无云。

眼前的一切，那么熟悉，又那么新鲜。

这春光明媚满庭芳的范堤县堤东人民公社初级中学是一所农村中学。初建那时，郑晚子才上五年级。那会儿，他坐在堤东人民公社中心小学的教室里，与同学们交头接耳，相互报喜，喂，堤东公社也建初中了，我们今后上初中，不用再去范堤县城上啦！

第二年秋，郑晚子他们果然考进了堤东中学，成为堤东中学第二届初中生。第二届仍然保持与第一届同等的教学规模，双轨两个班，共计90个学生。其中12个是从堤东中心小学考进来的。一个小学考上12个初中生，这是一个不小的数字。在堤东中学未兴办之前，过去堤东中心小学的学生，都是到范堤县县中去考初中，一届只能考上一两个。

三年之后，堤东初中第二届90个毕业生报考范堤县县中的高中，考取了郑晚子和王方正两个。

一晃10多年过去，昨天就站在这个位置，今天已物是人非。不但人变了，校舍也多了，红瓦房大教室由两幢6个增加到6幢18个，学生宿舍由1幢增加到3幢，教工宿舍由1幢增加到2幢。小池塘也变大了，水面有过去几倍大，水也更清了，连池塘里养的花鱼，也是那种个儿大的，金光闪闪的，在水面中央翻身打花儿。

郑晚子在小池塘岸边停下脚步，他两眼聚精会神盯住池塘水面中央看，身子一歪，差点儿滑入塘去。他赶紧扭动全身，保持住平衡，退后一步，站稳。

他就是这么莽撞。10多年前，他考上堤东初中，第一天踏进校园就发呆差点儿掉进了这个小池塘里。只因池塘里的小花鱼在水面中央翻身打花儿，他喜欢得不得了，只顾发呆，就掉下去了，幸好有一个老师路过塘边，那老师把他从水中救上来，并且让一个寄宿生带他去宿舍换了衣服。那个小个子老师笑着问，喂，你是才来的新同学吧，你怎么这么莽撞？

那个小个子老师，是初一甲班班主任冯正庚。郑晚子走进初一甲班教室时，发现站在讲台前的就是那个小个子老师，便低下头走到座位，不好意思朝讲台上望。但冯正庚打心眼儿里喜欢他，作文给他评满分，叫他协助批改语文作业，让他当学习班委，他成为他的得意门生。

10多年后的今天，此刻，郑晚子呆呆地站在小池塘岸边，回忆起那一幕幕情景，仍然感到无比幸福，他忍不住笑出声来。

徐小媞哭了。

郑晚子问她哭什么事？

徐小媞伏在她的办公桌上低声啜泣，不回答郑晚子的问话。

几个月以来，农中合并进堤中后的新鲜感逐步淡化，郑晚子感到教学工作一切如常，基本上顺心如意，他想不通徐小媞为什么突然会哭。当他走过她的史地办公室，无意间发现她独自一人伏在办公桌上哭泣时，感到十分的突然。他离开她的办公室，又去李方的办公室，问李方，李方告诉他，徐小媞是吃了教导主任景观胜的批评。

一个小时前，景观胜批评她在历史课上带学生唱歌，影响课堂纪律和教学秩序，并说冯正庚等其他同志很有意见。农中合并进堤中后，徐小媞不再教音乐，而改教历史，她一定是教得兴起，结合历史课的相关内容带学生唱了相关的歌曲，郑晚子表示理解，这有什么错？

由这一次景观胜说"冯正庚等其他同志很有意见"，郑晚子在这个熟悉而亲切的母校校园里，突然间闻到了一种气味。这种气味，验证了当初李方的揣测、向文的担心都不是杞人忧天，岳父未雨绸缪的叮嘱也绝不是空穴来风。

郑晚子渐渐有些不安。

他不安地发现，这种气味，是一种傲气，一种冷冷的怪怪的傲气。这种傲气，在校园某些角落里，在某些公办教师身上，不断地散发出来，弥漫开来，团团围住了农中的四个同志。

农中的四个同志，做的虽也是教学工作，这一点，和普中的同志没有什么不同。但农中的同志都是农村户口，是农民，而且都不是专科以上学历，不具备初中教师应有的资历，这两点，他们都和普中的同志不一样，他们先天不足。

堤东中学是普中，普中的这些公办老师都是城镇定量户口，师范院校毕业，科班出身，学历高，待遇好。所以，他们眼角高，不把从农中合并过来的四个同志放在眼里，他们走路头昂昂的，很傲慢，高高在上。条件一优越，眼眶就泛大。单说这个定量户口，每月定量定时发粮票，旱涝保收，就是农村户口所无法比的。农民的口粮，要看田里收成，其中七分靠人做，三分掌握在老天爷手里。再加上工资比农中同志的补助多几倍，他们在各方面都具有明显的优势。

农中与普中合并的目的，本来是要消灭农中与普中之间的差别。但现在，郑晚子由徐小媞被批看出端倪，学生是合并了，学生之间的差别消失了，而公办、民办教师之间的差别却仍然存在，并没有因合并而消失，农中的同志仍然被堤中一些公办教师所歧视，他们没有真正地融入堤中。他很敏感，偏偏又争强好胜，心里常感到不平。后来，邹久宁、李方、徐小媞三个都离开了堤中，郑晚子更是愈来愈感到压力，感到不平！大家都在同一个学校教书育人，都是在一个锅里吃饭，待遇不同也就罢了，还这么咄咄逼人，真是欺人太甚！

实际上，堤东中学公办教师对民办教师的歧视，并不是今天才出现的，两所中学刚合并的时候，这一种气味就存在，只是郑晚子的嗅觉不够灵敏，现在才感觉到，有点滞后了。

冯正庚坐在办公室里闭目养神，思考着何时再找老校长章炳俊谈一谈。

堤中与农中合并，他心里有疙瘩，他瞧不起农中的同志。邹久宁、李方土里土气，都像庄稼汉，不像教师。徐小媞幼稚，没主见，像个小孩子。唯独郑晚子除外。郑晚子过去是他的学生，得意门生，郑晚子对他又很恭敬，他喜欢他。

现在，他所瞧不起的农中同志中其他三个都离开了堤中，唯独郑晚子留了下来，郑晚子愈来愈受到重用，他又受不了了，他对郑晚子的感觉陡然发生了180度的大转变。

自己一个公办教师，正经的科班出身，混得却不如自己的学生，岂不是惹人发笑？他郑晚子，一个借用人员，民办教师，高中毕业生，而且，还是个农村户口，说到底，只不过是一个每个月拿14块钱的农民！老校长凭什么这么重用他，郑晚子就这样的金贵？

一个星期之前，冯正庚找老校长章炳俊谈心。冯正庚说，校长，我发现我现在倒退了。章炳俊温和地笑笑，老冯，此话怎讲？冯正庚说，校长，过去，我教初三，现在一直停在初一上不动，这不是倒退了是什么？章炳俊依然温和地笑笑，老冯，分工不同，革命需要嘛！冯正庚说，老校长，什么革命需要，还不是你只相信郑晚子，不相信我！章炳俊收敛了笑容，教初三的，也不单是郑晚子，还有其他同志呐，像赵群、葛大华、孙景炎，不都教初三？冯正庚说，对呀，老赵、老葛、老孙都教初三，他们都没有变，就我一个人变了，倒退了，我看，就是小郑影响了我，他一直都教初三，我就一直都教初一了，你说，这个郑晚子有什么好？章炳俊又温和地笑笑，老冯，郑晚子的教学，全校有目共睹，开始我也担心过，怕农中来的同志不行，可这几年下来，实践证明，郑晚子可以。冯正庚说，校长，现在什么都不谈，下学期再说，现在这学期马上结束，初三学生马上就毕业，下学期请您安排我教初三。章炳俊依然温和地笑笑，到时候再说吧。

那次的谈话就这么不了了之，没有谈出个结果，但他在心里对自己说，你校长把郑晚子当盆菜，我冯正庚可不买他的账，我得端着点老师的架子。

章校长这是明显地袒护郑晚子！他得再找老校长章炳俊谈一谈。

冯正庚这么想。

这么一想，坐在办公室里闭目养神的他，心情又不好起来。

听到预备铃响，没精打采的他从办公桌旁边站起身，从办公桌上拿起红面教学讲义夹、蓝面教学参考书，慢悠悠走向办公室门口。

办公室的大门是内开门，虚掩着，他准备去打开。

一只手臂夹着那个红面教学讲义夹，另一只手捧着蓝面教学参考书，两手都不方便，他只好用一只脚去勾门，打算从办公室里面去勾开虚掩的大门。恰在此时，办公室的大门"啪"的一声，被人从外面猛力地踢开，门框正巧撞在他的膝盖头上，发出"啪"的一声响。随之，一个学生捧着一摞作业本，着急慌忙地从外面闯了进来。那学生旁若无人，一头冲进办公室里头，径直去郑晚子的办公桌送作业本，竟没有向他打一声招呼。

望着郑晚子班上这个学生莽莽撞撞的形容，冯正庚气不打一处来。撞了人也不知赔个不是，要不是去上课，这会儿没空，他可得好好地教育一下这个不懂规矩的东西，也罢，回头再找郑晚子算账！他低声骂了一句，郑晚子这教的是什么学生，没长眼睛？

冯正庚一边骂，一边把被撞得差点掉地上的讲义夹重新夹好，加紧走出门去，走向教室。他带着一肚子的气，气鼓鼓地走到教室转弯角落，恰恰看见初三甲班班主任郑晚子正迎面走过来。

他不想搭理郑晚子。可是，撞到了面不好回避，是他先看到了对方，应该先打招呼，他不能丢失他老师的风度，便应付式地在喉咙口里面轻轻地哼了一声，晚子，上课啊？

那郑晚子只顾低头赶路，竟一点儿没有听见。下午第一节课预备铃已响，他害怕上课迟到，正低着头从教室转弯角那一面匆匆地奔出来，拐弯奔向这一面的初三甲班教室。

转角相遇，这本是一个地理位置问题。教室转弯角落是直角，冯正庚从一条直角边这一面走过来，郑晚子从另一条直角边那一面奔出来，两人中间隔着教室的大墙，未遇到之前相互之间都看不见。等到相互之间都可以看见时，冯正庚倒是看到了郑晚子，而郑晚子却偏偏只顾低头赶路没有看到他。冯正庚不是招呼了一下吗？可他的声音像蚊子，说话哼在喉咙里，郑晚子只顾赶着去上课，压根儿就没有听见，所以就没有回话。冯正庚心里一怔，好你个郑晚子，我喊你你都不答应，你竟敢如此无理，让我撞了个木钟！刚当上初三重点班的班主任，就翘尾巴瞧不起人？原来，平常的谦恭都是装的！

刚刚挨郑晚子的学生撞了一下，紧接着又撞了郑晚子本人一个木钟。三分钟不到，冯正庚接连吃了郑晚子两个冲头！他不由得气上加气，骂道，不就是个农中教师嘛，不就是个农民嘛，有什么了不起？张扬什么？

冯正庚气咻咻地骂着，郑晚子听见骂声，回头看到是老师冯正庚，赶紧回转，三步并作两步跟上他，询问，老师，您在生谁的气？冯正庚不予理会，径直走向自己的初一丙教室。

郑晚子急匆匆地奔向初三甲教室，赶着去上下午第一节课。

两个钟头前，中午放学他回家挑粪施肥，一直干到下午 1 点 20 分，才洗手换衣吃午饭，吃完饭再赶到学校，此刻已经是 1 点 45 分，响过预备铃了。

这几天家里农活多。自留地里的玉米收了，玉米桩子倒上来了，田里正适合下点麦子的基肥。霜降过后，就要种麦了，种麦之前垩点粪，晒晒，就是很好的基肥。他必须抓住季节时令，给自留地里垩粪施肥。

向文也忙前忙后，手脚不停。她又要烧饭喂猪，又要带孩子，烧完饭喂好猪，喂完儿子小春的奶，她又端水给郑晚子洗手洗脸，然后又端上煮好的饭菜。

饭菜才从锅里盛出来，热得烫嘴。郑晚子心里急着要上学校上课，却不便快吃，便说，向文，你也不早点盛出来，凉下子，烫煞人了！

晚子，你不会等凉下子再吃，着什的忙啊？

没时间，来不及啊。

向文生了气，晚子，你一天到晚慌，天天都像烧起来一样，可能慢一点？我跟了你，天天像打仗！

郑晚子也生了气，向文，不紧张怎么行？我还不是受的你的累？要是你也像人家农村里的女将，也能把挑粪挖田这些大活计都做掉，我还用得了天天像烧起来像打仗一样这么紧张吗？

向文更生气，那你不会就娶个农村里的女将？

……

你来我去，你一言，我一语，夫妻俩又吵了起来。吵得不可开交时，郑晚子突然停下，不再言语。不能再吵，再吵就赶不上去上课了。

郑晚子急匆匆吃完午饭，急匆匆穿过小街往堤东中学赶，15分钟之内赶到学校。1点45分上课预备铃响时，他赶到学校这个教室的转角，因只顾低头赶路，没有看见冯正庚，没有回冯的话，冯便生了气。这时他却去问冯生谁的气，冯便不再理睬他。

不愉快的误会，就在这时就这样发生了！

郑晚子弄不明白，冯正庚为什么不理睬他。

初三甲教室前面的三尺木制讲台上，站着气息未平的郑晚子。他干完几个小时重农活，又急匆匆赶路，又受到冯正庚的冷遇，此刻气息难平。

他不晓得冯刚才不理他是何原因。他觉得冯现在对自己的态度跟过去相比，简直是180度大转变！过去他做冯的学生时，冯是那么喜欢他，现在他做冯的同事了，冯却是这么冷淡他，他心烦意乱，郁闷不乐。

他深深地呼出一口气，双臂撑着讲台的两角，双眼朝课堂上扫视一遍，堂下45双青春明眸充满了求知的期待，齐刷刷地迎上来。

他为之一振，须臾间，一肚子的郁气烟消云散。

他打开语文课本，翻到《七根火柴》一课，再转身在黑板上写上课题"七根火柴"，然后将半支白粉笔丢进粉笔纸盒里。同学们，上两节课，我们已经按照七根火柴故事的"发生、发展、高潮、尾声"进行了课文分析，这节课将进行归纳总结。下面，大家先默读课文5分钟，请大家翻到课文第66页，看到72页结束。大家看的时候思考一下，这篇小说的主题思想及写作特色是什么。

他将语文课本放到讲台中央，从讲台右上角一个粉笔纸盒里取出刚刚丢进去的半支白粉笔，转过身走向黑板，右手三指捏住粉笔举过头顶，又在黑板上方正中课文标题下，左边写上"主题思想"，右边写上"写作特色"。他的一手粉笔字板书比钢板铁笔字更漂亮潇洒！

写完，他喘了口气，在课桌的行间缓缓走动。

上课虽是一种脑力劳动，却又是一种体力上的休息。

教室里鸦雀无声，一根针掉落地上都能听见。

突然，他发现窗外有人，那人戴一顶藏青呢子鸭舌帽，架一副金属框眼镜，好像是岳父向之真。

他非常激动，准备走出教室，来遇岳父向之真。但揉揉眼睛再一看，人又没有了，原来是个幻觉。

去年有人从东北传信来，说岳父母都已经在一次坍房事故中不幸遇难了。他与二老从未谋面，岳父向之真到底长什么样子，都是向文在自己面前描摹的，可他却经常在幻觉中见到，而且就像真的一样。他心里一阵感念，缓步回到讲台前面，打开了语文教学备课笔记。

这本备课笔记是他自己买的。堤东中学统一印制的那种备课笔记，是黄纸面，32 开本，他嫌小，没有启用。他自己花钱买的这种 16 开本的黑皮本大小正合适，又漂亮，又合用。

他把备课笔记分成三档，左、中、右大小三档。中间一大档，大小在一半以上，左右两小档，合起来占一半不到。

中间的一大档，记教学内容。这一档，有教学参考资料可以抄，偷懒也能不抄，只需写上"见参考书第几页"就行，再懒就干脆捧着参考资料照本宣科，但这不是他的风格。他备课非常认真，教学这么多年，有许多课文，都重复教过多遍，但每教一遍，他都像对待没有教过的新课文一样，重新写一遍教案，而且每次写得都很认真。

不仅是认真，他还别出心裁，想出一种金字塔问答式教学法。即对每篇课文的教学内容，确定一个侧重点，作为教学的一个主题，这个主题，也就是一条主线，他称这为塔尖。围绕这个主题或主线，再找出几个节点，作为教学的几个分题，这些分题也就是每节课的教学重点与要点，他称这为塔身。按照各节课分工，从思想内容、文章结构、写作特色等几个角度，有机结合，最后综合归纳提升，写出内容丰富、观点新颖、逻辑严密、语言清新的问答式教学提要，他称这为塔基。

以上这些内容，他都写在中间大档里。

左边一小档，列生字词，写问答式中的问题。

右边一小档，是课堂板书计划。

他的语文备课笔记，一般用蓝黑墨水书写，重点内容字句下，则是用红墨水钢笔画上漂亮的红色波浪线。打开笔记，就像展开一件精雕细琢过的艺术品，令他自己陶醉。

看备课笔记与写备课笔记一样，都是令他陶醉的一种享受。

他打开语文备课笔记，看完《七根火柴》一课，再翻回前面来，摊开在讲台上，用手压了压。学生5分钟默读已结束，他要求大家回过头来，再速读一遍课文，一并回顾一下前面两节课的分析内容，然后就这篇小说的主题思想及写作特色，积极发言讨论。讨论完毕，进行归纳分析。分析故事发生的时间、地点、人物、事情的缘起和发展、人物之间的矛盾和冲突，然后归纳，这一切，揭示了什么样的主题思想，体现出什么样的写作特色，我们应从小说主人公身上学习哪些高贵品质，从小说创作上学习哪些写作方法，其中主要的又是什么。

同学们争先恐后举手发言，讨论环环紧扣，步步深入，探求知识的热烈气氛在教室里蒸腾翻滚，蒸腾得他和他的学生们心里暖融融的，脸上红扑扑的，眼里亮晶晶的。

他绷紧本课的教学重点一根弦，牵住同学们的思路循序渐进走，时而点拨几句，时而总结几句，时而在黑板上写上几个关键的字。

这黑板上的板书，是教学中重要的辅助手段，也是备课笔记的精简板。逢到要处，郑晚子兴之所起，红粉笔所落，漂亮的红色波浪线跳上镜亮的漆黑板，龙飞凤舞。这时，不但他"人来疯"似的自我陶醉，他的学生们也"人来疯"似的争奇斗艳，师生互动，课堂生动。同学们一边参与老师郑晚子别开生面的互动式教学，一边模仿和学习老师的潇洒板书，他们中不少人后来能写得漂亮的一手字，都说是受了郑晚子老师的影响。

学生如果认定老师有才华，就会产生一种崇拜。老师如果感受到学生的这种崇拜，就容易"人来疯"。老师一"人来疯"，学生也会跟着老师"人来疯"，课堂上的师生互动就会特别热烈。师生互动一热烈，智慧就会如火花般迸发，课堂就特别出彩。

20出头的老师郑晚子，既有龙印港土生土长的忠厚特质，又是一副知书识礼的书生模样。他宽肩板背，T型身材，脸上白里透红，浑身带有劳动男性的那种青春健美。总之，他的形象在堤中老师中十分突出，受到学生的一致崇拜。

好，今天的课就上到这儿，下课。

郑晚子的课，正上到酣畅淋漓处，陡然收了尾，就像疾驰的飞马，陡然收缰，来了个急刹车。

恰在这时，下课铃响了。

当——当——当——

夜晚的龙印港，静悄悄黑黝黝的，郑家的丁头府里，摇曳的灯光或明或暗。

只要郑晚子还没回家，向文总是亮着灯，留给他。他急匆匆地回到家中，一进门就迫不及待，啪啦啪啦一通诉说，然后问向文，你说气人不气人？这冯正庚怎么会这样？还说什么不就是个农民嘛！农民怎么啦？农民最伟大！

那个冯正庚，不就是你初中的那个老师、你的班主任？我晓得他就瞧不起你！公办老师瞧不起民办老师，老师瞧不起学生，正常啊！我上次不就说了吗！

还是你有先见之明！

你才晓得，好戏还在后头呢！你这个人就是不防人，总是把人想得太好。

唉，像邹久宁、李方、徐小媞那样调走才好，调到民办学校去，就好了。

徐小媞？咦，这徐小媞太有意思了，听说她从堤中调到堤小后，给人家介绍对象，人家俩人没谈成，她自己倒插了一杠，跟人家谈起来了，太有意思了！

噢，是有这事。你说的是堤东中心小学那个教导主任李昌，徐小媞从堤中调到堤小后，把自己的一个女朋友介绍给他，结果嫁给他的却是自己，而不是她的女朋友。为这事，她的女朋友与她都闹翻了，不再搭理她。

向文猜测，其实，徐小媞介绍时恐怕就有预谋，介绍她的女朋友只是一个借口，为了接近那个教导主任李昌的借口，介绍是假，接近人家是真。

郑晚子赞同，向文，人不可貌相，你别看徐小媞那么老实稚嫩，谁知她也一肚子拐呢！

爱情都是自私的，可以理解。向文为徐小媞辩解，人家也是陵京人吗，我们陵京人就是聪明。

我们堤东人就不聪明？郑晚子反问。

他露出一脸的不屑，从眉宇间流露到嘴角，别自吹吧，陵京人就聪明？冯正庚不是陵京人？你看他那德行，我一辈子都不想再见冯正庚的臭脸！

向文摇头，其实，冯正庚相貌善和，并不讨厌。他个头不高，脸上白清清的，长得蛮细巧的，他这个相貌，是陵京人的典型相貌，不犯嫌。

郑晚子点了点头，表示赞成向文的看法，接着便把他对冯正庚的了解叙说了一番。大意是这样，冯正庚虽是陵京人，但大学是在盐州读的。他那年高考时分数考得不高，只达到专科录取分数线，就录在盐州师院中文专科班。毕业后，按照盐州地区大学毕业生统一分配方案，被分配到盐州属下的范堤县，范堤县教育局就将他安排到堤东中学。

晚子，你要有思想准备，恐怕不光是冯老师，堤中其他人可能也对你有成见，不过你没注意没发现。

除了冯老师，再有就是邵老师邵平伯，旁的没有。

不一定吧？

向文，我发现你这个人太悲观，看问题总是看反面不看正面，堤中对我好的人很多，如章炳俊、赵群等。不是老校长章炳俊，我怎么会还留在堤中？现在全县公办中学借用的民办教师都清退到联中或民小，就剩下我一个。不是教研组长赵群，我的语文教学水平怎么会提高得这么快？全是他手把手教的我！

郑晚子一通陈词，慷慨激昂。他几乎不在外面和别人畅谈，但他就喜欢这么在家里和妻子向文抬杠争辩。他不像邵平伯、洪正兴他们那样，与家里妻子不谈学校的事，而是在外面成群结党打牌喝酒谈笑，他不愿意像他们那样去成群结党，向文，既是他的妻子，也是他的同党。

夫妻俩从冯正庚180度大转弯、公民办教师难相融，说到堤东中学对郑晚子的好。说了一通后，郑晚子心情好了，继续坐到灯下埋头备课。向文也赶紧拾掇拾掇，继续做针线活儿。

备了一会儿课，郑晚子忽然抬起头，叫向文，喂，向文，不管走得多远，起点永远令我思念，不管老师今天如何待我，感恩老师永远是我做人的根本。

25

上午没课的时候，赵群去校长室向章炳俊汇报教研工作，提起冯正庚昨晚告郑晚子状的事。

昨晚，郑晚子夫妻俩在家里谈冯正庚的那当儿，冯正庚正在赵群的宿舍里，向赵群告郑晚子的状。

冯正庚去赵群宿舍之前，接到陵京家里的电话，是妻子打过来的。女儿发高烧40度，妻子骂他窝囊废，这么多年都没能找动人调回陵京，家里一摊子全丢给她一个人，苦了她了。他丢下电话，从学校值班室回到宿舍，坐在那里半天没讲话，满腔怒火没处发，便来找赵群告郑晚子的状。

冯正庚絮絮叨叨，把事情原原本本地说了一遍，然后骂郑晚子张狂。赵群不相信，说小郑不会不理睬冯正庚，小郑不是这种人，肯定是个误会。

赵群话语里，明显偏着郑晚子。他有思想，有眼光，他非常看好郑晚子这个年轻人，并为他受到民办性质的羁绊而不平，他不相信他会张狂傲慢，他根本不可能不理睬人的。

现在，赵群向校长章炳俊汇报完冯正庚昨晚告郑晚子状的事，同时发表了自己的见解，校长章炳俊非常认同。

接下来，围绕公民办问题，他与老校长章炳俊又是一番议论。

民办教师郑晚子与堤东中学的公办教师之间，待遇与工作不对等。由此，赵群最近一直在思索公民办问题，并与老校长章炳俊多次争论，他一直坚持取消民办教师制度的观点。

章炳俊则反对赵群的观点，他认为公办教师与民办教师两种制度可以并存，关键是要公平竞争、待遇公正。今天，在教师制度没有厘清的前提下，应该面对实际，找准切入点，做好公办教师与民办教师两个方面的工作。

他一支接一支地点烟，烟雾在他古铜色的脸庞上盘旋、缭绕、升腾起来，从半开着的窗冲出窗外。

他在思索，该怎么说明自己的观点，该怎么说服赵群这个可敬的老同志。

他望着坐在他对面的赵群，赵群鹤发童颜，满面激情。对这个可敬的老同志，他内心充满尊重。他点起一支烟，同时递一支给赵群，老赵，来一支。

章炳俊不喝酒，抽烟是他唯一的嗜好。但他只能在办公室里抽，不能在宿舍里抽，在宿舍里抽，会加重他老太婆的哮喘。老太婆反对他抽烟，说抽烟会得肺癌，他父亲章爹就是抽烟得肺癌死的。她特地离开乡下老家，住到学校宿舍里来，就是为了看住他叫他少抽烟，最好不抽烟。他对老太婆的话是半听半不听，在宿舍里不抽，到了办公室照抽。

赵群摆摆手没接，章校长，我戒了烟，您不晓得？

他刚刚戒烟两个月。他的烟瘾原来也很厉害，并不比章炳俊小。但他老婆坚决反对他抽烟，迫使他两个月前狠下决心戒了。戒烟后，他那个当小学校长的老婆很严厉，每个礼拜都检查。礼拜天他回到范堤城家里，他老婆第一件事就是问他有没有馋嘴，并且亲自嗅闻他衣服上有没有烟味。章炳俊给他递烟，不是不晓得他戒了烟，而是试探试探他，看他戒烟的决心有没有动摇。

章炳俊收回伸出去递烟的手，古铜色的脸庞上浮现讪笑，开玩笑说，噢，忘了，忘了，老赵刚刚得了气管炎（妻管严），不能抽了。

赵群一笑，笑得很灿烂。他脸上的气色本来就好，戒烟后更灿烂。

章炳俊一个小小的玩笑，调节了气氛，拉近了距离。他深吸了几口烟，吐出一圈长长的烟雾，字斟句酌，转入正题，应该说，在我们学校，有少数公办的同志瞧不起小郑，的确说明公民办教师制度之间目前是有些矛盾。但其中有些原因，也是属于个人方面的。比如，老冯这个人，天生气量就狭小。老赵，你刚从范堤师范过来不久，对老冯这人还不了解，这人不坏，就是气量太狭小。

靠船下篙，既能站在自己的角度看过去，又能站到对方的角度看过来，并进一步分清矛盾的主次轻重，那就很容易达成共识，这便是章炳俊以理服人的奥妙。

赵群不得不服。他坐到章炳俊前面的一张办公桌旁，端起章炳俊给他泡了好久他一直未喝的那杯茶，满满的喝了一大口，不再坚持自己原先的看法。他说，对，老校长，你说得太对了。从个人的角度看，嫉妒与攻击别人，其实也是一种自我保护，是人之常情。小郑是民办教师，高中毕业生，本无资格教初中，现在不但教了，而且还连年跟班上，从初一教到初三，又是重点班，还当班主任，冒到了老冯这些老同志之上，太突出了。木秀于林，风必摧之。小郑这么突出，老冯能不恼火吗？堤中像老冯这样的老同志不少，30多个教师中，大专院校毕业科班出身的占主体，主体的力量是很强大的，所以小郑很孤单，他的心理压力一定很大。刚开始，还有邹久宁、李方、徐小媞几个，人多压力小一点。现在农中的同志一个个调走，只剩下小郑一个，他肯定感到很孤单，有压力。老校长，您说得不错，作为学校领导，您得多关心关心小郑。

章炳俊站起身，走到校长室东北角角柜前，将柜上一只竹壳子茶瓶提起拎过来，给赵群的杯里续了一点水。

老赵，你说得对，我不是普通教师，我是校长。站在学校领导的角度，我所需要的是教师的人品及教学的才干，我不问你是公办还是民办，也不管你每月是拿41块还是14块。小郑人品又好，又有才干，是教学的骨干，我岂能不打破常规予以重用？我又岂能不加倍关心小郑？

章炳俊的话，是肺腑之言，他一直关心着小郑。

老校长印象之中，小郑的初中是在堤东中学读的，他是一个凤毛麟角式的尖子生。农中与堤中合并几年来，小郑工作上勤奋踏实，教学上刻苦钻研，在众多同志中脱颖而出，已经成长为一个冒尖的教学能手、学科带头人。可是，小郑是民办教师，待遇较低，老校长爱莫能助，只能尽力而为地关心他。

为了小郑的事，老校长章炳俊曾经专门去堤东大队大队部，找过大队支书常存宝。他对常存宝说，小郑很优秀，人品又好，又有才干，是我们学校教学的骨干，但是，因为是民办，工资忒低，家庭生活困难。希望在你们大队那一头，书记能给予一些照顾。

出于对小郑父亲郑云礼的为人的好感，也由于喜欢小郑本人的人品学识，照顾小郑，常存宝也是发自内心地情愿。他笑笑，章校长，小郑这小伙我了解，当初他当农中教师，就是我们大队推荐的。我倒是很想照顾他，就是不晓得怎么个照顾法，请章校长点拨点拨。

章炳俊没立即回话，他从上衣口袋里掏出一盒香烟，飞马牌，精装。他熟练地撕开盒上的锡纸，左手拇指和食指反捏住盒子，右手中指在盒底上轻轻弹了几弹，弹出两支飞马烟，并从中抽出一支，擦火柴点着递到常存宝手上。他不慌不忙道，常支书说笑了，拿我章老头子开心是不是？你们大队不是要写稿子、刷语录牌吗？还有，夏季不是搞乘凉晚会，春节不是搞文娱活动吗？这些，不都是开工分的活儿？这些，小郑都很拿手呀！写稿子、刷语录牌，可以利用晚上和星期天，夏季乘凉晚会是暑假，春节文娱活动是寒假，与教学都不冲突。

看着章炳俊那狡黠的目光，常存宝美美地抽着精装飞马香烟，厚道的笑笑，放心吧，章校长，我会照顾小郑的，工分开得高高的，放心。

常存宝，一个典型的堤东农民，堤东农民特别厚道，厚道的人最可信可亲。章炳俊用极其信赖的口气说，那就拜托支书了。

你放心吧，章校长，不过，到了放秋忙假的那几天，你可要多派些学生到堤东大队来，支持我们拾棉花，啊?！

这个常存宝，鬼得很，任何时候都不忘等价交换。

章炳俊的这些关照，都是在背后，郑晚子本人一点不晓得。大队找他写稿子，找他刷语录牌，找他搞夏季乘凉晚会和春节文娱活动，每次开的工分都很高，他都以为他干得好，是自个儿的能耐大呢。

上午与赵群争执后，老校长章炳俊心里又像潮水涨上来不能平静。等到下午课外活动时，他赶紧把郑晚子找到校长室。

小郑，老冯又委屈你了，事情老赵都告诉我了。章炳俊目光里露出狡黠，带着笑意，小郑，老天爷就是这么捉弄人，有时，他会给你一间没有窗户的小屋，有意来考验你。但是，这有关系吗？难道你不可以学黄永玉大师，画一扇窗户给自己，放进希望的阳光？老天爷可能给了你坎坷不平的际遇，但并没有剥夺你追求大道坦途的权利。老天爷给你的，如果你不满足，那你就应当自己努力，去向命运争取。只要你不放弃追求，只要你坚持不懈，只要你画一扇窗户给自己，你面前就会出现新的契机！

鲜明，生动，洞透，这是章炳俊说话的特点，也是优势和能力。之前，他在范堤师范附属小学当校长，就以做人的思想工作著称。后来，堤东中学创办，县教育局把他调离待了 10 年的师范附小，回到阔别已久的家乡，当堤东中学的校长，他把思想工作做得更加有声有色。

工作被重用，令郑晚子兴奋自豪，待遇被忽视，导致生活困难，还被一些人歧视，又叫他抑郁、纠结。这种矛盾交织的心理，是他眼下的状态。虽然，听章炳俊讲了黄永玉画窗户的故事，他心中的纠结与疙瘩少了，但还是无法彻底解开，还有些抑郁纠结。

26

龙印港静悄悄黑黝黝的，郑家的丁头府里，摇曳的灯光或明或暗。

只要郑晚子还没回家，向文总是亮着灯，留给他。

他咚咚咚地回到家中。

听到脚步声，向文不等他敲门，就起身来开门。

他心头一暖，我回来了。

……

哎——哎——哎——阿牛！

哎——哎——哎——阿牛吁！

门外，细二小的耕田号子一阵阵地从远处传来，嘹亮而略带哀怨，划破龙印港静谧的夜空。

初夏，静夜，这号歌，忽如电影《刘三姐》里的对歌，又像从队场上有线广播高音喇叭里传来的男声独唱，深深触动着郑晚子不平静的心。

郑晚子倚门而立，脸颊泛红，呆呆地望着门外的星空。他喃喃地说道，牛也累了，细二小的号子也累了，你注意听，向文。

是吗？晚子，向文站在明间，拍着怀里的小春应答。

细二小的女将存娣躺在铺上两三年了，细二小家里家外累坏了。郑晚子深深地叹了口气。

向文拍着怀里的小春，前两天我去看存娣，存娣好多了。

年轻的她，此刻还不懂什么"境由心造"，凭直觉，她感到丈夫今天的心境好像不太好，心下便隐隐不安。于是，她一脸妩媚，轻轻地问，晚子，今天又遇到什么不开心的事了吗？

郑晚子一脸惆怅，深深地又叹了一口气，还不是那个冯正庚，专门与我作对，鸭蛋里头寻尸骨！

他又怎么了？

昨天晚上我不是告诉你他不睬我的吗，他昨晚反而向教研组长赵群告我的状，说是我下午上课前有意不睬他，今天，赵群又告诉了我，真是岂有此理！

是不是他先喊了你，而你当时急着去上课，只顾低头赶路，没望见冯正庚，没听见他先喊你呢？

哎，这倒是可能。在教室的转角相遇之前，两人相互看不见，我正好只顾赶路，低着头，没望见他，又听见他先喊我。不过，这也情有可原，不能怪我呀！

人家喊了你，你没答他，他能不气吗？

郑晚子说，他呀，专门与我作对，今天又找我，告我班上学生的状，鸭蛋里头寻尸骨！

乖乖，我的小乖乖睡着了。怀里的小春已发出微鼾，向文轻轻地拍拍他，我晓得，不就是因为他教初一，你教初三，他是你的老师，你是他的学生，他脸上挂不住吗？

我又没要教捣头初三，是章校长安排的。

这个章校长还真不错，是个好校长。你又没请他吃过饭，没向他送过礼，他还不拘一格重用你，真是个好校长。

不假，今天章校长还又专门找我谈话，安慰我，鼓励我。向文，其实，想起来，这个世界还是好人多。你像这章校长，还有那常支书，还有那细二小、陈存娣，还有那韦庚和，不都帮过我们吗！

冯正庚也不恶，他这儿有个结，没有解得开，解开就好了。

郑晚子点头，眉宇也稍稍舒展，向文，这么跟你说说，心里舒坦多了。

乖乖，你爸爸也累了，我们睡觉去。向文一边说，一边抱着小春，转身从明间走向房间。

……

哎——哎——哎——阿牛！

哎——哎——哎——阿牛吁！

细二小的耕田号子，一阵阵地从门外远处传来，嘹亮而略带哀怨，划破龙印港初夏的静夜。

郑晚子没有去房间，他继续倚门而立，呆呆地望着门外的星空，喃喃地说道，牛也累了，细二小的号子也累了，我也累了。

他眼光一模糊，恍然一梦，梦见了妈妈，妈妈手里捧着热腾腾的麻团……

这几天，向文突然有一种预感，丈夫郑晚子累了。

隔日大早，郑晚子忽觉喉咙口有团热东西，咳出来一看，竟是鲜血！

他真的累坏了，向文的直觉没错。一身才华一身正，半是坎坷半是顺，肩负艰巨的工作重担与生活重压，他挺直腰板，挺得多累啊！

他果真累坏了，染了重疴，病得不轻，咯血了。但他以很轻松的口气告诉向文，前几年他也咯过血，挖河泥的时候。

向文有些手足无措，晓得，你说过，但这次恐怕不一样。

他倒无所谓，吩咐叫细二小帮忙，又吩咐叫来友全嫂子当大队赤脚医生的大女婿。那医生不敢给亲近的人看病，怕误诊害人，便叫送去堤东公社卫生院看，公社卫生院又叫送去县人民医院诊治。

细二小随即找来一辆手扶拖拉机，送郑晚子到了县人民医院，找个熟人挂号就诊。向文抱着小春，一路跟着一路哭。

人民医院经过透视、拍片，初诊为胃癌早期，建议去外地一个叫平潮的肿瘤医院诊治。

郑晚子摇头，不同意去，耐不住向文坚持要去。

问题是怎么去。

人民医院的救护车总共就一辆，县内使用还忙不过来，县外的长途一律不出。

坐汽车站的长途公共汽车吧，车上人挤人，一个重病人怎么能坐呢？幸好向文认得一个开汽车的司机，那司机是陵京插队知青。那司机跟一路同车的旅客打了招呼，请他们挤一挤，空出了一排座位，让郑晚子躺下。

细二小说，向文，你就带着小春回去吧。

向文直摇头，两眼哭得通红。

小春跟着哭，不停地喊，爸爸，爸爸。

郑晚子微笑说，没事，乖乖，你跟着妈妈回去吧。

向文哭着说，我怎么能不去呢？我怎么能不去呢？

细二小说，向文，你就带着小春回去吧，家里这一头，有孩子，有猪子，不能不顾。晚子这一头，有我，别怕。另外，你回去还要向堤东中学报告一下，让他们立即派人带钱上平潮。

向文哭得像个泪人，你家里也有病人，存娣还躺在床上呢。

细二小手直摇，没事，存娣起来了。真是奇迹，她躺在床上不吃不喝两三年，看了不晓得多少医生都看不出是什么毛病，昨天她自己爬起来了，现在跟好人一模二式，一样的！

郑晚子一到平潮肿瘤医院，就向护士要来了信笺，在病房里给向文写信，一来他怕她在家不放心，二来他心里有好多话要向她倾吐。他的手有些颤抖，写出的字竟有些飞龙走蛇：

向文贤妻如握，我已顺利来到平潮，希放心。命运多舛难料，晚子人来平潮，心潮难平。数载风雨同舟，不幸我如今身染沉疴，丢下你孤军作战⋯⋯

鸿雁传书太慢，数日后郑晚子在细二小、洪正兴的陪伴下从平潮回到龙印港时，向文才刚刚接到他从平潮寄回的信，正在家中铺上捧信恸哭。泪水滴在信笺上，滴在身旁熟睡的儿子小春的小脸上。

那时，已是凌晨四五点钟。

手扶拖拉机停在门口场上，向文听到响声，赶紧下铺开门出来。

郑晚子从手扶拖拉机上跳下来，向文，我回来了。

向文先是吓了一跳，接着转悲为喜，晚子，你？

郑晚子从手提包里取出一张纸来，向文，你看看！

向文赶紧接过那张纸，飞速一看，啊，不是癌啊，是胃溃疡啊！

细二小事后诸葛亮，我望他这样子，脸上白嗒嗒的，也不像有大病绝症。

洪正兴附和，听向文说郑老师得了癌症，我们也不相信。当时，章校长一听，立即叫我拿了钱，直奔平潮。现在，我还要赶快赶回学校，向章校长报个喜讯，免得他担心焦虑。

向文再三向众人表示感谢。

众人个个欢喜，一一离去。

......

哎——哎——哎——阿牛！

哎——哎——哎——阿牛吁！

门外，耕田号子，又一阵阵地从远处传来，嘹亮而略带哀怨，划破龙印港初秋的清晨、静谧的星空。打号子扶梨耕田的，不是细二小，而是踏哥小。

郑晚子躺在床上，呆呆地想着窗外的星星，想着农人的心，这么早，农人们就赶早起身耕作了，打号子唱歌了。

有人研究说，人类劳动的号子，是唱歌的起源。郑晚子很赞同，这扶梨耕田的号子，就是劳动者的歌唱，就是他们劳作的动力与快乐。

前几天一折腾，向文整个身子散了架。自留田里的麦子枯了，倒伏一地，向文一点没劲抹，常常坐在家里发呆，躺在竹床上扇破芭蕉扇子。昨天，她终于从竹床上爬起来，她必须化悲痛为力量，继续往下过。今天郑晚子回来了，没事了，向文总算缓过劲来。她念叨，细二小、踏哥小耕田的号子我时常听见，你平时没这个闲心，所以听不见，今天你闲下来了，所以就听得见。

声音是时时处处存在的，而耳朵是有选择性的，郑晚子想想也是。他便轻轻地哼起一支曲子。向文也立即加入进来，她比他更熟悉这支曲子。

歌声便在丁头府茅屋里荡漾开来。

郑晚子在家歇了一个礼拜，待不住，就去学校上班。星期天他又发意要上街买豆饼，向文没拦住，他便去借脚踏车。每次都是借细二小的车子，他过意不去，这次打算向其他人借，可是，借了两家，都不巧，人家第二天都要用，最后，还是借的细二小的车子。

星期天，他起了个大早，骑车上街。一脚骑到30里外的范城，天才蒙蒙亮。这次生病，虽是虚惊一场，却让他对人生有了更深一层的感悟，时不时就想起过世的双方父母亲。四位亲人都已离去，告诉他必须更加珍惜生命，他暗自下决心奋发图强，把工作搞得更好，把日子过得更好。

他夹着布袋，劲抖抖地在范城农贸市场里来回转了几个圈。每个摊位上都看了又看，到处都看不到豆饼，今天没得卖。他二话不说，转身就上盐州，骑了140里，不到午饭时分就到了盐州。

一到盐州，他就直奔登瀛桥。他知道，登瀛桥下的登瀛河边，停着一只靠一只的船，船上的堤西水乡农民手上有大量的豆饼卖。他赶到登瀛河边，看过几条船上的货，选择一个合适的，买好豆饼，在河边小摊上吃了两只烧饼，赶紧往回赶。出了盐州，外面起了天色，下起大雨。他冒着风雨，骑上土路，乐呵呵地往回赶。

沙土路泥泞不堪，像过期的橡皮膏起了层，雨水将沙土拌成泥团泥巴巴粘到车盘上，塞满挡泥板。骑不到一里地就骑不动，只好停下，用棒将车盘上的泥剔除。可四下一看，哪里有什么棒？只有树枝可以折断做棒用。可是青枝绿叶能折吗？平时自己怎么教育学生的？

他左寻右找，找到地上一根枯树枝，当宝贝似的捡了起来，将车盘上的泥剔除。就这么骑一段，剔一段，骑一段，剔一段，好不容易才到了家。

这场雨，是午后陈存娣来了以后才下的。

细二小明天要车子用，陈存娣来拿车子，但郑晚子人还没有回来。

雨一下，陈存娣走不了了。向文没有上工，在打毛线。陈存娣就坐在一旁，帮她绕毛线。小春在一边玩。向文和陈存娣聊天。向文问，你这两三年都躺在床上，不吃不喝，怎么熬过来的？陈存娣若无其事，我也不晓得怎么熬过来的，就这么躺在床上爬不起来，浑身软绵绵的，像得了软骨病。

天渐渐黑下来，向文担心起来，天都快黑了，郑晚子怎么还不回来呢？

陈存娣责怪她，向文啊，外面下这么大的雨，你就不该让晚子去买豆饼。

上午去的时候不下呀，别又和上次卖小猪一样，你可记得，那年卖小猪打了岔，他还在外头过了一宿呢。

两人正说着话，听到门外有动静，原来是郑晚子回来了。他淋得落汤鸡似的，向文心疼，你怎么没躲下子啊？你可晓得你胃还有毛病呀！

三个人七手八脚，从车上往下卸豆饼，郑晚子边卸边说，晓得，晓得！

雨过天晴。陈存娣要走，细二小肯定在家着急了，我把车子推走了。向文不肯，一定要留她吃了夜饭再走。

向文三下五除二，上锅摊了一锅葱花蛋饼，盛进一只蓝花盘，香喷喷的端上桌。又炒了一盘黄豆，拌上酱油蒜花。又盛上厚厚的几碗新玉米糁子粥，放到桌子四边。小春抢先上桌，从盘子里抓起一块葱花蛋饼，被向文拦下，去，洗手，等大人上桌一起吃。

……

哎——哎——哎——阿牛！

哎——哎——哎——阿牛吁！

天色晚了，门外，耕田号子又一阵阵地从远处传来，嘹亮而欢快，划破龙印港静谧的星空。打号子扶梨耕田的，不是踏哥小，而是细二小。细二小的号子又一次触动了郑晚子的心灵。怎么这样干净这样撼人啊！他心里支撑着什么，如此坚定，如此安乐！

郑晚子问存娣，这么晚，细二小还在耕田？

有一块田要耕好，明天种。下午下雨，不好耕，只好等这刻不下雨耕。不然，这刻，他倒上铺睡觉了。

我真服细二小，天一黑就睡觉！

做活计的哪个不这样，不是累了就睡觉？

我佩服细二小，累了就睡觉，醒了就微笑！

向文对陈存梯直摇手，别听他拽臭文！

27

冬天的一个傍晚，堤东中学门前的篮球场上，人声嘈杂，热火朝天。

篮球场中间，奔跑着打球的五六个学生，加上小周、小吴、小郑、小王几个青年教师。天气寒冷，一个个却都是背心短裤，汗流浃背。其中数青年教师郑晚子打得最猛，汗流得最多。

篮球场四周，围着很多看球的学生和过路的农民。现在是下午课外活动时间，有些不活动的学生就来看打球。过路的农民也好奇，他们从堤东小街卖了东西或买了东西回家，路过中学门口，看到篮球场上有人在打球，也停下来看一会儿热闹。学生和过路的农民围成了一个矩形的人墙，喝彩声此起彼伏。

孙小强挤在人墙中看球。邻家小强就在沟东堤东中心小学上学，下午放学后，他到堤中球场上看热闹。看到郑晚子抢球、传球、投篮、抢篮，处处奋勇占先，他十分自豪，为他这邻家二姐夫骄傲，一会儿拍手叫好，一会儿鼓劲加油。

郑晚子看到邻家小强挤在人墙中呐喊拍手，远远的朝他一笑，继续满场奔跑。等打完这场球，郑晚子正准备来喊他，却被旁边一个人喊住。

这个人从围观球赛的人墙当中走出来，丢下背在肩上的蓝色行李大网袋，上前紧紧握住郑晚子的双手。

这个人的出现，让郑晚子喜出望外。

这个人不是别人，正是他范中的老同学王珩。

郑晚子又惊又喜，前两天听说王珩要调到堤中来，难道真的来了？

王珩还是那样子，中等身材，四方脸架副眼镜，略带忧郁的沉稳形容。郑晚子乐坏了，不由得喊道，王珩，这两天听说你要调到堤中来，你真的来了？

王珩说，真的来了，这不就来了。好嘛，球打得不丑啊，不减当年勇啊。怎么样，老同学，在这里，怎么样？怎么不打电话给我？

蛮好，蛮好。郑晚子拎起王珩的蓝色行李大网袋，带着王珩，去校长室，见老校长章炳俊。

小强上来拉一拉他的衣角，二姐夫，我回家了。

郑晚子吩咐，好的，小强，你回去后到我家去一下，跟二姐姐说，我今天回去不得早。

又问王珩，你是怎么来的？

坐公共汽车。

县教育局没有派人用车送你？

派了，杨局长明天上午来，我要求今天先来，有你在这儿，我先来了解了解情况。

郑晚子知道，王珩是来堤中接替老校长章炳俊的，便说，好的好的。

王珩先去校长室见了老校长章炳俊，交换了情况，然后总务主任洪正兴领他进了预先安排好的宿舍。他晚饭在食堂吃的，老校长章炳俊叫工友老邱炒了两个菜。晚饭后，他与郑晚子在宿舍亲热交谈。

88天集训那会儿，王珩还是公办代课，后来有个机会转了正。今年，堤东中学老校长章炳俊到了退休年龄，县局领导通过对全县各中学拉网考察，发现和看中了王珩，想让他来接替。可是，他刚刚才在堤西中学教导主任任上干了半年，资历不够，只能先任命为副校长，主持工作。这一安排，在县局领导班子里，开始时存在很大的阻力，最后是局长杨泽湖力排众议，才得以落实。杨泽湖提出打破学历限制用人才的尝试，理由是沈从文小学学历还当大学教师并成为名教授，华罗庚初中没毕业还成为伟大的数学家，如果郑晚子是公办性质，我们就用郑晚子了，根本用不着还把王珩从堤西调到堤东来，还兴师动众！杨泽湖一时情绪上来，侃侃而谈，一番振聋发聩的见解，令局领导班子众与会者瞠目结舌。

局里为用他而引起的争辩，王珩是听局教研室主任牛正华说的。他愉快地服从组织安排，离开堤西镇中学，丢下家里的妻子韦丽和女儿小丽，独自一人来到堤东中学工作。堤中很多同志都是这样无条件服从组织安排，离开家里的妻儿，独自一人来工作的，这是一种具有强烈时代气息的奉献精神。

王珩，你真不简单！郑晚子说。

他非常激动，尽管他早就耳闻王珩要来，但今天王珩的突然出现，仍然令他激动。激动之余，他又有些汗颜。当年的老同学，今天来做自己的领导，是一件好事，但也是令他尴尬的事。当年在同一个平台上比翼双飞，今天却一个台上一个台下，他感到好无颜面！

郑晚子与王珩谈到深夜才离开学校回家。他匆匆走出堤中大门，穿过堤东小街，奔上龙印港的中心大道。

整个龙印港都静悄悄黑黝黝的，只有星星点点的少数几家灯光。

郑家的丁头府里，摇曳的灯光或明或暗。只要郑晚子还没回家，向文总是亮着灯，留给他。

郑晚子心头一暖，加快步伐，咚咚咚地来到门前。

听到脚步声，郑晚子还没敲门，向文就起身前来开门，晚子，外头这多晚了，今天怎么这么晚？

向文，今天我遇到了一个人，我们多年不见，今天一见面，一聊就聊个没完，忘记了时间。

怪不到，傍晚，旺奶奶家孙子小强放学到我这里，说你遇到了一个什么人，晚上回来不得早。不然，我还真不放心呢。这个人是谁？

郑晚子故弄玄虚，你猜是谁？

谁？

王珩。

向文很惊讶，王珩，可就是你常说的那个王珩？范中老同学老班长？

对呀，就是那个王珩。

他来干什么？

他来干什么？他来当校长啊！

啊？他来当校长！好啊，对你有利！

对，对我有利，不过，我也有些尴尬。

别死要面子活受罪。章校长到了退休年龄吗？

对，他要退了，王珩是来接他的。

向文担心，堤中这帮猴子，王珩不晓得可弄得住呢？

郑晚子却对王珩信心十足，弄得住，弄得住！王珩是学生干部出身，他有这个管理能力，弄得住！

　　郑晚子对王珩的估计没错，王珩果然不愧是学生干部出身，具备一种优秀的管理素质。他一到堤东中学，工作一上手，马上就全面介入情况，打开局面。

　　他来的这个时候，是冬季，正是堤东中学升格的前一学期。堤东中学升格，是由原来的初级中学升格为完全中学。他来后没几天，就去县局参加了堤东中学升格为定点完全中学的会议。

　　县局决定，下一学期，即明年春季那学期，堤东中学将增设高中班，初定为双轨。因为秋季招生改为春季招生，所以升格也定在春季，堤东人民公社初级中学由明年春季起，将变为范堤县一所定点完全中学。

　　王珩走马上任，忙得有条不紊。围绕增设高中这一中心，展开两条线工作，一条教学，一条后勤。后勤一条线，由总务主任洪正兴牵头，负责征地10亩，建筑教学和生活用房，负责教室和学生宿舍调度安排，负责去县局申领教学设备和器材，负责学校食堂扩建，百废待兴，鞍不离马甲不离身，把校园里搞得热火朝天，兴旺发达。

　　洪正兴事事请示报告，处处以身作则，王珩省了不少心。

　　一个月黑风高的夜心里，小龙鬼鬼祟祟地摸到堤东中学建筑工地上，走近一个一人多高的砖堆旁，蹑手蹑脚地放下肩上的泥筐，轻手轻脚地从砖堆上搬下几块砖放进筐，把泥筐放满后正准备挑走，一道强烈的手电光突然照射过来，他吓得赶快蹲下来不敢动弹。什么人？随着一声断喝，堤东中学总务主任洪正兴来到他跟前，一把揪住他的衣领，什么人？干什么？

　　洪正兴在建筑工地值班工棚里审完小龙，当即向王珩请示报告，抓到一个偷砖贼，叫孙小龙，龙印港的。王珩吩咐，叫龙印港生产队的队长来领人。细二小来找郑晚子，说你家邻居小龙偷了你们学校几块红砖砌猪圈，被抓住，要罚钱，小龙家女将哭哭啼啼，她家饭都没得吃，哪来钱？郑晚子陪着细二小去找王珩说情，免除了对邻居小龙的处罚。

　　洪正兴亲自在建筑工地工棚值夜班抓盗贼，这件事让王珩对他后勤一条线的事情更放心。

　　还有就是教学一条线，这条线由教导主任景观胜牵头，主要是抓住两个方面。一方面是筹备高中招生，另一方面是师资安排。景观胜与洪正兴不同，是另一种风格，他遇事谨言慎行，比较被动，王珩必须亲自筹划拿主意。

　　比如师资安排。在堤东中学改办完中的同时，全县增办了4所这样的县定点完中，高中师资一时跟不上，堤东完中新办的高中部，与范堤县增办的其他三所定点完中一样，县局只给指标、给校舍、给设备，但不给师资。高中师资，必须由各校自行解决。这一来，堤中的高中教师，就得从现有的初中教师中选拔。

为选拔高中教师，王珩这两天颇费了一番心思。他不抽烟，只喝白开水，这两天有了心思，连水也不怎么喝，只是杯子捧在手中焐焐手取取暖。

虽然现有教师中，韦庚和、邵平伯、牛永桢、赵群、马林等好几个都不错。其中，韦庚和、牛永桢过去都是陵京大学的大学教师，赵群是从范堤师范学校分流来的中师教师，他们教高中都是没话讲。但排来排去，排到最后，还差一个教高一语文的。虽然还有葛大林、孙景华两个，也是从范堤师范学校分流来的，也能教高中语文，但两人都年龄偏大，身体不好，都不愿意教高中。

昨天，冯正庚倒是找王珩毛遂自荐过。王珩掌握他的情况，觉得他不合适，但又不好当面回绝，只好说再征求征求各方面意见。为防止还有人毛遂自荐，或者为他人说情，使事情陷于被动，他必须快刀斩乱麻，抓紧把人选定下来。王珩便准备找教导主任景观胜商量。

王珩正准备去教导处找景观胜时，景观胜来了。王珩正要和景观胜商量，桌上的电话铃又响起来。王珩便示意景观胜坐下，景主任，我接个电话。

景观胜在椅子上坐下，听王珩接电话。王珩接电话接了好长时间，景观胜在一旁神色不动，显得很耐心。

王珩接完电话，赶紧给景观胜倒了一杯白开水，景主任，我晓得你不吃茶叶，也是白开水。老景，不好意思，让你等了。家属韦丽打来的电话，女儿小丽又生病了，要我回去一趟。婆婆妈妈家，啰里啰唆的，说了这么长时间。你说我哪有时间回去？现在学校这么忙，怎么走得开！

景观胜赶忙把水接过来，浅浅地喝了一口，谦恭地笑笑，王校长，下学期要增设高中，现在学校确实忙，确实走不开。但是，你怎么单身汉光杆子？怎么不把夫人韦丽也调过来？你工作这么辛苦，没日没夜，夫人来了，在身边，也好有个照应。那样，你又能照顾到家庭，又能不耽误工作，一举两得。

老景，我也想调韦丽来，可女儿小丽还小，带过来是个累赘，会影响工作。在家里，还有老人帮助照顾。来和不来，各有利弊。再说，堤中大部分同志不都是家属在街上？不都是星期天才回去？包括你景主任，不也是？

王校长，我们不把家属孩子带下来，是因为县城街上的学校比下面堤东的好，小孩子要在街上读书。你那个堤西的学校，比堤东的好不到哪儿去，小丽在堤西读书，和堤东差不多，还不如带过来呢。

两个闲扯几句，王珩便切入正题，景主任，那好，你来得正好，我正好要找你，我们来研究一下高中教师配备的事。

王校长，我也正是为这事来的。这几天，你教我排高中教师，我已初步排了排。但排来排去，排到最后，还是差一个高一语文。

景主任，我排下来，也是差一个语文，你看谁合适？

你看有个人行不行？

谁？

你看老冯怎么样？

你说谁？

你看冯正庚怎么样？

你说说看。

王校长，老冯是老资格公办教师，正式科班出身，教了这么多年初中，有资历，有经验。

昨天，冯正庚来找王珩，要求让他教高中的时候，也说过这些类似的话。莫不是老冯也找过老景？也不是没这个可能！王珩这么一想，便问，景主任，老冯是不是也找过你了？

景观胜脸上一红，是的，王校长。老冯既然找过我，我就不能不把话带到，不能没有交代。大家一起工作嘛，以后才好说话。

景主任，你真狡猾。你可不能欺负我才来，欺负我不了解情况啊！

景观胜脸上更红了，连说，岂敢，岂敢？王校长，您也要体谅我。

景主任，那么，你看，还有其他合适的人选吗？

那我就说了。景观胜胸有成竹，不慌不忙，王校长，我们堤中现有教师中，合适的人倒是还有一个，不知您是什么看法？

你说说看。

景观胜正要发表意见，发现门外赵群来了。

一头银发的赵群，人未跨进校长室，声音先到。

赵群朗声高叫道，王校长，景主任，你们都在呢。好极了，有个情况，我正好一齐向你们汇报。

王珩与景观胜热情招呼赵群坐下，景观胜倒来一杯水。赵群摇手说不喝，没工夫喝，马上要上课，现在抓紧时间汇报一个情况。王珩问什么情况，赵群便说了老冯找他，提出下学期要教高一的事情。

景观胜听到了，与王玠相视一笑，王玠便问，赵老，您什么意见？

赵群直截了当，高一是差一个语文，但他不行。王玠便问谁行，赵群却卖了个关子，您问景主任，景主任心中有数。

景观胜当仁不让，我看郑晚子行，小郑虽然是高中毕业、民办教师，但教学水平不比那些师院毕业的公办同志差。他从小就优秀，从小一看，到老一半。他上小学时，我是他的班主任，大概是念六年级吧，他那时一直是全班第一。

王玠点头，我们是高中同班同学，当时他也是范中的尖子生。

景观胜诡谲地望望赵群，再望望王玠，王校长，您说的这些，我全知道，在范中，他是学习班委，您是班长，你们两个都是尖子生。要不是出身不好，你俩都上了名牌大学。你是有意不主动提出来，你是怕老冯说你们是老同学，有意避嫌，是吧？

这个景观胜真会说话，王玠置之一笑，景主任，你想得太多了。我主要是考虑，高中老师的学历，要求是大学本科，而郑晚子的学历，只是高中。

赵群摇手，学历不是问题，关键是能力，能力才是最高的学历。

这话说得精辟，正中了王玠下怀，他极为欣赏。景观胜得到赵群的支持，颇为自得，补充说，王校长，现在的问题是，您恐怕得找老冯先谈一谈，做一做他的思想工作。

赵群赞成，对，王校长，您得找老冯谈一谈。另外，我有个提议，小郑教高一，小郑原来任教的初三，我提议由老冯教。

这个提议，立即得到了王玠和景观胜的赞同。王玠安排景观胜去找老冯征求意见，景观胜说，行，另外，你恐怕还得找小郑谈一谈，征求一下他的意见，他这个同志很求稳，一般不打无把握之仗。

王玠点头赞成，行，我先找郑晚子聊一下，等他同意了，然后再提交学校领导班子研究。

王玠准备去找郑晚子。这么一件重要的事，要谈就得谈透，要想谈透，就得找个恰当的时间，不要有干扰。

他就留意观察，看什么时间找才比较恰当。不观察便罢，一观察，便发现郑晚子从早忙到晚，一天都没有闲时候。

一大早，郑晚子与寄宿生一起跑步晨练。

上午与下午，郑晚子不是上课，就是备课批改作业。下午两节课后的活动时间，不是打篮球，就是打排球，与师生中一群活跃分子打得火热。

中午与傍晚一放学，郑晚子就往家赶，回家帮爱人干农活。

晚上，郑晚子又下班级，陪学生一起上晚自修。

下了晚自修，9点多钟，郑晚子回办公室办公，11点多钟回家。

王珩决定，就在下了晚自修这个时候去找郑晚子。晚上9点多钟这个时候，老师们和同学们都休息了，谈事情不会有人打扰。

晚自修时，郑晚子没有在办公室备课改作业，而是到教室里辅导学生。

天傍黑，堤中各个教室的日光灯亮起来，校园静如处子。每天的这个时候，郑晚子最能找到一种感觉，一种自己过去在范中上晚自修的感觉。走进教室，走在课桌间，教室里是那么安静，安静得只听见日光灯发出的咻咻声，钢笔划纸的嚓嚓声和手指翻动纸张的清脆的哗啦声。他十分陶醉，在他心目中，这是最美的一种音乐合奏，一群青春少年徜徉在知识圣殿里奏出的美妙乐章。

安静的教室里，学生们请教问题总是把声音压得低低的，仿佛窃窃私语。

一个女同学轻轻地问，郑老师，这条方程怎么解？

郑晚子低下头，一看，是一道很特殊的方程，但这难不倒他，三下五除二，郑晚子很快就解开了。

女同学的大眼睛忽闪忽闪的，哇！原来就是这么回事！班上的同学都知道，班主任老师郑晚子是全面发展，他是语文课的课任老师，但不光是语文教得好，数学也好。女同学想不到，这道题下午问数学老师时，数学老师当场没有答出来，此刻一问班主任老师，却立马解开了！

女同学这么兴奋，郑晚子便充满自豪感。他自豪自己数学好，派上了用场。很多中学生就是数学差，家长们发现了这个问题，就到处找老师给孩子补数学。郑晚子的数学好，逐渐出了名，很多学生家长都慕名来找他，甚至让孩子住到他家里专门请他辅导数学，每一届都有，学子盈门，终年不绝。这当然也离不开向文的支持。向文不但不嫌烦，而且做饭蒸馒头给学生吃，学生无不喜欢这个"郑师娘"。他们一传十，十传百，从学生，传到学生家长，传到社会上，越传越夸张。也不怪，堤东农村的人读书识字的不多，就以为他是教学的全才。还有些家长特地跑来学校，把自己的孩子拜托给他。堤东公社一个县里下派干部，专门跑来与他商议，把在范堤县中读书的姑娘转到了堤东中学。

下了晚自修，郑晚子轻声哼着歌，离开了教室，回语文组办公室去办公。

灯火通明的语文组办公室里，挤满十几张紫红漆办公桌。桌上的一摞摞语文作业和作文本小山似的堆着，高高低低，"横看成岭侧成峰"。

几位年龄大一点的老师已经离开办公室，回宿舍休息去了。办公室里，只剩下小周、小吴等几位年轻老师，他们正在与冯正庚聊天，好像在聊范城的糯米大麻团，龙虎斗烧饼，张福盛的蟹肉包，三元酒家的鱼汤面什么的，聊得挺热火，大家挺开心。

郑晚子不打扰他们，屏声静气走到办公室中间自己的办公桌旁坐下。

此刻，校园里最安宁，办公最出活儿，这种黄金档，分秒不容错过。母亲在他6岁时离世，父亲在他20岁时也跟随母亲而去，妻子向文全力支持他，他了无牵挂，全部精力与心思都放在教学上。

一大堆学生的作文本，小山似的堆在面前。他从上面取一本下来，翻开，翻到学生新做的一篇作文，由头至尾，先粗看了一遍。

堤东中学的语文老师批改作文，各人有各人的特点。有的翻开作文就批改，一遍看下来，作文本子上就批得红通通。有的老师则相反，通篇批改下来，仅仅有几个字，甚至干脆只打个评分，一个字不批不改。

这两种极端，都不是他的风格。他批改作文，一般分三步走。第一步，不动笔批改，先粗看一遍。第二步，在粗看一遍的基础上，粗粗地批改一遍。第三步，在粗改基础上进行精批细改。

学生都很看重老师的批改。老师在一篇作文上批一句话，学生有可能记一辈子，甚至可能激励一个学生的整个人生。

学生们太喜欢老师那种漂亮的红色波浪线了！

在他们眼里，那哪里只是作文上画的一段段曲线？那是老师的宠爱、方向的指引、形象的鼓舞，他们受到了宠爱、指引和鼓舞，将会更爱好写作，更用心去挖掘与歌颂生活中的真善美，更爱恋人生。那哪里是一般的红色波浪线，那是一种洋溢着爱意的阳光线！

为了鼓励学生写作，郑晚子提出创办作文园地的建议，赵群积极支持。葛大林却提出不同看法，你表扬了少数同学，却伤害了大多数同学。赵群则说，我们可以把表扬的面扩大，在学校作文园地里多张贴一些各种不同风格的文章。郑晚子受到触动，又提议，创办学校作文园地的同时，各班也可以创办班级作文园地，贴在各班教室后面的墙上。

初三甲班的班级作文园地办得风生水起，郑晚子让全班每个学生都贴作文，每学期每个人起码贴一至两次。有的学生作文基础太差，他就挑选他的作文中好的段落贴，如果还不行，他就挑选其中一段加以精批细改后贴上去。

所以，对每一个同学的每一篇作文，他都认真批改，不会漏过一个亮点。每次批改作文时，他都充满着对学生的爱心。

老冯和那几个年轻教师已经一个个离开，静悄悄的语文组办公室里，只听见日光灯发出"嗞嗞"的声响和郑晚子翻动作文纸页的声音。郑晚子完全沉浸在对学生的宠爱与引导中，进入一种忘我情境。在堤东中学，认真批改作文的老师有好些，但没像他这么痴醉的。他时不时地搓一搓冻僵的手指，然后再埋头批改，他并没发觉同事们都已离开，也不知道王珩来到了他的身边。

怪不得大家背后都喊他书呆子，真的是个痴迷教学的书呆子，理想主义澎湃的书呆子！如果我们堤东中学的同志都能像他这么痴迷教学，那该多好！王珩心中感叹，轻轻走到郑晚子跟前，咳嗽一声，晚子，还没有休息呢？

郑晚子稍微一吓，抬起头，搓搓冻得有点发麻发僵的手，老班长，不，王校长，是你。

王珩挨在郑晚子身旁坐下，晚子，告诉你一个好消息。

什么好消息？是不是县局决定我们学校下学期增设高中班？谁不知道！

不是这个，当然也与这个有关。县里高中师资紧缺，要我们自己解决。我们得从现有的初中教师中挑选人教高中。月初，县局专门开会打了招呼。很多同志将从初中教师变为高中教师，这不是好消息？

嗯，算是。

会后回来，我和景主任初步排了一下，排来排去，还差一个教高中语文的。晚子，你能不能帮我分担一下？

好。王珩话音刚落，郑晚子便欣然应允。

王珩趁热打铁，又试探性地说，晚子，再弄个重点班的班主任当当怎么样？

郑晚子又欣然应允，可以。

既愿意教高一语文，又愿意做重点班的班主任。郑晚子这么爽快地答应，王珩预先准备好的许多动员辞令都无须说，统统免了，这，完全出乎他的意料。

按常规，任教初中必须具有大学专科以上学历，任教高中必须具有大学本科学历，郑晚子连专科也不是，也就是说，连教初中的资历也不具备，王珩决定请郑晚子任教高中，实属打破常规。

王珩能打破常规，是因为他了解郑晚子。在范中老同学中，他最佩服郑晚子，郑晚子功底厚实，善于钻研与创新，他相信郑晚子能超常发挥，而且他初三语文教得很出色，教高一重点班语文，应该没什么问题。

但是，王珩想不到郑晚子答应得这么爽快。是的，郑晚子从小有胆量，不怕人，不怕事，遇到困难照样向前走，天性喜欢挑战。可他经历了那么多之后，如今性格已发生变化，变得有点谨小慎微，今天怎么会这么爽快？

王珩长长地吁了一口气，浑身轻松。这个重点班学生成绩好、起点高，是从全年级挑选出来的尖子生，老师又是从全校教师中好中选优挑出来的，邵平伯教数学，牛永桢教物化，郑晚子教语文兼班主任，可算一个最佳组合。

郑晚子也长长地吁了一口气，心里一波一波的，激情满怀。

等王珩离开语文组办公室，郑晚子立即放下作文回家。这么好的消息，他必须立即回家告诉妻子向文。

夜深了，郑晚子兴致勃勃地回了家，把这个好消息告诉了向文。谁知，却被向文泼了一瓢冷水。

原来，傍晚向文干了一天的农活，本来已累得要死，可放工回到家，又立即傻了眼。小春坐在地上哭，脸脏得像只小花猫，猪子在圈里边吵边拱圈，鸡子在门口场上叫着飞，家里一盘散沙。郑晚子还没回家，这一大摊子事，都冲她一个人，她头都大了炸了。一阵手忙脚乱，照应好小春吃了夜饭，把了大小猪食，喂了鸡子，家里不再一盘散沙，自己却浑身散了架，连夜饭都没劲吃。

向文满肚子怨气，什么高中不高中，你怎么到现在才回来？我这放工一到家，小春坐在地上哭，猪子在圈里吵，鸡子在门口场上叫，你也不早点回来，帮我忙忙。

郑晚子这才意识到，向文干了一天农活，回到家又忙了一阵，肯定是累得要死一肚子气了。他连连给向文打招呼，那好那好，明天晚上我早点回来。

你呀，天天都说早点回来早点回来，天天都不早点回来。你嘴说得像个瓢没得用，说话不算数。

明天晚上我肯定早点回来。

好的。小点声，小春已经上了铺。

他作业做好了？那好，我扒点山芋和黄芽菜起来，由明天吃。

山芋和黄芽菜都储藏在地窖里，地窖是挖在丁头府第一间。每年入冬前，自留地里的山芋收了，就储藏到窖里，黄芽菜收了，也储藏到窖里。为了保温，地窖底下垫一层稻草稻糠，上面盖几条草苫子，这样，中间的山芋黄芽菜不但不会冻坏，而且会更好吃，特别是山芋，洗干净了一咬，比大苹果还脆还甜，儿子小春最爱吃了。

这夜里扒什么？扒起来挨冻？不如明天大早扒。

那好，来一段诗文。你妈妈讲过的，拣有趣的好玩的，来一段。

这是惯例。来一段诗文，是一天苦下来夫妻共同的一乐。

向文说了两个诗文故事，情绪好转，郑晚子乐在心里，今天他要向文说诗文故事，就是为了缓解她的情绪。他趁机把下学期教高中的好消息重述一遍。

什么什么？你再说一遍。向文说。

此刻，她才入了神。刚才是累得慌气得过了头，根本没入神。

高中生能教高中？向文质疑，是不是你的老同学王珩照顾你？

有什么不能？什么照顾不照顾的？

高中多难教，你真的能教好？别又是"向阳大队"！

向文的担心，不是多余的。高中生教高中，也确实是一个新挑战。按惯例，教初中，必须有专科以上学历，但农中并入普中时，郑晚子只有高中毕业，就教了初中，那曾是一次挑战。在那次挑战中，郑晚子是胜了。那么，这一次是高中生教高中，挑战更大，郑晚子还能战胜吗？

郑晚子却认定，人生如战场，一个人，只有不断地接受挑战，才能激发动力，提高能力，不断进步。这一次更大的挑战，反而让他在农中同事一个个离开堤中后的孤单感突然消失，生活变得更加紧张而有活力起来。他向来不怎么看重学历，堤东中学有些同志虽然是本科生，教学也很一般。可是，他很重视大学文化知识的学习，屈指算来，离下学期教高中也只剩下一两个月时间，他得抓紧时间，认真地补一补。

这么一想，郑晚子便说，高中生到底能不能教高中，能不能教好高中，嘴说没得用，让实践来回答！

向文还是将信将疑，行，但愿如此吧！要是你上了大学，就没问题了。话又说回头，现在高考取消，又不高考，教不教高中能怎样？

郑晚子坚持自己的看法，反正教高中总比教初中好，哪个不想教高中？向文，我睡觉了，你也早点睡。

马上，向文应答，哎，你也问学校要个宿舍，这样你有时候就睡在学校，省得两头跑。

妻子的思维跳跃性太大，郑晚子常常跟不上，干什么？

省点时间学习，准备教高中啊。

向文给出的这个理由太充分了，郑晚子不得不佩服，他懒洋洋地打了个哈欠，等洪正兴过了 50 岁生日再说吧，他这几天准备请客，没这个心思。

在哪儿请客？

应该是在红旗饭店吧？

28

洪正兴在红旗饭店摆下 6 个台子，专门宴请堤东中学的同事，庆贺他的 50 岁生日。亲友们，他预先已在家里摆台子请过，今天专请同事，家里的老婆孩子和亲友都不再参加。

红旗饭店，隶属于堤东人民公社供销社，与堤东小街供销社经销店是兄弟单位。它本来叫堤东饭店，后来改叫红旗饭店。

红旗饭店，是堤东小街最大的饭店。堤东的人有事，在红旗摆台子，面场最大。堤东的人，到红旗赴宴，最为荣耀。

俗语说，备酒容易请客难。

洪正兴请客却不难。他是堤东中学总务主任，分管学校后勤，负责财务、伙房、宿舍分配、教室分配、教学设备分配、办公用品分配、勤工俭学收入与分配，大权在握，而且人缘也好，在堤东中学教职员工中很有面场，所以他请客不难。大家都准时出席，而且之前都送了厚薄不等的礼金礼品。

只有郑晚子不懂这些人情世故。作为老师，冯正庚比较了解他，所以几天前特地提醒过他，尽管他不尊重冯，冯还是给他提了个醒，很大度。谁知他不开窍，他别的都聪明，偏偏就是人情往来这方面不开窍，真是个书呆子。

大家给洪正兴送人情，郑晚子也不是不晓得。但他不送，洪的大儿子在他班上，他只要多照顾多下些功夫就行，这就是对洪的尊敬，还要再送什么礼？洪平时对他总是笑嘻嘻的，一定是心中有数，感激他对自己的老大多下了功夫。他感觉到，洪这人虽有点势利，但做事还是有数的。

晚六点不到，人基本到齐。

一般人家请客摆宴席，桌上有红纸名单，客人对号入座，但洪正兴没有这么安排。也不用洪正兴安排，大家随便坐，各找各的位置。语文组一桌，数学组一桌，理化和英语组一桌，其他和伙房工友一桌，校领导和总务后勤一桌，女同志一桌，6个台子上，都坐得满满当当，还加了椅子。

酒过数巡，语文组这一桌闹酒闹上热气，个个激情迸发，人人妙语连珠，争相展示才华风采。闹到冯正庚，他不肯再喝，有人不依。

不依的是语文教研组长赵群。

鹤发童颜的赵群，原是范堤中等师范学校老师，范堤县语文教学权威，颇受大家尊敬。

赵群站着不依，老冯，我陪你，我这白发苍苍的，不能黄（堤东方言，办不成的意思）我。

您赵老是教研组长，咱们的头儿，德高望重，我怎能黄你？我这量，你还不知道？要么，我讲个笑话？行不行？

赵群说这倒也行，便坐了下来，与大家一起听冯正庚讲笑话。

冯正庚一口陵京话外地口音，却有意地夹带一点范堤方言，一段话中连说若干个"呃"字，逗得满堂大笑。"呃"字是范堤乡音，并无什么实际的含意，但是听起来亲切。

妙语解颐，欢声笑语一片，众人都在凑热潮（堤东方言，热闹的意思），郑晚子却觉得无聊，没得什的意思，不发笑。

他不再喝酒，也不怎么吃菜。每次赴宴吃席口，他都有滞后反应，席上好像没吃饱，回到家后却饱得撑人，胃撑得难受，所以现在到了席口上，他吃不到一半，就不再怎么动筷子。既然难受，何必要呆吃！同样，他每次酒喝多了，也难受，所以他只要喝到二两酒，就再也不肯喝。既然难受，何必要呆喝？

他就是这逻辑！他这么认死理，酒席上经常得罪人。

红旗饭店的菜并不怎么样，不如妻子向文忙的干净、好吃，连堤中食堂工友老邱的厨艺也不如。

他就这么认死理，不活泛。而小吴他们就不同，他们虽然跟他一般年轻，但比他活泛多了。

见他不喝酒、不吃菜，小吴举起酒杯，感情深，一口闷。说完，小酒杯在桌上敲击两下，一饮而尽。他只得照样举杯、敲击、一饮而尽。

他才喝完，小王又举起小酒杯。他一想，不好，这样一一陪下去吃不消，连忙摆手，大家都知道我不能喝，我也来讲个故事吧，好吧？

众人都说好好，纷纷鼓掌。

故事讲完，效果良好，引得众人一阵哄笑，在众人哄笑中，冯正庚端起酒杯下了位，离开语文组的桌子，来到数学组桌旁敬酒。

邵平伯率先站起身，端起酒杯，细爹，你们语文组那一桌怎么那样热潮？

烧饼，郑晚子讲故事呢。

细爹，小郑又发人来疯啊？

烧饼，小郑发人来疯，还不是常事。

牛永桢插嘴说，烧饼，小郑这不叫发人来疯，他的故事确实讲得好。

在冯正庚之前，牛永桢先来数学组敬酒，他还没回到他们理化组桌上去。

冯正庚附和，对，小郑的故事确实讲得好。来，喝酒，大家一起来，干！

邵平伯一口喝干，拿过桌上的酒瓶，主动加满，又端起酒杯，细爹，来，回敬你一杯。

冯正庚摇手，烧饼，王校长到我们语文组去了，我得赶紧回位，马上来。

王珩见语文组闹得凶，特地跑过来，举起酒杯，你们语文组怎么这样热潮？来，我敬大家一杯，干！

赵群站起身回答，洪总50大寿，大家高兴，讲了两个笑话。

什么笑话？洪正兴问。他跟在校长王珩身后。

赵群端起酒杯，举起来，来，王校长敬酒，大家一起，干杯。

干了杯，郑晚子听见洪正兴在与王珩说话。说什么，没有听清，只听"宿舍""宿舍"的，好像是谈学校建新宿舍或是调整教工宿舍的事，反正与宿舍有关。

郑晚子不由得想起上次向文叮嘱要宿舍的事，打算下位去找洪正兴谈谈。

王珩正在敬酒，大家正在兴头上。郑晚子忽又改变了主意，这时找洪正兴说话不妥，这事这个场合不好说，说得不好，反而弄巧成拙。

"鱼——到——"一声大吼，打断了郑晚子的思路。

随着喊声，一个男厨师从厨房里跑出来。那厨师，白围加，白厨帽，手中托一只长长的大鱼盘，高举过头，身子微斜着，花旦似的碎步跑出来，跑进餐桌行间，边跑边喊，"鱼——到——"

众人异口同声齐呼，"鱼——到——"

在众人一片呼声中，那厨师又身子微斜着，托着大鱼盘，从餐桌行间，花旦似的碎步跑回厨房。

小郑，敬你酒，赵群端着酒杯，在呼声中来到郑晚子的身后，来，小郑，专门敬你一杯，我先干为敬！

郑晚子赶紧起身，又赶紧欠身抓过桌中间的酒瓶把酒杯斟满，恭恭敬敬端起来一饮而尽，又举起空杯，谢谢赵老！谢谢！

赵群手拉住郑晚子的手，头靠住郑晚子的头，压低声音，小郑，准备准备，马上要上公开课。

郑晚子被弄得没头没脑，问，上什么公开课？

赵群神神秘秘地说，老冯到处找人，坚持要教高中，王校长没办法，可能要你俩上一堂公开课，由大家听课来评定。

郑晚子不明白，前几天王校长已经找了我，我也答应了呀！

这事正在酝酿，还没定，先透个风给你。

酝酿什么？干脆由冯老师教得了。

赵群侧过狡黠的笑脸，虚伪了，是不是？

29

郑晚子去总务处找洪正兴，向学校要宿舍。

他被向文一点拨，也是自己感到太累了。

这些年，从龙印港到堤东中学，他每天来回跑 6 趟，跑得够辛苦，学校里没有宿舍是不行的。

过去在农中，他是有宿舍的，后来农普中合并时，他到堤中工作，学校没有安排他的宿舍，他也就没有要。

我怎么就没有向学校要个宿舍呢？郑晚子现在很自责。

昨天在红旗饭店，赵群向他透露冯正庚坚持要教高中，王珩打算通过公开课确定人选。郑晚子打定主意，如果学校真这么做，他将拒绝上公开课，主动放弃教高中。他不是虚伪，而是真心诚意，他不与冯老师争！他现在满脑子不是教高中，而是宿舍，时时刻刻想的都是宿舍。

想到什么就要做，他就是这样的一个一根筋。他不管经过哪个教工的宿舍门前，都要朝里望一望，想一想这个宿舍是否适合自己住，洪正兴能不能分一个这样的宿舍给自己。

在总务处门口，他遇到了洪正兴，便说，洪总，有件事找您。

昨天刚办过 50 寿宴，一身喜气，未消正浓，洪正兴脸上笑嘻嘻的，郑老师，什么事，请讲。

郑晚子说，洪总，我想向学校要个宿舍。

他说话不拐弯抹角，直捣其墙。

不知他这话中有什么法术魔力，洪正兴像中了招似的，脸色大变，陡然收了笑容，手摇得拨浪鼓一般，别忙，王校长此刻要找我，回头再说。一边说，一边摇着手，一溜小跑离去。

洪正兴这种异常的举动，极不合乎逻辑。要是往常，郑晚子也不会在意，但今天他留了个心眼，就想望望洪是不是去校长室，果然，洪不是去校长室，而是上了伙食房，伙房门口有人在招手，好像是工友老邱。

工友老邱是从堤东小街附近的农村招上来的，他是工友中的头目，手里握着分饭打菜的勺子，在学校教工中很有市场。

郑晚子一般是回家吃饭，有时不顺便才在学校吃。他去伙食房时，要想买好吃的炒菜或烩菜，常常是明明看到还有，工友老邱却说没了。郑晚子说这儿不是还有两份吗？老邱说那是老邵的。老邵在堤中最牛，数学教学挂头牌，人际关系门道精，校长都买他的账，工友都与他交好。郑晚子却不买账，邵平伯他一个人吃两份吗？老邱有些不耐烦了，还有洪总一份。说着就去忙锅上的事，不再理会郑晚子。

老邱对洪正兴这么好，这刻儿老邱招手喊他，他必然会去，他宁可欺骗一下郑晚子，也不会拂老邱半点意。

所以，郑晚子看不惯工友老邱，也看不惯洪正兴，还有老邵。他总觉得他们是一伙的，自己不在他们这一伙之中。

耍这种小滑头，洪正兴是家常便饭小菜一碟，郑晚子却愤懑至极！他决定与洪正兴斗一斗，如果洪下次再耍滑的话！

整个龙印港都静悄悄黑黝黝的，只有星星点点的少数几家灯光。

郑家的丁头府里，摇曳的灯光或明或暗。只要郑晚子还没回家，向文总是亮着灯，留给他。

郑晚子急匆匆地回到家中。

听到咚咚的脚步声，郑晚子还没敲门，向文就起身前来开门。

郑晚子心头一暖，我回来了。

……

向文坐在灯下做针线活儿。郑晚子坐在她身边备课，与她说话，发泄心中对洪正兴的不满，把下午的事情原原本本地告诉了妻子向文。

向文气坏了，晚子，这个洪正兴，不是个东西，还有那老邱，也不是个东西，看来，这宿舍又是"向阳大队"了。

话一出口，她想想又觉不妥，这不是长他人志气，灭自己威风？便复又高声说，晚子，要，继续要，有命不怕家乡远！

嗯，郑晚子陡感嘴中有颗牙齿松动，眉头一皱，捂着嘴，嗯，嗯。

向文丢下手中针线，关切地问，晚子，牙又疼？吃药没有？

是一颗牙齿松动了，又疼起来了。郑晚子忍住牙痛，把手从嘴上拿开去说，不吃药，吃也没得用，吃的时候好点，回头不吃了更疼，饮鸩止渴。什么药都不能瞎吃，少吃为妙。

不吃就罢，坏牙吃药也治不好。向文说。由于生活太艰苦，压力过大，丈夫郑晚子还不到30岁就发牙病，她心里难过。她轻轻叹了口气，回房取出一把剪刀，放进针线家伙（堤东方言，指装盛针线的器具），坐到罩灯下继续拾掇。

郑晚子回房取出一只大白口罩，戴到嘴上，继续坐下备课。

向文抬头瞟了一眼，一丝苦笑掠过眉间，戴口罩，牙就不疼？

这天夜里，郑晚子嘴里牙疼，头脑里发乱，老盘旋着向文"向阳大队""向阳大队"那些话，翻来覆去睡不着。

他的睡眠一直很好，一般上铺看会儿书，不到五分钟就睡着了。今天出了奇，就是睡不着。

直到第二天上午上班，郑晚子的头脑里都是乱哄哄的。

当——当——当——当——

校园里响起预备铃的铃声。

这铃声，回旋激荡，仿佛如指挥千军万马的指挥员，号令着老师们和学生们准备作战。沸腾的校园，仿佛如开战之前的战斗前沿，归于平静。

郑晚子站起身，把大白口罩往上拉了几拉，遮住大半个脸，昏沉沉气鼓鼓地离开办公室，走向高一甲教室。

天气虽渐渐冷下来，但除非卫生院的医生和护士，外面还没有人戴口罩。郑晚子是特殊情况，牙疼，闹牙病。牙齿怕吹冷风，用手捂住嘴就稍好一些，他干脆学着卫生院的医生和护士，戴上一个大白口罩，感觉比用手捂住嘴的效果更好。

可是别人看不习惯。偌大的堤东中学里，竟有一个30岁不到的年轻男教师，戴着一只遮住半个脸的大白口罩在校园里走来走去，还正儿八经在教室里给学生上课，只有郑晚子这种不管不顾的倔强脾气才做得出来。不管别人怎么看，只要不妨碍别人，怎么好就怎么做，我行我素，这就是他的一根筋。

在一些同志眼里，郑晚子戴着口罩走来走去，好似一道奇奇怪怪的风景，成为他们议论的话题。有个嘴快的同志当面问这问那，甚是关心他的牙痛，背后又议论说，这个郑晚子，事事都标新立异。

郑晚子闹牙病戴口罩，引起校长王珩的关注，王珩找人把他叫到了校长室，晚子，你要不要休息两天？

王校长，不用，以往我每次牙疼都没有休息过。

晚子，那你有没有到堤东卫生院去看？

去过了，卫生院的那个牙医很好，是我们一个高中同学的哥哥，很帮忙。那个牙医叫胡存宝，是胡存贵的哥哥。还记得吧，范中的老同学胡存贵？

我怎么会记不得？就是那个胡存贵，戴眼镜的。他爸爸也戴一样的眼镜，叫胡一晞，现在我们堤中的英语老师，信基督教的，怎么会记不得！

对对对。

晚子，你这牙疼闹牙病，还是歇两天好。

郑晚子摇手。

可王珩等郑晚子走了后，还是找来教导主任景观胜，叫他指派教研组长赵群，安排人给郑晚子代课。赵群安排妥当，回报景观胜后，就来告诉郑晚子。郑晚子还是摇手，他说话牙疼，只好摇手表示不要。

郑晚子有自己的小九九（堤东方言，算盘的意思）。各个老师有各自的教法，让人代课是好，可以帮自己赶教学进度，但实际上不好，让人代课会影响自己的教学质量，这不是个好办法。他讲课有自己的一套体系，旁人无法介入。

牙痛得寝食难安，连讲话也很困难，郑晚子坚持讲课，是勉为其难。除了上课，其余他尽量不说话。

这年冬季的牙病发得比哪年都厉害，发了又好，好了又发，直到春节，一个冬天都不安生，郑晚子不愿意多说话，遇到洪正兴他们，更是懒得搭理。

向学校要宿舍的事，也就暂搁一旁。

反正这么多年都熬下来了，也不急于这三两个月！

30

细二小去堤东中学时，是在春节过后。一个新的学期开始，堤东中学新招了高中班，校园里生气勃勃欣欣向荣，一片新气象。

上午，细二小上堤东小街办事。办完事，他顺拢堤东中学来找一下郑晚子，一头撞上了银发如冠的赵群。

眼前的这一位老人，满头的银丝白发，十分精神，样子慈祥可亲。细二小估计他是郑晚子的同事，但不知他叫什么名字，便上前询问，老师，请问，郑晚子老师这刻儿在哪儿？

赵群见来者头戴一顶旧鸭舌帽，身穿一件新褂，憨态可人，是一位农民兄弟。他便告诉细二小此刻郑晚子正在上课，并叫他先到语文组办公室坐一坐，等郑晚子下了课再说。

细二小执意不去，赵群只好将他领到高一甲班教室门口，来遇郑晚子。

郑晚子正在精神百倍地讲课。

只要在讲台前一站，他就来精神。宽大的教室里，济济一堂，坐满了学生，齐刷刷地瞪着一双双大眼睛。新学期新开了高中班，全校就这个高一甲班学生最多，因为是重点班，又都说有个最强的班主任，学生家长慕名都把孩子往高一甲送，挤满了还要往里挤。人口如飞，一个说好，一传十，十传百，就都说好了。这个高一甲教室都要挤爆了。

这是上午最后一节课。窗外阳光下，有个熟脸儿在向他招手，藏青呢子鸭舌帽，金丝框眼镜，分明是岳父向之真来了，他一阵欢喜。

他快步走出教室，定睛一看，来人不是向之真，而是细二小。细二小头上戴的也是鸭舌帽，并没有戴金丝框眼镜，郑晚子视力不差，但可能是太阳光太强，看花了眼，也或许是思念亲人心切，造成了错觉。

岳父已过世，仍恍如活着，他心中一阵难过。

当他转身走向教室门口时，细二小同时在教室外走向门口。

细二小不吃生，他是他的发小，又是他婚姻的牵线搭桥人，两人情同手足，关系非同一般，所以没有堤东一般农民见了老师的那种吃生感。他小声对他说，有个事，请你帮忙。

他也低声说，这事啊，我晓得，你爱人存娣上次说过，你先去我办公室里坐一坐，具体的，下了课再说。

当——当——当——

下课铃的铃声响了，在校园里回旋激荡。这铃声，仿佛如指挥千军万马的指挥员，发出战斗胜利结束的口令。平静的校园，马上沸腾起来，仿佛如缴获胜利战果的战场。

郑晚子急忙离开高一甲教室，来到池塘后面的语文教研组办公室，去会等在那里的细二小。

细二小已经站在语文教研组办公室门口，等了好久。

细二小现在已经是生产队队长了。

郑晚子再三致歉，陆永德，让你久等了，很不好意思。

我今天来，还是为那个孩子的事。

哪个孩子？就是你爱人存娣娘家那边的小伙？他考高中差几分没有录取，现在想插班念高中，是这事吧？

那么，可有把握？细二小笑着试探，语气非常轻，态度非常软。

我已跟王校长商量过，过几天你叫这小伙来测试一下，然后，我们学校到县招生办去办个补录手续。哪一天测试，听我的通知。

细二小开心地笑了，那好，听你的信，你帮我放在心上。

好，一定放在心上，你陆永德处处帮我，你的事，我怎么会不放在心上？

细二小觉得郑晚子真好。自己过去对他的帮助，要换了别的人，根本不愿意再拿出来念叨，可他却反复主动念叨，并且愈说愈动情，两颊都浮上红云。

郑晚子真的容易动情，欢喜表达。

细二小却不喜欢多说话。书读多了，恐怕就话多，做了好事要说干什么？我那也不过是举手之劳，不用小题大做啦。

一位白发长者捧着蓝色讲义夹，从办公室门里往外走，细二小见是刚才给他引路的那位，便憨笑点头，与人家招呼。郑晚子向细二小介绍，这位是我们的赵老，我们校的语文教学权威。

赵群热情招呼细二小，不要站在门口，进办公室坐下说话。他像朗诵诗般地说道，尊敬的农民兄弟，我们的大门永远是向你们敞开的。

郑晚子附和，对，陆永德，别光顾着说话，来，进办公室坐坐吧。

赵群的热情和诗性，让细二小更加不过意，他憨笑着不停地摇头，不坐不坐，你们那办公室不是我坐的地方。

郑晚子伸出左臂，朝前一指，做出一个请进的姿势，废什么话，来，进来进来，进来坐坐！

细二小仍然憨笑摇头，不坐不坐，你那办公室里人多，人家老师都要办公，我不能影响人家老师。

陆永德，你这么为人着想，这么真诚直爽，你真好！要是世界上人人都像你这么为人着想，这么真诚直爽，多好！

细二小憨笑，你也好。

细二小来学校，还有一件事，就是联系拾棉花。这两天秋高气爽，正是棉花盛开来不及拾的好天气，今年龙印港生产队里棉花面积大，大田里的棉花开得白茫茫的像一片银海，学校马上要放秋忙假，细二小希望郑晚子带学生去队里支援拾棉花。

郑晚子一口应承没问题，反正放秋忙假我们都要支农拾棉花，到龙印港去岂不是更好！

细二小仍然憨笑，挥挥手，走了，走了！

31

郑晚子回家告诉向文，细二小找过他，向文问那孩子上高中可有问题，郑晚子说没问题，存娣娘家那孩子考高中只差 1 分，补录应该没问题。

向文又问，那要宿舍的事呢？

女人思维的跳跃性太大，男人永远跟不上，郑晚子摇头。向文责怪他只顾教学，不把宿舍的事放心上。郑晚子找理由辩解，这不是闹牙病不能说话，疼了一个冬天，才好了吗？向文借力打力，牙疼不能说话？那你为什么能上课？郑晚子理直气壮，课怎能不上！向文顺水推舟，那现在该去要了吧？

郑晚子满口应承，行，我马上就去要，我找王珩要，不找洪正兴这滑头。

第二天到了学校，郑晚子瞅着没课时，去校长室找王珩。

王珩正在接电话。整个堤东中学就值班室一部固定电话，校长室这一部固定电话与值班室那部是同线。这部漆黑色的固定电话，是手摇式。王珩面朝里背朝外，手抓着话机上的话筒，嘴里正大声地喊着，喂，喂，女儿小丽发热，看了没有？医生说是感冒没事？好，那就好。我天把天争取回去一趟，正好到局里有事，顺便回家去看女儿，看你，韦丽。

见郑晚子来了，王珩对着电话那头说，好了，韦丽，你辛苦了，我这儿有事，来人了，挂了。

放下电话，王珩招呼郑晚子坐下。

郑晚子在口边桌旁坐下，是韦丽的电话？小丽生病了？回去看看吧。

王珩点头，有事吗？是不是牙疼，坚持不住了，要我安排人代课？

郑晚子摇摇头，不是的，是上次说的那个学生。

没问题，我天把天就上县教育局，刚才在电话里，我还跟韦丽说到的。不过，要先测试一下，看看那孩子基础究竟如何。

好的。不过，我今天来找校长，还有一件事。

是不是改教高中，遇到了什么困难？

不是的。

我估计也不会有多大困难。才一个多月下来，学生、教工反映都很好，连老邵、老牛，包括你的老师老冯也都诚服。

改教高中，目前还没有遇到什么困难。学生、教工他们是什么反应，我不太清楚，我自己感觉还可以。

那是不是与哪个同志发生了矛盾？

也不是的。

那是不是你家里有什么困难？

算是吧，我想向学校要一间宿舍。

行，这不成问题。王珩立时答应，并向郑晚子问明情况。

郑晚子便把自己一天来回跑6趟的情况说了一遍。

听了情况，王珩吁叹，老同学，我真是官僚主义，不晓得你每天都是这么过。亏你还年轻，又好在还有星期天、寒暑假，不然，你哪里挨得下来！

行，没问题，但宿舍这个事情，是洪总分管，你找一下他，行不行？

郑晚子不应答，也不走。王珩耐心解释，晚子，你晓得的，我俩是老同学，宿舍是洪总分管，我插手，反而不好。上次让你教高中，就有人说三道四，特别是老冯。所以当时我才决定叫你俩各开一堂公开课，由大家公评公选定人。当然后来没上公开课，是老冯主动退出。郑晚子插嘴，我也准备主动退出的。王珩不理他的茬，继续谈宿舍，给你一间宿舍，本来名正言顺，但我如果一插手，倒又像是徇同学私情，不讲原则。你直接去找洪总，我估计，不会有什么问题。

王珩讲原则，郑晚子很理解，却很不高兴，拔脚就往门外走，王珩笑指他的后背，惯宝子脾气！

郑晚子复又转头，手指戳向王珩，几乎戳到他脸上，谁是惯宝子脾气？你才是惯宝子脾气呢！

王珩哈哈大笑，我是，我是，我是我姐姐惯大的。晚子，要不要我讲个姐姐惯我的故事你听听？

你讲。

我姐姐王琳惯我惯到什么程度，我谈恋爱的时候，她每天晚上都等我回家。不管我和韦丽在外面谈到多晚，她都不睡觉在家里等。而且，她总是坐在门外楼梯口，生怕我有什么闪失。韦丽说，王珩，反了，你这么金贵，好像你是个女的，我妈妈根本不问我多晚回去，她才放心呢。

王珩讲得活灵活现，郑晚子听得来了劲，不屑一顾道，你这算什么惯宝子？我才是真正的惯宝子呢。王珩逗他，有什么依据？郑晚子便道出一个长绳扣腰下河玩水的故事。

我自幼喜水，三四岁就偷偷下河。我父亲郑云礼就想出一个主意，绞了一根长绳，一圈一圈地系在我腰里，让我下河玩水。夏天的时候，我家门前的龙印港河河水很浅，我在河中玩水，父亲就站在河边一圈一圈地放绳子，看到我到了河中间水深的到方，父亲就赶紧收绳子，一圈一圈地收，可好玩了，到现在想起来都好玩。

你父亲真是太惯你了，怪不到你是惯宝子脾气！

你设套套我。

郑晚子发现自己上了王珩的套，赶紧溜之大吉。他从校长室出来，一头遇着景观胜进来，赵群紧跟在后，他一一打个招呼便赶紧溜走。

他乘兴来到总务处，看到洪正兴一个人在那儿，逮了个正着。他正要开口，洪正兴却摇手，郑老师，我要上公社去开个会，有什么事，回头再谈。

又是溜之大吉，洪正兴又一次耍了滑。

龙印港的夜晚，在一片黑幕中沉寂下来，只有西南角郑晚子家的丁头府里，还亮着灯光。

昏黄的一盏煤油灯下，郑晚子在看书，向文在织毛衣。

小春早已上床睡觉，微弱的鼾声时起时落，从房间里传出来，夹进郑晚子与向文断断续续的交谈里。

向文说了几个诗文笑话后，郑晚子又提起向学校要宿舍的事。

他说，向文，这个洪正兴一直不拢边，滑得要命！

你的这个实际情况，是不是洪总不了解呢？是不是要送礼啊？

送什么礼？哪来钱送礼？自家钱还不够吃不够用呢！

你不送，他就拖你，怎么办？

我就拼命找，我就不相信找不动他，有命不怕家乡远！

别光在家里发狠，我看洪正兴就是欺你。

他敢？

别光嘴硬，要到宿舍，才是本事。

第二天上午，郑晚子没课，又到总务处来找洪正兴要宿舍，没遇到，洪上了街，去县局办事。

等到洪正兴从县局回来，那一天郑晚子终于在总务处堵住了他。

好多学生簇满了总务处门口，在看挂在门口墙上的黑板。

黑板上面，用粉笔写着一周的伙食安排。

郑晚子一看，他们高一甲班的生活班委华生林也在当中。对这个华生林，他还就高看一眼。

生活班委不好当，这个华生林当得很负责，郑晚子佩服他。最难弄的是寄宿生吃饭。饭前，在学校食堂，工友们把一排排饭桶菜桶排在食堂灶前空地上。上午第四节课后，各班值日的学生去搭饭搭菜，搭回各自的教室，去分饭，分菜。无论是搭饭搭菜，还是分饭分菜，这中间随时都可能发生各种矛盾。

若是有了什么矛盾与意见，寄宿生们都来找生活班委。比如，上午第四节课老师拖了课，下课后值日生去伙房搭饭桶，饭桶却被先来的班搭错搭走了。如果那个班人数和高一甲这个班差不多，也就罢。如果那个班人数比这个班少几个，少了几份饭，这个班饭不够分了，这时，生活班委就来事了，值日生就来向生活班委华生林报告。

二话不说，华生林赶紧就去伙房查点。他查到那个班是高二甲班，又赶紧追过去，赶到高二甲班时，人家饭已分完，只能下次补。他回到教室，不声不响拿起勺子，亲自替值日生分饭。他一边分，一边向各个同学打招呼，这回各人少分一点，下回补，我负责。

为了让大家心里平衡，华生林还克己让人，自己这份饭不要，等把饭分完，自己再到宿舍里泡一瓷钵焦屑，当饭充饥。

华生林这么冷静沉着，处事不惊不乍，话不多，事情却做到了家，大家都非常拥戴他。学生时代练就的这种优良素质，对他后来在部队的发展帮助极大。三年的生活班委，虽是一份苦差，但也磨炼造就了他，有利于后来他成人成才。华生林后来入伍进步比谁都快，一直升到某大都市警备区政委，成为从堤中走出去的三位将军之一。

这里，且不谈华生林的故事和后来，只说这堤中伙房食堂的每周伙食安排。伙房的每周伙食安排，是寄宿生们关注的焦点，总务处门口围满了前来关注的寄宿生。华生林站在其中，算是特别关注的一个。

郑晚子觉得，这个时候来找洪正兴，正是时候。这么多学生围在总务处门口，看你洪正兴今天还往哪儿溜。你溜，我就吵，让你在学生面前出洋相。

郑晚子有恃无恐，分开众学生，进了总务处，走到洪正兴办公桌子前，向他提意见，洪总，食堂的菜，一定要动脑筋，要经常变换花样，菜要新鲜，青菜要洗干净，油要多放一点。

洪正兴笑嘻嘻地连连点头，行，行，行，郑老师，有什么事？请讲。

郑晚子开门见山，洪总，还是宿舍的事。

宿舍？你不是住在家里，要什么宿舍？

你个老滑头，给我打马虎眼。郑晚子打心眼儿里瞧不起洪正兴，但权在人家手里，他嘴上只能装出讨好的意思，洪总，我现在是住在家里，但是每天跑来跑去，不方便。

这么多年都方便，怎么现在不方便了？

这么多年，是为了帮助我爱人向文干农活干家务，我一直住在龙印港家里，学校家庭两头跑。但现在，我突然感到累了，想有个宿舍歇歇脚。

洪正兴耐住性子，笑嘻嘻地听着，想了一想，好，我们研究一下。

事不办态度好，不发火笑面虎，这是洪正兴的本事。郑晚子大不如，他是怎么说就怎么做，言行一致，言行不一致的这一套他看不惯。由于不放心洪正兴，以防他会耍滑头，郑晚子又补充说，洪总，这些年，我一直体谅学校，没有向学校要宿舍，这一回，一定要烦你安排一间宿舍，请你多多照顾，一定一定哟。

郑晚子从来不肯求人，大家都认为他清高，但这次没办法，不求洪正兴不行。宿舍是学校的，分配权在人家手里，不低下头求人家不行啊！

洪正兴多精，郑晚子的这点心思，他看得一清二楚，却不露一点儿声色，仍然笑嘻嘻的，好，好，放心，放心，我们一定研究。

郑晚子正要再拜托几句，但听到有人喊他，转身一看，原来是赵群。

32

一节课之前，赵群匆匆离开校长室，赶回语文组办公室，在门口遇到了英语教师韦庚和。

老韦，看见小郑没有？赵群问。

韦庚和刚刚从课堂上下来，夹着英语教学备课笔记，边走边答，我在上课，没看到啊。

赵群在办公室门口朝里张望了一下，又问里面正在备课的冯正庚，说，老冯，看见小郑没有？

冯正庚放下语文备课笔记，抬起头答，好像去了总务处，你要找他？什么事情？

赵群"嗯"了一声，便离开语文教研组办公室，去找郑晚子。

找郑晚子，是关于开公开课的事，赵群没有告诉冯正庚。

开公开课，是学校教学研究中的一项重要活动，面向全县开公开课，是堤东公社中学有史以来的第一次。这个任务接到后，如同一石投进堤东中学的校园，激起千层浪。一些同志在活动，想争这个荣耀，挑这个担子。冯正庚也在赵群面前表示过，他愿意做勇挑重担的好同志，如果领导向他压担子，他决不推托。

赵群没有告诉冯正庚，是怕他又对郑晚子啰唆。但是，赵群这是误解了冯正庚。自从教了初三语文，冯正庚对郑晚子的态度跟以前已发生很大变化，他现在的精力都集中在教学上，尤其是备课。他向赵群表示愿意挑重担，并不是要和谁争开公开课，只是内在进取心的一种流露。

开公开课这个荣耀将落在谁的身上？同志们都在猜测，是语文教研组长赵群呢，还是数学权威邵平伯呢，还是理化权威牛永桢？反正不可能是普通教师，总不可能是年纪轻资历浅的郑晚子吧？

可谁也没想到，昨天范堤县教育局教研室与堤东中学领导沟通商定，这次堤东中学面向全县的公开课，还就是由郑晚子担纲执教，科目确定为语文。刚才，校长王珩向教导主任景观胜和高中语文教研组组长赵群做了传达，赵群便在第一时间去找郑晚子。

现在，赵群来找郑晚子时，郑晚子正好与洪正兴谈完宿舍的事。

郑晚子便跟着赵群，走出总务处。

赵群鹤发童颜，德高望重，深受他的敬重。那年他才走上农中教学岗位，就听过赵群一堂面向全县的公开课。那时，赵群还在范堤中等师范工作，40出头，一头乌发，风华正茂。

总之，郑晚子受赵群的影响不小，其影响不亚于范中语文老师牛正华。尤其是同事这两年，赵老悉心在教学上指导他磨砺他，他得益极大，心存感念。

一路回望，郑晚子欢欢喜喜，跟着赵群来到校长室。王珩和景观胜两人坐在那里喝水谈心。

你俩也是白开水？王珩问。

他示意他俩坐下，一边从东北角柜上端来预先倒好的两杯白开水，一边对郑晚子说，晚子，宿舍的事，你不要老盯着老洪。

我不盯他盯哪个？

老洪告诉我，他正在动脑筋，想把堆理化仪器的那一间腾出来。

那他为什么不告诉我光说研究研究？

那一间的理化仪器，要腾到理化仪器室去，理化仪器室还要整理，这都要时间。他怕你缺乏耐心，或者说漏了嘴，别人跟着起哄要宿舍。

哦，原来是这样。

王珩说，郑老师，今天专门请你来，是有件事要跟你商量一下。说到这儿，王珩停了下来，朝景观胜与赵群扫了一眼。

郑晚子不知是什么事，但听话音，看神情，又联想到刚才遇到景、赵二人来校长室，估计王珩已经与他们两个商量过，便静听王珩的下文。

王珩继续不紧不慢地说，郑老师，县局教研室决定，下个月在堤东中学搞一次公开教学活动，县里下个月的这次公开教学，开的是语文课，要选一个年轻的同志来执教。根据局里的提议，我们三个刚才商量，决定由你来开这个公开课，你什么想法？

郑晚子脸上发烧。自当教师以来，他没有开过公开课，在学校没开过，在公社没开过，更不用说面向全县开。那次赵群在红旗饭店向他透露学校准备通过公开课来挑选高中老师，后来也没有搞成。现在高中生教高中，已是巨大的挑战，如果再开高中语文公开课，将是更大的挑战啊！当然，他是喜欢挑战的，你老班长决定下来的事，我老同学能不支持？

不过，谦让还得要谦让一下，不能急吼吼地一口应承。郑晚子左思右想，脱口而出，又开公开课吗？上次不是说开的吗？

这话显然不恰当，赵群急忙打岔，小郑，你可晓得，上次没开公开课，直接研究确定你教高中，是校长的英明决定？

王珩笑了，什么英明不英明，不就是教个高中吗，一没名，二没利，谁更适合就让谁教，反正都是为了培养人才！

郑晚子也意识到刚才脱口而出的话不恰当，便回归正题，我看，最好还是老将出马，这毕竟是面向全县，影响太大。

推三阻四！一贯爽气的郑晚子今天怎么啦？上次找他让他教高中，他一口就应承，根本没有像这么推三阻四！会不会还是因为宿舍问题？

王珩正猜疑不透，只听诙谐风趣的赵群哈哈笑道，老将愿做伯乐，培养我们的小将千里马去驰骋天下。王珩跟后也带着笑意做郑晚子的工作，郑老师，别担心，有老将做你的后盾，你也有这把粮食，你就别谦虚啰。

景观胜也一脸媚笑，郑老师，你就别谦虚了。你也别担心，赵老师，你，我，我们几个一起来备课，一起做教案。

王珩继续为郑晚子鼓劲、加油、打气，郑老师，你执教，绝对没问题。你的课，堤东中学哪个学生不喊好，不竖大拇指，这次，县教研室的主任牛正华还专门夸你呢！

县教研室这个牛正华，就是他俩的老师牛正华，同一个人。他俩在范堤县中学念高中时，牛正华教他们的语文。牛正华课讲得好，作文批改得认真精当，他们崇拜得不得了。

他俩崇拜牛正华，牛正华也认可他俩。这一次，决定由郑晚子开公开课，就是牛正华的提议。王珩借牛正华的话说，话已到顶，郑晚子便不再说话。

公开课这事，就这么定了下来。

冯正庚去伙房吃饭，一头撞着刚下课的邵平伯。两人从工友老邱手中各自打了一份饭菜，坐在一张餐桌旁吃饭谈心。

邵平伯明知公开课这事已定，还拿冯正庚开心，细爹，这回语文公开课，你上啊，你冯大学不上谁上？

冯正庚反过来笑他，烧饼，你现在不灵光，消息不灵了。公开课已确定由郑晚子教，郑晚子也有这个能力教，你怎么还蒙在鼓里？你现在不灵光。

有人接过了话茬，谁说不灵光？

说话打岔的是洪正兴，他坐在他们对过桌上吃饭。

冯正庚不愿搭茬，谁知，洪正兴又笑嘻嘻地说，细爹，谁说你不灵光，正经经科班出身，公开课非你莫属呀！

冯正庚丢下饭碗就往外走，一边走一边丢下一句话，不问科班不科班，凭本事吃饭，郑晚子有这个本事，非他莫属！

见冯正庚扬长而去，洪正兴云里雾里，一时摸不着头脑，自言自语道，烧饼，细爹今天怎么啦，掉了风向啊？

邵平伯说，细爹早就掉了风向啦，你才知道？

入冬后的这些日子，为了准备下个月的这一堂公开课，忙坏了堤中一干人马，郑晚子尤甚。

天气虽冷，大家的心却是热的。

郑晚子忙得兴起，诸事不理。向文抱怨说，你把要宿舍的事撂辫尖上（堤东方言，不当回事的意思）去啦？他说，这两天没空，要忙大事！

这真是一件大事。这次公开课，不是面向堤东中学，也不是面向堤东公社，而是面向范堤县所有完中，包括全县最高学府——自己的母校范堤县中，都有教师来听。各路名师汇聚堤中，对于郑晚子来说，这既是一次难得的学习提高机会，也是一次非同寻常的挑战。

与郑晚子一样紧张忙活的，还有一个人，那就是赵群。他认定，对于范堤县的教育教研活动来说，这是在全县四所定点完中之中首次上演的一幕大戏！作为这幕大戏的策划和导演，他自然不敢马虎。

谁都知道，一幕大戏，台前表演得好不好，不仅仅取决于台前的演员，更取决于幕后策划和导演的水平。这次公开课，上讲台表演的是后生郑晚子，在幕后导演的是他这个前辈，郑晚子台前表演得好不好，就看幕后他这个诸葛亮强不强。县局领导与范堤县中的同行都了解这一内幕，万一准备不好砸了锅，他丢不起这个脸面。目前在范堤县教育界，郑晚子尚属无名小辈，他赵群可是大名鼎鼎啊。赵群爱惜自己的羽毛，所以认真打理，狠下功夫。

教导主任景观胜本来说好参加备课，却没有参加，局里组织定点完中教导主任到陵京参观学习，这几天他离开了学校。这一来，压力全在赵群肩上。

压力与重任在肩，连日来，平时一贯有激情的赵群，更加激情满怀。他带着非同一般的思想负担与高涨的激情，组织语文组的同志一步一步做好公开课各项准备工作。语文组成了全校人气最旺夜晚灯火最亮的学科办公室，语文组同志成了全校思维最活跃战斗能力最强势的战斗集体！

选择课文，这是讲好课的前提。郑晚子建议选一篇记叙文，理由是他们高二甲班的学生喜欢记叙文。这与他在平常的语文教学中偏重记叙文有关。他布置的作文也多为记叙文，学生们生活在农村，善于描绘喜闻乐见的农村所见所闻，他还利用忙假中拾麦、拾棉花、锄草等实践活动，引导他们观察与习作。

赵群则建议选用议论文，理由是记叙文应是初中语文教学的重点，高中的教学重点应是议论文。高二上学期语文教材中的 25 篇课文逐一筛过，没有一篇合适，赵群建议选用一篇课外阅读教材，课文题目为《经典梦想》。这篇课文，体裁为议论文，评论切实，思想辩证，层次清晰，语言清新，篇幅适中，很适合开公开课，可以两个课时连讲，一气讲完。

安排课时，短了不得入骨过瘾，长了冗长味淡。结合公开课的要求与课文的特点，赵群确定公开课为两课时，时长90分钟。

讨论教案。赵群强调，这是公开课的核心与灵魂。教学内容必须新颖健康，逻辑严谨。教与学的双边活动必须生动活泼，贯穿始终。教学用语必须生动清新，每一句话都要精当精彩，切忌没有新意，没有激情，落入俗套。板书必须简明扼要，层次分明。教学的节奏强烈，90分钟的每一分钟都要饱满。

几个步骤下来，前后大约花了10天工夫，最后由赵群与郑晚子共同执笔，写好了教案初稿。语文组各位同志再献计献策，反复挑毛病，反复推敲，反复头脑风暴。然后，由赵群先在他任教的班做了教学示范，再回过头来，组织同志们讨论定案。

葛大林用钢笔敲敲桌子，老赵，我挑个毛病，我觉得这堂公开课，开堂白和结束语都嫌"大"，"大"，就会空。

赵群看看葛大林，坚持自己的意见，老葛，我不是不让你挑毛病。我觉得，这样的开堂白和结束语很大气。有梦想，才有世界，一个经典的梦想，能改变一个世界，这是开头。改变世界的关键，是善于改变自己，是具备改变自己的强大行动力！这是结尾。首尾相顾，由大而小，有放有收，放得开，收得回，多大气啊！对中学生的健康人生，多有启迪啊！

葛大林看看赵群，仍然坚持自己的意见，那我保留个人意见。

孙景炎、冯正庚、老秦、老孙、老李，都不甘示弱，提出一些建议。

赵群一一点评商讨，或肯定，或否决，观点鲜明，剖析到位。

校长王珩听了赵群的教学示范课，并参加了教案的最后一次讨论修订。但是，他一直倾听，很少发表意见。教案定下来之前，赵群提出一个新的问题，问郑晚子是否需要试教？这时，王珩发表了意见，试教的好处是，使师生都熟悉教案，坏处是，缺少了新鲜感，两相比较，孰轻孰重？他这么一问，同志们都明白是什么意思，不再提试教的问题，教案便定了下来。

教案定下来，郑晚子满心欢喜，赵老，这10来天，我的收获胜过几年。见小郑这么说，赵群更加竭尽全力，将看家本领毫无保留地都拿了出来，又迸发出很多新东西。

郑晚子见到新东西，又继续钻研与创新，对教案再做修改。

万事俱备，只待东风。

晚上回到家，小春早已上床，向文还在灯下，郑晚子禁不住喜形于色，向文问什么事这么高兴？郑晚子说公开课搞定，一定会很漂亮！向文又问怎么个漂亮法？郑晚子乘兴如此这般地渲染描绘了一番，向文却不以为然，不晓得开课的时候你会不会发牙病呢！

你回回是泼冷水，总是逆向思维！上回农中与普中合并，你说普中的人会反感，上回校长叫我高中生教高中，你又说是"向阳大队"，你哪回不是泼冷水，不是逆向思维！

他极为不高兴，心里却也担心起来了！

真的，隆冬天寒，正是发牙病的季节，不晓得开课的那一天会不会发呢，总不能戴个口罩上课吧？

33

冬日大早的阳光，照得人暖洋洋的，从身上暖到心里。

一般上午上课是 7 点，考虑到听课的同志要从全县各地赶过来，今天开课时间安排得稍晚一些，改成上午 9 点，这样大家就不会太紧张。

走上高二甲班教室讲台，面对来自全县各中学的高中语文学科带头人，郑晚子禁不住有点面红心跳。

今天的高二甲教室里原有的 45 个座位坐满了学生，又加了 30 多张木椅，坐满了来自全县各中学的语文教师，80 多人济济一堂，包括牛正华、王珩、景观胜、赵群等。郑晚子陡然面对这样从未面对过的热气腾腾大课堂，被腾腾热气所感染，佛如纵身走进了云端，激情涌动，不能自已。他走近讲台，取出一支粉笔，转身举起拿粉笔的右手，举到镜亮的黑板中央高处，开始板书，"经典梦想"四个正楷字一个接一个跳出来，端正、遒劲、潇洒，引得满堂眼球转动眼光闪亮，这让他浑身一热，头皮发麻。

他回身讲台，但没有打开黑皮本备课笔记，也没有去看印制的教材讲义，而是径直开口说道，同学们，我们每个人都做过梦，做过各式各样的梦，我们都有自己的梦想。人类梦的内容与清醒时意识中保留的印象有关；梦想往往又是理想的表露，一个经典的梦想，常常是我们追求的最高境界。有梦想，才有世界，一个经典的梦想，往往能改变一个世界。同学们，这堂课，我们将要学习的这篇课文，就是《经典梦想》。课前，我们已经进行了预习，下面先请一位同学朗读课文。哪位？

潇洒的板书，令满堂生辉，生动的开堂白，富含启迪性。他话音未落，同学们一个个举起右手，课堂上霎时升起一片桅杆。

朗读课文，分析课文，师生互动，循序渐进……

别看郑晚子平时一副平和脾气，文静得如温柔女孩，一旦走进课堂，却是一个十足的"人来疯"，今天尤甚，嗓音亮阔，板书潇洒，发挥超常。

他讲得满面红润似苹果，两眼亮晶晶闪睿光，整个人完全进入了状态。

赵群听得兴起，用手捣捣坐在一旁的牛正华，压低了声音说，老牛，你可曾发现，小郑教学有一种特色。新鲜洗练的教材选取，无可辩驳的逻辑性，精当有致的教学用语、仪态与节奏，激情澎湃的教学创新与教学自信，一扫课堂上容易出现的平铺直叙、枯燥无味、没有生气的现象。他的学生崇拜他，喜欢听他的这种与众不同的教法，所以愿意与他交流问题、疑惑与心得。你看，整个课堂在他的指挥下就活起来，师生双向活动活跃，展现出与众不同的教学节奏感与美感，让我们耳目一新。老牛，你可曾发现，小郑他上课，就如同一个指挥家，在指挥学生演奏一首交响乐章。满堂的学生，就是乐队各个不同声部的成员。他这个乐队的指挥，真正是游刃有余，挥洒有方。

牛正华点点头，取下眼镜用灰镜布擦了擦，目不转睛地盯着讲台前的郑晚子，也压低了声音说，老赵，你说得太美太浪漫了，十多年了，你的浪漫情怀、诗性和激情一点儿没有变。

教育，就要有激情，用激情点亮一把火，点亮青春的一把火。

小郑这课确实上得好，既实在，又活跃，又有咬嚼，有节奏，有美感，更重要的是有思想高度，彰显了课文中寓含的精神向往。

老牛，师生互动，不就是一场精心彩排过的表演吗？赵群说。

的确，对于讲台前的郑晚子来说，他此刻就是在表演。人生本是一个大舞台，谁不是在努力表演，谁不希望别人为自己喝彩？牛正华附和。

郑晚子满脸满头满身的出汗。这堂公开课，虽然准备得十分充分，但他还是有点儿紧张。或许也是由于太兴奋，激情澎湃所至。

当——当——

下课的铃声响了。

啪，啪啪——

突然，一位听课的老师鼓起掌来，旋即，30多位听课老师和45位同学跟着鼓起来，紧接着，教室里哗哗哗掌声如雷。

听课者热烈的掌声，是对讲课者最好的奖赏。郑晚子面色红润如苹果，满额汗珠如珍珠，在哗哗哗的掌声中低头弯腰，向满堂鼓掌的师生鞠躬，好像一位谦恭的乐队指挥，向拥戴他的观众们诚挚谢幕。

听课的老师们簇在高二甲班的教室门口，热烈地讨论着刚才的精彩一幕。

有熟悉的人走向郑晚子，上前来握他的手，他赶忙迎过去，双手紧紧相握，一再致谢和自谦。

有不熟悉的人竖起大拇指，听说你还是个农中教师，只有高中学历，课上得这么棒，了不起。

县教研室主任牛正华站在教师堆里，大声叫道，各位同志请注意，现在请大家抓紧时间去吃饭，吃饭在堤东中学伙食房，伙食房在池塘东边。吃过饭下午搞公开课评讲活动，评讲活动地点在语文组办公室，各位有什么感受和高见，回头评讲时再讲。

堤东中学校长王珩也站在教师堆里，紧靠着牛正华。王珩接着说，各位，下午的集中评讲地点，还是语文组办公室，就是刚才大家休息的地方，池塘北边的一排办公室，中间的那个。

下午，语文组办公室改了模样，十几张办公桌完全打乱，排成一个回字形。参加公开课评讲活动的同志济济一堂，围坐四周。县教研室主任牛正华坐在顶头中间一个醒目位置，主持公开课评讲会活动。

同志们的发言异常热烈。郑晚子教学时的节奏状态，如指挥一个交响乐队的指挥，张弛有度，别开生面，引起大家浓厚的兴趣。他提出的议论文例证的选取方法，引出不少新见解及热烈的争论。他与学生双向互动的教学形式及方法，在大家中间产生了强烈的共鸣。

在开放式的课堂上，师生双向互动活动积极、紧凑、严谨、精彩、层次分明、节奏感强烈，就像一场精心彩排而不留痕迹的表演。

其逻辑之严谨，达到了极致。这种严谨的逻辑，内发于郑晚子打下的哲学底子。这一方面，他在开头介绍公开课的备课情况时，已简要做了说明。

公开课评讲会开到一定阶段，县教研室主任牛正华感到褒扬已然绰绰有余，便要求大家一分为二，既要总结长处，也要指出不足。比如，今天这堂公开课，重点讲议论文中论证事例的选取，本来可以多多联系学生作文中的一些问题讲，但今天联系得很少，这就是美中不足。

牛正华这么一说，热烈的办公室煞时静了下来，没有人开口发言。冷场了一会儿，堤东中学的葛大林请求发言。他说，兄弟学校的各位同志客气，不好意思提意见，我是堤东中学自己家里的，我带个头，先说一点。我觉得这堂公开课，旁的都好，就是开堂白和结束语都嫌"大"。话过"大"，就容易空。这一点，我们在集体备课时，我就提出过不同看法。

这是一个已经被否定了的话题，赵群觉得葛大林不应该旧话重提，他便接过了话题，对，老葛是提过这种看法，但当时我没有采纳。我觉得，这样的开堂白和结束语才大气，且与课文首尾相顾，由大而小，有放有收，放得开，收得回，多大气啊！对中学生的健康人生，多有启迪啊！

对，这样的开堂白和结束语才大气！冯正庚插嘴说，小郑今天这堂课，开得漂亮！

郑晚子今天这堂课开得这么漂亮，作为老师加同事，在全县同行面前，他倍感自豪。所以，他插嘴大声附和赵群的意见。

一时，语文组办公室里人声鼎沸，同志们纷纷发言，各抒己见。

作为县教研室领导兼这次公开课活动主办者，牛正华必须把握好全局。他适时主动接过话茬，充分肯定，对！老葛，老赵，同志们大家都说得各有道理，所以我说"双百方针"好啊，百花齐放，百家争鸣嘛！

公开课教学活动的圆满结束，让郑晚子第一次在全县中学语文界牛刀小试，锋芒初露，县教研室、各中学来宾评价意切言真褒奖有加，堤东中学王校长景主任赵组长及各位老师都心怡神泰，各方面无不满意，一致认为这次语文公开课，在教学上有一定的突破，收获颇丰，开得比较成功。

机会啊！赵群对郑晚子说。

他语重心长地又补上一句，这次得益最大的就是你。

34

评讲活动结束时已经傍黑，来听课的同志当天都要赶回各自学校，先后一批批离开堤东中学，只有县教研室主任牛正华还有事处理，继续留了下来。

陪牛主任、王校长、景主任、赵组长，一起送完各路客人，郑晚子站在校园里透透新鲜空气，正遇上洪正兴从伙房那边走过来。

洪正兴笑嘻嘻地说，郑老师不简单，今天的公开课不简单哪！

郑晚子是个真人，见不得洪正兴这种恭维的笑。他觉得这是假客套，他的好心情都被这种假客套破坏了，有点煞风景。他心里窝上火，口中没好气，便硬生生地问洪正兴，洪总，我的宿舍安排好了吗？

洪正兴收起笑容，故作认真严肃的样子，郑老师，打你个招呼，教工宿舍目前非常紧张，等以后新宿舍砌好，一定优先考虑你。

什么？不是说正在考虑吗？

又遇到一点儿新情况，但以后只要新宿舍砌好，一定优先考虑你。

现在就不能解决？郑晚子正要说，却没有吱声，因为他看到前面路上一个熟人在向他招手。

来人是龙印港的细二小，不用细二小开口，郑晚子知道他又是为那学生上高中的事而来。

要是洪正兴他们都像细二小这么真诚这么直爽多好！郑晚子这么想，可是能够吗？

郑晚子主动迎了上去。

细二小催郑晚子，你也快一点，不能再拖，人家也着急呢。

郑晚子说，好好，细二小，你放心。

细二小还告诉郑晚子，他昨天上街卖小猪了，是方全林"剪"的，剪给一广东老板。那广东老板在广东开乳猪制品厂，他待人特热情，还主动与细二小套近乎，两人成了朋友。

方全林是邹久宁的熟人，郑晚子与方全林认识，是邹久宁介绍的。细二小与郑晚子一次一起上街去卖小猪，郑晚子又介绍细二小认识了方全林。现在，细二小经常上街去找方全林"剪"小猪，郑晚子反而不怎么去了。

细二小说方全林昨天还特地查点郑晚子，问他为什么不上街"剪"小猪。郑晚子解释说，现在太忙，没工夫上大街，就在堤东小街上卖卖算了。

郑晚子送走细二小，转身再来找洪正兴，洪正兴已经回总务处去了。他叹一口气，去了会议室，牛正华在那里等他。

邵平伯正在总务处等洪正兴，一见他回来，便斜起眼睛，领导，今天是周末，晚上可轻松轻松，搞一点小活动啊？邵平伯说的是"打麻将"，他不说"打麻将"，而说"小活动"。

洪正兴明白邵平伯所说的"小活动"的意思，便问，烧饼，人呢？

邵平伯说，我一个，你一个，老邱一个，这就有了三个。另外，再喊一个，要么，喊王校长，让我试试。

洪正兴说，王校长没打过，不晓得他可会打。

让我试试。邵平伯说。他果然去了校长室，跟王珩说，领导，今天是周末，晚上可轻轻松松，搞一点小活动啊？

王珩说，老邵，晚上我还有事，局里牛主任还没有走，我们还要商量明天的事情。

邵平伯是教数学的，对语文组的活动不了解，领导，怎么每次喊你都有事？喊了你不知有多少次，一次面子也不把，叫我把脸往哪儿搁？

王珩一字一板，老邵，晚上我确实是有事，当然，我也不怎么会打麻将，对不起，我真的不能奉陪。

打发走邵平伯，王珩立即去了会议室。牛正华、赵群都在，郑晚子正在给他们倒茶。

郑晚子夜里回到家，向文的灯仍然留着。黑漆漆的龙印港里，唯独西南角这幢丁头府还有灯光。

紧张了一天，郑晚子太累了，倒头便睡。向文说，晚子，别忙睡，有件事告诉你。

上午开公开课，中午陪外校来人吃饭，下午参加评讲活动，晚上又被王珩拉着陪县教研室主任牛正华探讨高中语文教材教法，搞到半夜，累死了。郑晚子不是一个不善于同妻子交流的丈夫，可今天他确实太累，不想说话，便说，向文，有什么话，快点说吧，再不，明天再说，行吗？

向文满腔怨气，不行，不行。你只晓得你自己在学校里热潮、快活，你可晓得，我在家里过的什么日子？今天下午，队里分小麦，每人10斤，我家派分30斤，我1斤都没分到。分不到口粮，家里吃什么？

龙印港里的集体大田，是由生产队集体统一种统一收，各家的口粮便都是由队里统一分配。队里分的口粮唱主角，自留地里长的一点点只能贴补贴补，队里分不到口粮，家里吃饭就困难。平时，生产队收什么就分什么，年底再统一扎口结算。郑晚子一听这次队里不肯分粮，顿时睁大了眼睛，为什么？

为什么？你问细二小。

细二小怎么啦？细二小今天还去找过我，为那个孩子上学的事。

向文非常气愤，别睬他。

郑晚子有些诧异，为什么？这事不是你叫我帮他解决的？你不是老追我帮他解决，昨天还追我的呢。

昨天是昨天，今天是今天。昨天存娣来追我，我黄不起她。今天细二小分小麦，你猜，他说什么？

他说什么？

当着全队男女老少那么多人的面，他细二小竟说，"你家三个人口，只有一个小劳力，工分少，是个缺钱户，欠队里钱"。说这些话，也就罢了。他还说，"你家郑晚子有钱，就是不肯交"。这是啥意思？龙印港百十户人家，缺钱户大概也有二十几家，凭什么人家缺钱，小麦照分，就单问我家要钱？还好朋友呢，什的狗屁好朋友？

向文越说越气，脸都气得脱了色。郑晚子劝解，他不是个队长嘛，他当着全队男女老少那么多人的面说"郑晚子有钱也不交"，恐怕是有意说给别人听的，怕别人说他和我交好，包庇我，他这也是例行公事吧。

郑晚子这么说，明显是帮细二小打马虎眼。向文不听他的，例行公事？例行公事也不能这么说，"郑晚子有钱也不交"，这是什么话？我们是这样的人吗？别人不了解，他细二小还不了解？他不晓得你，又不是公办教师，每个月只拿14块钱，哪里够用？他不晓得你不是有钱不交的人吗？

向文，恐怕细二小真的不晓得，不晓得我每个月只拿14块钱，还以为我是公办教师，每月拿五六十呢。

不晓得？他细二小跟你什么关系，一点交情都不讲。再说，哪年到年底我家不都是主动缴钱，结清当年的账目？

怪不到细二小今天支支吾吾的，恐怕是要去向我解释的，当时我忙，没空，把他打发走了。细二小这个人，我看还不丑呀。

你这个人太善良，处处把人往好处想，你以为个个都跟你一样？不一样。细二小过去是不丑，现在变了，当队长，变掉了，有了权，人就渐渐变了。不跟你说，没说头，你总是处处维护他。

细二小的为人郑晚子了解，并不是向文说的那样，他是队长，有难处才不得不这样的。郑晚子本想把他找洪正兴的情况也告诉向文。可转念一想，这不是火上浇油吗？还是改天再说吧。关键是得好好地找洪正兴谈谈。

郑晚子拉过被头，蒙头便睡，嘴里咕哝道，早点睡吧，明天虽是星期天，还不得休息，还要陪牛主任工作呢。

向文也不言语，她看了看一旁熟睡的小春，掖了掖被子，吹熄罩子灯，也在床的那头躺了下来。

校园里书声琅琅朝气蓬勃，迎来了又一个冬日的早晨。可是，郑晚子今天的心情并不像往常那么好，而是一团糟。

天气阴沉沉的，连续几天都不见阳光。郑晚子的心情也如天气一般阴沉，仿佛被一股阴霾团团围住，入了脑，入了心，入了血液。宿舍的事情总是不得解决，洪正兴阳奉阴违，他满肚子怨怼，一想到宿舍，心里就像针戳，像刀剐，像锤子捶，像钉子钉！

在总务处办公室门口，郑晚子一头撞见了洪正兴，便问，那个事呢？

郑晚子问得没头没脑，洪正兴更答得不知所云，那个事就那样吧。

洪正兴这么滑叽骨笃（堤东方言，很圆滑的意思），郑晚子讨厌至极，仍耐着性子问，哪样？

洪正兴说，等新宿舍。

郑晚子的喉咙高起来，你上次不是说把堆理化仪器的那一间腾出来给我的吗？我不能等，我现在就要！

洪正兴笑嘻嘻的，现在不行，现在确实没有。

郑晚子的喉咙更高了，那我问你，张三也有，李四也有，为什么就我郑晚子没有？

印象中一向不高声，一贯温文尔雅的郑晚子，突然像要耍横，洪正兴暗自吃惊，收住笑，一本正经地说，我的同志哥，人家是公办教师。

洪正兴无意间说出了他的心底话，他还那么大言不惭、理直气壮！一句话，把他心底里对民办教师的歧视暴露无遗！民办教师怎么啦？是少上了一节课，还是不能教高中、不能开公开课、不能挑重担？郑晚子满肚子怨怼直涌，两眼盯着洪正兴，心里就像针戳、像刀剐、像锤子捶、像钉子钉，痛苦无比！他早就想干仗了，只是一直在忍，现在终于忍不住，勃然大怒道，什么屁话！原来你不是宿舍紧张，而是欺我是民办教师！民办教师就不是人？你讲什么屁话！

郑晚子一贯温文尔雅，从来没有与同事干过仗，包括那次与冯正庚转角相遇。冯是他的老师，师道尊严，老师再怎么歧视他，他也不反抗，他不能不尊师重道。可现在，他却一反常态，跟洪正兴干仗耍横，而且愈来愈横。洪正兴忍之再三忍不住，也光了火，小郑，你怎么骂人？

郑晚子满腔怒火，大吼道，分配教学任务，有没有因为我是民办就少分？

洪正兴大声回击，教学分工又不是我，与我何干！

郑晚子完全失了理智，脸上涨红如血泡，大吼，又要马儿好，又要马儿不吃草！岂有此理？

洪正兴也完全失了理智，两眼瞪得似灯笼，额上的青筋暴出如蚯蚓，大吼大叫，郑晚子，你别以为校长是你的老同学，就仗势欺人，你别得寸进尺！

洪正兴，你才仗势欺人！

郑晚子，你才仗势欺人！

你才仗势欺人！你才仗势欺人！两个人一口一个"仗势欺人"，吵得威武通天，不可开交。

洪正兴一贯的隐忍温和，见人一脸笑，开口从没得罪人的话，今天却不知道少了哪根筋，竟然毫无遮拦，破口大骂起来，好你个郑晚子，什么根基？一个高中毕业生，农中教师！你凭什么这么得势，高中教高中，还教重点班，还开公开课！人家大学毕业，正儿八经科班出身，也只教初中——你凭什么这么得势？不就仗的王校长的势！王校长与你是老同学，哪块不帮着你！但是，你别仗势欺人，欺别人可以，你别想欺到我！

提到"老同学"，郑晚子更加一头火。正因为是老同学，王珩才一直害怕别人说他庇护老同学，自己反而吃了不少亏。比如说这宿舍，王珩完全可以亲自过问一下，但他却叫郑晚子自己去找洪正兴，否则怎么会闹到眼下这种局面？郑晚子愈听愈光火，大吼大叫道，什么老同学不老同学？洪正兴，你才是堤东中学的大红人，谁敢欺你，胆大包天！

洪正兴同样吼叫道，郑晚子，你才是堤东中学的大红人，谁敢欺你？

二人吵来吵去车轱辘转，离不了同样的几句话！

吵架就这样，就是比气势，比喉咙，而不是比内容！谁的喉咙大谁占上风，谁吵得声嘶力竭哭天抹泪，证明谁委屈！郑晚子洪正兴两个只差没哭。

两个在总务处门口的激烈争吵声，引来许多人涌到门前围观、劝和。戴着高度近视眼镜的韦庚和分开众人，拦到洪正兴与郑晚子两人中间，尽力左右两边扯劝。这边说，洪总，你别气，郑老师这也实际情况，你就谅解。那边说，郑老师，你也不要急，你让洪总慢慢调节，想办法。

韦庚和是陵京大学外语系高才生，却一脸的农民厚道相，郑晚子觉得这个同事善和、好处。洪正兴虽然也是农民出身，却不像他那么厚道，如果像他的话，那就好了。或者，韦庚和如果是总务主任，那就更好。听了韦庚和的劝解，郑晚子渐渐地开始平静，不再吼叫。

洪正兴也不再吼叫，而是絮絮不息地向人诉说不平，叫大家评理。

围观的人越簇越多，邵平伯、牛永桢、冯正庚，老秦，老孙，小周，小吴，小王等同事都来了，还有刚下课的学生。经同事们七劝八劝，两人不再吵，郑晚子悻悻离去，洪正兴也回总务处坐下喘气，围观的人慢慢散去，各自回了办公室和教室。

不知何时，太阳已悄悄地从云堆里冒出来。

35

冬日的阳光照在恢复了平静的校园里，抚摸着师生们的脸庞和衣衫，懒洋洋的，暖丝丝的。

邵平伯右手架在冯正庚左肩上，两人一路走，一路谈。

烧饼，奇怪，两个慢性子的，今天怎么吵得这么厉害？

细爹，这有什么奇怪？人都爱显摆，腿脚好爱跳，喉咙好爱吵，洪正兴与郑晚子喉咙好呗！

别开玩笑，烧饼，洪正兴也该给郑晚子分个宿舍。

细爹，郑晚子一点儿不聪明，依我看，弄点小礼送一下，就解决问题。马上要过年，他拿个猪屁股桩子，再买条飞马香烟，送把洪正兴，保证落实。

烧饼，郑晚子这么困难，买不起啊。

细爹，一个屁股桩子，一条飞马香烟，能要多少钱？

我给你算算，烧饼。一个屁股桩子十二三斤，要得 10 块钱，加上一条飞马香烟 5 块，一共得 15 块，15 块超过郑晚子一个月的工资，他一个月只拿 14 块。而且，他是单职工，他爱人是知青，又没有工资，不像我们是双职工。

冯正庚扳开手指头，一笔一笔给郑晚子算细账。他是双职工，自己每月工资 50 多块，他爱人在陵京工作，比自己拿得还多，他设身处地为郑晚子着想，体谅郑晚子。而且，凭他的了解，晓得郑晚子就是有钱也不会送礼。

邵平伯也是双职工，他爱人虽然有病，但还能工作，她在官西大队经销店当实物户，收入比他高多了。他也了解郑晚子，晓得郑晚子没钱，有钱也不会送礼。但他却认为，人不能这么迂腐，求人办事，必要的请客送礼不能免。所以，他摇头，细爹，舍不得孩子，套不着狼。

烧饼，孩子舍了，套着狼，有什么用？

邵平伯摇摇头，细爹，这就爱莫能助了。

烧饼，这个事，我得帮他。

细爹，那你怎么帮？

冯正庚笑了笑，保密。

邵平伯从鼻子里哼出一声，你怎么帮？看我的！

与冯正庚分了手，邵平伯复又回到总务处，来找洪正兴。

围观的人都已散去，风雨过后一片平静，总务处只剩下洪正兴一人，正在专心致志看在建宿舍的建筑用料账本。

邵平伯人未进门声先到，他高声戏谑，洪总，一天到晚忙，比国务院总理还要忙，生命不息，战斗不止啊！

洪正兴丢下账本，叫邵平伯坐，又端来一杯茶，笑嘻嘻地说，烧饼，你是一天到晚穷开心。请问，又有何指示？

邵平伯一本正静，笑中带有严肃，有何指示？没有指示，只有请示。

洪正兴笑嘻嘻的，烧饼，你是不是手指痒痒？

邵平伯仍然一本正经，笑中带有严肃，痒个屁！你替我把小郑宿舍落实一下。

洪正兴有些不爽，瞪大了眼睛问，烧饼，凭什么？

凭人家小郑学校家中两头跑，吃不消。

我不也是学校家中两头跑，我怎么吃得消？

你家婆娘是农村里土生土长的，大劳力，做脚，帮你把家里做得好好的，你到了家，处处逸事逸当，你做大老官。人家小郑婆娘是知青，家里大活计都得他去做，他跟你完全不一样。

烧饼，那你家邵师娘不也是知青？还有病呢，支气管炎。

我家婆娘不一样，她在官西经销店站店，活计轻，而且每个月有固定收入。再说，你、我，我们的工资是人家小郑的几倍呢，别没良心。

邵平伯说到这儿，两眼炯炯地盯住洪正兴看，洪正兴垂下眼皮，转换了口气，烧饼，那你说小郑这什么脾气？

他是个书呆子，你别跟他一般见识。他确实需要一个宿舍，他也应当有个宿舍，你不给他，他不急？

这么说，他还有理了？洪正兴似乎还是不能接受。

堆理化仪器的那一间不是可以腾出来吗？

那一间本来是腾出来，准备给小郑的。

那现在呢？是不是因为小郑刚才跟你吵，你就变了卦？人家是个小孩子，你跟小孩子计较，你岂不是倒缩！

洪正兴突然压低了声音，烧饼，告诉你个情况，你别吱声，这个情况特殊，暂时要先保密。

洪正兴出生在官东大队一个贫困家庭，父亲是瞎子，母亲得了风湿性关节炎，他从小是在姐姐的照顾下长大的。姐姐含辛茹苦，培养他读书，一直读到范堤中等师范毕业。现在姐姐的独生子小王要结婚，对象是堤东供销社的营业员，姐姐跟他说，兄弟，给你家外甥弄个宿舍结婚。洪正兴问，堤东供销社不是说给外甥媳妇宿舍的吗？姐姐跟他说，兄弟，现在人家变卦了，不给了，可能是没有给负责分宿舍的小头目送礼。洪正兴不敢违姐姐的拗，就准备把堆理化仪器的这一间先给小王，小郑的宿舍再想办法。

这个情况的确很特殊，邵平伯表示理解，但他再三跟洪正兴强调，小郑的宿舍也要尽快落实。

洪正兴松了一口气，立刻表态，好吧，烧饼，你尽管放心，马上落实！烧饼，告诉你实话，我这两天也在想办法呢。

在堤东中学，邵平伯处处站角，不是领导胜似领导，后勤大权在握的洪正兴也让他三分。洪正兴说"马上落实"，邵平伯听了满意，刀削脸上露出了笑意，说，不管好赖，先弄个地方给他。

洪正兴笑嘻嘻地点头，好，你这话不错，不管好赖，先弄个地方给他。

下午，赵群背着挎包，正要走出语文组办公室大门，郑晚子正好下了课从外面进来。赵群问，小郑，上午，你是不是为要宿舍和洪正兴吵了？

是的。赵老，上午您不是和王校长一起去公社开会的吗，您怎么知道？

刚才听老冯说的。这样，你不要和他吵，等我从街上回来，来找洪正兴，没事，要一间宿舍，应该不会有什么问题。

坐在办公室里的冯正庚插话说，赵组长，你去县局几天？

赵群说，一天，最多一天半，县教研室牛主任说，这次的教研活动来个短平快，一天。小郑，你等我回来。郑晚子点头，好，等你回来。

等赵群走后，冯正庚把郑晚子拉到一旁，意味深长地笑道，晚子，有一间房子，现在是空的，你可晓得？

郑晚子问，冯老师，你怎晓得的？

昨天，洪正兴专门腾出了一间空宿舍。本来这间宿舍，是放理化教学仪器用品的。

这个我知道，但他上午又说不行。

谁说不行？昨天，他已经叫人把教学仪器用品并到了另一间，这一间腾出来空着了。

啊？是吗？

一点儿不假，不过，据小道消息，可能是由小王住。

小王不是跟小吴住一间，不是有宿舍吗？

小王是洪正兴的外甥，洪正兴照顾他一人住个单间呗。

小王一个未婚小青年，要住什么单间？

笨蛋，哪个怕宿舍嫌大？洪手中握有分宿舍的大权，小王是他的外甥，这个光怎能不沾，不沾白不沾。洪从小双亲残的残病的病，读书都是姐姐——小王的妈妈供养的，姐姐对他恩重如山，小王要个单间宿舍这点小忙，他怎会不帮！

噢，原来如此！他假公济私，还振振有词！

小郑，我教你个好办法，趁晚上没人时你去把锁一撬，自家搬进去。

冯老师，这怎么行？怎么能干这等邪事？

以其人之道，还治其人之身，是什么邪事？

你是说，以邪治邪？

对，你不仁，我不义！

老师冯正庚主动给学生郑晚子支招，这是破天荒第一回。自从数年前转角相遇受到冯正庚的冷面相对，郑晚子发觉冯老师骨子里对民办教师的歧视，就对他心存芥蒂。后来，不知为何，冯正庚对郑晚子的态度不断转变，特别是郑晚子教了高中重点班之后。今天他又主动给郑晚子支招，更体现出他的关心与亲近，郑晚子似乎又找到了读初中做他学生那会儿的温情。

郑晚子果然言听计从。他又回家和向文商量了一下，商量妥当，便从家里拿来一床被褥席子，当天夜里趁没人时，神不知鬼不觉，擅自行动，撬锁搬进了那间房子。房子里面是空的，只有一张床，教学仪器用品已基本搬完，但留下的味道很重。他进来睡了两宵，安然无事。

第三天，洪正兴一大早来看那间房子，准备打开窗户出出味儿，再安排工友老邱来打扫一下。

他手里拿着一长串钥匙，嘴里哼着小调来到那间房子前。他从一长串钥匙中挑出一把来开门锁，没打开。他抽出钥匙，重新挑出一把来开，还是打不开。他便从门上方中间的小窗口向里看，竟发现里面已经打扫过，中间那张床上已有了被褥席子。

不对，他感觉不对，难道是郑晚子擅自撬锁搬进了那间房子？除了他，没有第二个人！他气冲冲地去找校长王珩汇报，却一头遇上了郑晚子回宿舍。他劈头盖脸就责问，郑晚子，你怎么能干这事？你简直是无法无天！

洪正兴太气愤了，一反笑嘻嘻的常态，把郑晚子从刚搬进的宿舍叫出来，叫到总务处，拿他是问。

郑晚子不依不饶，怎么的？以邪治邪，就准你不上道子，不准我也不上道子？奇怪！我问你，张三也有宿舍，李四也有宿舍，为什么就我郑晚子没有？

洪正兴理直气壮，我的同志哥，人家是公办教师。

对民办教师的歧视，在洪正兴头脑子里太根深蒂固了！郑晚子勃然大怒，民办教师就不是人？你讲什么屁话？

洪正兴揪辫子，小郑，你怎么又骂人？

郑晚子怒吼，我问你，你这个单间是给哪个住？是不是给小王住？小王一个未婚小青年，要住什么单间？这不是仗着你的势？

洪正兴理短，便索性蛮横无理，怎么啦？这是我的权，你无权过问！

闻声而来的韦庚和，急得近视眼镜都快掉到鼻子上了，声音泛抖，怎么又吵呢？该怎么解决就怎么解决，吵什么呢？

邵平伯、牛永桢、冯正庚、老秦、老李、小周等同事都闻声而来，不要吵，不要吵，不要吵！有事好商量，大家都冷静冷静，冷静冷静！

洪正兴拖住邵平伯，像拖住救星似的，你说这郑晚子可是个东西？我这儿正在想办法给他腾地方，昨天下午我还跟你说过，哪晓得他竟撬锁抢宿舍？

邵平伯连声说，冷静，冷静！

郑晚子拖住冯正庚，像拖住包公似的，你说这洪正兴可是个东西？他对我说没宿舍，却帮他外甥调大宿舍，啊？

冯正庚连声说，冷静，冷静！

又怎么啦？王珩闻声赶来。他分开众人，走近郑晚子身边，在他肩膀上拍了几下，开玩笑说，郑老师，看你一贯挺温柔的，今天怎么这么暴躁了？

郑晚子心想，谁还有心情开玩笑，火气却消了许多。奇怪，他见到洪正兴，就气不打一处来，见到王珩，见到韦庚和，气就消了许多。

洪正兴见王珩来了，也不再骂，又有了笑脸。

王珩吩咐洪正兴说，老洪，宿舍的事，马上我们再研究。他说着话，一把拖住郑晚子往门外走去，郑老师，走，到我办公室去坐一下。昨天我不在家的时候，听说你们已吵过一次，今天怎么又吵？多大个事！值得吗，这么大动干戈？

36

郑晚子跟着王珩去了校长室，他一路走一路咕哝，堤东中学太不讲理了，包括你王校长！

王珩一路赔着笑脸，也不应答。

二人正走着，迎面遇到了常存宝。王珩笑着迎上去，你好，常书记，哪阵风把您吹来了？常存宝说，你好，王校长，我来找一下晚子。王珩伸手示意，行，请到办公室去坐。常存宝说，王校长，我不坐，我就在这儿跟晚子说两句。郑晚子便说，常书记，您说，什么事？是不是搞春节文娱？常存宝说，晚子，春节文娱搞得了，人员已经定好，我打算这个星期天就集中起来，然后利用晚上排练，到时你去帮我组织。郑晚子说，常书记，您放心，到时我去，您交给我好了。常存宝说，那好，我走了，校长，我走了，我忙煞了，多少事在等我。说完，扬长而去。为了把堤东大队搞上去，常存宝整天东奔西走，忙得脚不点地。

二人进了校长室，王珩随手关了门，让郑晚子坐下来，泡了一杯热茶，半真半假地笑着，我有什么不讲理的地方，请讲。

郑晚子端起茶杯，轻轻吹开浮在水面上的茶叶，喝了一口，我不跟你开玩笑，你确实是不讲理。我有几句话一直憋在心里，不知当讲不当讲？

王珩微笑道，郑晚子，我们是老同学，有什么当讲不当讲，尽管讲。

老班长，凭良心讲，你到了堤东中学，很辛苦，为了学校建设，你一天到晚忙，不是跑公社，就是跑县局。

老同学，不跑，哪来钱，没办法。

我知道，又要建教室，又要建教工宿舍，处处要用钱。

对，钱，多点好啊，办学校，处处要用钱。现在全县在大办教育，僧多粥少，你不跑不行，会哭的孩子才有奶喝。

除了抓学校建设，还要抓教育教学。下班听课、检查作业、检查作文、组织开展教研活动，你项项亲自挂帅上阵。你来了以后，各方面起色都很大。

你别净说好话，你就突出主题，说说我不讲理的地方。

那我不客气，我就说了。你可晓得，同样是教高中，我每个月14块钱工资。你可晓得，每个月14块家用，是个什么概念？根本是杯水车薪，每个月14块的家用我根本不够，翻一倍都不够。除了家用差钱，我还得向生产队缴钱，我们龙印港像我这样一家三口，两个大劳力挣工分才能挣回粮草钱。我家却只有向文一个小劳力，所以我们年年要缴粮草钱。单拿粮食算，每年欠队里上千斤粮食钱，按平均1角钱1斤计算，还得缴上百块。所以，我一方面要教学，另一方面还得种田养猪，弄钱上缴生产队。

郑晚子说到了动情处，两颊潮红，两眼燃火。

王珩受到了很大触动，主动自我检讨，老同学，你这个实际情况，我还真不晓得，我检讨。

郑晚子满腹牢骚，如鲠在喉，渴求一吐为快。他换了一个话题，我们丢开工资不谈，再说宿舍问题。同样是堤中的教师，人家有我没有，人家甚至一个人住两间，你说这讲不讲理？

王珩神情尴尬，我一直以为你在家里住得好好的，你住在家里，条件比学校宿舍好。

郑家的丁头府宽敞，王珩住过十多天，虽然已过去多年，但至今还留下好的印象。他可算记得细致，却因此忽视了郑晚子申要宿舍的问题。再细致的人，也有粗糙的时候。现在郑晚子再次提出宿舍问题，他生出愧意，宿舍问题，确实不合理，你也别怪洪总，他倒是跟我说过多次。

他怎么说的？

他说目前有好几个同志要宿舍，其中包括你，他都答应等新宿舍砌好了解决，到时大家都有。他还说，要么先解决郑晚子，特殊情况特殊处理。

你怎么说的？你一定是说，不行不行，一视同仁！

王珩笑而不答。

郑晚子又问，小王一个未婚小青年，有了双人宿舍还嫌小，还要住什么单间，是不是仗着洪正兴的势？是不是因为他是洪正兴的外甥？

王珩笑道，对，就是因为小王是洪正兴的外甥，洪正兴才会照顾他。洪正兴从小双亲病残，读书都是姐姐——小王的妈妈供养的，姐姐对他恩重如山，小王要个单间宿舍结婚这点小忙，他怎会不帮！这是人之常情。小王马上要结婚，要个单间做婚房也不过分，学校应该照顾。

郑晚子一时语塞，他没想到是这么个情况，感到自己撬锁抢宿舍欠妥。可是，他却仍然嘴犟，人家能照顾外甥，你就不能照顾老同学？老班长，不是我说你，除了工作上给我压担子，你就很少关注我，甚至有意跟我疏远。你怕别人说你袒护老同学。相反，你花工夫与那些老资格的公办教师套近乎，包括伙房的工友。古语说，亲君子，远小人，你做到了没有？老班长，你是背道而驰！

这么说，王珩可不认可。做校长的，必须学会弹钢琴，每个音键都要弹好。老同学，你太书生气，你不当家，哪里会知道我当家的难处。

王珩沉默一会儿又说，老同学，你这话就不对，什么小人、君子的，堤中哪有什么小人？大家都是同事，都是革命同志。只是十个指头伸出来有长短，不一样长，人无完人，哪个没缺点？我认为我有，你能说你就没有？但做领导的，对群众必须一视同仁，不管他有没有缺点，都必须一视同仁。只有这样，才能把大家都团结好，才能搞好工作。

王珩这一通大道理天衣无缝无懈可击，说得郑晚子哑口无言。他俩仿佛又回到高中时代，两个高智商的老同学之间的论战，往往不只是就事论事的争执，而是充满书卷气的富有理论底蕴的较量。

郑晚子只得迂回侧击，重找一个突破口，那我上一次找你要宿舍，你为什么叫我找洪总？你这不是为了洗干净身子，怕别人说三道四，说你王珩徇私情，照顾老同学？说到底，你这也是自私，洪正兴正是抓住你这个弱点才敢欺负我，老拖着，不给我宿舍。

王珩故意不接招，老同学，宿舍问题，马上就解决。我刚才不是说了嘛，这是个小问题，我那也是按程序办事。

郑晚子穷追不舍，老同学，宿舍问题，不是小问题，不是芝麻，而是西瓜。你现在这样做，是抓了芝麻，丢了西瓜！

见郑晚子上纲上线，振振有词，王珩极为不解，老同学，你这"芝麻西瓜"，又是哪一家的逻辑？

郑晚子胸有成竹，做了一番逻辑推理与分析，宿舍问题，反映出思想上的问题。我在堤中工作挑重担，每月工资却只有 14 元，不到公办教师的三分之一，连宿舍都不安排一个，更不用谈入党、提干。其实，在堤东中学，你只要在思想上稍微开通一下，就可以通过开源节流给我加薪，解决我的工资问题，做到报酬与劳动的对等公平。可是，你没有这样做。你做校长的不这样做，下面的人就会效仿，就会更势利！

王珩赞成这个"思想禁锢"的说法，但仍然觉得与"芝麻西瓜"无关，他便问郑晚子，这捡了芝麻丢了西瓜，又何从谈起？

报酬与劳动的对等公平，就是西瓜，这个不抓，不就是丢了西瓜？

这个话，似乎还有点道理。王珩站起身，上前紧紧握住了郑晚子的双手，老同学，你放心，宿舍马上就解决，其他的，慢慢来，一步步来。我相信，通过教育改革，将来总有一天，会把合格的民办教师都转为公办，从制度上彻底解决教师的公平问题。而只有实现了教师的公平，才能推进教育的公平。我估计，这些事，都指日可待。

我们可以耐心等待，等待教育改革，等待大环境改善。不过，在大环境改善之前，你也可以先改善改善小环境啊，校长！赵群插嘴说。

赵群已经进来一会儿了，他是来向校长王珩汇报县教学研究会议精神的，见王珩与郑晚子两人唇枪舌剑在辩论，便没有打断他们，一直在一旁静听，现在终于忍不住，插了嘴。他是个性情中人，一开口就如开了闸，滔滔不绝说了一通，最后总结说，你们今天讨论的问题，几年前，我就与老校长章炳俊讨论过，但没有上升到"思想禁锢"与"芝麻西瓜"上来，我向你们学习，向你们致敬！

王珩和郑晚子异口同声，向赵老学习致敬！

这一番促膝谈心，是王珩调来之后两个老同学之间的第一次促膝长谈，头脑风暴。之前，两人之间好像隔着一道无形的墙，王珩有意无意地疏远了郑晚子。郑晚子感觉到做校长的王珩已经不同于当年的老同学，便也有意疏远他，当干部会使人变，你变你的，我就离你远点。经过此刻的一番促膝深谈，两人之间一直怀有的那种疏远感，忽然没有了。

王珩也有同样的感觉。仔细做了一番郑晚子的工作，让老同学倒出了一肚子苦水，久压于心中的许多话一吐为快，他也感到轻松愉快。

两个老同学心有灵犀，两人都满脸泛红放光。

夜里，郑晚子久久不能入眠。白天与洪正兴大吵了一场，又与王珩高谈阔论了一番，情绪高度激愤，无法平息。头一靠枕头，胸中就翻江倒海，身子就在被窝里悬起来，背后和小腿上都冒热汗。

不知什么时候，一个念头突然间袭上他的心头。并不是怨怼生气，而是莫名其妙的自责难受。今年范堤县公办中学进行清理整顿，所有借用民办教师都离开了公办中学，全县唯一留下的一个，那就是自己。一个民办性质的农中教师、高中毕业生，被留在堤东中学这所公办的县定点完中，任教高中课程，还教重点班，当重点班的班主任，比那些科班出身的公办教师还受重用，你还有什么不满足？你不应该这么斤斤计较吵吵闹闹。

郑晚子这么一自责，便又醒了，他在床上不断翻身，弄醒了向文。向文揉揉惺忪的睡眼，晚子，失眠啊？他说，有点失眠，睡不着。便将白天与洪正兴大吵了一场，又与王珩高谈阔论一番将积郁在心头多少年的话一吐为快，以及晚上又莫名其妙自责起来的情况，一五一十与她叙说了一遍。

晚子，你也是的，有话说话，吵什么架？实在要不到学校宿舍就罢，住在龙印港这家里不也蛮好的。

当时不服气，一时冲动，这刻儿所以自责呢。

怪不到你身上热烘烘的啊。

咦，向文，天怎么这么热？还是冬天呐。

向文说，不是冬天了，昨天打了春，今天到了春天了。

郑晚子说，哦，到了春天了。

37

春季里的一天，向文参加了堤东人民公社的一个会议。会议从早上开到中午，散会后，她春风满面，随着热气腾腾的人流走出公社人民大会堂大门。

公社人民大会堂位于堤东小街东首，紧靠龙印港，离郑家不到五百米。向文嫁到郑家十年，在这里看过若干场电影，参加开会却是第一次。

公社上这些年有没有开过知青会，她从不关心，也从没参加过，今天是第一次参加开知青会，在会上，她得到一个特大喜讯——知青可以落实政策返城了！范堤县落实政策，所有没有返城的知青这次全部返城，一个谁也没料到的契机出现在成千上万的知青面前！

这是一个欣欣向荣的春天，正值杨柳吐芽，姹紫嫣红，春风得意的时节！与所有开过会的知青一样，向文走出大会堂，春风满面，欣喜若狂！

一到家，向文就说，晚子，告诉你一个特大的好消息！

郑晚子问，向文，什么好消息？

向文说，落实政策，知青全部返城了！所有没有返城的知青，这次全部返城，这是最后一批。

听完向文一番叙说，郑晚子心中乐开了花！向文下放农村风吹日晒吃苦耐劳十几年，终于解脱，他为她感到高兴。

说实话，向文也高兴，但她高兴的程度反而不如郑晚子。十几年的农村生活下来，让她爱上了农村，农村空气好，环境好，吃的东西好，更重要的是人好，农村的人厚道善良。农村的生活虽苦，但是很自由很散漫，约束不多让人心里舒坦。一下子突然叫她离开农村，去过城里上班族那种生活，她还不知道自己现在能不能适应。

其实，农村里也蛮好的。向文说。

郑晚子不太了解向文的想法，他想到的完全是家里的现实，向文按政策返城工作，家里的生活由此将会发生一个可喜的变化，解决了家里的大问题。

向文返城工作后，将会有一份固定工资，家里的收入及生活情况，将大不相同。他就可以一门心思搞教学，再无后顾之忧。

根据政策规定，子女的户口可以跟着母亲一起进城，小春将从农村户口转为定量户口，也就是"农转非"。这样一来，就剩下郑晚子一个人的户口还在生产队里，缴钱的问题也就不成什么问题了。

由于城乡之间的巨大差别，龙印港许多人做梦都想变成城里人，郑晚子也不例外。郑小春跟着母亲户口进了城，他从农村人一下子变成城里人，实现了郑晚子一直努力实现而未能如愿以偿的梦想！

这都多亏了向文。郑晚子兴奋不已，这下子好了，小春也成为城里人了，这可是我多年奋斗的经典理想，想不到今天由小春来实现了，谢谢你，向文。

向文笑道，晚子，谢什么？还不是你眼力好，相中了我？饮水要思源，从根子上说，要谢，还是要谢你啊！

郑晚子笑着纠正，不对不对，向文，饮水思源，还得感谢这个新时代，不是新时代的春风吹入千家万户，我们怎么会有今天！

向文笑道，我还得感谢我爸爸，我爸爸那时关照我，要把知青手续收好，千万不能丢掉，将来有用，我爸爸还真有远见。

郑晚子轻轻叹了一口气，哎，可惜，你爸妈没福气，没等到今天。我爸妈也没福气，也没等到今天啊！

对！向文也轻轻叹了一口气，季红芬也没福气，没等到今天啊！

郑晚子问，向文，什么意思？

季红芬喝药水了！

啊？哪个季红芬？

就是跟我同组的那个，嫁到邻县永丰县的那个，蛮漂亮的那个。上一回，我不是告诉过你的吗？

噢，郑晚子记起来了，上次向文说她同组的那个漂亮的女知青季红芬，嫁给了永丰县的一个民办教师，嫁过去以后，夫妻俩经常吵架，有一次吵架后，她一气回了陵京娘家，等上了公共汽车，奶水涨潮了衣襟，才想到孩子还丢在永丰县家里，她也顾不得了，谁知晚上回到陵京娘家，又受了后妈一顿奚落，她一气第二天又回了永丰。

向文絮叨，季红芬是喝的 1059 药水，今天开会时六子说的。

哎！郑晚子为之扼腕叹息，季红芬太脆弱了。

对！向文发出感慨，她根本没必要这样，没有克服不了的困难，没有跨不去的火焰山！困难是弹簧，你弱它就强，关键是你要能熬，熬过去就柳暗花明！季红芬没这个福气，没有熬得到今天！这些年来，我遇到的困难并不比她少，我不也熬过来了吗？

你不但熬过来了，而且很乐观，难能可贵！

在城里也有城里的困难，在哪儿生活都会有困难，不乐观怎么行？其实，农村也蛮好的。

白天的特大喜讯让向文夜里做了个好梦。她梦见自己晚上抱着小春离开堤东龙印港回了东北娘家。向文把喜讯告诉了父母，凌玉莲高兴得热泪盈眶，乖乖，你下放农村十几年，终于等到这一天，又上了街，返了城，我们在天上闭眼了。

向之真一旁站着，只笑，不开口，好像这一切，都是在他的意料之中。

……

在梦中，向文抱着小春奔跑了千万里，这太离奇混乱了，但她把返城喜讯及时告诉了父母。

隔日大早，郑晚子起身刷牙漱口，向文把这个好梦告诉他，他满嘴喷着热气，连连点头说好。

龙印港西南角的郑家丁头府，一片喜气洋洋。

郑晚子心里像喝了蜜，向文越剧不离口，两张阳光的脸上更加灿烂，见到邻居，夫妻俩都是一脸的笑。小春也跟着大人乐，蹦蹦跳跳地乐。

邻居们见面也是一脸的笑，个个都替他家欢喜，露出羡慕的目光。

来得最勤的是旺奶奶，她连饭碗也端过来吃。慈眉善目的旺奶奶，一边扒饭碗一边说，向文，你这孩子人品好，好人有好报。不，你是街上人，应该出贵，应该出贵啊。

旺奶奶对向文像对亲生丫头一样真诚，这种真诚是世上最可贵的东西，向文感念旺奶奶的好，眼泪几乎要掉下来，托您的福，托您的福。旺奶奶指指小强，向文，我孙子还拜托晚子啊。

向文和郑晚子一齐摸摸小强滚圆的头，那是当然，那是当然。

来得最勤的，还有细二小。他会说些挑衅性的酸话，一会儿说，晚子有福啊，我们没得晚子有福啊，一会儿说，向文，你上了街，别忘掉我们老朋友啊。

细二小，我们又不是像人家升了官当了队长，怎么会忘掉老朋友？向文回击。她端着热气直冒的猪食盆，走到门口又停了下来。

细二小责备向文，你这个人，处处都好，就是嘴不饶人。

向文不接招，却把猪食盆递到了细二小手上，去，帮我喂猪食去。

细二小接过猪食盆，开心地打趣道，马上上街啦，还喂什么猪啊，不要再养老母猪啦。

郑晚子去细二小家借脚踏车上街。

从龙印港到范堤县城大街，约 30 里路远，如果能坐公交车上街那是最好。但县城发堤东小街的公交车一天只有一班，上午发车迟，下午收车早，在街上停留的时间短，办不了什么事，不方便。

龙印港很多人上街，不是坐公交车，而是步行。步行一趟需要 3 个多小时，来去要六七个小时。另外，在街上办事还得几个小时。要上街办一件什么事情，必须凌晨三四点钟黑咕隆咚就起身，夜里九十点钟黑咕隆咚才能到家，非常累人。

骑脚踏车，一趟 1 个多小时，早晨 6 点多钟太阳高高的出发，8 点钟到街，正是人家上班，办事一点儿不耽误，一般办完事，傍晚太阳不落就可以回到家，方便得很。

可龙印港十家有八家没车，百十户人家中，有脚踏车的不过二十几户，没车子的人家要用车时就得向别人借。郑晚子家也没车子，每次上街，都是借。一般都是出门前一天晚上去借，有时还得提前两三天上人家去打招呼，防止到时人家自己要用，或是已被旁的人先借去。

郑晚子的发小细二小家有部旧永久，二手货，郑晚子上街办事，基本都是借他的车子。郑晚子一到，细二小陈存娣就满脸笑容迎上来。

在龙印港，户口上街，从农村人成为城里人，是庄户人家的福分，是很多人想都不敢想的梦想。郑晚子有这个福分，让陈存娣与细二小羡慕死了。陈存娣丢下手中活计，主动上来献殷勤，问这问那，问向文户口上街与工作安排的情况。她说，晚子，还是你有福啊，我们没得你有福啊。向文上了街，就等于你也上了街，你们上了街，别忘掉我们老朋友啊。郑晚子说，存娣啊，你怎么老这样子说呢？我们怎么会忘掉你们呢？你说可是的，细二小？细二小笑着点头说，是的，是的。郑晚子说，再说，你们现在过得也不丑，一家三口，两个大劳力，细二小又是队长，大家的日子，都是芝麻开花节节高啊！

三个人说着话，细二小已把车子推了出来。细二小勤励，没事就打理车子，脚踏车虽旧，却打理得非常好骑，不容易滑索掉链子。郑晚子骑上脚踏车，索子"呼呼呼"的声音很好听。

郑晚子走了。陈存娣望着他的背影，喃喃地说，还是晚子有福啊，向文上了街，就等于他一家都上了街，不用再像我们这么吃苦挨累了。

细二小说，应该的，晚子从小就成绩好，不是成分不好，他早上了大学，也不会像我们这么吃苦挨累。

还是晚子他们命好啊，我们没得这个命！陈存娣说。

细二小摇手，什么命不命的，别瞎说，瞎说菩萨打头，祖宗亡人要骂！命是祖宗他们给的，我们不能嫌好识歹，人家世世代代都这么过下来了，就我们不能过？现在的政策愈来愈好，实行联产到劳责任制，有粮吃有草烧，你还要怎样！不少人家已开始富起来，今后农村里说不定还会有你现在看不到的致富新政策，更好的日子还在后头呢！

星期二一大早，郑晚子骑上细二小的旧永久，在龙头上挂好一个黑塑料包上了街。他上街卖小猪买豆饼，一般都是星期天，但上街办事星期天不行，星期天机关不上班，上街办事必须在机关上班时间，所以他昨天向校长王珩请了假，请教研组长赵群调了课，今天上街给向文办知青回城手续。

一路顺风。多少年没刮过这么大的春风，今年的春风特别大，春风推着他骑的旧永久，30里路一点儿没费劲。

他在早晨8点钟上班之前，来到了范堤县上山下乡知青安置办公室——安置办，利利索索下了车，把车子推到安置办单位车棚里，低头去锁车。身旁来了一个男同志，好像是在注意自己，他抬头一看，竟是自己的老同学。

老同学那一副久违的熟悉脸庞，如同红扑扑的苹果。郑晚子喜出望外，脱口叫道，沈荣锦，是你?!

沈荣锦闪动善和的浓眉大眼，我望你就像个郑晚子，好嘛，果然是你! 你来，怎么不先告诉我一声?

郑晚子浊头浊脑问，为什么要先告诉你一声?

听了这浊话，沈荣锦反而欢喜，郑晚子，你这就不对了! 我们之间是什么关系? 怪不到几个老同学在街上多次看到你，你都一闪就没了!

哪几个?

刘勇强、曹松德、成林，他们在街上多次看到你，都说你驮个小猪篮子，在人堆里一闪就不见了。

你们都上了大学，都是国干，又都从外地调回范城，有上好的工作。哪像我，高考落榜，民办教师，14 块钱 1 个月，还要养小猪卖小猪! 我在街上驮着臭烘烘的小猪篮子，臭气熏天，我怎么与你们相见? 见了，岂不是臭了你们的鼻子、脏了你们的身子!

郑晚子，你这就不对了! 我们之间是什么关系? 老同学嘛! 好了，什么都别说，你今天上街来干什么?

向文落实政策，返城安排工作，我来帮她办手续。

听了郑晚子这话，沈荣锦一点儿没表示惊奇，而是轻描淡写地说，向文落实政策，我知道。

郑晚子反而惊奇，你怎么知道?

我就在安置办呀! 堤东公社的知青登记表上第一个名字就是向文，配偶一栏里写着你的名字嘛。这几年，堤东公社许多知青都自己想办法上来了，各种渠道，各种路子，就剩下向文等少数几个没上来。

不是这次上面颁布知青全部返城的政策，我们向文还埋头在农村，不晓得找人找路子上街呢。

向文怎么没来? 沈荣锦问。

要她来干什么? 我来不就行了!

怎么要她来干什么? 考试啊。

她家里走不出来，孩子，猪子，鸡子的。

好好好，她不来就算了。

　　在沈荣锦的帮助与关照下，郑晚子很快就帮向文办好了手续，拿到了工作介绍信，从安置办到县劳动局去报到。沈荣锦叮嘱他办好了还回安置办，跟沈荣锦一起下班回家包饺子。

　　郑晚子听从沈荣锦的吩咐，在劳动局办好了手续，复又回到安置办，跟沈荣锦一起下班回家。沈荣锦亲自动手擀面，沈夫人郝云与郑晚子一起包饺子，郝云也是他们范中的老同学，见他来了，喜出望外，分外热情。

　　老同学再次喜相逢，三个人打开话匣子，愈聊愈来劲，聊得热火朝天。沈荣锦夫妇俩问郑晚子的近况，郑晚子问他们俩的工作，问其他老同学目前的去向，聊得更多的是老同学们各人的特点和在范中的故事趣闻。

　　饺子煮好了，沈荣锦盛上桌，问，郑晚子，你外婆可好？郑晚子告诉他，外婆自从去了上海，就再没回来，舅舅不让她回来，舅舅接外婆去上海，就是要让她在上海享福。沈荣锦便告诉郝云，他外婆待他好呢，他妈妈去世后，他外婆去看他，人还没走到他家，先走到他妈妈坟地时就伏在坟头上哭，问他妈妈怎么舍得把他丢下来自己一个人走了。他外婆伏在他妈妈坟头上哭得昏天黑地，把过路的旺奶奶听得眼泪止不住地流。

　　听到这儿，郝云感动得潸然泪下。

　　沈荣锦转而又谈到郑晚子目前的工作，并再三鼓励郑晚子好好干，政策愈来愈好，王珩当校长，杨泽湖当局长，他们都非常了解你，都会帮你的。

　　谈到杨泽湖，郑晚子不接茬。沈荣锦知道他不愿意接茬的原因，知道他还是记恨杨泽湖，记恨杨泽湖当年撤销他的学生干部职务。沈荣锦又打比方，又举例子，企图说服他放下包袱，摒弃前嫌，继续前进。郑晚子点头不语。

　　郑晚子要走，沈荣锦一直把他送到巷口，一路左叮右咛，婆婆妈妈，像个大哥哥。过去了这么多年，沈荣锦的厚道一点儿没变，委实让他感动。他向沈荣锦再三表态，老同学，你放心，我会好好干下去。

　　当晚他回到龙印港，把去县安置办巧遇沈荣锦和办手续的过程从头至尾，对妻子向文仔细描述了一番。

　　向文又惊又喜。沈荣锦的人没见过，但名字她极熟。她说，晚子，巧事，这下子办手续怎么会不顺利呢！

　　郑晚子眉飞色舞，不假，不然还要你本人去呢。

　　紧接着郑晚子又连续请假上了两趟街，从县劳动局转开了到范堤镇的介绍信，再从范堤镇转开了到镇办工艺厂的介绍信，向文的安置手续一路办得很顺利。下个月，向文就可以到范堤县工艺美术厂上班了。

郑晚子回到龙印港家中，从车龙头上取下黑塑料包，从包里掏出向文的工作介绍信，喜不自禁，向文，办好了，下个月，你就可以到县工艺厂上班啦。

向文看了介绍信，却皱起眉头，我到工艺厂干什么？

郑晚子一愣，干什么？到书画车间工作啊。下放前，你不是在陵京临江区文化馆刻过钢板？人家就是根据你的从业经历和特长，照顾安排的。你不是也喜欢到工艺厂吗？我就是听你说喜欢，才找沈荣锦跟人家打招呼的。

我到街上工艺厂去上班，那家里小春怎么弄？

小春我带啊。

不行，我一个人不上街。

向文，你本来就是街上人，下放农村这么多年，如今好不容易能上街，怎么能放弃呢。

不行，我一个人不上街，我不与你分开来生活。

向文，你别怕，我能带好小春，我坚决支持你上街，我是农村的，但是，我不能拖累你。

晚子，我个人坚决不上街，我坚决不与你分开来生活。

那行，既然你这么坚持，那我就再去找沈荣锦，看看怎么弄，是不是调一下工作，调到堤东来。

行，晚子，我早已经想好了，我不上大街工作，我就在堤东小街工作，你就找沈荣锦，把我安排到堤东公社供销社，做个营业员吧。

按照向文的意思，郑晚子又请假上了两趟街，重新向县劳动部门申请，将她的工作关系转到县供销联社，再由县联社安排到所属的堤东人民公社供销社。一路手续办得很顺利，当然，还是离不开沈荣锦的帮助与关照。

向文返城，安排了工作，堤东中学的同事们都替郑晚子高兴，特别是王珩。郑晚子告诉王珩，这次办向文的手续，遇到了沈荣锦，也多亏了沈荣锦。王珩与郑晚子相约，找一个时间一起上街，去会会沈荣锦，以及他们几个老同学。

拿到介绍信这天夜里，向文又做了一个梦。梦中，她带着小春，又千里迢迢回了东北娘家一趟，禀告了魂牵梦绕的父母双亲。

38

老母猪是不能再养了，必须在向文上班之前处理掉。老母猪重窝在身，算下来，还有一两天就该生产，郑晚子不放心，半夜起身到猪圈里看看。

一声细细的叫声，夹杂在老母猪粗粗的喘气声中传出来。他警觉起来，该不是小猪的叫声吧？他旋即返身回到丁头府屋里，点亮煤油罩灯，找出蜡烛，拿上火柴，出得屋来。

向文醒了，晚子，是不是老母猪要下了？

恐怕是的。郑晚子答。

他轻手轻脚走近猪圈，掀开面墙上方的帘子，卷起一截，用帘绳扣好，然后擦着火柴，点亮蜡烛，朝猪圈角落里一照，果然看到黑黑的老母猪怀里，躺着一个白白的小东西，一只小猪仔落地了。

他又轻手轻脚地跨进猪圈，伸手从猪圈梁上悬挂的架子上取下一抱干松松的稻草，铺到老母猪身边，然后左手托起刚落地的小猪仔，右手抓起稻草去擦小猪仔身上的血迹污物，轻轻地擦了几遍，直至擦得干干净净。

向文问，下了几只？她不知什么时候也到了猪圈门口，手里还拿着他的一件棉袄。

才下了一只，早呢，恐怕得一夜呢，你回去睡吧。

不行，我陪你。

何必一起耗着呢，你回去睡，明天才有精神做事，这里有我就行。

那你把棉袄穿上，别着了凉，虽然打了春，但夜心里还凉。

好的。

她回家了。他穿上棉袄。又有一只小猪落了地，他又细心地接下来，用稻草擦得干干净净。

断断续续的，接了一夜猪，他一夜没合眼。尽管小猪与小猪之间，落地的时间有时会相隔很长，甚至能超过一个小时，但他也不敢合眼。因为怕，怕才下的小猪被老母猪压坏压死，怕老母猪吃小猪的胎盘受凉生病。

他一夜不合眼，断断续续的，又想了好多好的和不好的事情。从小学业优秀，作文拔尖，入团当学习班委，常存宝推荐当农中教师，农中与堤中合并，教高中，开全县公开课，尤其是向文母子户口回城，十几年来好的事还真不少。可是，其中一些不好的事情也令他头痛，学生干部职务被撤，高考落榜，工资偏低，洪正兴不给分宿舍……

想到这儿，他不由得又被宿舍的事情折磨得心烦意乱。

开春的这一段时间，郑晚子一直忙着办理向文的返城手续，没有顾到宿舍的事情。春暖花开，遍地绿色，心旷神怡，郑晚子从教学中抽出一些空，骑着一辆借来的旧脚踏车，在堤东小街与范堤县城大街之间来来去去，匆匆忙忙，欢欢喜喜，就把宿舍的事情搁下了。此刻，他忽然又想起洪正兴不给分宿舍的事，便烦恼起来，冲淡了向文回城给他带来的喜悦。

郑晚子就这么胡思乱想，断断续续地接了一夜猪，直到第二天大早，小猪的胎盘出来，老母猪不再哼哼，带着一窝小猪已然酣睡，他这才打理好猪圈，回家胡乱洗把脸，昏昏沉沉去上班。

有向文在家里继续照应，他放心地走了。

他昏沉沉地走到龙印港西南角的小河边，看到河口的小坝桩上开了个大缺子。大缺子是队里放水开的，缺口不小。他用足了力气，一脚跨过去，另一只脚紧紧地跟上来，不料却从空中摔下来，嘴巴撞到小坝桩上一个什么硬东西上。低头一看，是一个大红砖角，旁边一摊鲜红的血！他旋即爬起身，一摸嘴巴，又摸了一手血。一定是嘴巴被撞破了，怎么这么倒霉？

他来了一头火，忍痛爬起身去上班。到了堤东中学，他像个没事人似的，照常上课，没跟任何人提起跨缺子、跌跟头、撞破嘴的事。别人也没有谁在意，因为撞破的不是嘴外头的皮，而是里头上颚上的皮，看不出。

刚开始，痰里还带血，他便忍住不吐，等到没人时再吐在地上，用鞋底踩踩擦掉。但不到一顿饭工夫，血就止了，他的血凝程度高。

痛能忍得住，满肚子怒火却是没法忍，也没有地方发。他自己也搞不清，满肚子怒火是从哪儿来，是因为摔了，还是因为要不到宿舍而生洪正兴的气？王珩、赵群都说马上解决，洪正兴怎么光说研究研究却无动于衷呢？

怎么办呢？总不能再跟他吵呀！

洪正兴把教工宿舍仔细排了一遍，又亲自下去看了两趟。

这两天，他虽然对郑晚子有一肚子的不快活，但并没有无动于衷。

洪正兴很清楚，作为堤东中学的老师，郑晚子要宿舍，无可厚非。哪个老师都有宿舍，只有郑晚子没有。过去郑晚子没有要宿舍，是因为老实，换了其他人，宁可要了不住空着也会要。但是，你郑晚子也不应该这调子，与我吵架，还与我家外甥抢宿舍，太过分了！所以，他很不快活，这郑晚子可有点神经？

现在，人家知青老婆户口上来了，工作落实在堤东小街上，给个宿舍，更是理所当然，总不能还拖着不办吧？所以，洪正兴把教工宿舍仔细排了一遍，又亲自下去看了两趟。

洪正兴正急匆匆走着去看教工宿舍，一头撞见冯正庚下课。

冯正庚手捧一个红面教学讲义夹，慢悠悠从对面走来，问，洪总，忙什么呢？这么急匆匆的？

细爹，下课啦。洪正兴说，给郑晚子安排宿舍呢。

洪总，也该给郑晚子弄个宿舍，别欺人家忠厚老实！

细爹，你不是这说法，我这不是在看宿舍呢。

我就说呗，洪总不是这人嘛！冯正庚说着，慢悠悠走了。

这个细爹，好玩呢！洪正兴两手一摊，继续急匆匆走着去看教工宿舍。他走到学校池塘边的小库房门前，不经意地朝里瞄了一眼。

小库房里面满满的，堆满了煤炭等东西，工友老邱正在挖煤炭。工友老邱从煤炭堆上用铁锹挖下煤炭，一锹一锹地装进两只不大不小的脚箩里，两只脚箩都已装满了，他正准备将脚箩炭担子挑走。见洪正兴急匆匆的路过，他放下脚箩担子，从上衣口袋里掏出一包拆动的飞马香烟，用手指头弹出一支，递给洪正兴，洪正兴摆手不要，一脸的心思。老邱便笑嘻嘻地问，怎么了？还是为那个郑晚子作气？那是个不懂世故的东西，为他作气值不得！

洪正兴眉头一皱，作什么气？正在为他找地方呢。

工友老邱这才明白洪正兴的心思，他灵机一动，手指着小库房道，这地方如果腾出来，不也可以住人，权当一个临时宿舍，临时救个急嘛！

洪正兴舒眉展眼，还是我老邱脑袋瓜子灵活，点子多。他立即告别了老邱，快步走向校长室，毕恭毕敬去向王珩汇报。

洪正兴那毕恭毕敬的样子，王珩不觉得奇怪。洪正兴中师毕业，中师毕业只能教小学，中学的课他教不了，他只能以自己的一份恭敬勤勉来做好中学的总务工作，哪怕就是拍拍领导的马屁也情有可原。王珩便招呼洪正兴坐下，又给他倒了水，老洪，什么事情，请讲。

洪正兴便向王珩汇报了郑晚子的宿舍问题。他的意思是本来要等新宿舍的，现在因为新宿舍还没有砌好，他就把教工宿舍仔细排了几遍，又亲自下去看了几趟，但发现所有宿舍都有人住着，一个萝卜一个坑，只有学校的一个小库房可以腾出来，给郑晚子做宿舍。但小库房里面目前堆满了煤炭等东西，腾的话，还要有一点儿时间。

王珩赞成，行，老洪，你安排。

洪正兴说声"好好"，离开校长室，去找邵平伯，商量小库房里的"东西"如何处置。小库房里的这些"东西"，除了伙房的煤炭，就是邵平伯婆娘经销店进的货，里面堆满一扎扎范堤大曲白酒，得让邵搬走。

这些酒，洪正兴没有告诉王珩，因为是邵平伯私下拜托的。邵平伯在学校是个人物，他不但数学教得特好，而且为人正直，敢说敢当，说话正直有分量有人听，洪正兴为了拢住他，经常星期天与他一起打小牌、搓麻将，注意与他处好关系。而邵平伯又曾经力劝洪正兴给郑晚子安排宿舍，所以他立即应承，马上将酒搬走。

小库房很快就腾了出来。洪正兴让工友老邱打扫干净，然后主动去找郑晚子，领他来看。洪正兴赔着笑脸，郑老师，小虽小，但紧夹夹的，独门独院，蛮有特色的，蛮好的。

蛮好的，蛮好的。郑晚子说。

宿舍终于落了港，他有点喜出望外。

甭管什么库房不库房，有个地方住就好。郑晚子抓紧把老母猪连带小猪卖掉，各事处理好，动手搬家。

家当不多，不必船装车拉，只用脚箩一装，从龙印港家中挑到学校。他也不着急，分作几次运完。幸好，挑箩搬家的这几天，天气晴好。

郑晚子的家当，主要是两个木箱，里面放着一家三口的几件衣裳，还有一些书。另外，就是锅碗瓢勺等物件。这些东西，妻子向文、儿子小春也帮助拿拿，小春虽小，但毫不示弱，特别积极。

家里没有什么金银细软，只有被郑晚子当作宝贝似的一塑料袋奖励证书。其中，最金贵的就是放在木箱底部、夹在证书中的那封信，那年暑期范堤县中举办学习班的通知，之所以金贵，是因为这封信不寻常，是改变他一生命运的一个物件，在他心里很有分量。

总算在学校有了一个安身之处，郑晚子带着妻子向文、儿子小春，一家三口欢欢喜喜搬进去，搬进了方寸之间的小库房。

小库房，西边靠着一口池塘，东边是学校伙房，门口小场上堆着从库房里刚刚搬出来的煤炭，小场边上是一条大路，一条校园里东西交通的要道。

小库房，红砖墙，红瓦顶，毛竹檩条，杂棍椽子，芦柴网帐，是一座独立的小房子，面积不足 15 平方米，确实太小，郑晚子一家三口挤在里面，走路都转不过身子来。但他要求不高，总算在学校有了个地方住，还挺高兴的。向文也很高兴，晚子，总算有了个宿舍，方便了，我上班也方便，小春上学也方便，你上班也方便，很好。

郑晚子一家离开自由散漫的田园日子，过起了有规律的校园生活。

大早，向文端出大红塑料盆，坐到池塘边上洗衣服，郑晚子拎着炭炉子，站到门口小场上弯腰生火。小春如果醒早了，也会起身来帮忙生炭炉子。

范堤人烧煤炭，大多不用炭灶，而是用炭炉子，那种圆柱形的，差不多50 厘米高的炭炉子。炭炉子有两种，一种是铁皮炉子，外面包的是一层铁皮，里面安着一个烧炭的炉心。炉心是一个空心的圆台，由耐火材料煅烧成的，圆台炉心底部横插着四根钢筋棒，炭球就架在钢筋棒上烧。钢筋棒离铁皮底部约有 10 厘米高，炭灰从这下部的空当掉下来，炭灰掉到底部后，可以由外面铁皮上预留的空门掏出。封炉子留火时，便将这门插上。

另一种是陶瓷炉子，外面不是包铁皮，而是陶瓷浇铸的，里面则都一样。

不管哪一种炉子，烧一天，至少都得 3 个炭球。每天晚上临睡前烧好开水，灌好茶瓶，就可以插上炉门过夜，到第二天早上炉门一开就行，不用再着。过夜封炉子，得加一个炭球，这样一天一夜就得 4 个炭球。

向文劝郑晚子，你就封炉子吧，省得天天早上着，麻烦。

郑晚子不同意，向文，不能封，房子小，容易煤气中毒。而且，封一夜，需要白白烧一个炭球，一天烧一个，我舍不得这么浪费。

他还没说，他舍不得封炉子，除了怕煤气中毒和省炭省钱外，还有一个原因，那就是炭球不好运。从范堤城南的县煤球厂驮到堤东中学，骑上 30 多里颠簸不平的泥质公路，要不碰破或摔碎炭球，确实要有点本事。所以，他宁可每天起早着炉子，也不在夜里封炉子。

他做事肯动脑筋，着炉子也不例外。为了节省木柴头，他把木柴头劈得不大不小，每次用得都不多不少。放木柴头之前，先放木头刨花儿，刨花儿点着了，再放预先数好的那几块木柴头，木柴头燃烧到一定时候，再放炭球，等炭球烧红了，再加一只炭球。这样既快又省木柴头还省炭。

他手里拿一把火剪子，站在门口小场上，站在炭炉子旁边，转动着脑筋，做着这些程式化的动作。如果遇到同事，就主动打个招呼，请个早。

大早与郑晚子碰面最多的，是韦庚和。

韦庚和住在池塘西边。韦庚和的妻子常春梅，是郑晚子的初中同学。他俩是娃娃亲。他是陵京大学外语系的高才生，毕业后留在陵大任教，并且遵父母之命，娶了家乡的常春梅，带到陵大去，求学校领导在图书馆给她安排了个临时工。几年前，父母年迈，他又带着妻子儿女回了堤东老家，他在堤东中学教英语，常春梅在伙房做保管。一脸善和相的他，是个大孝子。

由于初中老同学这一层特殊关系，常春梅对郑晚子一家非常友好。郑晚子夫妻俩有时忙，小春就在她家吃饭。一次，郑晚子到县教研室参加活动，向文出去进货，小春中午自己去伙房买饭菜。工友老邱把一碗大肥肉卖给他吃，结果，小春泻了两天的肚子。她便大骂老邱太不像话，韦庚和也去把老邱教训了一番。

住在池塘西边的韦庚和，每天大早到池塘东边教室去辅导学生的英语，都要从小库房门口走，几乎天天与郑晚子碰面。他是堤东中学为数不多的农民出身的公办教师之一，具有堤东农村人特有的那种忠厚良善，与郑晚子很投缘友好。

这一天早晨，韦庚和突然没头没脑地说，郑老师，小库房里闷呐，在里面待不住，到外头透透气是吧？这种堆煤炭的小库房，能住人吗？

郑晚子感到奇怪，韦老师，你怎么知道不能住人的？

这种小屋子，我们在农村里，又不是没有住过，又矮又小，夏天热煞，寒天冻死，怎么能住人？

确实是又矮又小，不过我们能将就。

郑晚子说能将就，向文却不依，她一边搓洗衣服一边插嘴说，人家都是大宿舍，就欺你郑晚子，窝囊！

别得陇望蜀，得一巴二！

阿Q精神，窝囊，窝囊，窝囊！

向文连说几个"窝囊"，郑晚子很不爱听。但是，有韦庚和在场，他只好笑笑，没说什么。等韦庚和走后，他说，向文，有人在场，说话也不注意点。

向文气鼓鼓的，有人在场，怕什么？难道不是这样？

我也这么想啊，可有什么办法？

那你不是没本事，窝囊！

你有本事，不窝囊，你有本事，不会自己去弄个宿舍，向供销社要！

向文光火了，反问道，哪家不是住男的宿舍？哪有住女的宿舍的？

她这几天为经销店里的事心情不好，老想和人吵架。她这一吵，你来我去，夫妻俩就吵得不可开交。

吵了一阵子，郑晚子突然停下，不再言语，而是拿眼睛仔细打量他们住的这个小库房。

这个小库房，确实也是太小了。面积不足 15 平方米，摆下一张大床，一张大方桌，两张长大凳，两只红漆木箱，三只纸箱，就满了没有空地，太挤了。家里处处是家什，塞得满满的。连红塑料桶，也硬塞在床头下。还有那只炭炉子，不烧时放在方桌下，烧时就拎出来，好天拎到门外，天不好，炉子就放在一进门那点空地上，煮饭烧菜，真不是回事。

最要紧的，是来个什么人，根本就没个地方站。不谈同事，不谈朋友，不谈亲戚，就谈学生来问问题目，家长来谈个心，脚都没处伸。过去住在龙印港老家丁头府，好多学生都去家里问题目，现在不行了，这家里地方太小了，有时邻居旺奶奶家小强来，家里小春又要做作业，人家小强都没地方坐。孙小强也读初中了，郑晚子想好好辅导辅导他，帮帮这小鬼灵精。这个小强愈来愈好学上进，现在是初一的尖子生，每遇难题，他必来找郑晚子讨教，有时没地方坐，只好就趴在铺边上写作业。自己这么喜欢的一个小鬼灵精，这么让他委屈，向文面子上过不去，郑晚子也心有愧意。

小库房住了一夏一冬，夏天如蒸笼般闷热蒸烤，冬天却又一点不暖和，冷风从四壁钻进来，吹得人打寒噤发抖，真是受不了了，必须找学校调个宿舍。

吃了早饭，小春背上书包上学去了，向文准备去上班，郑晚子就把自己的这个决定告诉了她。

39

新调的大宿舍，安排在韦庚和宿舍隔壁，本来是牛永桢住的。牛永桢刚被调走，调到盐州工学院任教，宿舍就安排给了郑晚子。

这次是洪正兴主动安排的,洪正兴还讨好见情地说,郑老师,先住,等将来新宿舍砌好了再调。

大宿舍是一间半,30平方米,有小库房双倍大。宿舍一大,各方面都宽松,可是向文的心情却仍然宽不起来。

这一段时间,她在经销店工作中遇到了一些麻烦,一直令她头疼。

她到堤东供销社工作的第一站,本来是红旗饭店,负责卖筹子。红旗饭店在堤东小街上首屈一指,堤东人请客摆场子都在这儿。这儿的大胖子厨师,细眼子服务员,个个都待她好。她工作来劲,工作了一年不到,受到了供销社大经理的夸赞。大鼻子大经理亲自找她谈话,表示要重用她培养她,送她到范堤城学习一个月,学成后回来当总账会计。她一口回绝,她说家里走不开,孩子太小。大鼻子大经理大为不解,这么好的机会,好多人想去都去不了,我专门挑了你,好好考虑一下吧。她坚定不移地摇了摇头,不知是真的家里走不开,还是因为不喜欢经理那发亮的大鼻子,不想得到他这种人的关顾。

大鼻子大经理找她谈话几天后,红旗饭店小经理又找她谈话,叫她离开红旗饭店,到供销社经销店去报到。

在经销店,她被安排当一个百货实物户。

百货实物户,不是个好交易。初来乍到,她不知深浅,一个月后,才尝到了厉害。百货百货,品种繁多,大到电视机电风扇,小至纽子纽扣,何止千货万货!所有实物,皆由实物户负责,销售、保管一人包干,损失由实物户赔偿。她必须全天候上班,从早上7点到晚上7点,12个小时泡在店里,家务都丢给郑晚子。不像过去在红旗饭店,上午和下午都有时间回来做家务。中午回来吃饭,还必须拜托吃住在店的苏爹。连家里搬宿舍,她都没时间,好在小春凶,帮着搬,省了郑晚子些力气。

这种受约束不自由的日子,她讨厌至极。

苏爹还常常怪她吃饭耽搁了时间,她心里更加不舒服。可是同店的于兰来得再迟,他也不责怪,从来没怪过。于兰与她同样是实物户,不一样的是喉咙比她大,苏爹欺软怕硬。后来她发现,经销店的小经理也怕于兰,甚至还拍于兰的马屁,于兰,跟你家主任说说,再帮我们借一点贷款。她才明白,于兰不是喉咙比她大,而是后台比她硬,人家信用社主任能帮助借贷款,你家郑晚子有什么用?怪不到,于兰负责布匹,苏爹负责副食品,把最繁杂的百货分给你，他们都吃肉，你啃骨头，你还蒙在鼓中！

她不满不舒服，动不动就回来和丈夫郑晚子吵架发泄，还不如不上来，龙印港是我的第二故乡，陈存娣、友全嫂子、旺奶奶她们对我多好，龙印港的人哪像现在这些人！郑晚子劝她，人在屋檐下，不得不低头。

适应了一段时间，她逐渐改变了心态，一门心思全心全意盘百货，与于兰、苏爹的相处也逐渐融洽，并愈来愈好，几个月下来，她的心才又宽了起来。

一天中午，向文与苏爹打过招呼，回家做饭。她带回一块前夹肉，一到宿舍，立即忙开来，洗肉，切肉，切生姜，切葱花。

郑晚子一边搭手帮忙，一边问，向文，肉怎么切得这么碎？

今天裹饺子吃，不能老吃红烧肉，也要变化变化，吃带馅的东西好。

好是好，就是忙，中午这点时间，怎么赶得上？

小春拍手叫道，饺子好，饺子好！

赶得上，昨晚上你们睡觉后，我已把面和好。你炒包馅，我擀饺皮子，两下弄好后，大家一齐裹，不就很快？向文说着，脱去了外面的棉袄，只留下里面的大红毛线衣，卷起袖子，端来面盆，取出擀面杖，在方桌上擀饺皮子。

看着向文红扑扑的脸庞，苗条的身姿，这么能干，郑晚子心里不由得热乎乎的，想到这个不算富裕的家，特别是向文户口没上来前经济上较困难，连口粮也紧张，如果不是她能精打细算，说不定也会吃了上顿没下顿。她千盆汤万盆水，坚持细水长流计划用粮，每天两干一稀，且经常变换花样，十天半月裹一回饺子，或者包一次包子，做得有滋有味。家六团团（堤东方言，家周围的意思）邻居都傲（堤东方言，夸的意思）她能干，不像小龙家夫妻俩不会挑梁算计，收割之时又吃饭又做饼，放开肚皮呆吃，恨不得撑破肚皮，到了三春头上青黄不接时，一家就躺在家里不吃，饿得肚皮贴肋骨，结果，肚皮愈饿愈大，到收割之时再呆吃，恶性循环。

向文一边擀饺皮子一边发议论，喝三碗粥，不如吃一碗饭，吃饭只吃个六成饱，肚子不会大。相反，像东家小龙一家那样，顿顿呆喝粥，肚子越喝越大，粮食反而不够吃。

郑晚子反驳向文，小龙家也确实困难，没得办法，逼上梁山。

向文瞪大眼睛反驳郑晚子，那我们家不困难？他们家也是三口，和我们家一样多，他们家大劳力有两个，我们只有半个，哪家更困难？

郑晚子见向文说得在理，立即掉向道，对对，你看我们的肚子，瘪瘪的，哪像小龙他家，人不胖肚子不小，腆在面前，人没到你面前，肚子先到了你跟前。像小龙这样，龙印港没得第二家。我们龙印港庄户人家，日子虽不富裕，但家家会挑梁算计，细水长流。

向文眼光柔媚起来道，不假，存娣，旺奶奶，友全嫂子，哪家不是挑梁算计，细水长流！我就是跟她们学的，你看，我们这穷日子不是过得挺好的嘛！还记得，那会儿我在知青组，也跟官南那里的人学得不少。才去那里时，无油无菜无钱又不会忙，下了工，看到队里的社员家家热气腾腾，芋头籽挖挖，麻虾籽炖炖，小鱼籽煮煮，蛋皮儿韭菜炒炒，馋煞了。后来，我也就跟她们学，学会种菜、养鸡子，学会忙各种各样的农家菜了。

怪不到现在你会变着花样忙菜，我妈妈要是在，要欢喜煞了。我这个胃病现在能好，也多亏你会忙吃。

要说忙吃，也与我在饭店里蹲过两个月有关。

郑晚子诧异，向文，你还在饭店里蹲过两个月？怎么没听你说过？

我在下放前，到四喜酒家帮过两个月工。饭店里的厨师，特别是那个张师傅，煎炒煨煮烧焐，当时，我都看在眼里，记在心上。

当时，你不在意，现在，可派上用场了，对吧？

对，帮我撒点面粉，面嫌烂。

哎，郑晚子慌忙答应，便脱去了外面的棉袄，只留下里面的银灰毛线衣，帮向文把面粉撒上。

住在转不过身的小库房里几个月，向文都没裹过饺子，包过包子。现在宿舍大了，经销店工作也适应了，各方面都宽松了，向文变着花样，改善着家里的生活。

忙是忙了点，紧张是紧张了点，但忙归忙，紧张归紧张，日子可不同了。家里来个什么同事、朋友、亲戚，也便于招待。

新调了大宿舍以后，郑家的日子进入一个相对稳定的新阶段。

向文经过一段时期的适应和摸索，逐步熟悉了百货实物户工作，渐渐做到了游刃有余，有了精力和心情打理家里的日子。郑晚子更加能够集中精力，全身心投入教学和班主任工作，渐入最佳状态，得到师生和家长的广泛认可。小春听话懂事，活泼可爱，学习用功，成绩优秀，为这个欢乐之家增添了欢乐指数。

生活像墙上的壁钟一样有条不紊，从昨天走向今天，从今天走向明天。

40

校长王珩愈来愈忙。

堤东中学经过从初中升格为定点完中的转变，校园变大，校舍扩建，师生队伍扩充，教导主任景观胜和总务主任洪正兴老当益壮，赵群、邵平伯、韦庚和、冯正庚、郑晚子、小王一干同志们群策群力，教育教学生气勃勃，校容校貌焕然一新。校长王珩带领同志们奋发图强，充满了成就感。

郑晚子佩服王珩。他佩服王珩把妻子韦丽女儿小丽丢在堤西，只身来到堤东中学，抛开小家为大家，不像自己一天都不能离开家。他佩服王珩教学后勤两条线一盘棋，一着不让按部就班抓，不像自己光是教学就忙得团团转。

几天前，郑晚子注意到两个新动向，一个是一向劲抖抖的教导主任景观胜，走路时突然腿脚不便，另一个是王珩开始亲自抓学校的教导工作。他总觉得这两者之间有什么联系，具体是什么联系他不明白。

教导主任景观胜已到退休年龄，该有人接班了，王珩是在思考这个问题。郑晚子年轻有活力，政语数理化皆能教不偏科，能全面介入教学，品行端正有凝聚力，是最合适的人选。可是，他是民办教师，无法提干。牛永桢也不错，可惜已调走。赵群也能干，只是年龄大了。邵平伯也可以考虑，但必须做他的思想工作，叫他今后少打些牌，少花些时间和精力在婆娘经销店里。

校长王珩专门去局里汇报了教导主任接班问题。他是昨天去的，昨天他拦在高考恢复工作会议前向杨局长做了汇报。

高考恢复突如其来，喜从天降，昨天局里的会议场面空前热烈，王珩和所有与会同志一样，高兴得都懵了，开完会，他连夜骑车赶回了堤中。

今天，他早晨第一件事，照例是阅看办公桌上的文件。

他拿起文件堆最上面的一份红头文件，一口气读了两遍，读得泪眼闪闪。他是因喜而泣，万千感慨，如潮水奔涌心间。

洪正兴进得校长室，一见校长王珩此状，不知他为何如此感慨，便轻轻地说，王校长，今天我上局里去，向基建组再要几吨石灰，新房子内粉刷恐怕不够，起码还差 10 吨。王校长，您有什么吩咐？

堤东中学在建的那幢教工宿舍开始内粉刷，洪正兴昨天用皮尺套了套石灰塘，根据塘里已挖去石灰的体积与房子已粉刷的面积之比，初步估算了一下，还差 10 吨石灰。洪正兴昨晚及时向王珩做了汇报，王珩安排他今天去县局基建组追加石灰分配指标。堤东中学属县办中学，校舍建筑材料由县局基建组统一抄计划统一配供，校舍等资产属县所有。

事情是昨天两人商量好的，洪正兴处事谨慎，今天去县局之前再来问一下王珩，王珩却所答非所问，洪总，你看这份高考恢复的红头文件！

啊，高考恢复？让我瞧瞧。

取消了 11 年的高考，怎么突然就恢复？高考的恢复，对于因高考取消而没有上大学的历届高中毕业生而言，包刮王珩他们，等于是从天而降的喜讯佳音。洪正兴看完红头文件，为王珩高兴，他带着惊喜的口吻说，校长，考啊，你考啊！

不行，我超龄。王珩说。

洪正兴一听，便又拿起红头文件再看。文件规定，考虑到因高考取消失去报考机会的知识青年中，年龄大的已超过规定的报考年限，最大的已经 30 岁，所以考生年龄也放宽到 30 岁。洪正兴把文件中放宽报考年限的这一规定反复看了又看，说，校长，不是放宽年龄了吗？

王珩说，我已 32。但郑晚子可以，他入学早，正好 30 岁，可以报考。

社会变革，高考恢复，为国家培养人才洞开了一扇大门，让大批知识青年能圆上未了的大学梦，也给郑晚子带来一次圆梦的机遇。郑晚子如果上了大学，不仅可以圆上大学梦，而且教师性质及诸多问题，皆迎刃而解。王珩为郑晚子有这个圆梦的机会高兴，叫洪正兴把郑晚子叫到校长室，将这个好消息告诉了他，并让他亲眼看了县局下发的红头文件。王珩说，昨天我在局里开会，接到高考恢复这个喜讯，第一个想到你，连夜赶了回来。在学校未开会传达之前，先向你吹风。我害怕弄错报考条件，今天早上又反复看了两遍。

这是迟来的好运，千载难逢的大好机会。郑晚子欣喜若狂，他如果这次考上大学，毕业后就是国家干部，如果是考师范学院，毕业后分配到学校，就是公办教师，工作性质问题就自然解决，工资待遇等所有问题都将迎刃而解。向文回城，高考又恢复，真是好事成双，喜从天降！

郑晚子的境况，王珩太清楚。通过那次促膝长谈，更身同亲受，他为郑晚子高兴得流了泪。郑晚子感动，谢谢老同学，太好了，终于又有机会考大学了。

谢什么，我还不知道你的情况？我俩是同病相怜，现在终于又有了高考的机会，我晓得你是梦寐以求啊！我怎能不第一个告诉你？

谢谢老同学，我真的是梦寐以求！

那还等什么，赶紧复习，赶紧报考啊！

老同学，你也能考啊！

你记不得？我比你大 2 岁！

郑晚子表示可惜，高考恢复得太晚，早一点儿多好。

王珩开玩笑，好在你是个晚子。

听到高考恢复的消息，向文同样是喜出望外。她晚上特意炒了一碟花生米，陪郑晚子喝了二两五范堤大曲。

夜里，郑晚子突然在床上叫起来，爸，爸！

向文赶忙放下书，晚子，你怎么啦？

郑晚子从床上坐起来，我梦见你爸和我爸了，我告诉他们，高考恢复了。

向文问，他们都说什么啦？

郑晚子眉飞色舞，他们都高兴死了，都问我可考得上，我说笃定，他们更高兴，你爸还拿我爸开心了。

开什么心？

你爸说，云礼啊，你有远见啊，给你儿子起名叫"晚子"，果然是晚子，好运在后头。

我爸说得不错啊，好运确实是来晚了一点儿。

可是，我很矛盾，是考还是不考？郑晚子说。

他的情绪突然由晴转阴，向文不明白，为什么？

家里走不开啊！郑晚子说。

什么走不开？考啊！向文说。

她伸手去关灯，不早了，睡吧，明天再说。

隔两日，郑晚子又来校长室找校长王珩。

王珩要倒水，郑晚子不让，王珩便问，开始复习了吗？

郑晚子说，复习倒是想复习，但是，我还是要再考虑一下。

还要再考虑什么？

按理说，等了 11 年，终于等到眼前这个高考机会，我该毫不迟疑地报考！可是，根据我目前的情况，我能、我会、我该报考吗？

为什么？

我目前的现实情况有两点。第一点，让我丢掉工作去报考大学，我舍不得放弃。我高中毕业后好不容易做了农中教师，农中与堤中合并后被调入堤中教普中，堤中增设高中班时我又教了高中，而且担任了高中重点班班主任。这一切，我都舍不得放弃。

王珩补充说，你还被列入县局 100 名高中教学骨干人才库，这在全县民办教师中是唯一一例，堤中 30 多个科班出身的公办教师中，原来也只有牛永桢一个列入了其中。

郑晚子连连点头，人家牛永桢是什么底子？陵京大学的高才生，连盐州工学院都看上了他，把他要去当了大学老师。我一个高中毕业的农中教师，能和他一样，被县局列入 100 名高中教学骨干人才库，真是三生有幸！

这倒不假！王珩说。

所以，郑晚子说，我从参加工作到成为范堤县高中骨干教师，前后 11 年的风风雨雨、坎坎坷坷、甘甘苦苦，多么不容易！由于不容易，所以更珍视，由于珍视，所以更不能放弃，我不能为了考大学，就放弃这一切！

王珩点头，这是一点，那么，另一点呢？

郑晚子叹气，另一点，就是家庭情况不允许。眼前的我，不再是高中毕业时的那个我，不再是单身一人，不再是无牵挂无负担的一个年轻小伙子，而是一个拖家带口的当家人。如果当家人考大学走了，那么，这个家靠谁来负担？

不是还有向文吗？王珩问。

郑晚子说，单靠向文一个人，吃不消。首先，她收入不高，无法独撑一家的开支。她在供销社经销店当营业员的工资只有 30 元。靠她这 30 元工资，开销一家三口的衣食住行和供小春读小学，再加上负担我上大学，将是一种什么状况？我不敢想象！其次，我一走，儿子的吃喝拉撒和学习，全部丢给她一个人，她又要忙工作，又要忙孩子，忙煞了也忙不过来啊！

王珩点头，这倒也是。

郑晚子又叹气，我也很想去考，但又不能去考，只能望梅止渴！

这么一说，郑晚子心里难受起来，低头不再言语。王珩很理解他的心情，便安慰他说，也好，你这个大学，就由小春将来替你上吧。我看小春很优秀，不亚于当年的你！

你家小丽才优秀呢，跳过两次级，对不对？

别提吧，小丽跳两次级，都是我家属韦丽搞的，被我骂煞了。瞎折腾，揠苗助长，孩子怎么吃得消？

咦，老同学，别光说我，你呢？你去报考吧。

王珩感慨，我不是不考，我也有一个未了的大学梦，跟你一样！但是，我比你大2岁，超过了报考年限，上次不是告诉过你吗？再说，我是公办教师，上不上大学也无所谓，不像你是民办，我不需要上大学、转性质。

高考恢复的消息传开，堤东公社符合报考条件的高中毕业生，不管是回乡知青，还是下放知青；不管是在农村劳动，还是做了民办教师或其他工作，一个个都跃跃欲试，准备报考。不少报考者，都到堤东中学高三班来插班复习，郑晚子任班主任的那个高三甲班，插班生最多。

堤东公社中学的同志，除郑晚子外，个个都是师范院校毕业，不存在再上大学的问题。但同志们见高考恢复，都为郑晚子高兴。冯正庚、邵平伯、景观胜、赵群、韦庚和、老秦、老孙、洪正兴、小周、小吴、小王，纷纷都劝郑晚子报考，不要放弃这个机会，说机不可失，时不再来。

隔壁的韦庚和夫妇劝得最积极。郑晚子从小库房里搬出来后，现在的宿舍就在韦庚和家隔壁，两家共3间宿舍，中间1间一分为二各家一半，变成了紧密邻居。两家中间1间的隔墙没砌到顶，如果高声说话，相互都听得见。

中午吃饭时，常春梅在隔壁那边大声喊，郑老师，你成绩那么好，我们一起读初中时，全班同学中，你数第一，全班就你一个考取了范堤县中学，上了高中。到了范堤县中，你又是数一数二，哪个不夸！现在好不容易又有个上大学的机会，怎舍得放弃！

这边，郑晚子一边扒着饭，一边笑而不答。

那边，常春梅见郑晚子不讲话，以为是向文不同意，又在隔壁那边大声鼓动向文，向文，向文，让她去考，让她去考吧。

这边，向文高声应答，是啊，春梅，我坚决支持！

晚上包饺子。

向文晚上回来得较早。中午常春梅这一喊，让向文对郑晚子考大学的事情重视起来。她今天早点回来，不单是为了包饺子，也是为了跟郑晚子谈谈他考大学的事情。

晚子，千载难逢的机会啊，你不是一直有个大学梦吗？这下有机会了，千万别放弃！向文说。

她一边包饺子，一边跟郑晚子说话。她包得很快，说话丝毫不影响她包饺子的速度，摆满半个桌面的元宝饺子，大部分是她包的。另外少部分是郑晚子包的。儿子小春也帮着包，饺子包得还不错，像个饺子的样子，就是大小不一。

见妈妈谈到爸爸考大学的事，他也插嘴说，爸，去考，弄个公办老师当当。

郑晚子耐心作解释，爸爸也想上大学啊，可这个家里，爸爸走得了吗？

小春幼稚地仰起头，没事，家里有妈妈，还有我呢。

郑晚子继续耐心解释，有些事，非要我做不可，比如早晨着炉子，你妈又要洗衣裳，又要着炉子，怎么来得及？又比如中午开炉子，煤炭炉子慢，必须提前开，中午煮饭才赶得上，你妈上班，你上学，你们白天都没空在宿舍，只有我在学校里，能抽空回来开炉子。

向文反驳，那可以等我下了班回来再开。

郑晚子反问，向文，等你下了班多晚，你12点才下班，下了班还要买菜，多晚才得到家？

其实上班时也有空，也可以请假去买菜。

那你为什么每次都等12点下了班才去买菜？

向文解释，中午12点后，菜便宜。这个时候的野鲫鱼特别便宜，人家怕卖不掉，都愿意降价卖。为什么我们家工资不高，还能经常吃到野鲫鱼这些有营养的好东西？不就是因为你家向文会精打细算嘛！

小春插嘴说，妈，那就等我放学回来开炉子。

郑晚子直摇手，赶不上，赶不上，今天上午我不成有空开炉子，中午饭就煮迟了，你看刚才一阵多紧张！这个家，我怎么能走，走得了吗？

晚子，那你就这么放弃？向文问。

郑晚子反过来劝向文，人生，有时不得不放弃。上次你不去县工艺厂工作而到堤东小街来"站店"，不就是为这个家放弃的？那么这次，为这个家，我为什么不能放弃考大学？

面对向文的劝说，郑晚子不为所动，他回答得斩钉截铁，很坚决。稍微停顿了一下，他又补充说，还有上次，你们单位叫你去范城学习一个月，你都没去，你宁可放弃总账会计不当，也决不丢下家里不管！所以，这次我拿定主意了，坚决不报考大学！

报考，还是不报考？两者各有利弊。两利相权取其重，两弊相权取其轻，鱼和熊掌不可兼得。郑晚子在思想上经过几天的反复权衡与激烈斗争后，终于做出了这个选择，坚决不报考大学。

这是一个痛苦的选择。有时候，没有选择是很痛苦的，有时候，有选择比没有选择还痛苦。人生难免会面临这样一些痛苦的选择，郑晚子希望自己能平静地放下，关上一扇门，打开一扇窗。

见郑晚子态度如此坚决，向文换了个话题，听说冯正庚被人家骑车撞了，住院了，可晓得？

晓得，刚听说，吃过晚饭，我去医院看他去。

你买点什么呢？

好弄，买两瓶罐头，一瓶糖水巴梨，一瓶糖水枇杷，我已经买好了。冯正庚这人，总体上说，还不错。

当教师的，再怎么坏能坏到哪里去！

嗯，郑晚子说。

他放下夹馅的筷子，搓了搓手上的面粉，离开了方桌。饺子快要包好了，他准备去门外的小厨房下饺子。小春见状，拍手直叫，下饺子了，下饺子了！吃了！

傍晚，郑晚子去校长室找校长王珩。

中午时，他出去看个人，回来后听隔壁常春梅说，王校长中午来找过他，见铁将军把门又走了，不知找他何事。现在是课外活动时间，他便主动来校长室找校长王珩。

王珩正在校长室看高考报名表，见郑晚子来了，微微一笑，劈头便问，郑晚子，中午你宿舍铁将军把门，我遇你没遇到，你上哪儿去了？

上医院去看人。郑晚子说，本来准备昨天晚上去看的，后来老有学生来问问题，拖迟了，昨晚就没有去得成，结果，今天中午吃过饭，等向文上了班小春上了学，我才有工夫去看了一下。

是看老冯吗？他好些了吗？王珩微笑着问。

没大问题，撞得不重，踝关节扭伤。

那好，老洪也这么说，前天老冯被人家撞了后，是老洪送他上医院的。到这刻儿，我还忙得没有空去看他，天天从早忙到晚，不知道忙些什么。

我也是，天天从早忙到晚，不知道忙些什么，当教师的都这样。我们都这样，更何况你校长！

看今天晚上有没有空，一定要抽空去看一下老冯。

老冯已无大碍，他关心的不是他的病，倒是我报考大学的事。

这两天你耳朵可发热？同志们知道你不想报考，都很着急，都在关心你。昨天老景老赵都还跟我讲，你们是老同学，你去劝劝他。我说，我劝过了。他们说，你再去劝劝。老景不是负责高考报名吗，按照县局规定，整个堤东公社的高考报名都是由我们学校负责，现在我们学校的应届生高考报名工作已经搞好，整个堤东公社的往届生该报的也已经报得差不多，就剩下你还没报，他急煞了。刚才，我看了一下高考报名表，的确是如此。

我晓得，他们也都劝过我，我很想报考，包括向文都十分支持，可是，我能丢下家里不管吗？

见郑晚子态度仍然如此坚决，王珩十分惋惜，看来，你是吃了秤砣铁了心不考了，你是不想实现你的经典梦想，你是想要放弃了。

啊，要放弃经典梦想？

郑晚子一阵心悸。

41

刚刚听到高考恢复的消息时，金书桥在办公室里一蹦多高，欣喜若狂，对着坐在身旁的同事李方喊叫，老李，这一回，我一定去考，一定。

见金书桥如此狂喜，一边蹦跳一边喊叫，办公室里的同事们都放下手里正在批改的学生作业，拍手助兴道，考，考！李方却拿金书桥开玩笑，书桥，你不能去考。你走了，我们八一联中的顶梁柱就没了。

金书桥确实是八一联中的顶梁柱，物理教学骨干。他在省城陵京读高中时品学兼优，高中毕业后下放到堤东公社八一大队知青组。下放后，他积极参加八一大队文艺宣传，他的才能很快被公社上发现，并被安排到八一联办中学当民办教师，后来李方从堤东中学调到了八一联中，与他成了同事。金书桥多才多艺，吹拉弹唱样样会，除了教学，还负责八一联中文艺宣传队的工作。李方相当喜欢他，甚至连他时不时地吊儿郎当一下，李方都觉得可爱，便老拿他开玩笑。

伙计，不跟你开玩笑。金书桥说，听说堤东中学办了高考复习班，班主任就是郑晚子，你的老同事。我想去插班复习，你抽个空，陪我去找他一下。

李方又开玩笑，老金，郑晚子，你，我，我们都是民办老师，一个公社的，我熟的你不也熟？再说，找郑晚子，你有路子啊，何必找我？

老李，你又跟我开玩笑了，我有什么路子啊？

你有路子啊，内线。

金书桥明白，李方所说的内线，就是指郑晚子的妻子向文。他曾经告诉过李方，向文在与郑晚子谈之前，与他谈过，但没谈成。金书桥便说，老李，你又跟我开玩笑了。当时，我追人家，人家看不上我。人家嫌我是知青，说知青嫁知青，日子不安宁。再说，我们之间现在也不联系，怎么好去请她跟郑晚子说？

李方说，玩归玩，笑归笑，过两天就陪你去。我正好也要上小街，去公社农具厂买锄头和锹，婆娘祷告（堤东方言，念叨埋怨的意思）煞了。

这一天上午没课，李方跟八一联中校长请了假，到公社农具厂买锄头和锹。

李方的女将不是知青，而是土生土长的农民，长得五大三粗，挑担、挖田，什么重活都能干。家里的锄头和锹坏了，他五大三粗的女将舍不得浪工少挣工分，就叫他去堤东小街公社农具厂买新的。

现在，李方约金书桥一起请了假去堤东小街，顺便到堤东中学去，帮他找一找郑晚子。

从八一联中到堤东小街，一条黄泥路，弯弯曲曲，颠簸不平，李方两人各自骑一辆旧自行车，骑了半个小时。骑到堤东小街时，金书桥抬腕看了看腕上的钟山表，正是上午十点。李方说买锄头和锹的事先放一旁，两人径直来到堤东中学，骑到郑晚子的宿舍门口。

郑晚子宿舍的门大开着，老远就看到他们家拥挤的衣物和书籍，迎门摆放的一张大方桌突现在眼前。

郑晚子虽然搬出池塘边的煤炭库房，住进了韦庚和隔壁这个一间半的大宿舍，家里仍然有点拥挤。里间做卧室，搁两张铺，两个大人一张，儿子小春一张，口间的里面放衣柜、书橱和杂物，门口放一张大方桌，由吃饭、学习用，方桌里面还放着一辆脚踏车，崭新的，家里到处满满当当。

只郑晚子一个人在宿舍。李方便问，向文呢？小春呢？

见李方与金书桥来了，郑晚子忒高兴，说，向文到店里上班，小春在隔壁小学上学，现在这个时间不正是上班时间吗？不是老邹来，这刻儿我也不会回宿舍，刚刚老邹来，才走。

李方晓得，郑晚子所说的老邹，就是邹久宁校长。农中与普中合并后，老邹在堤东中学工作了一年，后来调到堤东公社当扫盲辅导员，负责全社扫盲。领导选他当扫盲辅导员，真是选对了，为了按计划扫除全社青壮年文盲，他起早带晚没日没夜东奔西走，郑晚子也帮他上过扫盲夜校课。

老邹对郑晚子一直很欣赏与呵护。只要涉及郑晚子的事情，无须拜托，他都会主动帮助。几年前，范堤县公办中学清退借用民办教师，老邹城里乡下两头跑，又找局长杨泽湖反映情况，又找老校长章炳俊交换意见，别人能走，郑晚子不能走！用人要任人唯贤，要打破公办民办这一性质的界限！

高考报考时间还有两天就截止，听说郑晚子到现在还没有报名，老邹又急了。他今天来，就是来动员郑晚子报考的。对于郑晚子的坎坷经历，尤其是未了的大学梦，老邹极为了解，深表同情，且感同身受。他若不是超龄，不是没读高中，他不也想报考？

老邹一来便直捣其墙问，小郑，你为什么没有报考？

老领导这么关心自己，郑晚子十分感动，他再三表示感谢，然后才道出自己的情况及苦衷。

老邹习惯性地眨眨眼，双手背在背后，好吧，你再考虑考虑吧，我有点事去找你们王校长。

他走后，郑晚子刚收拾完茶杯，正打算关门上办公室时，李方两个来了。

郑晚子笑眯眯地招呼他俩在桌旁坐下，给每人泡上一杯清茶。他简单说了说老邹刚刚来的情况，便问李方，今天是什么好日子，你们都来了，是约好的吗？

李方轻轻呷一口茶，晓得他来，我倒也早点儿来了。

哟，老郑这个书橱好别致，是用包装箱纸盒子做的呀！金书桥说。

郑晚子在叙说老邹刚刚来的情况时，金书桥一直在四下打量郑晚子宿舍里的摆设，现在他轻轻呷了一口茶，目光停留在那个纸盒子书橱上面。

惭愧惭愧，没钱买木头做，只好用纸盒子敷衍。郑晚子说。

接着，他向金书桥两个介绍了用包装箱纸盒子做书橱的缘由，以及如何巧用纸盒子做书橱的方法。金书桥对此赞不绝口，说他匠心独具，聪明过人。金书桥还夸赞说，郑老师，你太艰苦朴素艰苦奋斗了！

李方接过话题，我们这一代人艰苦朴素惯了，条件再差，我们都能想方设法过得好，但条件好了，我们又不会麻木！

东扯西拉一番后，金书桥转入正题，郑老师，听说你们办了高考复习班，你是班主任？

郑晚子取来茶瓶，给金书桥续了水，对，但我们这个班并不是专门的复习班，而是高三应届生班，往届生只能来插班。

我也想来插班。金书桥说。

郑晚子去给李方续了水，然后又转过身对金书桥说，人家没有工作，有这个时间来插班，你金老师哪有这个时间来？既不方便，也不划算。

金书桥望望李方，这倒也是的。

李方望望郑晚子，老郑肯定有办法。

郑晚子望望金书桥，金老师，总共就复习两个月，我给你留一套总复习资料和模拟试题，到时，每个星期你按时来取。另外，我再跟各位科任老师也打个招呼，你可以抽空定期不定期前来讨教，平时有空也可以偶尔来插个班，听一些关键的复习课。老李，你看行吗？

李方连忙说，这样还不行，什么行？

金书桥说，您想得太周到了！

郑晚子说，金老师，你是下放知青，我是回乡知青，我们又都是农中教师，你是因高考取消没有能考大学，我也是由于一些客观原因高考落榜，我们都有一个共同的未了的大学梦，一个我们这一代人的经典梦想。我们没有能圆上这个梦，都是由于客观条件所限制，而不是主观不努力，现在客观条件允许了，我一定会努力帮你圆上这个梦。

金书桥连说，谢谢，谢谢！

李方说，那就这么定了。

他话锋一转，又问郑晚子，你不是也能考吗？

对于郑晚子的坎坷经历，尤其是未了的大学梦，李方是清楚的，且也是感同身受。他说，若不是超龄，我肯定也报考，但你不超龄应该考啊！

金书桥附和，郑老师考还有什么问题！谁不知道郑老师当初在范中读书，是顶尖的高才生，完全可以上清华北大。郑老师，你今天不应该在堤东中学，而应该是在大都市，要不，就是在大沙漠搞科研呀。

听了金书桥这番煽情的真心话，郑晚子淡然一笑。经过这十多年的磨炼，他已不是那个激情青年，但他十分欣赏金书桥保留如初的这份青春激情。他深深地吸了一口气，调整了一下气息，平静地说，我是也能考，但我并没有报名。

李方追问，老郑，为什么不报、报名？能帮、帮助学生复、复习迎考，自己考、考大学还会有、有什么问、问题，你还、还怕考、考不上？

他显然有些激动，一激动就口吃起来。

郑晚子仍然很平静，老李，你是清楚当初我为什么没有上大学的。这次国家恢复高考，是一个英明决策，对于我来说，也是一个历史性机遇。好多人都劝我，要抓住这个机遇考大学。我也不是没想过报考，而是想过千万遍。然而，机遇是有时效性的。同样一个机遇，对于同样一个人，在一个时间段内是一种福气；到了另一个时间段，则可能变成画的一只饼，只能望，不能吃。因为条件变了，不具备抓住机遇的条件了。

李方点头，也罢，老郑，你不上，你儿子小春将来替你上。听说小春很出众，是堤东小学的尖子，将来清华北大，都有得上。

郑晚子忽然不平静了。李方走了后，他仍然不能平静。他不单是为李方说小春将来清华北大有得上而不平静，也不单是为自己不能报考而不平静，也是为农中的老同事们对他的关注始终不变而不平静。

他的三个老同事这两天都来了，李方陪着金书桥来了，邹久宁丢下手中日理万机的扫盲工作来了，连徐小媞昨天也挺着大肚子来了。

人生工作的第一站，那些老同事之间的情谊，就像一坛陈年老酿，历久弥香，非同一般啊！

42

下午一节课后，孙小强来了。

他来语文组办公室找郑晚子的时候，郑晚子正好没有课，在办公室备课和批改作业。郑晚子觉得奇怪，便问孙小强，小强，你今天放学怎么这么早，才三点钟还不到。

小强说，二姐夫，今天下午我们老师学习。

郑晚子有些不悦，小强，二姐夫告诉你，你要好好学习，好好珍惜今天的学习机会。

二姐夫，我知道。

那好，小强，今天我不讲课，就出几道数学题考你一下。

小强点点头，好的，二姐夫。

到了课外活动时间，郑晚子把孙小强带到宿舍。他从纸箱书橱里取出预先准备好的试卷给小强做。试卷纸是八开的一张，试题是从今年各种初中数学竞赛题中选取的，共10题。他说，小强，10道题，100分钟做完，到时不管试题能不能做完，你都要按时交卷。

这样的严格要求和训练，为的是小强将来能适应中考，考出好成绩。要知道小中专很难考。招生考试停了11年，今年突然恢复，考生犹如开闸的水，很多考生家长都希望孩子早上学早就业，所以，中专比大学都难考。政策还规定，为了给高考减压分流，高中毕业生也能考中专，称之为大中专。初中毕业生考的中专称为小中专，所以，小中专比大中专更难考。

考小中专这一条出路，是小强就业的一条捷径。因为小强初中毕业，如果不上高中考大学，而是考上一个中专校，就能早3年出来工作，帮助旺奶奶家减轻家庭负担。这样子很得计，是旺奶奶的心愿，小强早逝的父母如地下有知，也会开心的。

小强考好，按时交卷，郑晚子随即阅卷评分，100分的卷子，评了37分。小强一直在一旁盯着，红着脸，瞪大眼，额头上直冒汗，最后看到37分时，"哇"的一声哭了出来。

他哭得这么伤心，一定是怕考不上小中专，辜负了家里的期盼，也辜负了二姐夫的一番苦心栽培。他是个懂事的孩子。郑晚子让他哭了一会儿，便说，小强，别哭了，考37分也不是什么坏事。平常你在班上都考90几分100分，我怕你骄傲自满，怕你以为自己学得有多好，不知道天外有天，今天才有意出点难题来压压你，打打你的傲气。小强，别怕，根据你现在的学习基础，你中考一定能考得上，没问题。

孙小强流着泪走了。

他走得很迟，天已经完全黑了。

郑晚子送走孙小强，赶紧去小厨房开炉子煮夜饭。小春放学回来了，趴在方桌上做作业。向文还没有回来，这两天正是月底，到了盘点的时候。

她每次月底盘点都要三天。盘点期间，商店不关门，照样营业，她一边盘点，一边还要卖东西，所以盘起来不快。一次盘点，数千个百货品种，数十张盘点表，她头都盘大了，夜里做梦都是盘点。同店的于兰盘点快，她是布匹实物户，布匹品种少。负责副食品的苏爹怕麻烦，有时就不盘，反正他吃住在店里，人日夜不离店，不怕他的货品有什么闪失，盘不盘没关系。

晚上，小春吃过晚饭，继续趴在方桌上做作业，郑晚子坐在一旁备课。向文过了9点才从店里回来。小春说，爸，妈，作业做好了，我先去睡了。郑晚子放下备课笔记，准备去厨房开炉子，重新在锅里热饭菜，并说，小春，再查查，是不是都做好了，都做对了。小春啊，爸爸告诉你，爸爸那时候也很努力，却没有机会上大学。没机会，怎么努力也不行。你今天有这么好的学习机会，只要你努力，就能有大学上，你不能身在福中不知福！

小春不耐烦，爸爸，别啰唆了，好不好？这些话，你已经不知说过多少遍了，我知道。作业我都做好了，查过了，我去睡了，瞌睡煞了。

郑晚子去了外面小厨房，小春进了房间，向文跟进去，捧掉铺上堆的一堆干净衣裳。小春脱了外衣，却又不肯睡了，妈，跟你说个事，今天下午上课，我摔了个大跟头。小春说着，撩起衣服，让向文看他跌得青青的屁股。向文一看，连忙问，小春，你又不小心了，跟你说过多么次，叫你小心小心，就是不听！

小春争辩道，妈，哪儿是我不小心，下午上课时，我从外面进了教室，刚坐下来，就摔了个大跟头，一屁股跌倒在地上，爬起来一看，原来是凳子腿断了。

凳子腿断了，你怎么又坐的？

坐的时候没看出来。是有人趁我不在时做了手脚，把凳腿摔断后，原样放得好好的，我怎么想得到，看得出？

是谁，这么缺德？

还不是邵小冬？除了他，还有谁？

他为什么要这么恶作剧？

嫉妒呗，我考第一，他考第二，超过了他，下午他就趁我不在时做了我的手脚。

别怕，妈妈明天就去收拾他。

妈，你又没看见他这么弄，怎么收拾他？

妈妈明天就到你教室里，当着老师的面，对着你班上所有的同学，不点名地骂。

妈，你怎么骂？

妈妈明天就骂，我晓得是哪个缺德的干的，我要打断你的腿！你要识相，就主动站出来认个错，我就给你留个面子，不然，我就打断你的腿！

照应好小春睡了后，向文从房间里走出来，郑晚子已经从小厨房把热饭热菜端进来了，她在郑晚子身边坐下，告诉他小春被邵小冬欺负的情况，郑晚子说这种事你别掺和，由小春自己去学会处理。向文吃完夜饭，拿起刚刚丢在方桌上的针子，继续打毛线衣。郑晚子便告诉向文，今天小强下午被我考了一下，弄了几条难题。

向文问，考的什么？考了多少分？

考的数学，考了 37 分。

啊，只考 37 分？

考 37 分也不是什么坏事。平常，小强在班上考试，每次都考 90 几分 100 分。我怕他骄傲自满，今天有意出点难题来压压他，打打傲气。别怕，他一定能考得上，没问题。

行，我知道，小强中考一定能考得上，没问题。不过，像你这么关心孙小强，通世上没得第二个！

郑晚子笑笑，我不是告诉你的吗？旺奶奶对我有恩。妈妈过世时，我才六岁，我整天没处跑，不是找细二小玩，就是在旺奶奶家玩，旺奶奶待我好啊！

这话你说过多少遍了，晓得！向文说，好，现在不谈小强中考，谈谈你高考的问题，我看你还是报名去考吧。

过去，向文自己心甘情愿为家庭放弃进范城工作，可现在郑晚子为家庭放弃考大学，她却不情愿不赞成。她的自我牺牲和奉献精神，让郑晚子深为感动，他向她表明自己的心迹，我已经决定，为了家庭，我不报考大学了。

晚子，你从小学到高中一路顺畅，结果却没能上大学。现在高考恢复了，却又由于家庭拖累，走不了，真是没考运哪！

什么考运不考运的？我才不看重呢！我们有很多老同学，都这样。听说成才，就是我那个学弟，那个笔头儿很来事、两次与高考擦肩而过的成才，这次也没报考。成才现在在公社报道组，在搞报道之外还写时评，很是得心应手，文章登上了很多大报。因此，这回他又没有报考，第三次与高考擦肩而过！

晚子，我问你，有个问题我一直揣在心里，今年高考时间怎么在 11 月，而不是 7 月？

可能是 7 月没赶上，拖到明年又嫌迟。高考恢复，不容易啊！

那为什么我叫你考，你还推三阻四？

郑晚子放下备课笔记，对向文笑笑说，向文，我现在教高中，不教得好好的？我就是去参加高考，肯定也是考师范学院，将来毕业后还是教高中。再说，大学上不上也没关系，我可以先自学，以后考函授大学啊。

向文咕哝说，函授，又不是正规全日制大学。

郑晚子不赞成向文这么说，严肃地说，我估计，高考恢复，全日制大学恢复招生，函授大学马上也会恢复招生。只要能继续深造，学到东西，不管是正规全日制还是函授，我不在乎。

向文不再坚持，你说得对，一条路走不了，旁边还会有一条路。

郑晚子又笑了起来，向文，生活就是不断地选择，就是不断地去接受或者拒绝。什么东西，你如果没有条件接受，就必须懂得拒绝。只有拒绝了这一次，才能接受下一次机会，进行新的选择。人生难的不是去接受，反而是拒绝。

经过一番痛苦的思量与抉择，郑晚子最终做出决定，忍痛放弃参加今年刚恢复的高考，等以后有机会，再参加高等师范函授。虽然是函授，不是正规全日制，但只要能继续深造，学到东西就行，无法得到熊掌，鱼也行。

问题是，现在虽然全日制高校恢复招生了，但不知高等师范院校何时才能恢复函授招生呢？

43

11 月高考时，校长王珩亲自带队去县城送考。高考过后，他回到堤东中学，围绕今年的高考，组织开展研究学校教研工作的新举措。转眼之间，就临近期末考试，即将放寒假了。

这期间，妻子韦丽几番来电话，要他抽空回堤西家里一趟，帮助外甥去看对象。姐姐王琳也亲自在电话里说，你就这一个外甥，我也就你家外甥这一个小伙，你再忙也要抽空来家一趟，帮你家姐姐把把关。王珩连连答应。

县局考察组拦在寒假之前，来堤东中学考察领导班子。考察组一行二人，由局人事股股长牛正华带队，干事小严随同。

考察组到校后，组长牛正华与校长王珩大体交换了一下意见，就马上开展工作。进行个别谈话，召开教工座谈会，下班听课，调阅教师备课笔记和学生作业，组织民意测评，各项考察活动密集有序安排。本来学期结束工作就十分紧张，再加上县局这么来考察，同志们忙得不亦乐乎。

考察组下来之前，局里经过反复研究，就范堤县教育系统领导干部任用制度改革问题拿出了一个初步方案。根据改革方案，这次县局下来考察，改进了多年一贯的许多做法。比如民意测评就与以往不同。这次，一共设计了三个大栏目，一个是让每个教工在相应的栏目内画钩子，对校长、教导主任、总务主任的工作实绩做出优秀、称职、不称职的评价。另一个，就是对现任领导的去向提建议，分留任、提拔、交流、免职、退居二线等几项。还有一个栏目，就是让大家提建议，填写教师中拟提拔对象的建议名单，栏下有一个说明，提拔对象必须是在编在职公办教师。

堤中的提拔任职岗位是教导主任，景观胜到了退休年龄。校长王珩上次参加县局高考会议时，曾经向局里牛科长汇报过他的想法，最好是由郑晚子接任。王珩说，牛科长，县局这次考察干部的这个方案，特别是民意测评，有了新的精神，对全县教育事业的发展将会有很大推动。不过，牛科长，上次我说的我们堤中有一个具体情况，不知局里是否已有所考虑？

你说的还是郑晚子？牛正华问。

王珩说，对，就是郑晚子，他的情况，局里现在是否了解？

局里岂止是了解，是了解了又了解！牛正华说。

郑晚子与王珩在范中同学时，两人就都是牛正华的学生，也都是局长杨泽湖的学生。郑晚子的情况，他们能不了解吗？

他对王珩耐心作解释，你上次去局里汇报后，局里专门做了研究。小郑是高中骨干教师，论他的人品、才华、教学能力和业务水平，都是堤中上数的，完全可以提拔为教导主任。但他是农中教师，民办性质，在堤中是借用，不是在编公办教师，不在这次提拔的范围，这是个政策杠子，局里爱莫能助。

牛科长，那就没办法了？王珩又问。

这次没办法！牛正华说，王校长，局里将来一定会想出一个办法，解决他的性质问题。性质问题解决了，提拔就顺理成章了。

牛科长，这个大学，真的太重要。

王校长，此话怎讲？

郑晚子之所以会这样，不就因为没上大学嘛！

对对对！牛正华说，郑晚子之所以会这样，就是因为他没有上大学。

咦，我问你，高考恢复，不是一个千载难逢的圆梦机会？小郑为什么没有报考？牛正华忽然问。

家庭拖累！王珩说，你可晓得他家里是什么情况？

接下来，他就向牛正华一五一十地介绍了郑晚子的家庭情况。

听完王珩的介绍，牛正华长长地"噢"了一声，原来是这样。这样，王校长，你找个时间，做做他的工作。另外，我也找个时间，专门和他谈一谈。

牛正华打算拦在民意测评之前，专门找郑晚子谈一谈。

他找郑晚子谈话，也是出于他对郑晚子的欣赏。他对郑晚子的欣赏，不亚于王珩。他在范中教语文时，就非常欣赏郑晚子的作文，他是他的得意门生。

十几年后，牛正华奉调县局教研室工作。这时，郑晚子已在堤东中学教高中，并且面向全县开过一堂漂亮的公开课。那堂课牛正华很欣赏，岂止是欣赏，简直是刮目相看！十几年前那么稚嫩的高中学生，如今已是这么出色的高中骨干教师，昔日的得意门生变成了今日的爱臣！

只可惜，郑晚子还是个民办性质，无法更好地在公办中学施展本领。牛正华那次曾对郑晚子慨叹，性质就像个笼子，再勇猛的狮子被困在里面，也无法施展本领，可惜我只是一个教研室主任，而不是一个大力士，若是一个大力士，就可以砸开这个笼子，援手解脱你郑晚子！

一年之前，县局人事股长因帮助一个农村小学老师调县城，收了人家的礼被撤职。局领导就看中了牛正华，把他从教研室调到人事股，任人事股股长。县局人事股的股长权力很大，干部考察、提拔和任用，教师工资和福利，都由其具体操作。其中一个权力，就是在局领导研究之前，先拿出人事调配方案。范堤县近万名教师在农村学校，其中不少人想进城，可是范堤城里的学校能有几所？哪里会有那么多可供调配的空额子岗位？因此人事股长手中的权力很大，很多在乡下的教师想进城，都先找人事股长送礼走后门，所以那个人事股长犯了事。县局之所以让牛正华当人事股长，就是因为看中他正派过硬。

当上人事股长，本应是能帮到郑晚子的忙了，可是政策又没有放开，还是帮不到，牛正华是个严格按政策办事的人。但是，牛正华怕郑晚子有思想情绪，所以他在与王珩交换意见后，决定在民意测评之前，专门找郑晚子谈一谈。

小严受牛正华指派去找郑晚子时，是下午课后活动时间，郑晚子正准备去打排球。他本来爱打篮球，最近受新来的一个体育老师影响，又爱上了打排球。

郑晚子正捧着排球往操场上走，被小严喊住，说牛正华找。郑晚子随即一把抓住身旁走过的小吴说了几句，便跟小严撤回头，进了考察组的临时办公室。见了牛正华，牛正华示意他坐下。

小严给郑晚子倒了一杯白开水，就坐下记录。

牛正华说，不好意思，影响你活动了。郑晚子摇了摇头。

讲话热情，态度诚恳，直奔主题，是牛正华一贯的风格。牛正华对郑晚子说，郑老师，这次考察干部，有点儿委屈你了。

郑晚子复又摇了摇头，牛股长，没有什么委屈的，习惯了。

面对眼前这个得意门生和爱臣，牛正华钟爱有加，便娓娓道来一段话，郑老师，局党委对你非常了解，非常肯定，可是，目前的有些规定我们无法逾越。你的情况，这次下来之前，局里专门作过研究。堤中老校长章炳俊和现任校长王珩都多次鼎力向局里举荐你。按理，在堤中，你郑晚子当个教导主任，没得话说，可是，按目前的有关规定，堤中是公办中学，民办教师可以借用，但不可以提拔。如果不是性质问题，局里早在章校长退下来时就要用你了，岂能让你闲着，让人才浪费！

郑晚子不敢相信自己的耳朵，问，还有这事？

牛正华扶扶镜框，怎么没有？这是真的。我们杨局是一个有开拓精神的领导。将来，局里一定会想出一个办法，解决你的性质问题。现在，只能委屈你，希望你能够理解，不要有思想情绪。

我能够理解。郑晚子说。

他显得异常平静，这有点出乎牛正华的意料。郑晚子平静地说，牛股长，您不用做我的思想工作，我很看得开。堤东中学那么多老同志，他们一个个都是大专院校科班出身，都那么优秀，不也一辈子都是普通教师？他们不也一直是安安心心、兢兢业业，根本没有什么其他想法？我郑晚子，只不过是一个高中毕业生，年纪轻轻的，局里和学校能这么看重我，我已经十分知足，还能有什么想法？

他说的是大实话。堤东中学的很多老同志都是一心无二用，呕心沥血培育人才，学子们从他们手上出去后，成为各路栋梁之材，一批又一批。多年来，赵群、牛永桢、邵平伯、韦庚和、冯正庚这些辛勤的园丁，就这样日复一日兢兢业业地耕耘播种，把青春奉献给了校园。这期间，如果有机会当个校长或教导主任，他们完全有能力当好，如果有机会进党政机关当个领导干部，他们也完全有能力当好，可他们没有得到这样的机会。他们虽然没有得到这样的机会，但无怨无悔，他们甘当一个普普通通的园丁，绝不这山望着那山高。

郑老师，你喝口水。牛正华说。

他想不到郑晚子是这么想得开，喝了口白开水说，局里都知道，你的经历比较特殊。你既有同龄人成长的共同经历，生长在共和国蒸蒸日上的一个发展时期，又经历过一段磨程，受到过高考落榜的打击，你能走到今天，不容易。

牛股长，你说得不错，当时高中毕业回乡，我本以为十二年的书白读了，想不到后来会峰回路转，半年后，我们大队推荐我做了农中教师。进农中工作两年后，农中又与普中合并，我进了堤东中学，当上了一名普通中学的教师，并且逐步成为教学骨干。如今，作为一个高中毕业生，在满眼大专院校科班出身的堤东中学教师中，我不但教高中，而且教重点班，还当重点班的班主任，我还不满足吗？堤中是一个很好的平台，任我驰骋与发挥，令我充满了感恩之心，尽管在工资待遇、宿舍安排等方面有过一些不愉快，但我郑晚子还是非常知足，快乐。

小郑，你能这么想，就太好了。

牛股长，正是堤中提供了这么一个平台，我找到了一种感觉，过去自己没有读到大学，现在可以帮助自己的学生读大学了，我觉得我的工作很有价值。在堤东中学这么一个舞台上，我能发挥自己的一技之长，让自己的学生实现自己未了的愿望，这种感觉是很美好的。学生和家长又非常认可我，听到他们的赞扬，那种感觉真好。

郑晚子的这段话，是他对人生的一些感悟，这些感悟，牛正华非常认可。他说，小郑，你这是一种境界，你能有这种境界，了不起！

小郑，我还有个问题一直想问你，高考恢复了，这不是一个千载难逢的圆梦机会吗，你当时为什么没有报考？当时"老三届"好多人都报考了。

牛股长，我有了家庭，有了孩子，走不了。再说，在堤中这一份工作，虽然有一些不尽如人意的地方，但我还是非常热爱的，舍不得放下。

牛正华赞成，小郑，你这个决定倒是对的，我非常支持。性质，固然是变一变好，但我们也不能过分看重，我们应该把事业放在第一位。至于学历，一张大学文凭，不要过分看重它，应该把眼前的事业放在第一位。大学文凭只是一个证明，学习了某种大学知识的证明，不上大学照样能学习大学知识。

在高考问题上，没有一个人像牛正华这么看，他这么直率、这么坚定、这么毫不犹豫地主张不报考，郑晚子有些诧异。

牛正华又问，小郑，你可晓得成才也没有报考？

晓得，成才现在是堤东公社报道组的一支大笔杆子，他的文章都上了国家级大报了。他不愿意放下笔杆子，没有报考，第三次与高考擦肩而过。

成才现在不得了，成了我们范堤县了不起的一支笔杆子，他是不愿意放下笔杆子，才没有报考。他还经常自嘲说，我为什么到现在还是个高中生？因为我现在自甘当个会写字的高中生。成才不但文章上了国家级的一些报纸杂志，还以能发出农民的声音为乐，他不在意什么性质不性质，这是很了不起的！

郑晚子一脸悦色，牛老师，我也是这么想的。

牛正华一脸希望，小郑，我们要相信新时代的改革创新，我相信将来你的民办性质一定能解决。另外，你还可以一边工作，一边参加高等师范函授，一样能学到大学的知识，一样可以实现你的大学梦！我个人认为，函授学历也应当承认，将来也可以作为民办转公办的一个重要条件。

郑晚子不住地点头。

牛正华的话，与他的想法不谋而合，给了他很大的鼓舞，他拿定主意，准备参加高等师范函授。

可是，高等师范函授还没有恢复，也不知何时才能恢复，才能报考。

牛正华如此未雨绸缪，精心策划，充分准备，民主测评该当是风和日丽、顺顺当当，可下午测评时偏偏事与愿违，闹出了不大不小的一场风波。

如果不是牛正华过于细针密缕，不是手扶眼镜认认真真地低头盯着每一张民主测评表，或者只要不去看赵群的那一张表，也许局面就不会是这样糟，而是另一个非常理想的大好局面。

又或者不是教导主任景观胜到了局里内定的退休的年龄，需要推荐一个补上去，又或者局里这次不搞群众推荐这么个程序设计，而仍然沿袭上面研究决定的老规矩，也就万事无碍，一切太平。

当然，问题也出在赵群身上。他是老资格，又与牛股长是多年的老交，两人不但是范堤这个小城里的两支大笔杆子，而且也属于那种容易迸发火花的思想者。牛正华巡视填表情况时过于细针密缕、认认真真地盯着赵群笔下的那张民主测评表时，他的头脑里陡然掀起了轩然大波，原来是赵群在表上填写了郑晚子的大名，三个字在"推荐"栏里龙飞凤舞，特大，特引人注目！

牛正华一旁看着，气不打一处来，你老赵这不是有意唱反调吗？栏下明明白白有规定，民办教师不在推荐范围，你老赵不是不知道，却有意唱反调，这是唱的哪一出？亏你还是个老同志，与我这么多年的老交情，你竟如此不守规矩乱弹琴，一点儿交情也不讲！他气得直眉瞪眼，却不好说什么，只得用手指头轻轻地在赵群的表上弹了几下。赵群看见了便大声发问，局领导，有何不妥？牛正华不能再不讲话，赵老，请注意栏下的规定！

赵群理直气壮，这规定是否合理？请问局领导，何为打破常规？

左一个局领导，右一个局领导，口气不知是嘲弄，还是在挑衅，办公室里一片哗然，精心准备的民意测评被他搅了局！

幸好，牛正华比赵群处事冷静。他很快就平复了自己的情绪，显示出超常的危机处置能力，将民主测评进行到底。测评的结果统计出来了，推荐邵平伯提拔接任教导主任的票数过半，他很满意。他甚至有些后悔，当时就不该干涉赵群填表，既然是民主测评，就应该任各人民主填写，他不按规定填就让他填，反正不按规定填的表作废。反正，按规定填表的是绝大多数。

赵群这么搅局，郑晚子有点尴尬。

事后，郑晚子对赵群说，赵老，您这么做，叫我很不好意思。

赵群满不在乎说，小郑，有什么不好意思？既然是民主测评，就要民主！

我就是有意搅局，明知道无用，还是要搅！

郑晚子无可适言。

赵群又严肃认真地说，你这个没上大学，还真是个问题！

44

过了春节，开学后的第一个星期天，郑晚子进城去买向文和小春的定量计划供应物品，顺便去新华书店买几本大学教材。

他准备自学大学课程。高等师范函授迟迟不招生，他心里着急，等不及函授了，先自学吧，为将来高师函授恢复后报考打个好的基础。

凡事得打个提前量，总不能临渴掘井。他这么想。这个想法，是他决定提前自学大学课程的充足理由。

现在他进城，不再借细二小的车，骑的是自己的新脚踏车。这部新脚踏车是上海"永久"牌，是春节之前新买的。当时，堤东公社供销社刚分到一批永久牌脚踏车计划，共10辆，供销社主任手上有10张脚踏车购车票。郑晚子这张票，是班上一个学生给的，这个学生的父亲正好是堤东公社供销社主任。这个学生很调皮，郑晚子经常找他促膝谈心，左谈右谈，他终于转变，他父亲为表感谢，主动送来了这张购车票。郑晚子把新车当菩萨服侍，不骑时搽好油，放在宿舍的明间中间，前轮和后轮撑脚下，还各垫一块木板。他这么维系（堤东方言，爱护的意思）这车子，是因为这计划票不容易搞到，他这时还不知道，物资马上就要放开，计划供应将取消。

这车子，既是他家里最重要的交通运输工具，又是他最心仪的宝贝。他骑着新车，听着搽足了油的车索子"呼呼呼"好听的声音，好享受。他骑车先到三昧寺粮店领计划票。这儿本来是三昧寺庙，后来成为范堤县城里最大的粮管所——范堤镇粮管所所在地，人们便叫它三昧寺粮店。他在三昧寺粮店领好当月各式计划票，红色的粮票，紫色的面票，蓝色的布票，酱色的茶干票，白色的煤球票，并一一收好。再分别各买了一些米、面、茶干、煤球等计划商品。

买完计划商品，郑晚子就去新华书店。在店里转了几圈，没有发现函授大学数学教材。店里的同志说，我们范堤县又没有办大学，怎么会有大学数学教材呀，连普通大学的教材也没有，别说函授大学教材了。

忙至傍晚，郑晚子才回堤东。映着落霞余晖，车骑到团北十字路口，远远地看到灿烂霞光中，一个小男孩站在路边，朝西张望，是个熟悉的身影。

小男孩看见了郑晚子，朝他奔过来，叫道，爸爸。郑晚子赶紧下了车，乐滋滋地说道，小春，你又来接我了。

嗯！小春说，爸爸，我来接你，妈妈还没有下班。

郑晚子疼爱地说，小春，五六里路，这么远，怎么跑得动？每次爸爸上范堤，你都跑这么远来接爸爸。

说着，郑晚子伸出右手，从挂在车龙头上的手提包里一摸，摸出一只带芝麻的月亮饼，递给了小春。

小春伸出小手，接过月亮饼，送进嘴里，津津有味地吃起来。同时问，爸爸，今天买麻团了没有？

郑晚子说，肯定买麻团啊，奶奶过去给我买，我现在给你买。但是，麻团要回家去热一下才能吃。

小春咬着月亮饼，好的。同时，小身子一跃，灵巧地坐上了车前的大杠。

郑晚子骑上车。前杠坐的小春，从街上买回的东西在后面分两边挂着。40斤大米、2斤水面、16块茶干、2斤青菜，装在一只布袋里，挂在车子一边。另一边是50斤煤球，装在一只竹筐里。车子前后都满满当当，亏他竟骑上了车。

到了堤东中学大门口，教导主任邵平伯开玩笑说，玩杂技啊，小郑？

嗯！郑晚子赶紧下了车说，邵主任，你在师范学院的数学教材可在啊？借给我用一用。

邵平伯说，不在了。我在师院读的书，放在范堤城家里面，毕业时间久了，找不到了，家里人都当荒货卖了。

小王正迎面走来，听郑晚子说要师范学院数学教材，便说，我宿舍里还有一本微积分放着。

他随即回宿舍把书拿来，送到郑晚子的宿舍里面来。他有些不解，郑老师，你要这些数学书干什么？郑晚子说，小王，我准备自学。他还是有些不解，又问，郑老师，你教语文，怎么学数学呢？

郑晚子说，中文的大学教材我已经自学过，再学一学大学数学吧。

小王连连点头，佩服佩服，怪不到学生都说你不光语文好，数学也好。

好，你放心，数学专科的教材我全的，明天我从家里帮你全带过来。

郑晚子连忙说，谢谢，谢谢。

星期一上午，郑晚子没课，就在办公室里看小王借他的微积分。

冯正庚离开办公桌，跑到郑晚子面前，晚子，你要数学教材吗？我有。

你怎么知道我要数学教材？

我听老邵说的，我有。你这次放弃参加高考，我们大家都为你惋惜。你要自学，我们大家都全力支持。

你上师专，学的是中文，怎么会有数学教材？郑晚子问。

冯正庚笑眯眯地说，你听我说。昨天我弟弟从陵京来电话，说我父亲脾气愈来愈不好，叫我写信劝劝他。自从退休，我父亲每天大早到公园散步，散完步就上菜场买菜，买完菜回来交我母亲忙，他吃了早饭就诸事不管，出去下棋。下到中午，他回来吃饭，一看，桌上的菜，全是上一天剩的，他买的菜还在厨房里，没有动。他便大为恼火，跑进厨房，将他买的菜全部扔到地上，用双脚踩得稀巴烂，并跟我母亲大吵，老太婆，你太不讲卫生！我父亲有事没事就找岔子，又一声不吭，什么都不说，跟我母亲作闷气，拿家里东西作践。我母亲受不了，就跑到我弟弟那里，说我父亲恐怕是退休综合征，让我弟弟给我打电话，叫我回去劝劝他。我是冯家老大，我父亲听我的。我弟弟把长途电话打过来，我答应说，马上我就请假，不过三五天就回陵京，你先过去劝劝。同时，你转告嫂子，我马上就回去，看她要不要从乡下带什么土特产，由她送送人。另外，拜托你，将你的一套大学数学教材寄来，我们学校有个同志要用。

他啰里啰唆说了一大通，最后这才说到正题上。郑晚子听得却极为耐心，而且始终显得十分高兴。

你弟弟怎么说？郑晚子问。

我弟弟说，嫂子不要带什么土特产，只要你多回陵京几趟，多回家去帮帮。我师范学院数学教材全的，马上寄过来。快寄，三五天就到。

谢谢，谢谢！郑晚子说。

小郑，不用谢。冯正庚说。

他笑眯眯地摇摇头，然后竖起大拇指，小郑，你这个人确实不容易，不简单，我很佩服你。你可记得，那年夏天，暑假里头，校长叫我去喊你开会，当时你不在家，你到河北分玉米桩子去了。

记得，郑晚子说，我当时正挑着一担玉米桩子过桥，遇到了你。

对，就是在桥上，遇到了你。你晓得我当时一看见你，是什么感觉？

不知道，是什么感觉？郑晚子问。

你头戴一顶破凉帽，身穿一件破黑褂，我都快认不出你来了。

冯老师，我在家里做活计，都是这样子，把好衣裳换下来，穿这一身专门做活计的破衣裳，这很正常。

冯正庚继续描述说，小郑，当时，你头戴一顶破凉帽，身穿一件破黑褂，肩挑一大担玉米桩子，正在桥中间。那座桥，缺了好几块桥板，桥桩又不稳。当时，正是中午，太阳火辣辣的像盆火。我看到你那副模样，与你平时在学校里衣冠整齐的形象一对比，十分感慨，心里极其难受，忍不住，眼泪都掉下来了。原来你一直就这么辛苦艰难，我过去一直不晓得。这一下子才晓得，你真不容易啊。

郑晚子有点意外。冯正庚所说的这种情景，在向文未上来工作之前，对他而言是家常便饭，不足为奇，只不过冯正庚平常看不到而已。何况，自己在龙印港，还没有上过河工，还不是最苦的。郑晚子想不到，冯正庚碰巧看到了这一幕，竟然感触会如此之大，以至于会掉眼泪！如若他看到上河工的农民那种苦，那种数九寒冬挑河治水兴修水利的壮观，还不晓得有多么感动呢！

冯正庚还沉浸在他的感触中，不能自拔。

小郑，高考恢复，倒是一个好机会，可惜你放弃了这个机会。冯正庚说。

冯老师，你晓得的，机会虽好，但我家里走不了，只好放弃。

冯正庚很理解地点点头，说，小郑，所以你才自学，所以我们都大力支持你自学，支持你圆那个大学梦！

过两天，小王回范城家里找全一套数学教材，送过来。再过两天，冯正庚弟弟的一套数学教材也到了。

郑晚子开始全身心地投入自学。他教的是语文，却吃了秤砣铁了心，自学与语文教学无关的大学数学课程，而且十分投入与快乐。

枯燥的学习让很多人头疼，而对于某些人，却是天生的乐趣，郑晚子从小就是一个这样的人。他从小爱学习，学习对他而言，是一件十分幸福的事情。现在他自学大学课程，与其说是圆那个未了的大学梦，不如说是圆那个未了的学习梦！

他这个人追求完美，事事积极，工作积极，家务积极，学习也积极。他现在自学，是自加压力自讨苦吃，却还以苦为乐。为了自学，为了圆这个大学学习梦，谁知他受过多少暑热寒凉，熬过多少不眠之夜，损坏多少脑细胞。向文劝他，少用点功吧，你看你，头发、牙齿都用功用坏了。他说，不是学习学坏了，而是做活计做过了头呀！

太早了呀！他才30开外，就头发花白总发牙病。

头发白了还好染，牙疼发牙病伤脑筋！秋冬换季，他牙疼牙肿，一疼就十天半月，夜里疼得不能睡觉，日里疼得不能说话，出门戴个口罩，上课就向下巴上一拉。牙疼吃药也无大效，他也不吃药。还没到数九寒冬，外面没有人戴围巾口罩，他却整天戴个大白口罩，成了堤中一道奇奇怪怪的风景。向文觉得不雅，动不动就抱怨，你这牙疼得这样子，还学什么倒头梦！

什么倒头梦？郑晚子反问。

向文这么泼冷水，他很不高兴，回击道，你回回是泼冷水，总是逆向思维！农中与普中合并，你说普中的人会反感，高中生教高中，你说是向阳大队，你哪回不是泼冷水，不是逆向思维！

向文捂住耳朵，连声喊，我不听，我不听，你这些话都说了千万遍，我耳朵都听出老茧来了，你学你学，好吧！

其实，向文是刀子嘴豆腐心。她是个夜猫子，晚上陪着郑晚子自学，睡得再迟，她都高兴。常常在儿子小春做完作业睡了觉几个钟头后，她还精神抖擞。她有时还会来个笑话，给他换换脑筋、打打岔。

向文不仅陪伴和鼓舞郑晚子坚持自学，而且几乎承担了家里的所有家务，让他在时间和精力上得到保证。在向文的支持下，郑晚子得以将自学坚持下来，在两年不到的时间内，完成了自定的数学专科课程自学计划。

这两年当中，因高考恢复，堤东中学高中班的教学压力增大，尤其是郑晚子教的高三重点班。他在坚持自学的同时，奋力挑好重点班的重担，工作上一步一个脚印，不断有新的起色。

郑晚子教的这个高三重点班，学生趋之若鹜，家长拥戴有加。可是，葛大林等少数教师则对重点班持不同意见。葛大林认为，学校不应该办重点班。临退休之前，他还对校长王珩建言，王校长，学校不应该办重点班。学校分重点班非重点班，是在起点上对学生人为地划类分等，是在抬高一部分学生的同时，歧视了另一部分学生。这样，被歧视的学生会失去自信，被抬高的学生也会失去自我，无论对于哪一部分学生，都会造成人格上的伤害。校长王珩一脸苦笑，两手一摊，老葛，目前各学校都这样，都办重点班，我们有什么办法？

45

上午的天气特别好，冬日的阳光一直斜射到教导处的办公桌上面。教导主任邵平伯安排好期末复习与考试日程，搓搓冻僵的双手，拿起面前的一份红头文件，移到阳光下看了起来。

魏州师范学院新开本科数学函授班，面向江北省全省教育系统招生，并在11个地级市设点办班，具有数学专科学历或同等学力的中学教师均可报考。魏州师院在盐州市设点，办一个班，面向所属范堤等八个县（市）区招收40名学员。在社会的伟大变革中，师范函授大学的恢复既为提高师资质量拓宽了渠道，也为一些教师圆上了由于多种因素造成的未了的大学梦。

县局专门下发了这个红头文件，转发了上述通知。

教导主任邵平伯一看到这个红头文件，不禁喜上眉梢。他想到了郑晚子，为他感到高兴。高兴之余，他又担心起来。这个本科数学函授班，给郑晚子带来了上大学圆梦的希望，但问题是郑晚子不具有数学专科学历，不具备报考资格。

教导主任邵平伯去告诉校长王珩，说魏州师范学院新开本科数学函授班，同时又说出自己的担心。

王珩仔细阅看了邵平伯带过来的红头文件，告诉邵平伯，郑晚子虽不具有数学专科学历，但他已自学完数学专科教程，具有同等学力，可以报考。所以，就像那年看到高考恢复的红头文件一样，王珩又是在第一时间把好消息告诉了郑晚子，他让邵平伯把郑晚子叫到校长室，让郑晚子阅看了红头文件。

老同学，在命运的坎坎坷坷面前，你是坚韧不拔有毅力的，在机遇未来之前，你是坚持不懈有准备的，所以你是成功的。王珩说。

这真是一个好消息，一个上大学圆梦的好机会，郑晚子高兴坏了。没有这么巧的好事，他正好刚刚自学完数学专科课程，可以以同等学力报考。于是，他跃跃欲试，决定去盐州报考魏州师范学院盐州数学本科函授班。可是，这与成功有什么关系，他觉得王珩扯远了，说，这与成功有什么关系？

王珩坚持自己的观点，成功，可以赢在起点，也可以赢在转折点。你由于提前有所准备，在转折点上赢了，这也是成功。像我，就缺乏超前意识，没有主动自学，不然，我也可以报考啊！

邵平伯赞成王珩的看法，对郑晚子竖起了大拇指，小郑，我敢说，像你这样，高中毕业，民办教师，一边教学，一边主动自学数学专科课程的，全盐州市九个县，除了你，没有第二个！

他们的肯定，让郑晚子心花怒放，他压住内心的冲动，轻描淡写道，可惜是函授，不是正规全日制大学。不过，话又说回头，函授就函授，总算是学习大学知识，在知识上更上一层楼，而且，还是本科，还能一边工作一边函授，又不影响家庭，又不影响工作，这是最重要的一条！

郑晚子走出校长室，沐浴着冬日的灿烂阳光，浑身暖洋洋的。

郑晚子立即着手报名，开始紧张地复习迎考。

现在离 7 月的高考还有 6 个多月，他身上高三重点班的教学压力愈来愈大。幸好，高考的时间作了调整，调到了 7 月，如果还是 11 月份的话，他这次就没时间复习迎考本科函授了。尽管如此，他身上的压力还是很大。

这种压力来自于两个方面，一方面是来自于外部，高考恢复几年来，高中学生和家长对上大学的期望值愈来愈高，县局以高考升学率的排位论学校高低好差的压力愈来愈大，学校顶着巨大的升学压力，一切为高考升学率而战，高三重点班是学校的顶梁柱，他首当其冲战斗在第一线。另一方面来自于内部，堤东中学的生源较差，这与高考升学率的提高形成矛盾，每年范堤县高中招生都是分档录取，第一档是范堤县中学，第一档录取完毕，第二档录，第二档录取完毕，第三档录，堤东中学属于第三档，生源自然是比较差的，想把这样的生源成绩在短短三年内实现大踏步提高，提高到与第一档学校比赛争高低的可能性几乎不存在，可是大家还是得拼搏比赛争高低。

作为高三重点班的班主任兼教学骨干，郑晚子身上的压力和工作的紧张程度可想而知！现在又加上复习迎考，这一个月够他忙的。然而，他是一个不肯认输的勇者，愈忙他还愈来劲。

校长王珩召集高三的三个班主任开会，研究高考复习工作。他要求年级组长郑晚子排出一个高考复习时间表，由下一次在这个会上研究。郑晚子问重点班和非重点班的高考复习时间表是否要有所区别。王珩赞成重点班和非重点班的高考复习要有所区别，但是他认为在复习时间安排上无须区别，区别的是复习内容的深浅难易。会后，郑晚子又把会上布置的工作事项梳了梳，然后一项一项地落实。

教导主任邵平伯找郑晚子谈心，希望郑晚子把高中语文教研工作担起来。他告诉郑晚子，教研组长赵群即将退休。

赵群主动找郑晚子移交高中语文教研组工作，并关照了一些注意事项。

郑晚子立即着手高中语文教研组的工作，召开会议，把开学初确定的教研活动事项梳了梳，然后分年级筛选重点，加以落实。高三年级的重点是高考复习，高考复习分语文知识和作文两个部分，分别研究拟订了复习方案和提纲。

月底，县局教研室通知参加过高考阅卷的老师开会，郑晚子受邀参加。

高考恢复头两年，江北省以县为单位组织高考阅卷，考生人数由于年龄段放宽而增多，是正常年份的若干倍，如果集中到省城，压力太大，所以，省里决定以县为单位组织阅卷。郑晚子参加的是政治科目的高考阅卷，他从中得到一些启发和经验，在会上做了交流发言。

郑晚子从县里开会回来的第二天，班上学生小坤的父亲突然病倒了。高三甲班的学生学习热情普遍高涨，人人为迎接高考实现梦想而努力奋斗。小坤是高三甲班的尖子生，他每门功课都很好，成绩均衡不偏科，每次考试总分排名都是第一，且遥遥领先，与第二名保持数十分的差距。他的父亲突然病倒，躺在床上不能动，也不知是什么病。他的父亲不肯上医院医治，说家里没钱，有钱要留着送小坤念书。小坤却坚决要退学，回家去照应父亲，拉父亲大小便。他母亲的个头小，还有气喘病，拉不动他大个头的父亲。

郑晚子找来高三甲班的班长，要他发动全班学生帮助小坤。全班60多个同学，分成了若干个小组，轮流到小坤家去值班，帮助他照应父亲。

刚刚处理好小坤的事情，大志又突然连续两天不来上学。郑晚子又派班长去他家中了解情况，班长回来说大志思想上有疙瘩，不肯上学。郑晚子便亲自上门去走访，大志向他吐露了心迹，我读了这么十几年书，将来究竟有何用？这个平时在班上沉默寡言的学生，原来一脑子的读书无用论。为了驳斥这种读书无用论，郑晚子搜肠刮肚，说出许多堤东中学学子的生动事例，反复证明文化知识对人生能派上大用场。

郑晚子复习迎考的这一个月，班上的状况连续不断，这个高三重点班的班主任真不好当。这个班的几个任课老师各有所长，但也各有所短，他这个班主任还要做好他们的工作，扬长补短。

数学，是数学权威邵平伯教的。邵平伯当了教导主任后，仍然教高三重点班数学，因为堤东中学的同志公认他是数学权威，高三重点班非他莫属。他教学思路条分缕析，对学生严厉有加。学生个个怕他，背后都说邵老师太厉害，上课时不敢有半点怠慢。他唯一的一个缺点就是喜欢讽刺挖苦学生，这很容易打击学生的学习积极性和上进心。

物理和化学两门课，本来是牛永桢一人同担，牛永桢调到盐州工学院后，由小吴接替。小吴虽然是陵京大学物理系毕业生，教学风格也不错，不是邵平伯那种严厉型，而是牛永桢那种细软型，传授知识如同春风化雨，课堂上润物无声，但是他的高三物理教学实践时间短，经验少。

英语课，由韦庚和执教。韦庚和是陵京大学教师，英文功底深厚，能做到学生有问必答，无知识盲点，颇受学生的欢迎。可他的教法还是大学教法，不怎么适用于中学，教学的效率不高。

这些情况，都是郑晚子深入学生中间了解得到的。一旦了解到什么具体情况，他便及时与邵平伯、小吴、韦庚和等几个任课老师分别沟通，巧妙地向他们提出一些建设性建议。

冯正庚腿子发病，疼得厉害。他那年被人家骑车撞了后，保养得很好，一直没发病再疼过，这是第一回。他向学校请假休息几天，需要找人代课。语文教研组长郑晚子征求他本人意见，问他找谁合适。他说，你最合适。郑晚子一笑，点头答应，心里却嘀咕，我的冯老师哎，我现在已经忙得顾头顾不到屁股，你这又给我加上一忙，岂不是忙上加忙雪上加霜？

一道高等数学难题，任他苦思冥想数日，仍然百思不得其解，束手无策。工作上如此之忙，自学还又不够顺利，郑晚子烦透了。

他不想问人。问人不如问自己，自己把答案研究出来才有意思，自己研究出来的答案才懂得入骨，记得牢靠。

再说，在堤东中学也无人可问。堤东中学是中学不是大学，这里没有教数学的大学老师。按说，邵平伯等同志也是大学数学专业毕业，应该懂，可在过去两年的自学中，他有几次问邵平伯题目，邵平伯都说忘了。

邵平伯是堤东中学的数学权威，他若不行，其他的同志就更不行了。最近，郑晚子把数学专科6门课程的重点排出来，每个重点都选择性地做了一些题目，并开出一个自己不会做的难题单子，又打算去请教邵平伯。

拉开炭炉子的门，再灌满一钢筋锅的水，搁到炉子上。郑晚子麻利地做好这一切，赶紧关上小厨房的门，走了。

他家这个小厨房，在他宿舍的对面，是学校统一建筑的教工小厨房中的一个。各家的小厨房一条线建在教工宿舍的对面，一个连着一个，与各家的宿舍相对应。郑晚子离开他家的小厨房，回他宿舍取出一本大书，急匆匆地去找邵平伯。

邵平伯正在宿舍里给他妻子邵师娘煨药。邵师娘的老毛病支气管炎又发了，她躺在里屋床上休息，今天没有去官西经销店站店。郑晚子要进里屋去看望邵师娘，邵平伯不肯，说她睡着了，让她好好睡一会儿。

刚才中午一下课，邵平伯就回宿舍煨药。有一个学生跟过来问一道数学题，他随即作了解答。郑晚子来时，学生刚走，他开始煨药。见郑晚子手里捧着一本大书，他好生奇怪，郑晚子说明求教的来意，他更加奇怪，上次你不是问过的吗，我说我都忘了，你怎么还来问我？好吧，你既然来了，我再给你看看。他一一收拾好药罐、药碗、药勺，关好小火炉，从郑晚子手中接过书，看了一会儿，皱皱眉，摇了摇头。

郑晚子也是再来碰一碰运气。如果自己不来作一次努力，万一邵平伯能够解答，那自己不是自动放弃了身边的一个机会？所以，他离开邵平伯宿舍时一点儿不后悔不懊丧，反而非常坦然。虽然没有能解决问题，但自己已经尽了最大的努力，心里舒坦。

他赶紧回自己的宿舍。他突然想起家里的炭炉子上烧的水可能已经开了，他朝小厨房跑过去。

他走到自己宿舍门口，向文已经下班回来。她一边手忙脚乱地在宿舍与厨房之间两头跑，一边嘴里抱怨，人不晓得又哪儿去了？炭炉子上水开了都没人管，沸水漫出来把炭炉子都淋熄了！他吓得连跑带跳，一边说明因由打招呼，一边生火做饭。

这样顾头难顾尾的狼狈景象，在郑晚子一个月的自学复习迎考中，是家常便饭，三天两头地就发生。

好在我没有上街去学习，如果我去了，你怎么过？向文咕哝。

他不住地点头称是，内心愧疚，被感谢所包围。几天前，供销社经理又来找妻子向文谈话，打算安排她进范堤城去学习 1 个月，学习回来后当总账会计。为了支持他考函授大学，妻子向文又一次放弃当总账会计的机会，没有进范堤城去学习，为此，她被新任的供销社经理批了一顿。

自学复习迎考，再加上教学工作和班主任工作，三驾马车一齐拉，郑晚子在妻子向文的支持下，高度紧张地度过了一个月，直至学期结束。

学期结束后，高三重点班又拖了三天才放寒假。

放假后第二天，郑晚子去盐州参加魏州师范学院本科函授入学考试。

在这之前，又发生了一个意外，闹嚷嚷的弄得很不愉快。

那天傍晚，郑晚子去堤中食堂找老邱烀饼。

烀饼划糕，是堤东人过年的习俗。进入腊月，家家户户都要烀饼划糕，准备过年。堤东是旱地，长稻难，如果家里没有糯米，糕可以不划。但饼不可以不烀，家里再不富裕，也要弄一点儿小麦面烀饼，小麦总是有的。

堤中食堂为教工代烀饼，算是一种福利。食堂里有大锅大笼，有现成的干面，工友老邱又是蒸馒头的行家里手，同志们只要预先去找老邱登个记，老邱就会按顺序通知你给你烀好，到时你拾回去就是，事后再按斤两结账。

那天傍晚，郑晚子来食堂里找老邱。他已经登记了三五天，还不见老邱通知，便来催老邱。他推算了一下，馒头发酵至少一天一夜，再不烀上盐州考试前就来不及烀了，考试得考三天，等从盐州考试回来烀，就太迟了。大人倒无所谓，关键是小伙小春，小春顶喜欢吃老邱烀的馒头，小春在范堤县中学读高三，还有三四天就放寒假，馒头烀好后他正好回来。

堤中食堂门前升腾着一团蒸汽，一团蒸汽中一个身影跑出来，正是老邱。老邱双手端着一扇大笼，嘴里喊着"得罪让开得罪让开"，一溜小跑地跑出来，跑到食堂门前的支架旁，叫一声"倒"，便将大笼里的馒头翻倒在支架芦席上，然后提起大笼，拉开笼布，揭开白大大饱满满的一笼 25 只大馒头。

老邱动作麻利潇洒得像表演，郑晚子心中暗自佩服，不由得喝彩，老邱，动作好麻利好潇洒呵！老邱的态度却不冷不热，并主动告诉他，郑老师，还得两三天才轮到你烀。

郑晚子一愣，像一盆冷水从头上浇到脚后跟，转头瞥见墙根放着一扇笼盖，他灵机一动，端起笼盖就走。

工友老邱与他是同乡，同是堤东大队人，本是同根生，为何还相煎？公办的同志们都早已改变态度，工友老邱至今为什么还这样？

郑晚子一头脑子二百五，便要把这扇笼盖拿走，让老邱炜不成馒头。冷不防，却被一个人拦住他的去路。他抬头一看，是洪正兴。洪正兴笑嘻嘻的，郑老师，有话好说，有话好说。

工友老邱毫不示弱，他与郑晚子对阵，大声叫骂。工友武爹、桂圆闻声从食堂里跑出来，与洪正兴一起劝老邱不要顶真，晚子着急就先给他炜。老邱便顺驴下坡，问郑晚子要多少斤干面，答应立即动手给他缠酵，明天给他炜。

46

挺有意思的是，郑晚子赶考那天，竟然赶上了一场百年未遇的暴雪，这真的是好事多磨。

你这都是什么考运？妻子向文说。

这场暴雪来得太突然，雪花鹅毛般漫天飞舞，纷纷扬扬地下了一夜。到了早晨，郑晚子发现积雪封锁了所有的乡村路道。下午，雪还在下，为了不耽误参加魏州师范学院本科函授入学考试，他只得步行去范堤县城。

面对这场百年未遇的暴雪，郑晚子生出了满腔豪情。他套上妻子向文从店里拿给他抵挡风雪的透明塑料袋，在冰天雪地中一脚一个窟窿地艰难行走，耳朵里尽是妻子"你这都是什么考运"的絮絮叨叨和嗔怪，两眼却在欣赏与享受着眼前这个冰罩玉砌冰清玉洁的唯美世界，心里透明晶亮得纤尘不染！

他禁不住轻轻哼起歌来。

他走了大约三个多小时，傍晚的时候才到达范堤县城汽车站。县城汽车站虽然车稀人少，却有一个大嫂在广场上叫卖麻团。

滚热的麻团，滚热的麻团，叫卖声如此熟悉，如此诱人！身着白围加的大嫂拎着装麻团的竹篮，叫卖着向郑晚子走来。郑晚子忍不住买了两只麻团，滚热的，喷香的，一咬油拉拉！他咬着滚热的麻团，突然想起妈妈，想起他生病发热妈妈从窗口将麻团接给他的一幕幕情景。

郑晚子吃了麻团，在范堤县城汽车站等了两个多小时，终于等到了一班上海开盐州途经范堤的班车。国道上有人组织扫雪，班车仍然可以开，他乘班车去了盐州，没耽误参加魏州师范学院本科函授入学考试。

魏州师范学院这个本科函授班，在盐州地区招收 40 名学员，郑晚子以同等学力，与来自盐州地区的 150 多名中学教师一起参考。共 6 门课，整整考了两天，每门课都有一两条难题，他只好空着，感觉考错不少，心情不佳。

多少年没进考场？十几年没进考场了。考场如此高度严肃，就像当年高考的考场一样。

他这些年都是以送考老师的身份进这样严肃的考场的，但不是考生。记得那一年送考，班上有个女生考一场哭一场，说她这次考得很差，肯定是考不上，肯定是辜负了父亲的希望。她父亲是范堤县中学的高中毕业生，高考落榜后回乡务农，竭尽全力送她读书，即便是她母亲生病并离去，也没有影响她的学业。她很优秀，学习成绩很好，正因为学得好便知道题目做得对错，她身上背着两代人的希望和梦想，沉重的压力让她吃不消，不能承受任何的错题。

几个女同学轮番劝她。一个男生笑着说，哭啥？我看今年的考题不难，连我都做起来了，你还会考不好？我还以为高考题目难呢，原来竟这么简单！她身上背着两代人的希望和梦想，沉重的压力让她吃不消，那男生无法体会得到。

但此刻，在盐州考场上，郑晚子有了切身的体会。他也是带着希望和梦想来盐州考试的，身上背负的沉重压力同样让他吃不消，他同样不能承受任何的错题，可是每门课都有一两条难题他不会，他此刻很能体会到当时她的沮丧心情，他也要流泪，也想哭。

但是，那一年高考发榜时，出乎郑晚子意料，这个考一场哭一场的女生竟然考取了大学，而那一个考一场笑一场的男生却落了榜。

无独有偶，来年春天的一天，郑晚子也与这个考一场哭一场的女生一样，意外地收到了魏州师范学院的录取通知，他高兴得一蹦三丈高。

47

经过三年的在职函授学习，郑晚子顺利完成了数学本科 13 门专业课程的学习和考试，拿到了魏州师范学院数学本科函授毕业证书的大红本本，圆了自己数年未了的一个大学梦。

这个大红本本像一个宝贝，他无比珍视，他恭恭敬敬地把这个红本本与数年前范中的那封信一起夹在那一摞奖励证书中间，然后放到他与向文结婚时置办的那个红漆木箱最底层。

郑晚子拿到大红本本这一年，是在发小细二小与广州老板合作开办乳猪制品厂的那一年。广州老板是县苗猪行方全林的朋友，方全林在县苗猪行掌大秤，广州老板来"剪"猪，便结识了方全林。数年之前，细二小在郑晚子的介绍下，认识了方全林，又在方全林的介绍下，认识了广州老板，大家都成为朋友。广东那边有市场，那边的人喜欢吃乳猪，乳猪要用小猪来制，广东那边不养老母猪不产小猪，人家就到乳猪之乡范堤县来成批"剪"小猪。来范堤县小猪行"剪"了这么多年小猪，广州老板突然起了个新念头，不如将乳猪制品厂搬到龙印港来办。正好这时，龙印港队长细二小按堤东大队支书常存宝要求，要发展村办工业。于是，去年春上有一天，在方全林的撮合下，双方谈起了这个项目。这个项目现在就办在龙印港河北原来那片荒地上，离河南新砌的居民点红瓦房五六里。

郑晚子发现自己的发小细二小不再是过去的那个细二小了。细二小现在当这个队长，一手抓农业生产，一手抓村办企业，龙印港这几年的面貌逐渐发生变化，新瓦房一幢幢竖起来，一片富裕起来的新气象。细二小没有读大学，照样有出息，在龙印港干得风生水起，他为他高兴和自豪。

隔不两年，王珩也数学本科函授毕业，圆了大学梦。

接下来，范堤县教育系统首批36名民办教师转正，郑晚子因有函授大学本科文凭优先在首批转为公办教师，享受大学本科毕业生待遇，结束了18年民办教师生涯。当年范中那封信，即那年暑期范堤县中学举办学习班的通知，曾经是改变他人生轨迹的一个重要信件，如今，这个大学毕业证书，是又一次改变他人生轨迹的又一个重要证件。

接下来，范堤县每年都有一批优秀民办教师转正，民办教师逐年减少，公民办两种教师性质并存的问题逐步得到解决。邹久宁、李方都先后转正，邹久宁当了公社文教助理，李方当了八一联中校长。成才也考试转干。一大批没有上过全日制正规大学的堤东乡下人逐步实现了成为城里人的经典梦想。细二小虽然仍没有机会转干没有成为城里人，但他领头创办的乳猪制品工厂愈办愈红火，为龙印港的农业产业化发展开辟了一条新路子，他正在带领龙印港人奔向超越经典的新梦想。他坚信，一定会有这么一天，不再分城里人乡下人，城里人甚至希望做一个乡下人！

十几年的时光，悄然无声地从指间溜走，周围的人和事，都成为时光中来去匆匆的风景。景观胜、洪正兴、赵群、葛大林、孙景炎、韦庚和、冯正庚等老同志先后一个个退休，堤东中学又来了一茬一茬的新同志。王珩和郑晚子心中都增添了些许感慨，对人生有了更深层的感悟，深切感知到时光的稍纵即逝，渐渐悟彻匆匆人生该如何努力把握。

郑晚子升任校长那天，向文一高兴，晚饭多弄了两个菜，开了瓶范堤大曲，为郑晚子庆祝，并且叫他把王珩拉来。

不知不觉间，两个小时过去。两人酒力平平，不一会儿就都微醉，酒多话多。向文一旁忙活，没工夫来插话。

郑晚子兀自举起杯，对着王珩，一饮而尽道，那年高中毕业至今天，一晃20多年过去，生活变化真大！

王珩也举起杯，对着郑晚子一饮而尽，然后放下酒杯，夹了一块肉送进嘴里，嚼得津津有味，谁说不是呢，一晃，小春、小丽都上大学了。

郑晚子也夹了一块肉，什么大学不大学的！昨天，我是一个高中学生时，曾过于天真，以为考取一所名牌大学，就是我的未来，就是我的一切，就是我的肉，就是实现了我的经典梦想！所以后来高考意外落榜，我曾过于执着，觉得大学梦一破，我的"肉"就没有了，未来就没有了，一切就都没有了！今天，我终于明白，一个大学学位，无论它多高，它在我们的简历中，只不过一行字而已，一个高中毕业生，如果进入了大学，相对于漫漫人生路来说，也只是有了一个初始的里程碑；而不管进入不进入大学，我们又最终都将会被社会这所大学所录取。其实，我20多年的教师生涯，就堪比一所社会大学，一个又一个的考题接踵而来，总是逼住我去独立思考、解答与成长。总之，不管你进不进入大学，社会这所大学都会来考你，而且会不断地给你出难题。所以，在任何地方任何时候，我们上哪样的大学都不重要，重要的是，面对社会这所大学，面对这个不断变化发展前进的新时代，你如何怀揣一个经典梦想去考试与答题——总是坚持不懈地努力，永不满足于取得的成就，以及享受努力追求梦想的过程和这个过程中所带来的惊喜。

即将去县局履新的王珩不胜酒力，头脑发乱，他不赞成郑晚子这一通高谈阔论，太空，他便主动与郑晚子碰杯，实打实地说，老同学，一点儿不假，20年一晃而过，变化真大，真是翻天覆地，转眼间，杨局、牛股他们一个个都退了，你我今天正当年富力强，我们应该奋力拼搏，只争朝夕！

就在这当儿，忽听门外一声高叫，应和道，只争朝夕，我来了！

话音刚落，一个人风风火火地跨进门来，竟是郑晚子的发小细二小。郑晚子大喜，站起身，啊，细二小，你怎么来了？王珩跟着歪歪斜斜站起来，指着细二小含混不清地问道，你就是我们"三同"时学我们抱着扁担的那个细二小？向文在连声"欢迎欢迎"里，拿来了酒杯碗筷。细二小说明来意，我是为人才而来，我们乳猪制品厂需要一批技术工人，请你们学校帮助我们代培，具体怎么样代培，我们来商量。宿舍里一时热闹通天，欢笑声、碰杯声、说话声混然飞腾。

2015 年 5 月 18 日　第六稿　完